Als Heyne-Anthologien sind u. a. erschienen:

Im Zeichen der Venus · Band 01/6469
Im Spiegel der Venus · Band 01/6801
Das heitere Buch der Liebe · Band 01/7990
Schamlos schön · Band 01/8124
Schamlos zärtlich · Band 01/8352
Lesebuch der Lust · Band 01/8259
Das neue heitere Buch der Liebe · Band 01/8345
Dreiecksgeschichten · Band 01/8367

IM FEUER DER VENUS

Frauen schreiben erotische Geschichten

Herausgegeben von Christine Proske

WILHELM HEYNE VERLAG
MÜNCHEN

HEYNE ALLGEMEINE REIHE
Nr. 01/8445

Printed in Germany 1992
Einzelrechte siehe Quellenverzeichnis
Umschlagillustration: Pandis Media/Paolo Tallarigo/Forum Press, München
Umschlaggestaltung: Atelier Ingrid Schütz, München
Satz: (1157) IBV Satz- und Datentechnik GmbH, Berlin
Druck und Bindung: Ebner Ulm

ISBN 3-453-05661-2

Inhalt

Die mit einem * versehenen Titelformulierungen stammen von der Herausgeberin.

JOY LAUREY

Blaßrosa Blüten

Bei meiner Ankunft in Paris schien die Sonne. Ich bat den mürrischen Taxichauffeur, mich auf dem Pont de l'Alma abzusetzen, ich vergrub die Hände in den Taschen und lief zu Fuß weiter, frei und unbeachtet, ich schnupperte die Düfte, die noch genauso waren wie früher. Paris hat einen Duft, den es woanders nicht gibt, den Duft der Liebe, sagen die Leute, die es wissen, und ich weiß es aus eigener Erfahrung.

Barclays Bank. Mahagonifoyer, kosmopolitisches Gemurmel. Guten Tag, Madame selbstverständlich, Madame, ein Konto in London, ja, Madame (verschwindet kurz), 2000 Pfund. Sehr wohl, Madame.

Meine Vuitton-Tasche war prallvoll wie ein Jagdbeutel beim Halali, und ich ging hoch erhobenen Hauptes hinaus, ich kam mir vor wie ein Krösus: Ich wußte noch nicht, daß meine wenigen Ersparnisse schnell dahinschmelzen würden, aber der liebe Gott hat gesagt, die kleinen Vögel brauchten nicht an das Morgen zu denken. Erster Schritt einer attraktiven, alleinreisenden Frau: ein Zimmer im *Meurice* mit Blick aufs Paradies: In den Tuilerien wimmelte es von eleganten Müttern, deren Kinder auf resignierten Eseln thronten. Weiter hinten bildeten braungebrannte junge Männer, die etwas zu langsam gingen, einen geheimnisvollen Kreis um die Orangerie. Einige von ihnen musterten mich unruhig, ich wußte nicht, daß ich mich in einen privaten Club eingeschlichen hatte; ich genoß den Frühling, der unter jedem Zweig war, die linde, wohlriechende Luft, die aus dem Süden zurückkehrte.

Ich wollte nicht zu schnell wieder unter die Leute, ich

hatte zu wenig zu erzählen. Ich hatte noch Lust, die Touristin zu spielen: Führungen durch verstaubte Museen, Diner auf einem Seine-Dampfer, Eiffelturm, Katakomben und Versailles, alles an einem Tag. Ich hatte ein Recht auf die Blicke, die man Devisenbesitzern schenkt, immerhin war ich wirklich ein bißchen englisch. Ich lernte, bis Viertel vor zwölf zu schlafen, dann ein köstliches, in Milchkaffee getauchtes Croissant, japanischer Abschied und schlecht übersetzte Verse von Verlaine. Ich sagte den ganzen Tag kein Wort, argumentierte stumm, lächelte, schüttelte den Kopf, forderte mit einem Blick das Kleingeld von dem schnurrbärtigen Hotelburschen zurück. »Geizige Ziege«, brummelte er.

Vierzehn Tage hielt ich es aus, vierzehn Tage, die nicht vorbeigehen wollten, vierzehn Tage spielte ich gewissenhaft meine Rolle. Dann hängte ich meine Touristenkluft, die T-Shirts aus New York und die zu engen Jeans, an die Garderobe. Ich bat den Rezeptionisten um die Rechnung, und als wolle er sich entschuldigen, vertraute er mir an, daß er schreckliche Zahnschmerzen hätte. Ich sah aus dem Augenwinkel, daß ich über meine Verhältnisse gelebt hatte: Kaffee und Croissant 50 Francs, das Zimmer 800 Francs die Nacht, und da ich noch niemanden hatte, auf den ich die Kosten abwälzen konnte, fand ich es schamlos überhöht. 18400 Francs für vierzehn Tage Nichtstun, ich bin ja nicht kleinlich, aber da kann einem doch jede Lust vergehen! Ich nahm meine Hermès-Tasche mit meiner Zahnbürste, meinen drei Dior-Slips, von denen ich mich nie trenne, meinem Portemonnaie und meinen Kleenex, damit ich vor dem Einschlafen weinen konnte, gute Nacht, Touristen dieser Erde. Durch den magischen Zauber einer Hotelrechnung war ich pariserischer geworden denn je, ich knauserte mit dem Trinkgeld und hatte an allem etwas auszusetzen.

Wie kam ich eigentlich auf den Gedanken, am 15. Juli

um 17 Uhr vor der Alliance Française auf und ab zu gehen? Warum nahm ich den Boulevard Raspail? Wer lenkte meine Schritte, als ich mich durch das halb geöffnete Gittertor in die Höhle des Löwen begab? Warum studierte ich dreimal die Anschläge am Schwarzen Brett, auf denen überall das gleiche Au-pair-Mädchen gesucht wurde, zuverlässig, perfekte Französisch-Kenntnisse, für einen Monat am Meer, bei jungem und sympathischem Ehepaar mit drei kleinen Kindern, abends ab 20 Uhr frei?

Dort traf ich sie. Zuerst sah ich sie, ohne sie richtig zu sehen: ein Gesicht unter vielen, das gleich wieder von anderen verdeckt wird. Und dann spürte ich etwas Eigenartiges, wie eine drohende Gefahr. Ich suchte sie mit dem Blick, ohne zu wissen, wer sie war, und als ich sie wieder sah, begriff ich sofort. Ich habe schon immer an Schicksal geglaubt, an den höheren Willen, der uns ohne unser Wissen lenkt, der uns zu unvermeidlichen Orten und Wesen bringt. Ich will nicht noch mehr Worte verlieren, aber ich fühlte, wie ihre Seele sich auf die meine legte und in mir zerging, es war wie ein Spezialeffekt in einem Science-fiction-Film. Ich zittere, während ich das Ereignis beschreibe, denn ich traue meiner Erinnerung nicht: Alles war einfacher und zugleich schrecklicher, als es heute erscheinen mag.

Sie trug ein Herrenhemd mit hochgekrempelten Ärmeln, blaue Samtjeans mit Hosenträgern, Tennisschuhe. Ihre Haare waren lang, hellkastanienfarben. Sie lächelte, ein leises Lächeln, vielleicht ein bißchen ironisch, winzige Falten um die Mundwinkel, und ihre Augen, wenn ihr es wissen wollt, nun, ihre Augen sind schön und von einem unbeschreiblichen Blau, und ihre dichten Brauen, wie Männerbrauen, die in einem Flaum an den Schläfen ausliefen, gaben ihnen etwas Ernstes. Sie trug einen Bücherdeckel mit einem roten Riemen. Ich stand eine Million Jahre wie zur Salzsäule erstarrt, schon fasziniert. Sie sagte ein bißchen spöttisch: »Eurydike, gebannt von Orpheus' Blicken. Nie sollten sie gemeinsam das Reich des Hades durchstreifen...«

Ich ging langsam auf sie zu, unfähig, auch nur zu lächeln, ich war gebannt von dieser für mich idealen Schönheit, leuchtend, schelmisch, sehnig, sie war so schön, wie ich es nur aus meinen Träumen kannte, und ich liebte sie vom ersten Augenblick an.

»Ich heiße Joan. Und du, hast du einen Namen?«

»Joy.«

»Guten Tag, Joy.«

Sie neigte den Kopf, ihre Augen funkelten ein bißchen, dann wandte sie sich ab und ging weiter. Ich blieb wie betäubt stehen und beobachtete, wie sie langsam von der Menge verschluckt wurde, wie in einem Film von Peckinpah, das Haar auf ihren Schultern wippend. Heute ist es natürlich leicht, es zu dramatisieren, mehr darin zu sehen, als wirklich war. Inzwischen sind zwei Jahre vergangen, und das Gefühl, das mich damals durchzuckte, ist bis heute nicht verblaßt: Als ich Joan sah, als sie mit mir gesprochen hatte, war sie für mich lebenswichtig geworden.

Ich wollte nicht laufen, ich wollte nicht, daß es auffiel, aber ich rannte hinter ihr her wie eine Hündin, wütend und verärgert. Sie ging sehr schnell, blickte in jedes Schaufenster, ohne ihre Schritte zu verlangsamen. Die Jungen drehten sich nach ihr um, stießen sich mit den Ellbogen an und murmelten – sicher sehr idiotische – Worte. Ältere Herren musterten sie sachlich, bis sie ihr Blickfeld verlassen hatte. Die anderen Mädchen betrachteten sie neidisch oder hingerissen, je nachdem. Ich sagte mir: Es ist nicht möglich, sie darf mir nicht entwischen. Ich mußte einen Anschein von Würde wahren.

An der Rue d'Assas springt die Ampel auf Rot. Sie blickt nach rechts. Die Ampel zeigt Grün, eine schwere

Kawasaki kommt angebraust, ich packe ihr Handgelenk und reiße sie zurück.

»Ein wahrer Schutzengel«, bemerkte sie ungerührt.

Ich ließ ihr Handgelenk nicht los.

»Es hat keinen Sinn, hier stundenlang stehenzubleiben. Spendierst du mir einen Kaffee?«

Ohne meine Antwort abzuwarten, ging sie auf einen deprimierenden Laden zu, der aussah wie eine Imbißecke im Warenhaus, mit Neonlicht und Resopaltischen. Ich merkte natürlich, daß mir die Kontrolle entglitt, aber ich wollte meine Beute nicht aus verletzter Eitelkeit freigeben. Für bekümmerte Leser möchte ich hinzufügen, daß ich zum erstenmal in meinem Leben ein Mädchen abschleppte. Mildernde Umstände, nicht kaltblütig geplant.

»Monsieur«, rief sie, als sie sich kaum hingesetzt hatte, »bringen Sie mir bitte ein Sandwich mit zwei Scheiben Schinken und Butter und Cornichon und Senf, ein Stück Englischen Kuchen und eine Schachtel Marlboro!«

Ein strahlendes Lächeln, sehr weiße Zähne, und dann murmelte sie, ohne mich anzusehen: »Hoffentlich hast du Geld, ich bin nämlich total blank. Ich hab' seit gestern nichts mehr gegessen.«

Dann schenkte sie mir plötzlich einen Blick, der mir durch und durch ging: »Vielleicht bist du die Frau meines Lebens!«

Sie überlegte kurz.

»Oder ich bin die Frau deines Lebens!«

Ich konnte nicht ewig sprachlos und blöde dasitzen.

»Ich bin es nicht gewohnt, Schülerinnen aufzureißen«, bemerkte ich scherzend.

Erstaunter Blick aus blauen Augen.

»Ach, wirklich? Ich, ja.«

Der Kellner mit den schmutzigen Fingernägeln lud ein Tablett mit dubiosen Dingen auf unserem Tisch ab. Joan riß die Zigarettenschachtel auf.

»Wie alt bist du?« fragte ich.

»Warum, hast du Angst, eine Minderjährige zu verführen? Was hat das schon zu bedeuten?«

»Sei nicht albern. Wie alt?«

»Genau sechzehn, der Lenz des Lebens. Du hast nichts zu befürchten.«

Sie biß so gierig in ihr Sandwich, daß ich Hunger bekam. Mit vollem Mund: »Du bist wirklich Spitze, ich meine, als Mädchen.«

Ich wurde vor Freude rot. Ich klimperte mit den Wimpern, wie Minnie vor seinem Mickey.

»Sag mal, kann ich mit zu dir?«

Plötzlich bereute ich es, das Zimmer im *Meurice* aufgegeben zu haben. Die Schaumgummimatratze und die Luxusbadewanne.

»Warum, bist du allein auf der Welt?«

Sie wurde ernst und hörte auf zu kauen.

»Darüber scherzt man nicht. Es stimmt, ich bin allein. Ich brauche jemanden. Willst du?«

Ich hätte sie am liebsten in die Arme genommen und gestreichelt, die weichen Wangen, die Lippen, das warme Haar, ich wurde Mutter, ohne geboren zu haben. Mein Gott, gute Vorsätze verflüchtigen sich schnell...

»Joan...«

Zärtlichkeit wallte in mir auf, als ich ihren Namen zum erstenmal aussprach.

»Joan...«

Sie nahm unter dem Tisch meine Hand, und durch diesen flüchtigen Kontakt spürte ich eine offen bejahende Ausstrahlung.

»Weißt du«, sagte sie, »wenn man sich an mich gewöhnt hat, braucht man mich. Ich bin wahnsinnig anziehend.«

Ich sah sie an, ohne fassen zu können, daß sie so schön war, ohne mir eingestehen zu können, daß kein anderes

Wesen auf der Welt meinen geheimsten Wünschen besser entspräche.

»Ich habe dich sofort erkannt«, fuhr sie fort. »Ich habe einen Haufen Bilder von dir gesehen. Ich habe dich oft bewundert, Joy ...*Das Mädchen, das man sich übers Bett hängt*...«

Ich zahlte, während der Kellner sie vulgär fixierte, und dann gingen wir durch die Rue de Rennes unserem strahlenden Schicksal entgegen.

Sie redete oft in der dritten Person von sich, wie man eine Geschichte erzählt, ohne wirklich daran zu glauben. Viel später stellte ich fest, daß sie unfähig war zu lügen, die Wahrheit war in ihr wie in vielen Menschen das Böse, impulsiv, natürlich, man konnte ihr einfach nichts übelnehmen.

Sie hatte eine Affäre mit einem sehr netten Jungen gehabt, der sie über alles liebte, aber sie war seiner Versprechen müde geworden, sie hatte nichts mehr von der gemeinsamen Zukunft hören wollen. Sie ging vom einen zum anderen, ohne sich zwischendurch hinzusetzen.

»Ich bin müde«, sagte sie leise. »Könnten wir uns nicht einen Moment ausruhen?«

Auf einer schimmeligen Bank kramte ich die geschönte Kurzfassung meines Lebens hervor, ich erzählte aus Zeitmangel nur von Marc, Bruce und Alain. Sehr gedrängte Synopsis: Wesentlich war, ihr vorsichtig beizubringen, daß ich erst kürzlich wieder nach Paris gekommen war, die ewige Rückkehr, und noch keine Wohnung hatte.

»Wir tun, als seien wir Millionärinnen, und nehmen ein Zimmer im *Hilton*.«

Sie sah mich an und zögerte ein wenig.

»Zwei.«

Ich wurde knallrot, ich glaube, ich schämte mich entsetzlich.

»Zwei Zimmer ist besser, am ersten Abend...«

Sie wollte die bittere Pille versüßen, und dann tröstete sie mich noch mit einem Kuß, dem ersten einer Reihe, die so lang ist, daß kein Computer sie zählen könnte. Zwischen ihr und mir sind Küsse und Liebkosungen wie Grundnahrungsmittel, Salz und Brot, wir können ohne sie nicht leben.

Ich schwöre euch, an jenem Tag dachte ich zum erstenmal seit tausend Jahren keine Sekunde an Marc. Ich tat nichts anderes, als sie zu betrachten, und das dauerte seine Zeit; sie ändert sich von einem Moment zum anderen, ein Sonnenstrahl, gedämpftes Licht, ein unerwartetes Geräusch, und sie ist anders als vorher, verwandelt, völlig neu – entwaffnend, hinreißend, ängstlich und dann wieder drollig, leichtsinnig, aber immer unendlich zärtlich, weich, meine Liebe war grenzenlos, kein Mensch konnte mehr lieben als ich.

Das *Hilton*, Suite mit Balkon, Eiffelturm von der Seite, Coca auf dem Sofa. Ich hatte beim Zimmerservice riesige Hamburger bestellt, die mich an das *Park Lane* in New York erinnerten, und pochierte Eier Bénédictine, weil Joan sie noch nie gegessen hatte.

Sie sagte: »Ich bin seit meiner Geburt immerzu auf Achse. Mein Vater war Konsul, meine Mutter Orthopädin. Sie nahm an allen Kongressen teil, das heißt, sie behauptete es jedenfalls, und Papa glaubte ihr, er hatte keine Zeit, Verdacht zu schöpfen: Verglichen mit ihm ist Kissinger ein Stubenhocker. Ich hatte Papa sehr gern, weil er so zerstreut war. Er vergaß dauernd irgend etwas. Als ich zehn war, nahm er mich mal abends mit in ein Restaurant. Mama war gerade in Toronto. Ich weiß noch, daß wir Sauerkraut aßen, und Papa stand auf, um zu telefonieren, und dann ging er, er hatte völlig vergessen, daß ich bei ihm war. Ich schwöre dir, es stimmt... Was wollen wir wetten, daß es stimmt?«

Es war eine Manie. Sie wollte immer wegen aller möglichen Kleinigkeiten wetten. Zuerst nahm ich sie beim Wort, dann ging ich nicht mehr darauf ein. Sie gewann doch immer.

»Und du?«

Ich erzählte von Mama, von den Sonntagen unter dem rosa Sonnenschirm im Garten in Neudon, von dem Haus in der Dordogne und den verzauberten Ferien, die wir dort verbrachten, dann wieder von Mama und ihrem Angorapullover, in den ich meine kleinen Kümmernisse hineinweinte, von denen ich niemandem etwas sagte. Ich sprach von meinem Vater, dem unbekannten Cowboy, den Mama als gutaussehenden, starken Mann in Erinnerung hatte. Joan hörte mit großen Augen zu. Wenn sie innerlich bewegt war, waren ihre Augen noch blauer als sonst. Dann schmiegte sie sich an mich, schwieg verlegen, streichelte meinen Arm.

»Wir sind wirklich zwei Pechvögel, Joy, aber zusammen werden wir stärker sein, was wollen wir wetten?«

Ich erzählte weiter und gewöhnte mich langsam an ihren Kind-Frau-Geruch. Ich ließ sie teilhaben an meinem Starruhm, an der kurzen Zeit, in der mir Tout-Paris zu Füßen gelegen hatte. Alain gefiel ihr sofort, Margopierre konnte sie nicht ausstehen. Marc fand sie grauenvoll.

»Aber das ist doch ein ganz mieser Kerl«, rief sie aus, »er hat dir weh getan, er hat dich ins Unglück gestürzt!«

Ihre Brauen waren zornig geschwungen, ihre Augen dunkelblau, ihre Lippen bebten, und sie faßte mich an den Schultern: »Sag mal, sei ehrlich, liebst du ihn etwa noch? Ich warne dich, wenn du ihn noch liebst, gehe ich, dann ist es für immer aus. Antworte, liebst du ihn noch?«

Ich sah sie erschrocken an, fasziniert von der bebenden Spannung in ihr, in die Enge getrieben vor der teuflischen Wahl, sie zu betrügen oder sie zu verlieren. Ich wußte, daß es ihr ernst war, daß sie ihre Tasche über die Schulter werfen und gehen würde, wie sie es dann später an einem

Dienstag getan hat, als ich mich gehen ließ. Ich konnte ohne sie nicht leben, ich wollte es nicht. Also:

»Ich liebe ihn nicht mehr so wie vorher, nur noch ein bißchen, glaube ich, eine sehr große Liebe kann man nicht so schnell vergessen, verstehst du, Joan, etwas bleibt immer zurück...«

Sie beruhigte sich, sie nickte, das Licht spielte in ihrem Haar, sie hatte die Lider halb geschlossen und lächelte.

»Ich liebe dich«, sagte sie.

Ich wußte, daß sie nicht log.

»Ich gehe jetzt ins Bett, ich bin schrecklich müde.«

Sie ließ mich auf dem Sofa sitzen und lief durch die Verbindungstür in ihr Zimmer. Ich war total fertig vor Schmerz und Liebe, ich schämte mich des Verlangens, das sich in mir regte, ich konnte mich nicht vom Fleck rühren und wartete darauf, hinter der Tür einen kleinen Zipfel von ihr zu sehen. Das erste Mal...

»Hast du Parfum?«

Ich antwortete nicht.

»Was nimmst du?«

Ich nahm den kleinen Flakon Jungle Gardenia aus meiner Handtasche und ging zu ihr. Sie stand mit dem Rükken zu mir und beugte sich ein wenig vor, um ihre Jeans auszuziehen. Auf der gebräunten Haut waren ein paar Abdrücke unter der Taille und an den Oberschenkeln, die Spuren des weißen Baumwollslips, der nun zusammengeknüllt am Boden lag. Sie hatte die etwas zu breiten Hüften eines schnell gewachsenen Kindes.

»Hier, das riecht sehr gut.«

Sie fuhr herum. Ohne hinzublicken sah ich die spitzen, blassen Brüste, den flachen Bauch und darunter die üppigen Locken einer fast blonden Scham. Eines ihrer Knie war aufgeschrammt, und ihre Schenkel waren glatt wie Nylonstrümpfe. Sie zuckte zusammen und provozierte mich unbewußt.

»Hast du gesehen?«

Ich betrachtete sie langsam, mein Herz schlug wie verrückt; die Schönheitsflecken auf den Brüsten, der sonnengebleichte Flaum, der ihren Bauch hinunterlief, eine blaue Ader, die an ihrer Hüfte pochte.

»Alles sagen, ich sei sehr behaart, stimmt das?«

Sie löste die Knie voneinander, und ich nickte, ja, es stimmte. Ein unanständiges, exotisches und zugleich keusches Vlies.

»Hast du schon mal so lange Haare gesehen?«

Sie wickelte sich eine blonde Locke um den Zeigefinger, zupfte daran und legte Lippen frei, die so rosig und zart waren, als seien sie noch nie geöffnet worden.

»Sag doch was. Gefalle ich dir?«

Sie näherte sich mir tänzelnd, das eine Auge halb geschlossen wie ein Vamp, drängte sich an mich und flüsterte: »Sag mir, daß ich sexy bin...«

Ich sagte züchtig: »Du bist sehr schön, aber es ist Zeit, schlafen zu gehen.«

Ich küßte sie auf die Wange, möglichst nahe bei den Lippen, und ließ sie nackt und ratlos stehen.

Den Tod im Herzen ging ich in mein Zimmer zurück. Am liebsten wäre ich zu ihr gelaufen, hätte mich ihr zu Füßen geworfen und sie angefleht, mir alles zu zeigen, was ich noch nicht kannte, ich biß mir in die Lippen, ich durfte es nicht.

Ich zog mich aus und legte mich, ohne einen Blick für meinen hungernden Körper, meinen brachliegenden Bauch, in das kalte, feindselige Bett, während es an ihrer Seite, im duftenden Schatten ihres Nackens so warm gewesen wäre...

Eine leise, zaghafte Stimme: »Joy, antworte, bitte.«

Ich wartete, bis meine Kehle nicht mehr trocken war.

»Ja?«

»Gefalle ich dir nicht?«

Ich hatte den ersten Kampf gegen sie gewonnen, vielleicht den ersten Kampf überhaupt in meinem Leben.

Sie trat in die Türöffnung.

»Antworte, bitte: Ich gefalle dir nicht?«

Mein gequälter Blick war ein Geständnis, doch schon wollte sie mich ihrem Willen unterwerfen.

»Möchtest du nicht mit mir schlafen?«

Sie kam langsam zum Bett, sie baute sich mit den Händen an den Hüften vor mir auf.

»Ich könnte zu dir kommen...«

Ich bedeckte meine Brüste mit den Händen, damit sie nicht sah, wie die Knospen hart wurden.

»Ich könnte deine Schenkel spreizen und mich dazwischen legen. Ich könnte deinen Bauch lecken. Möchtest du nicht?«

Ich schüttelte lächelnd den Kopf.

»Ich könnte mich vor dir streicheln und dabei kommen. Wenn ich komme, stoße ich kleine Schreie aus, als wenn ich mich verletzt hätte,und ich mache es sehr gut. Soll ich?«

Ihr Leib wölbte sich mir entgegen. Ich hätte nur die Hand auszustrecken brauchen, um ihn zu berühren. Endlich die Hitze ihrer Haut spüren, ihren Bauch umschlingen, sie an mich ziehen, um sie zu bezwingen.

»Soll ich mich mit den Fingern öffnen, damit du hineinsehen kannst?«

Ein Schauer überfiel sie, und sie fing an zu weinen.

»Du bist gemein, Joy!«

Ich richtete mich auf und streichelte sanft ihre Wangen.

»Du gefällst mir, Joan. Ich begehre dich. Ich liebe dich. Aber dieser Abend ist zu wichtig, verstehst du? Man darf den ersten Abend nicht kaputtmachen.«

Sie trocknete eine Träne an ihren Wimpern.

»Schwörst du, daß es wahr ist? Daß du mich begehrst?

»Ich schwöre es!«

»Du liebst mich? Sag es noch mal.«

»Ich liebe dich schon jetzt, und ich werde dich immer lieben.«

Sie überlegte, wie sie doch noch ein Remis schaffen könne.

»Dann lege ich mich jetzt wieder hin, und wir liebkosen uns getrennt, jede in ihrem Bett, ja? Wir werden hören, wenn wir kommen, und jede wird dabei an die andere denken, einverstanden? Was wollen wir wetten, daß du zuerst kommst?«

Sie küßte mich auf die Lippen, wobei sie die Zunge ein wenig herausstreckte, und dann lief sie in ihr Zimmer zurück.

»So, ich liege. Bist du so weit?«

Ich hatte die Decke zur Seite geschoben. Meine Finger massierten mein Geschlecht, als wollten sie es auspressen, und heiße Tropfen rannen heraus.

»Ich liege jetzt auf dem Rücken, Joy. Kannst du mich hören? Antworte!«

»Ja, ich höre dich.«

»Ich habe die Beine angezogen und streichle mich mit einem Finger. Und du?«

»Ich streichle mich auch.«

»Sag etwas, das mich scharf mach...«

Sie begann zu keuchen.

»O Joy, ich habe jetzt zwei Finger in meine Scheide gesteckt, und mit der anderen Hand massiere ich mich...«

Ich hörte, wie sie hochfuhr und stöhnte. Ich streichelte mich wie rasend, denn ich wollte mir Schmerzen zufügen, um die Frustration zu vertreiben, daß ich nicht gewagt hatte, sie zu trinken, daß ich sie nicht zu schamlosen, obszönen Stellungen gezwungen hatte.

»Ich komme gleich!« rief ich.

Ein heftiger Orgasmus schüttelte mich; so muß es sein, wenn der Blitz in eine Eiche schlägt. Ich kam langsam wieder zu Atem. Ich wartete auf die Stille, die nichts mehr störte. Nach einem Jahrhundert voller Erregung stand ich auf und sah in ihr Zimmer. Sie war mit angezogenen Knien eingeschlafen, auf der Seite, ihr Kopf ruhte auf dem Arm, und zwischen ihren Schenkeln sah ich die dunkle Schwellung ihrer noch feuchten Scham und genau darüber die kleine blaßrosa Blüte.

ALMUDENA GRANDES

Der Transvestit

Eines meiner Lieblingsspiele früher war Transvestiten jagen.

Mir war bewußt, daß es ein absurder Zeitvertreib war, albern und obendrein gemein und boshaft, aber ich verschanzte mich hinter meiner Solidarität, einer diffusen Geschlechtersolidarität mit den klassischen Huren, richtigen Frauen mit welken Hängebusen und kariösen Zähnen, die es jetzt immer schwerer hatten bei so viel unlauterem Wettbewerb, die Ärmsten.

Pablo duldete dieses Spiel, er hat mir immer alles erlaubt. Er fuhr dicht an den Bürgersteig heran, im Schritttempo, während ich mich in meinem Sitz klein machte, um keine unnötige Aufmerksamkeit auf mich zu ziehen. Sie sollten nur ihn sehen. Und da kamen sie auch schon aus ihren Schlupfwinkeln hervorgekrochen, wir sahen sie im Schein der Straßenlaternen. Sie bauten sich mit in die Hüften gestemmten Händen nur wenige Meter vor dem Auto auf. Pablo fuhr im Schneckentempo. Sie lüpften ihre Kleider, öffneten die Münder, schnalzten mit den Zungen, und wenn sie dann genau in der richtigen Entfernung standen, zack, beschleunigten wir und versetzten ihnen einen tödlichen Schrecken. Nicht richtig tödlich, denn wir fuhren nie so dicht heran, daß sie ernsthaft glauben mußten, sie würden überfahren werden. Nein, wir wollten nur, eigentlich wollte ich, ich, die Erfinderin dieses Spiels und seiner Regeln, sehen, wie sie aufsprangen, eilig wegliefen, mit all ihren Accessoires, Halsketten, Florentinerhüten und den im Wind flatternden Schals. Sie sahen zu komisch aus, wie sie auf ihren hohen Absätzen schwankten, auf den Arsch fiele, schwer und groß, sie waren noch nicht allzu vertraut mit ihrer Aufmachung. Beim Laufen, mit der Tasche in der Hand und abgespreiztem kleinen Finger, rafften sie die Röcke, wenn sie denn welche trugen. Es war lustig. Einige beschimpften uns mit haßverzerrten Gesichtern und fuchtelten mit den Fäusten in der Luft. Und wir lachten, wir lachten viel, ich habe immer viel mit ihm gelacht, immer, und mit ihm hatte ich hinterher nie ein schlechtes Gewissen.

Bis sie sich unsere Gesichter, vielleicht auch unser Nummernschild, gemerkt haben mußten. Eines Nachts, als wir gerade anfingen und wieder langsam den Bürgersteig abfuhren, kam einer von links und verpaßte Pablo die Ohrfeige, die wir schon längst verdient hatten.

Es ging so schnell, ich bekam kaum etwas mit, eine geschlossene Faust, eine furchterregende Faust, verziert mit einem superlangen roten Fingernagel, schnellte durch das Fenster. Pablo schwankte, bremste abrupt und hielt sich beide Hände vors Gesicht.

Ich reagierte wie eine Furie, noch heute verstehe ich nicht, warum.

Ich sprang aus dem Wagen und begann, die flüchtige Gestalt, die eilig die Straße hinunterlief, wild zu beschimpfen. Du, du Hurensohn, komm her, falls du dich traust.

Die Zeugen des Vorfalls, allesamt Kollegen des Angreifers, bildeten einen Kreis auf dem Bürgersteig. Ich kreischte immer noch. Ich bring' dich um, du Schwein, ich bring' dich um, du Feigling, Schwuler, ich mach' dich fertig.

Er hielt an und kam langsam zurück. In den Häusern ringsum wurden Lichter angemacht. Schluß jetzt! Jede Nacht dasselbe! Die Nachbarn schienen sich an diesen leidenschaftlichen Szenen nicht zu ergötzen.

Pablo hielt sich immer noch die Wange und lachte aus vollem Hals.

Er kam auf mich zu. Die Zuschauer waren verblüfft. Ich raste vor Wut, eine betrunkene Tobsüchtige. Du alter Hurensohn, wie konntest du es nur wagen, meinen Freund zu schlagen – ich konnte ihn nicht meinen Mann nennen, obwohl er es war, wir waren schon fast drei Jahre verheiratet, aber ich brachte es nicht über die Lippen –, ich schwöre dir, wenn du ihm auch nur noch ein Haar krümmst, kratze ich dir die Augen aus, ich kratz' dir die Augen aus, du Scheißmacker.

Jetzt stand er direkt vor mir. Auf seinem Gesicht spiegelte sich derselbe verblüffte Ausdruck wider, wie er vorher auf den Gesichtern seiner Gefährten zu sehen gewesen war. Pablo schrie mir zu, ich solle ins Auto kommen und Ruhe geben.

Ich musterte ihn einen Moment. Für einen Mann war er nicht sehr groß, für eine Frau schon, ungefähr so groß wie ich. Er war ziemlich jung, zumindest sah er so aus, einer der jüngsten Transvestiten, die ich bislang gesehen hatte. Ich war damals dreiundzwanzig, er schien in etwa gleich alt zu sein. Er hatte ein rundes Gesicht, ein Tortengesicht, in seinem Gesicht war nichts Spitzes, trotz der dicken Schicht Rouge, die ausgeprägte Wangenknochen vortäuschen sollte. Sie war hübsch. Als Mann, bevor er die Front gewechselt hatte, mußte er häßlich gewesen sein, abstoßend, mit diesem Kindergesicht eines Erstkommunikanten.

Er machte mir keine Angst.

Wir fuhren einander in die Haare. Es war lustig. Er roch nach ›Opium‹. Ich nach nichts, glaube ich zumindest, denn ich benutze nie Parfum.

Wir rauften eine Weile, der eine hielt den anderen umklammert, die Zuschauer feuerten ihn an, mich umzubringen. Ich hörte ihr Geschrei, haßerfüllte, aggressive

Zurufe, sie nannten mich alles mögliche. Aber er wollte mir nicht weh tun, ich merkte, daß er mich nicht richtig schlagen wollte, also ließ ich von der Idee ab, ihm einen ordentlichen Tritt in die Eier zu versetzen. Ein paar Ohrfeigen waren dann auch alles.

Pablo trennte uns. Er war ernst. Er packte mich an den Ellbogen, riß mich an sich und hielt mich fest, damit ich mich nicht rühren konnte. Ich trat noch ein paarmal mit den Füßen, traf aber nur die Luft.

Dann sagte mein Kontrahent etwas, genau das letzte, was ich erwartet hatte, aber damals wußte ich noch nicht, daß er Sätze von John Wayne sammelte. Die Sheriffs aus den Western faszinierten ihn.

»Paß auf sie auf, Alter, du hat Glück, das ist eine ganz besondere Frau.«

Diese unerwarteten Worten ließen mich augenblicklich zur Besinnung kommen. Pablo besaß schon immer eine erstaunliche Fähigkeit, sich auf solche Situationen und solche Leute einzustellen.

»Das weiß ich längst.« Er versuchte, gelassen zu wirken. »Entschuldigung, es war alles unsere Schuld, aber sie ist wie ein kleines Mädchen, sie mag gemeine Spiele.«

»Natürlich ist das eure Schuld, was heißt Schuld, das ist eine totale Sauerei, was ihr da macht...«

Er sah uns neugierig an, er schien nicht verärgert.

Der Kreis löste sich enttäuscht auf.

»Ich heiße Ely, mit Y.«

Er reichte Pablo die Hand. Der ergriff sie und lächelte. Das mit dem Y hatte ihm gefallen, da war ich mir sicher.

»Ich heiße Pablo, sie Lulú.«

»Ach, wie hübsch! Das würde mir auch gefallen, wenn mein Freund mich so nennen würde...«

Ihm unterlief derselbe Irrtum wie den meisten Leuten, die mich an Pablos Seite kennengelernt hatten. Alle dachten, daß Lulú eine neue Namenskreation sei, daß er mich so getauft habe. Niemand schien glauben zu wollen, daß es sich in Wirklichkeit um eine familiäre Verkleinerungsform handelte, die sich aus meinem tatsächlichen Namen herleitete, dem Namen, den man mir in meiner Kindheit verpaßt hatte.

Auch ich gab ihm die Hand und entschuldigte mich. Es war alles äußerst lustig.

Pablo sagte, daß wir gerade essen gehen wollten. In Wirklichkeit waren wir an diesem Abend schon in den Genuß eines der seltenen, aber spendablen Gastmahle meines Schwiegervaters gekommen. Pablo lud ihn ein, uns zu begleiten. Ely zögerte einen Moment, eigentlich arbeitete er ja gerade, aber schließlich nahm er an.

Wir drei amüsierten uns großartig, wir lachten viel.

Wie es typisch für Pablo ist, gingen wir in ein Nobelrestaurant, wo uns alle anstarrten. Ely war ganz entzückt. Er fällt gern auf. Er trug einen metallicblauen Minirock aus Plastik, eine Lederimitation, Stilettos mit Riemchen zum Schnüren, eine Tüllbluse mit weißen, violetten und blauen Mustern und um den Hals ein Tuch aus demselben Stoff.

Er saß sehr gerade, aufrecht, rauchte mit Zigarettenspitze und fingerte dauernd in seinem langen, toupierten Haar herum, das aufgebauscht war wie Zuckerwatte. Die Spitzen kräuselten sich nach außen, als hätten sie sich vor ein paar Sekunden elektrisch aufgeladen. Er hatte ein paar blonde Strähnen, die dringend nachgefärbt werden mußten, man sah deutlich den dunklen Ansatz.

Ich konnte den Blick nicht von ihm wenden. Seine Brustwarzen schimmerten durch den Stoff. Er bemerkte meinen Blick.

»Soll ich sie dir mal zeigen?«

»Die was?«

»Die Titten.«

»O ja.

Er lüpfte die Bluse, und ich steckte meine Nase in seinen Ausschnitt. Ich erblickte zwei perfekte Brüste, klein und fest, mit richtig spitzen Brustwarzen. Sie waren wohl noch nagelneu. Ich hatte Lust, sie zu berühren, traute mich aber nicht.

»Beeindruckend«, sagte ich. »Um die werden dich viele beneiden...«

»Selbstverständlich. Willst du auch mal?« wandte er sich an Pablo.

Der schüttelte den Kopf, lachte und sah mich an.

Ely begann, uns sein Leben zu erzählen, wollte aber weder sein wahres Alter noch seinen Taufnamen enthüllen. Er hätte sich lieber Vanessa genannt, oder so was in der Art. Aber der Name war schon sehr verbreitet, darum hatte er eine Abkürzung gewählt, die vornehm klang. Man hätte ihn für einen Andalusier halten können, aber er kam aus einem Dorf bei Badajoz in der Nähe von Medellín. Land der Eroberer, nannte er es und zwinkerte mir zu.

Als er die Speisekarte in den Händen hielt, hörte er auf zu reden und studierte sie eingehend. Dann blickte er Pablo an und fragte in einem ganz speziellen Tonfall, zukkersüß und unbeschreiblich weiblich:

»Kann ich junge Aale bestellen?«

Er konnte.

Er futterte wie ein Scheunendrescher, drei Hauptgerichte und zwei Desserts; er war vollkommen ausgehungert, auch wenn er versuchte, das zu verbergen. Er betonte, daß er normalerweise nicht viel esse, um seine Linie zu halten, nur bei besonderen Gelegenheiten lange er ordentlich zu. Aber die Männer hätten sich doch sehr verändert, aus dem Grund gefielen ihm die alten Schwarzweißfilme auch so. Heute sei es anders, es fänden sich immer weniger Kavaliere bereit, einem Mädchen ein bescheidenes Essen zu bezahlen. Er sprach und aß ohne Pause.

Auf Pablos Wange zeichnete sich allmählich ein rötlicher Fleck ab, der später violett und dann gelblichgrün schillern würde.

Ely hatte ihm einen ordentlichen Schlag verpaßt.

»Oh, wie schrecklich, wie leid mir das tut!« Er streichelte Pablo mit der Hand übers Gesicht. »Das habe ich bis heute noch nicht unter Kontrolle, mit den Hormonen, meine ich...«

»Macht nichts.« Pablo ließ sich streicheln, er wollte ihn nicht zurückweisen. So war er immer mit diesen dubiosen Gestalten, die er auf der Straße auflas.

Dann sprang Ely auf und machte den Vorschlag, sozusagen um sich zu revanchieren, wir sollten zusammen ins Bett gehen, gratis natürlich.

Pablo sagte nein. Ely beharrte auf seinem Vorschlag, und Pablo wies ihn noch einmal ab.

»Gut, dann laß mich dir wenigstens einen blasen... Wir können das gleich im Wagen machen, das ist zwar nicht besonders romantisch, aber ich bin daran gewöhnt...«

Ich lachte aus vollem Hals. Pablo nicht, er schüttelte nur den Kopf. Ely grinste.

»Dieser Junge ist ziemlich konservativ«, sagte er zu mir.

»Ja, da kann man nichts machen...« Ich beschloß, zum Feind überzuwechseln. »Los, Pablo, gib dir einen Ruck! Man muß im Leben alles mal ausprobieren«, und an den Werber gewandt: »Wie schade für dich, er hat so ein prächtiges Gerät...«

»Oh, bei Gott!«

Er warf sich mit seinem ganzen Körper zurück und strich sich die Mähne nach hinten. Er übertrieb all seine Gesten und schauspielerte jetzt absichtlich. Es war überaus amüsant.

»Bei Gott, laß dich doch mal gehen!« Er spielte jetzt den Enttäuschten, obwohl auch er lauthals lachte. »Was stellst du dich so an! Ich mache doch nichts Perverses, das schwöre ich dir, ich hab' auch nur eine Zunge und Zähne im Mund, wie alle. Laß es dir doch machen. Oh, was ist das nur für ein Land! Los, ich revanchiere mich für das Essen, und es wird dir gefallen, ich bin sehr gut...«

Wir kreischten laut und veranstalteten einigen Skandal. Man brachte uns die Rechnung, ohne daß wir darum gebeten hatten. Pablo zahlte, und wir gingen hinaus.

Ely bat uns, ihn wieder an der Stelle abzusetzen, wo wir ihn getroffen hatten. Es war früh, er könne immer noch Freier aufgabeln, meinte er, aber auf der Fahrt alberte er unaufhörlich weiter. Er hatte viel getrunken. Wir auch.

Ich zögerte.

Ich wußte nicht, ob mir erlaubt war, es zu tun oder nicht. Ich wollte nicht zu weit gehen. Ihn schien das zu belustigen, alles, was ich machte, aber es mußte eine Grenze geben, irgendeine Grenze, irgendwo.

Schließlich bat ich Pablo anzuhalten und setzte mich nach hinten. Ich sah ihm lieber nicht ins Gesicht. Ely machte mir Platz. Er war überrascht. Ich fiel regelrecht über ihn her und faßte mit beiden Händen in seinen Ausschnitt. Ich sah auf, Pablos und mein Blick kreuzten sich im Rückspiegel. Er beobachtete mich, und er schien gelassen, folglich nahm ich an, sagte es mir wiederholte Male, dies bedeutete, daß die Grenze noch weit entfernt war.

Das Fleisch war so fest, daß man beinahe die Kugeln ertasten konnte, die beiden Kugeln, die er da drin haben mußte. Ich quetschte und knetete die Titten, zog an den Warzen und bedauerte in einem versteckten Winkel meines Inneren, daß ich keine langen Fingernägel hatte, mit denen ich ihm die Haut hätte aufritzen und ihn mit seinem eigenen Blut brandmarken können.

Dieser chirurgische Zwitter weckte merkwürdige Gewaltgelüste in mir.

Er gab mir einen Kuß auf die Wange, aber ich zog das Gesicht weg. Ich bin noch nie so rücksichtsvoll gewesen wie Plablo, ich wollte mich nicht von ihm küssen lassen.

Ich legte meine Hand zwischen seine Schenkel. Er war geil. Das schien mir nicht logisch. Pablo rührte sich nicht, im milchigen Licht der Straßenlaternen beobachtete er uns im Rückspiegel. Ich faßte wieder dahin. Ja, es war sicher, er war geil. Da schob ich ihm die Bluse hoch und nahm eine seiner Titten in den Mund. Meine Hand blieb auf seinem Schritt liegen. Die Situation hatte etwas Ungeheuerliches.

Ich hängte mich an seine Titte, küßte und lutschte sie, biß hinein und rieb gleichzeitig mit meiner Hand seinen Schritt, rieb ihn durch das blaue Plastik, das auf seinen Schenkeln hochgerutscht war, so daß der Saum jedesmal mein Handgelenk streifte. Und ich spürte ihn wachsen.

Er griff nach meiner Hand und versuchte, sie unter den Rock zu schieben, aber ich ließ ihn nicht, ich hatte keine Lust.

»Du bist wohl eine anständige Frau, was?«

Ich hieb ihm meine Zähne in die Brustwarze, daß er aufschrie. Ich führte mich auf wie eine Verrückte.

Er begann, durch das T-Shirt hindurch an meinen Titten, meinen eigenen Titten, die um einiges größer waren als seine, zu saugen. Pablo sagte er, er solle losfahren, wir sollten noch ein letztes Glas trinken in einer Bar, die er kannte. Er sagte ihm die Adresse.

Pablo ließ den Motor an. Ely verhielt sich weiterhin merkwürdig. Er streichelte meine Schenkel. Ich trug auch einen Rock, einen langen, weißen Sommerrock. Er faßte mir unter den Rock, schob seine Hand immer höher, und ich spürte seine Fingernägel in mir, zuerst zwei, dann drei, sie drangen tief in mich ein, glitten hinein und heraus, anfangs langsam, dann immer schneller, noch schneller. Mir stockte bei diesen Fingern der Atem, und dabei hörte ich, wie er mit Pablo sprach – »Diese Frau ist eine Hure« – er lachte – »die wird dich noch ruinieren«. Ich hing immer noch an seiner Brustwarze, mir tat allmählich der Nacken weh bei dieser Haltung, aber ich blieb weiter so liegen, rieb mich an seiner Hand, und er bohrte mir seine Finger hinein, dabei quatschte er unbekümmert weiter, als sei er beim Friseur – »du solltest es mal mit einer von uns probieren, ernsthaft, wir sind mit viel weniger zufrieden, wir Frauen« –, bis es mir kam.

Offenbar standen wir schon eine ganze Weile. Als ich die Augen öffnete, traf mein Blick den Pablos. Er hatte sich zu mir umgedreht und betrachtete mich. Dann machte er die Tür auf und stieg aus.

Wir gingen im Gänsemarsch, Pablo voran, Ely am Schluß und ich in der Mitte. Wir befanden uns in einem teuren Viertel, modern und elegant, das sich nachts mit teuren und ebenso modernen und eleganten Nutten bevölkerte. Man konnte sich nur schwer vorstellen, was so ein Straßentravestit hier zu suchen hatte.

Ely hämmerte mit den Knöcheln gegen eine Holztür, eine Tür im kastilischen Stil mit Fensterläden. Ein Fensterchen öffnete sich, und ein Typ hielt sein Gesicht raus. Sie begannen zu reden. Ich sah nicht, was vor sich ging, denn Pablo hatte mich umschlungen und küßte mich mitten auf dem Bürgersteig.

Ely fragte ihn, ob er noch Geld hätte. Das Essen hatte bis auf einen kleinen Rest alles verschlungen, klar, bei den Mengen, die wir verdrückt hatten. Pablo nickte nur, ohne den Mund aufzumachen. Er hatte Geld, in Momenten wie diesem hatte er immer Geld.

Die Tür wurde aufgemacht, und wir traten ein. Es war keine Bar im eigentlichen Sinne, man gelangte in eine Art Minifoyer mit winziger Theke, wie in manchen chinesischen Restaurants, und dann war da eine Glastür, die zu einem Flur führte, einem langen, mit grünem Teppich ausgelegten Flur mit Türen auf beiden Seiten, einem Flur, der abrupt endete und nirgendwo hinführte.

»Was wollen wir trinken?« Ely hatte wieder Haltung angenommen, obwohl seine Bluse immer noch aufgeknöpft war. Er sprach im Ton einer vornehmen Gastgeberin.

»Gin.«

»O nein, nicht Gin, wie entsetzlich, lieber Champagner.«

»Ich mag keinen Champagner.« Das stimmte, Pablo mochte keinen und ich auch nicht. Ich hatte mir angewöhnt, wie er Gin pur zu trinken. »Aber du kannst ja welchen trinken, wenn du willst.«

»Ja, ja, ja, ja.« Ely verzog Augen und Lippen zu einer Grimasse, »also zwei Flaschen, je eine...«

Pablo hatte sich hinter mir verschanzt, so umarmte er mich oft, mit einem linken Arm umschlang er meine Taille, mit der rechten Hand streichelte er meine Brust, dabei rieb er seine Nase an meinem Nacken und flüsterte mir einen der Lieblingssätze meiner Mutter ins Ohr, das niederschmetternde und endgültige Urteil, mit dem sie stets unsere Streitereien für beendet erklärte:

»Du wirst noch in der Gosse enden...«

Der Mann, der mit Ely gesprochen hatte, stellte zwei Flaschen und drei Gläser auf ein Messingtablett und marschierte vor uns her. Er öffnete die dritte Tür rechts, stelle die Getränke auf einem kleinen, niedrigen Glastisch ab und verschwand.

Wir befanden uns in einem ziemlich kleinen, fensterlosen Raum. Die Lehne einer breiten, weich gepolsterten und mit metallicblauem Samt überzogenen Bank, deren Farbe sich mit dem Grün der Auslegeware biß, erstreckte sich über die gesamte Länge einer Wand. Um den Tisch herum waren vier mit demselben Stoff bezogene Hocker gruppiert. Das Mobiliar wurde vervollständigt durch einen Schreibtisch, einen ziemlich häßlichen Schreibtisch aus Holz mit Jalousietüren. Er stand in einer Ecke und war, wie ich gleich registrierte, vollkommen leer. Keine Ahnung, was der da sollte. Stühle gab es nicht.

Wir setzten uns auf die Bank, wir drei, Pablo in die Mitte. Ely wurde ganz ernst, er sagte keinen Ton. Ein großer Spiegel an der gegenüberliegenden Wand warf uns ein lächerliches Bild zurück. Ely blickte zu Boden, Pablo rauchte und folgte dem Rauch mit seinem Blick. Ich starrte geradeaus. Ich war auf einmal beunruhigt, ich wußte nicht, wie das alles enden sollte. Dann fing ich zu lachen an, fürchterlich zu lachen, ich allein, ein unbezähmbares Lachen. Pablo fragte, was mit mir los sei. Unter größten Mühen brachte ich eine Antwort heraus.

»Wir sitzen hier wie im Wartezimmer beim Zahnarzt...«

Meine Bemerkung lockerte kurzfristig die Spannung zwischen uns, die beiden fielen in das Lachen ein. Ely begann wieder zu plaudern und entkorkte den Champagner unter vielen ›Ahs‹ und ›Ohs‹. Er schenkte sich ein Glas ein, trank es aus und verfiel wieder in Schweigen. Pablo schwieg ebenfalls, er sah mich mit belustigtem Gesicht an, fast grinsend, gab aber keinen Mucks von sich.

Um die Wahrheit zu sagen, hatte ich von Anfang an stillschweigend vorausgesetzt, daß er etwas unternehmen würde. In Fällen wie diesem hatte er normalerweise immer die Situation im Griff, aber diesmal schien er nicht bereit, auch nur einen Finger zu rühren. Also saßen wir wieder steif und schweigsam da wie im Wartezimmer beim Zahnarzt. Ich wurde immer nervöser, Ely verlegen und, wie ich vermute, ärgerlich. Er mußte denken, daß wir ihn, daß ich ihn für nichts und wieder nichts hierher geschleppt hatte, und Pablo blieb so unerschütterlich, als ginge ihn das alles nichts an.

Als das Schweigen für mich unerträglich wurde, rückte ich zu ihm heran und flüsterte ihm ins Ohr, er solle etwas tun, irgend etwas.

Er antwortete mir mit schallendem Gelächter.

»Nein, meine Liebe, die, die etwas unternehmen sollte,

bist du, du hast dir das alles eingebrockt, du ganz allein, ich habe deine Freundin nur zum Essen eingeladen...«

Ely sah mich an. Er war verblüfft.

Ich nicht, ich hatte nur zu gut kapiert.

Ich sah ihn kurz an. Er schien nicht böse auf mich zu sein, höchstens ein bißchen erstaunt.

Ich kniete mich mit zusammengepreßten Beinen vor Pablo hin, setzte mich auf meine Fersen und öffnete seinen Gürtel. Er sah mich an. Er lächelte mich an. Er gab mir die Erlaubnis. Ich machte weiter und blickte zu Ely, der sich nach vorn gebeugt hatte. Er sah mich aber nicht an, seine Augen verfolgten genau, was meine Hände taten.

Unterdessen versuchte ich, Pablos plötzliche Gleichgültigkeit zu deuten. Beim Essen hatte er Ely wiederholte Male eine Abfuhr erteilt, ich hatte mich sogar ein bißchen für seinen Starrsinn, für seine Mackerhaltung und sein kategorisches Nein geschämt. Er hatte sich im Stuhl zurückgelehnt und nur mit dem Kopf geschüttelt, nein, bierernst, nicht eine witzige Bemerkung, nur ein Nein, ein stummes Nein, ich will nicht.

Jetzt dagegen ließ er es sich machen.

Ich war diejenige, die handelte. Ely hatte sich nicht von seinem Platz gerührt, aber wir waren trotzdem zu dritt.

Vielleicht war es ja gar nicht das erste Mal. Vielleicht hatte er schon einmal mit einem Mann geschlafen. Vielleicht auch häufiger. Schlimmstenfalls mit meinem Bruder.

Marcelo und Pablo im Ehebett, nackt, sie küßten sich auf den Mund...

Es war lustig, ich nehme an, es hätte mir eigentlich schrecklich vorkommen sollen, aber ich fand es einfach nur lustig. Ich grinste in mich hinein und beschloß, nicht mehr an solchen Unsinn zu denken.

Als ich wieder zu ihm blickte und Pablos Schwanz schon in der Hand hielt, hatte Ely sich noch nicht einen Millimeter vorgewagt.

Ich drückte die Schultern nach hinten, richtete mich so weit es ging auf, hob den Kopf und ließ die linke Hand auf meinen weißen Rock fallen, der auf dem Boden ausgebreitet war. Ich versuchte, eine gleichermaßen würdige und unterwürfige Haltung anzunehmen. Dabei sah ich Ely in die Augen und hielt Pablos Glied in der Hand. Die Trugbilder waren verflogen, ich war sicher, daß er nie auf Männer gestanden hatte. Er stand auf mich. Sieh mich an, es ist meiner, er tut, was ich will, und ich will ihn. Ich sprach stumm zu Ely, aber er weigerte sich, mich anzusehen. Pablo war in den Hintergrund gerückt, das kam manchmal vor, aber nie ganz, ein einziges Wort von ihm hätte gereicht, um ihn wieder voll da sein zu lassen. Aber jetzt war er in den Hintergrund gedrängt. Ich sah immer noch Ely an und befahl ihm im stillen, sieh mich an, er macht, was ich will. Ich wußte, daß es sich nicht ganz so verhielt, das war nicht die Wahrheit, aber auch die Wahrheit spielte jetzt keine Rolle. Der Gedanke war angenehm, ich fühlte mich sicher. Es war merkwürdig, aber in Situationen wie dieser, wenn noch jemand dabei war, wurde ich mir meiner wirklichen Beziehung zu ihm bewußt. Dann behandelte er mich immer sehr zuvorkommend, und ich begriff, daß er in mich verliebt war. In solchen Momenten kam es mir natürlich und logisch vor. Wenn wir allein waren, hatte ich fast nie dieses Gefühl, auch wenn er sich genauso verhielt. Ich war immer mißtrauisch, ich fand ihn immer noch viel zu schön, viel zu groß und klug für mich, viel zu viel für mich.

Ich liebte ihn maßlos. Vermutlich habe ich ihn immer viel zu sehr geliebt.

Ich nahm seinen Schwanz in den Mund und begann, Pablo auszuziehen. Er liebt es nicht, in Kleidern zu vögeln. Ich streifte ihm die Schuhe ab, jeweils einen mit einer Hand, ebenso die Strümpfe, während ich mit geschlossenen Augen unermüdlich seinen Schwanz mit meinen Lippen bearbeitete. Ich legte ihm meine Hände um die Hüften, er reckte sich leicht hoch, genau so weit, daß ich seine Hosen herunterziehen konnte. Dann, nun wieder mit freien Händen, beugte ich mich über ihn. Ich war ganz und gar über jegliche Ambition erhaben, eine grazile jugendliche Tanagrafigur abgeben zu wollen, das hätte meine Fähigkeiten zur Grazilität, die gleich null sind, bei weitem überstiegen. Ich konzentrierte mich lieber darauf, ihm erstklassig einen zu blasen. Es mußte von erster Qualität sein, weil ich wollte, daß Ely mir zusah.

Als ich glaubte, ausreichend Geschicklichkeit bewiesen und Ely den nötigen Respekt eingeflößt zu haben, nachdem ich Pablos Schwanz mit meinen Lippen, meinen Wangen, meinem ganzen Gesicht geleckt, an ihm geknabbert, ihn geküßt und mich an ihm gerieben hatte, nahm ich ihn in den Mund und behielt ihn eine Weile da drinnen. Das ertragen zu lernen, hatte mich große Anstrengungen gekostet, ich hatte gelernt, ihn ganz zu verschlingen, ihn ganz in meinem Mund zu behalten, indem ich ihn an den Gaumen drückte und ihn mit meiner Zunge zum Wachsen brachte. Als ich ihn schließlich wieder freigab, jetzt dunkelviolett, angeschwollen, klebrig und steif, hörte ich Pablo, sein göttliches Geächze, seine kurzen Atemzüge. Ich blickte zu Ely und sah, daß er mich nun endlich auch anschaute, mir in die Augen sah, sein Mund stand halboffen. Ich machte ihm mit dem Kopf ein Zeichen, er sollte sich an dem Fest beteiligen.

Er hätte sich auf Pablo werfen können, ohne von der Bank aufzustehen, aber er kniete sich lieber neben mich. Er ist schon immer ein Ästhet gewesen.

Ich hatte ihn nicht losgelassen. Ich hielt Pablos Schwanz fest in meiner rechten Hand und duldete nicht, daß mein neuer Gefährte ihn auch nur anfaßte. Ich würde entscheiden, wann er mitspielen durfte und wann nicht. Er gehörte mir, und deshalb leckte ich erneut mit der Zunge von unten nach oben und neigte meinen Kopf, um ihn an meinem Mund entlanggleiten zu lassen, wobei ich meine Lippen immer schneller bewegte, als würde ich mir mit ihm die Zähne putzen, bis mir der Hals weh tat und mein Ohr, das gegen meine Schulter gepreßt war, zu brennen anfing. Erst dann führte ich ihn an Elys Mund, der neben mir wartete, ich führte ihn mit der Hand bis an seine Lippen. Er küßte ihn, aber kaum hatte er ihn auch nur berührt, nahm ich ihn schon wieder weg, nur um ihn gleich wieder an seinen Mund zu führen und zu sehen, wie er ihn mit der ganzen Zunge leckte. Dann streckte ich selber meine Zunge heraus, um ihn zu lecken, und reichte ihn ihm wieder. So ging das eine Weile, bis er ihn mit den Lippen fest umklammert hielt und ich mich nicht traute, ihn wegzuziehen. Ich rutschte noch dichter zu Ely heran, und wir begannen, zu zweit zu lutschen, jeder auf einer Seite, jeder auf seine Art. Es war unmöglich, sich mit Ely abzustimmen, selbst hierbei gebärdete er sich wie ein Verrückter, jeden Augenblick änderte er den Rhythmus, so daß ich beschloß, allein zu blasen, nur einen winzigen Augenblick. Dann bot ich ihn wieder Ely an, ich hielt ihn weiter in der Hand, und er saugte. Mir gefiel es, ihm zuzusehen; seine gefärbten Haare, der übers ganze Gesicht verschmierte scharlachrote Lippenstift, der hüpfende Adamsapfel in seinem Hals. Blas, mein Junge, saug dich voll, aber nicht zuviel, und ich drückte meine Hand so weit nach oben, daß er ihn mir überlassen mußte. Wieder schluckte ich ihn, behielt ihn ein Weilchen in meinem Mund und gab ihn erneut in Elys Mund. Jetzt überreichte ich ihn nicht mehr, ich steckte ihn einfach hinein, ich wollte Ely sehen, sehen, wie sich seine Wangen zusammenzogen, sehen, wie er einem Mann einen blies.

Ich zog mich kurz zurück, ohne aber mein Opfer loszulassen, ich wollte Ely sehen. Ich blickte auch Pablo an, der mich aber nicht sehen konnte, seine Augen fixierten irgendeinen Punkt an der Decke. Sein Gesichtsausdruck überzeugte mich davon, daß Ely zu Recht Reklame für sich gemacht hatte. Er oder sie schien es gut zu machen. Ich beschloß, ihm das Feld zu überlassen. Ich lockerte nach und nach den Druck meiner Hand und ließ schließlich ganz los. Dann warf ich mich auf den Boden, stützte mich auf einem Ellbogen ab und widmete mich Pablos Eiern, ich knabberte an ihnen. Bevor ich anfing, sah ich noch einmal kurz nach links.

Ely masturbierte.

Unter dem blauen Rock umklammerte er mit einer linken Hand einen kleinen, weißlichen und schlaffen Penis. Ich fragte mich gerade, ob seine Titten etwas mit dem jämmerlichen Aussehen dieses kränklichen Appendix zu tun hatten, als Pablos Schenkel plötzlich bebten.

Unverzüglich richtete ich mich auf. Ich wollte sehen, wie er sich in Elys Mund ergoß. Ich hockte mich neben ihn, mit einem Bein kniete ich auf der Bank, der andere Fuß stand auf dem Boden. Ich sah mein Profil im Spiegel, und ich sah seinen Kopf, der zwischen meinen Brüsten und meinem Kinn eingeklemmt war. Mit einer Hand hob ich sein Gesicht und beugte mich über ihn. Ich küßte ihn, bewegte die Zunge in seinem Mund und genoß schon im voraus den Augenblick, in dem ich mich wieder Ely, der dort unten auf dem Boden kauerte, zuwenden und anfangen würde, ihm Befehle zu erteilen, ihn anzuschreien, schluck alles, du Hund, schluck es runter. Aber jener Moment würde nie kommen, ich würde ihn ohrfeigen, wenn nur ein einziger Tropfen vergossen würde. Doch dazu kam es nicht mehr, denn völlig überraschend packte Pablo mich, faßte mich unter dem Knie und drehte mich jäh um, bis ich, das Gesicht ihm zugewandt, auf ihm saß. Er hob mich kurz hoch, um mir den Slip auszuziehen, indem er einfach das Gummi zerriß, und zwang mich, ihn zu besteigen.

Ich schlang meine Arme um seinen Hals und begann, auf ihm zu reiten.

Immer wenn wir es so machten, mußte ich an früher denken, als ich fünf, sechs, neun Jahre alt war. Stundenlang hatte ich hartnäckig gebettelt, bis ich mich auf seine Knie setzen durfte und er mich an den Handgelenken faßte, mich zuerst an sich zog und dann fallen ließ, so weit, daß mein Kopf den Boden berührte, hoppe, hoppe Reiter, wenn er fällt, dann schreit er, fällt er in den Graben, fressen ihn die Raben. Das letzte Mal, als wir das machten, war ich schon fast vierzehn und er fünfundzwanzig. Wir waren allein in Marcelos Zimmer. Pablo saß auf dem Bett, ich bat ihn darum, und er antwortete, nein, ich sei jetzt zu groß für solche Spiele. Ich blieb hartnäckig, ein letztes Mal, bitte, ein letztes Mal. Schließlich ließ er sich doch erweichen, du wiegst eine ganze Menge, hoppe, hoppe Reiter, und jenes Mal machten wir es sehr lange, und als wir aufhörten, war ich naß, und er hatte etwas Hartes, Ungewohntes in seinen Jeans. Jenes Mal sollte das letzte Mal sein, aber es wurde das erste Mal.

Während ich auf ihm ritt, flüsterte ich ihm leise ins Ohr, hoppe, hoppe Reiter, wenn er fällt, dann schreit er. Er hob mir den Rock hinten hoch und verhüllte damit meinen Kopf, der Saum berührte meine Stirn. Er faßte mich fest um die Taille und saugte durch das Baumwollshirt an meinen Brustwarzen, bis zwei große feuchte Flecke zu sehen waren.

Kurz darauf begann alles um mich herum zu schwanken. Pablo riß mich an sich, sein Geschlecht verwandelte sich in einen Teil meines Körpers, den wichtigsten Teil, den einzigen, der in der Lage war zu genießen. Er drang in mich ein, jedesmal ein bißchen tiefer, gleichzeitig öffnete und schloß ich mich um ihn. Er durchbohrte mich, ich spürte den Druck seiner Hände in meinem Nacken, es war, als ob meine Eingeweide sich mit ihm auflösten. Alles andere verschwamm, mein Körper und seiner und alles andere. Deshalb brauchte ich so lange, um die Quelle jener feuchten Streicheleien, die von Zeit zu Zeit wie aus Versehen meine Schenkel streiften, zu identifizieren. Kurze, flüchtige Berührungen, die nach Sekunden des Zweifels und einem Augenblick der Verblüffung mir wieder bewußt machten, daß Ely nach wie vor dort unten zugange war, auf den Knien am Boden kauerte, leckte, was ich nicht in mich aufnahm und sich dabei seinen kleinen Piephahn wichste, so weiß und so schlaff. Ich aber vögelte wie eine Verrückte, gleichgültig gegenüber jenem pittoresken Straßenköter, der sich hinter meinem Rücken mit den Resten meines Festbanketts begnügte. Bis dann der Augenblick kam, in dem ich seine Anwesenheit vollkommen vergaß.

Ich hätte ihn gern gesehen, das war der letzte klare Gedanke, den ich fassen konnte, bevor ich mich gehenließ, bevor ich die Wirkungen von Pablos Stößen zu spüren begann, immer heftiger, immer dichter am Kopf, und ich mich nicht mehr kontrollieren konnte, ich mich gehenließ, damit er, drei oder vier Stöße mehr, tödlich und brutal, die letzten, mir den Nacken zerquetschte, ihn in Tausende kleiner weicher Stückchen zerriß, bevor auch er sich gehenließ zwischen den elastischen Wänden meines Geschlechts, das sich verselbständigt hatte, das, Lichtjahre von meinem Willen entfernt, das seine strangulierte.

Im Bewußtsein meiner Unfähigkeit, etwas anderes zu machen, als nur still dazuliegen, vollkommen ruhig, um mich nach und nach wieder zu fangen, lag ich eine Weile regungslos in Pablos Armen, hing an ihm und vermißte mein Zuhause, mein Bett, ein Bett in der Nähe. Trotzdem war es angenehm, die Wärme, der Kontakt mit seiner immer noch heißen Haut.

Er kehrte viel eher in die Wirklichkeit zurück als ich, sein Körper ist weitaus gehorsamer als meiner. Wir waren nicht zu Hause, darum küßte er mich auf die Lippen. Hob mich ein wenig hoch, um aus mir herauszuschlüpfen, und schob mich sanft auf die Seite.

Zusammengekauert, die Knie an die Brust gedrückt und mit geschlossenen Augen blieb ich eine Weile so sitzen, während er sich anzog. Da fiel mir wieder Ely ein, den ich ganz vergessen hatte.

Sie wechselten leise ein paar Worte, eine Stimme, die nicht Pablo gehörte, flüsterte einen Abschiedsgruß, und ich hörte, wie die Tür ins Schloß fiel.

Ich richtete mich auf. Mit verschränkten Armen lehnte Pablo an der Wand und grinste. Ich stand auf, um mich anzuziehen, und stellte fest, daß ich angezogen war. Mein kaputter Slip lag auf dem Boden. Ich hob ihn auf, keine Ahnung, warum, es war unanständig, hier zerrissene Slips rumliegen zu lassen, und steckte ihn in die Tasche. Als ich am Tisch vorbeiging, sah ich, daß die Flasche Gin noch unangebrochen dastand, wir hatten nicht mal die Banderole entfernt. Ich nahm sie und stopfte auch sie in die Tasche. Die Zeiten sind nicht danach, volle und obendrein bezahlte Flaschen einfach stehenzulassen. Pablo fing an zu lachen, ein ziemlich durchsichtiges Lachen, aber nicht gemein, er lachte einfach. Er war nicht böse, und deshalb ging es mir gut, so gut, daß ich auch lachte, und immer noch lachend gingen wir hinaus auf die Straße.

Als wir in den Wagen stiegen, dachte ich wieder an Ely und fragte neugierig:

»Hast du ihm Geld gegeben?«

»Ja.«

»Und, hat er es genommen?«

Er beantwortete meine Frage mit einem neuen Lachanfall.

»Natürlich hat er das genommen!« Er sah mich an, als wolle er mir zu verstehen geben, daß ich ziemlich dumm sei, und ich wußte, das genau war es, was er mir sagen wollte, aber es lag nichts Beleidigendes darin. Er lachte weiter über meine Naivität, und sein Lachen besagte soviel wie: Alles wird gut.

»Warum sollte er es nicht annehmen? Er lebt doch davon.«

MAUREEN BRADY

Unter die Haut

Laura wartete nervös, während die Frau den Vertrag über den Mietwagen ausfüllte. »Ist ein Zweisitzer okay?« fragte sie.

»Sicher«, antwortete Laura unkonzentriert. Die Frage drang kaum in ihren Gedankenfluß ein. Was mietete sie da eigentlich – ein Motorrad? Wenige Minuten später fand sie sich in einem Zweisitzer wieder – ein Auto, tatsächlich. Ein sportlicher Ford mit Schalensitzen vorne und einem langen Heck. Die Straßenkarte legte sie auf den Beifahrersitz und machte sich dann zur Bay-Brücke auf – zu ihrem Rendenzvous mit Chana, die sie bei ihrem Vetter Richard in Berkeley Hills abholen würde. Ihr Kopf druckte ein Bild aus: Chana. Braune Augen mit einem gewissen Funkeln, weiche Wangen, süßer Duft. Und ihr Herz jagte einen aufgeregten Blitz direkt nach unten, in den Bauch und zwischen die Beine. Pures Glück, wenn sie sich jetzt nicht verfuhr, so erregt und abgelenkt war sie. Einen ganzen Monat lang hatte sie voller Aufregung gewartet, seit jener Wanderung im Osten. Und das hatte ein starkes Glühen in ihrem Herzen entfacht.

Als sie merkte, daß sie fast da war, fuhr sie von der Straße ab, hielt in den Hügeln an und versuchte sich zu sammeln. Vorbereiten. Wozu? Sie wußte, daß es gut werden würde. Sie wußte, daß sie einander mochten. Sie wußte, daß jener Tag auf dem Berg zauberhaft gewesen war und daß die gleichen Personen von damals wieder zusammenkamen. Durchatmen, sagte sie sich. Und sie holte zehnmal tief Atem. Beim zehnten Atemzug fiel ihr ein, daß sie beim Unterzeichnen des Vertrages noch nicht einmal kontrolliert hatte, ob die Gebühr für den Mietwagen korrekt war. Sie kramte den Vertrag hervor und war erst recht verwirrt, weil die Leute die Gebühr überhaupt nicht eingetragen hatten. Aber klar doch: Sie warteten eben ab, ob sie das Auto pünktlich zurückbrächte.

Weitere tiefe Atemzüge. Ihr war schwindlig. Wie würde Chana wohl sein? Und schon wieder ein Adrenalinstoß in den Unterleib. Diese intensive Energie, mitten im Körper. Als würden die Nerven dort unten nur allzu gern das Steuer übernehmen, wenn sie den Wagen nicht endlich in Bewegung setzte. Weiter los! Die Warterei hatte lange genug gedauert.

Sie startete den Wagen. In der nächsten Straße links wohnte der Vetter, und die Zeit schien dahinzurasen. Da stand sie schon an der Tür und klingelte. Die Tür war groß und öffnete sich nach draußen. Irreführend. Sie hatte sich vorgestellt, wie Chana sie begrüßen würde. Im Eingang einer Tür, die nach innen aufging. Und nun diese Tür Was tun?

Chana drückte die Tür auf, kam heraus, umarmte Laura sanft, die einer Ohnmacht nahe kam. Eine strahlende Chana. Sie trug Rot, blickte freundlich. Ihre kurzen dunklen Haare fielen ihr ein wenig in die Stirn und kringelten sich dann nach oben. Sie bat Laura herein. Laura lächelte ein wortloses Ja. Fordere mich nicht zum Reden auf. Chana führte sie zur hinteren Veranda, wo Vetter Richard und seine Freundin saßen. Sie führten ihr einen Kolibri vor, und Lauras Herz flatterte genauso ungestüm wie die zarten Flügel des Vogels. Das Haus war am Hügel gebaut, und die Veranda schien in der Luft zu hängen. Laura schaute Chana an, ließ sich von ihrer intensiven Schönheit ergreifen und hatte plötzlich das Gefühl, als ob das Haus jeden Augenblick die Klippe hinunterrutschen könne. Zu sich selbst: Weiteratmen. Zu den anderen: »Aufregend, hier zu leben.

Ihr müßt euch doch immerzu einem Abgrund nahe fühlen.«

»Ich merke es überhaupt nicht«, sagte Vetter Richard und sah nicht, wie erregt sie war.

Chana führte Laura durchs Haus. Im Badezimmer küßte sie sie. Laura hielt Chanas Kopf, und mit klopfendem Herzen spürte sie das Echo ihres letzten Zusammenseins. Gleichzeitig das ausgeprägte Gefühl, einander fremd zu sein. Sie wollte Chanas Körper an sich drücken, ihn spüren, bis alle vorhandenen Berührungspunkte miteinander korrespondierten.

»Komm, wir verabschieden uns und brechen auf«, sagte Chana. Ihr Vetter beschrieb den kniffligen Weg zur Richmond-Brücke. Chana schien ganz gelassen, schien den Angaben folgen zu können, während sie Laura mit funkelnden Augen anblickte, anflirtete. Laura ging dichter an den Rand der Veranda, eine gute Aussicht, sie traute sich aber immer noch nicht, hinunterzusehen. Sie machte sich auf. Beim ersten Abbiegen verloren sie den Weg, aber sie fuhren weiter, ein bißchen ziellos. »Was meinst du?« fragte Laura.

»Ich glaube, dieser Weg bringt uns hin.«

»Ich mag, wie du deinem Instinkt folgst«, sagte Laura und kurvte nach Berkeley hinunter. Sie fühlte sich gleichermaßen übermütig und verloren. Und genauso lernten sie sich jetzt kennen. Laura war hin und her gerissen zwischen ihrem Vertrauen auf jene Instinkte und dem Gefühl, sich selbst und Chana gegenüber fremd zu sein. Was, wenn sie nun Block um Block in die falsche Richtung fahren würden? Sie wollte am Ozean sein, weg vom Auto. Sie wollte dort sein, wo sie sich umarmen konnten. Und doch war sie froh um diese Aufgabe, dieses Fahrenmüssen. Sie brauchte Zeit, um ein Gefühl für Chana zu entwickeln, bevor sie einander lieben würden. Ein Gefühl für die wirkliche Chana, nicht für ein Fantasiewesen. Im letzten Monat hatten sie sich süße, zärtliche Liebesbriefe geschrieben, ermutigende Worte. Sie entdeckten dabei viel Gemeinsames: Die Vorlieben beim Essen, die Lieblingsbücher, die Aufregungen die sie gerade im Beruf durchlebten.

Laura hatte in einem Künstlerort an der Westküste gewohnt, während Chana daheim in New York kurz davor war, ihrem Verleger ihr erstes Buch vorzulegen. Schon bei der Ankunft an ihrem Zufluchtsort hatte Laura gefunden, daß die Schlafnische viel passender fürs Liebemachen als fürs Geschichtenerzählen war. Geradezu entzückend, wie sich die beiden Wände an das große Doppelbett schmiegten. Draußen stand eine Eiche und streckte ihre Äste den Fenstern entgegen. Das Muster des Laubes, nachts ganz schwarz, hatte etwas Märchenhaftes. Im Mondlicht verloren die Blätter ihre Konturen, wurden zu geheimnisvoll arrangierten Flecken. Morgens, ganz grün, boten sie dann einen völlig anderen Eindruck. Laura liebte es, dort zu schlafen. Das Hinüberdriften in die Traumwirklichkeit der Nacht, das Aufwachen im sanften Grün Kaliforniens. Sie erwachte stets mit einer gespannten Offenheit, die sie lange Jahre nicht mehr erlebt hatte. Und sie sehnte sich jetzt danach, mit diesem Gefühl wach zu werden und Chana schlafend neben sich zu finden. Sie wollte jene Offenheit, jenes Wunder wiedererleben, das sie in Chanas Augen entdeckt hatte, als sie sich damals auf dem Berg nach vielen Küssen voneinander lösten und sich lange wortlos anblickten.

Inzwischen hatten sie die Richmond-Brücke gefunden und überquert und fuhren Richtung Küste, als sie in eine Nebelbank gerieten. Laura sah die Gegend zum ersten Mal so verhüllt. Bei ihren anderen Fahrten auf der Bundesstraße Eins hatte sie immer die grandiose Aussicht auf die zerklüftete Küste genossen. Jetzt schloß der Nebel sie ein, und sogar dann, als sie genau wußte, daß sie dicht am Ozean waren, konnte sie den Strand nicht erkennen. Sie hatte sich schon ausgemalt, wie sie Chana zu dieser Stelle mit dem Ausblick führen würde. Wie sie ihre Hand nehmen und sie an einen ruhigen Platz auf dem Hügel bringen wollte. Wie sie ihre Reaktion beobachten würde. Und die Aussicht würde genauso fantastisch sein wie das starke Gefühl, das sie miteinander verband. Und jetzt? Chana nahm ihre Hand, küßte sie vorsichtig und drückte sie gegen ihr eigenes Herz. Laura lächelte. Innerlich fühlte sie sich ganz warm. Und auch ganz erschrocken. Wer war Chana? Wer war sie selbst? Warum empfanden sie so viel füreinander und wußten so wenig vom andern? Sie warf Chana ab und zu einen Blick zu, doch die kurvenreiche Straße erforderte ihre ganze Aufmerksamkeit. Bei der nächsten Gelegenheit hielt sie an und sagte: »Laß uns ein Stück den Hügel hinunterlaufen und herausfinden, ob wir den Ozean hören können.«

Sie stiegen beide aus. Laura räkelte sich und fühlte, wie ihre Spannung ein wenig nachließ. Sie brauchte eine Sekunde, um festzustellen, daß nicht sie, sondern der Wagen sich rückwärts bewegte. Er rollte rückwärts. Sie stürzte zur Tür und trat auf die Bremse. Ihr war das Ungeschick peinlich, sie wurde rot. »Du bist wohl etwas abgelenkt«, sagte Chana und kam näher. Laura stellte die Automatik auf ›Parken‹ und zog die Handbremse heftig an. Dann lachte sie.

»Der Beifahrer muß darauf achten, daß das Auto nicht im Leerlauf abgestellt wird.«

Chana zog sie aus dem Wagen, umarmte und küßte sie. »Gut, daß wir nicht auf einem Berg standen«, sagte sie.

Sie gingen hinunter zu einer Stelle, von der aus sie sehen konnten, wie die Wellen gegen die Felsen brandeten. Zunächst saßen sie dicht beieinander, wie damals auf dem Berg. Sie küßten sich, rochen das Haar der anderen. Spürten, wie stark sie sich gegenseitig anzogen. Dann legten sie sich hin. Der Nebel hüllte sie ein. Sie konnten weder

Straße noch Himmel sehen. Manchmal erblickten sie den Ozean, dann verschwand er wieder. Aber immer war sein rhythmisches Rauschen zu hören. Sie hielten einander umschlungen und schaukelten sanft.

»Wie ich mich danach gesehnt habe«, flüsterte Laura.

»Ich weiß, ich weiß«, erwiderte Chana.

Die Lust erhitzte ihre Gesichter, als sie dort Seite an Seite lagen, die Körper der Länge nach aneinandergepreßt. Der Nebel sorgte für Abgeschiedenheit. Der Raum, den er ihnen verschaffte, war unpersönlich und schmucklos. Ohne Ecken und Wände. Der Raum kam noch näher. Sie küßten sich leidenschaftlich. Als sie die Augen wieder öffneten, war der Nebel dünner geworden, ihr Liebesraum größer.

Lauras Körper ging in den Felsen über, auf dem sie lagen, sie waren eins. Ihre Hand wanderte langsam auf und ab, erkundete die sanften Konturen von Chanas Körper, erinnerte sich an die schöne Kurve des Rückens. Sie strich an Chanas festen Schenkeln entlang und stellte sich dabei vor, mit welcher Grazie sie sich beim Laufen bewegten.

Chana drückte mit ihrem Becken gegen sie, und Lauras Erregung wurde übermächtig. Die Lust durchzuckte ihren Körper wie ein Gewitter und übertrug sich dann auf Chana. Sie war atemlos, rasend vor Wonne und Begierde.

»Ich liebe deinen Geruch«, flüsterte Chana, und dann rollte sie sich auf den Rücken, und Laura rollte mit, so daß sie oben lag. Laura preßte sich heftig gegen sie, streichelte und roch Chanas Nacken, atmete tief die feuchte Meeresluft ein. Sie spürte, wie sich der Kolibri in ihrer Brust rührte, während ihr heißes Zentrum Glutwellen ausstrahlte, die der brennenden Lust von Chana begegneten. Plötzlich wollte sie sie nackt haben. Sie wollte in ihr sein, ihre Feuchtigkeit spüren. Und sie wollte, daß sie selbst so erlebt wurde. Ohne Hüllen, ohne Fesseln. Aber sie wußte auch, daß es seine Zeit brauchte, diesen Zustand der Verzückung zu erreichen. Wie das Aufblühen einer Rose: zu jedem Zeitpunkt schön, und mit einem ganz eigenen Rhythmus. Sie neigte den Kopf nach hinten und sah in Chanas Gesicht ein Verlangen, das ihrem eigenen gleichkam. Wie ausdrucksstark dieses Gesicht war. Wie heftig erinnerte sein Mienenspiel an die Brandung da unten: Die Lust jagte los, überschlug sich, ebbte dann ab. Und ihre geschlossenen Lippen formten ein leises Lächeln, das ihr Gesicht weitete. Die Zeit schien genauso undeutlich wie die Grenzen ihres Liebesraumes. Sie schien lange zu dauern, wenn Laura daran dachte, wie intensiv sie jede einzelne gelebte Minute empfand. Und sie war doch so kurz, denn es gab jetzt kein Warten mehr, das Warten war endlich vorbei.

In einem kleinen Strandort machten sie eine Kaffeepause, bevor sie zu Lauras Atelierwohnung fuhren. Chana bestritt die Unterhaltung überwiegend allein. Laura hatte Mühe, die Worte zu begreifen oder gar selbst etwas zu äußern, obwohl sie sich gerne auf diese Art verständlich gemacht hätte. Da war schon wieder dieses Gefühl, am Abgrund zu stehen, so wie auf Richards Veranda. Nur weil sie am Tisch Chana gegenübersaß. Sie fand die Schönheit der Geliebten so überwältigend, daß sie sich über die anderen Leute im Café wundern mußte, die so taten, als sei dies ein ganz gewöhnlicher Tag. Keiner nahm Notiz von dieser außergewöhnlichen Frau und ihrem klaren Blick, die ihr, Laura, kaffeetrinkend gegenübersaß und pure Freude ausstrahlte. Sie ging zur Toilette und vergewisserte sich im Spiegel: Ja, doch, es war möglich, das Strahlen zu sehen, auch bei ihr. Ihre Augen sahen grüner aus, ihre Haare glänzten in einem warmen Hellbraun. Ihre Haut war weich und rein, frisch und einladend. In ihr glühte und pulsierte es, und sie fühlte sich dem Kern ihres Wesens ganz nah.

Als sie im Studio ankamen, spürte sie immer noch diese Nähe, empfand aber auch das Fremdartige der Wohnung. Eine Zuflucht, ein Geschenk für einen Monat. Wie merkwürdig es war, daß keine etwas von der Wohnung der anderen wußte. Sie führte Chana herum, zeigte ihr die Glaskuppel oben auf dem Gebäude, den Holzboden, die kleine Küche, das reizende Badezimmer. Immer noch Chanas Hand festhaltend, führte sie sie die zwei Stufen hinunter in die Schlafnische. Sie fiel auf das Bett, lehnte sich zurück und genoß die vertraute, geliebte Aussicht. »Komm her.« Sie streckte sich Chana entgegen, die lächelnd am Bett stand und sich dann neben sie legte.

»Es ist ein Paradies«, sagte sie, und ihre Stimme war fast heiser »Du hast nicht geschwindelt.«

»Vor allem jetzt, wo du hier bist, ist es ein Paradies«, sagte Laura.

Dann hielten sie sich fest, und Laura konnte kaum noch atmen. Irgendwo in der Woge von Lust versuchte sie Luft zu schöpfen. Bei der Umarmung spürte sie, wie fest ihr eigener Körper, wie fest der Körper Chanas war. Es dämmerte, und das Licht spielte auf Chanas Gesicht, das sich immer wieder veränderte. Manchmal war es ganz weich vor Verzückung, manchmal ängstlich, manchmal von Leidenschaft übergossen. Laura genoß jede dieser Regungen, denn sie waren ein Echo ihrer eigenen komplexen Emotionen. Wenn sie und Chana wirklich Fremde füreinander waren, warum schienen ihre Körper schon jetzt so vertraut zu sein? Mehr als vertraut, so als hätten sie eine lange Zeit auf dieses Zusammensein gewartet, als hätten sie sich lange danach gesehnt.

Sie küßten sich inniglich. Laura rollte sich nach oben. Chana legte ihre Hand ganz sanft unten auf Lauras Rükken und schaukelte sie sanft hin und her, und Laura spürte, wie sich die süße Wärme in ihrer Muschel ausdehnte. Sie fuhr mit ihren Fingern durch Chanas Haar und hielt ihren schönen Kopf fest. Wie sie diesen Rhythmus liebte. Chana zog ihre Bluse so weit hoch, daß ihre nackten Bäuche sich aneinander rieben. Und die Wärme weitete sich aus. Laura fühlte, wie sich ihre Bäuche küßten – weiche Decken, die das so verletzliche Innere verhüllten. Sie erhob sich, um ihr Hemd auszuziehen, und streifte auch Chanas Hemd ab. Da lagen sie, Brust an Brust, und spürten, wie die Wärme nach oben flutete. Laura umfaßte eine der Brüste Chanas, küßte, züngelte. Sie sah, wie die Brustwarze sich versteifte. Als sie sich zurücklehnte, um Chana anzuschauen, bewunderte Chana ihre Brüste und sagte, daß sie vollkommen wären. Laura murmelte eine Antwort. Sie rollten herum, so daß jetzt Chana oben lag. Der gleiche sanfte, aber kühne Rhythmus. Sie mehrten ihre Lust, aber nicht bis zum Höhepunkt. Um einen Orgasmus zu bekommen, brauchte Laura keine Steigerung der Intensität, denn es war schon intensiv genug, sie brauchte nur Vertrauen. Sie mußte die zärtliche Hingabe hinter den Liebkosungen spüren, um dieser Zuwendung vertrauen zu können.

Laura war verletzlich. Sie war dünnhäutig geworden nach der Trennung von ihrer langjährigen Geliebten. Vor vier Monaten hatte sie die gemeinsame Wohnung, das Bett verlassen. Und noch viel weiter zurück lag die Zeit, als sie ihre Sexualität wirklich gemeinsam gelebt hatten. Sie dachte daran, wie sie sich manchmal große Mühe bei ihren Zärtlichkeiten gegeben hatten, wie sie selbst lange an der äußersten Grenze gestanden hatte, den Sprung zum Höhepunkt fast geschafft hätte. Und doch nicht konnte, noch nicht. Sie erinnerte sich daran, wie es nach dem Tod ihres Vaters gewesen war, als sie nach der Beerdigung heimkehrte und sich so schrecklich allein fühlte. Bess schien nicht wirklich da zu sein. Sie war da und ihr doch fern. Laura war nicht in der Lage, ihre Bedürfnisse auszusprechen. Mehr Festhalten. Mehr Zuwendung.

Mehr Fürsorglichkeit beim Festhalten. Bess war selbst sehr bedrückt, denn sie hatte ihren Job verloren. Außerdem kam sie aus einer Familie, in der man nicht über den Tod sprach, in der Gefühle verdrängt wurden. Und so konnte Laura ihre Hemmungen nicht überwinden. Wenn ihr Orgasmus käme, das wußte sie genau, kämen auch die Tränen, und ihre Lust wäre von der Trauer eingehüllt. Mit jemanden Lust zu teilen, ohne Fürsorglichkeit zu bekommen – das wäre nichts anderes als ein Betrug am Körper. Und ihr Körper, der ihr oft genug treuer war als ihr Kopf, verweigerte sich schlicht. »Es ist schon in Ordnung«, sagte sie zu Bess, »wir müssen nicht so leistungsorientiert sein.« Aber Bess zögerte nun, die sexuelle Initiative zu ergreifen. Ausgerechnet in einer Phase, da sie, Laura, die Initiative der Geliebten brauchte.

Chana lag auf ihr, sie hatte ungefähr das gleiche Gewicht wie sie selbst. Bess war erheblich schwerer gewesen, und in dieser Position hatte sie sich von Bess fast erdrückt gefühlt. Laura empfand ein herrliches Freiheitsgefühl, weil sie diese Wahl getroffen hatte. Und diese Gefühlswoge spülte sie zurück zu jenem Glühen im Bauch, zwischen den Beinen. Gleichzeitig spürte sie, wie nahe die Tränen bei der Lust lagen. Chana schaukelte sie wieder. Tröstlich. Der Rhythmus stimmte genau. Wie wußte Chana das? Laura schaute ihr ins Gesicht, versuchte es zu ergründen. So süß, so weich, so geheimnisvoll. Auch sie hat wohl Erinnerungen, dachte Laura. An was? An wen? Wohin brachte sie diese Verbindung, diese Bewegung der Intimität? Sie konzentrierte sich. Chana war ganz und gar da, tief in ihrem Körper. Sie rief Lauras Namen. Sie sagte: »Du, du...«, und Laura wurde von dem Ruf noch mehr geweckt.

Sie hielten inne, um ihre Slips ungeduldig abzustreifen. Und als sie sich wieder berührten, war es wie ein neues Treffen. Wie im Augenblick, als die Tür aufging und

Chana heraustrat. Und wie zuvor, als sie auf dem Felsen lagen und ihre Körper der Länge nach aneinander drückten. Ihre Bäuche und Brüste, ihre Lippen und Wangen trafen wieder zusammen. Immer noch neu, aber nicht mehr fremd, so öffneten sie sich füreinander. Laura preßte ihren Schenkel zwischen die Beine Chanas und spürte die weiche Haut der anderen. Sie spürte die feuchte Hitze Chanas, die Glut, die von ihr ausging. Sie hielt ganz still, weil das Gefühl in ihr bereits so voll, so groß war. Sie wollte einfach nur fühlen. Welch große Befriedigung, weil alle ihre Sinne, jede Körperzelle geweckt worden waren. Sie atmete den süßen Duft von Chanas Nacken ein, drückte ihre eigenen Schenkel, spürte, wie die Hitze in ihr stieg. Sie tastete nach Chanas Scham. So schön geschwollen. Weich und voll wie ein Brot aus guter Hefe. Ihr Finger forschte, rutschte durch das Feuchte. Sie fühlte sich gleichzeitig aufgeregt und heiter. Wie beim Besteigen eines neuen Berges, wenn sie sich zum ersten Mal dem Gipfel näherte. Würde sie sich verirren? Würde man sie finden? Chanas Reaktionen sagten ihr, wann ihre Berührungen richtig waren. Sie glitt tiefer. Eine enge Höhle, warm und feucht und so weich wie Samt. Ein Heim. Ein Geheimnis. Wie vollkommen sich diese Vagina anfühlte. Und welche Kraft von ihr ausging. Wie die Flut, die sie empfunden hatten, als sie im Nebel zusammenlagen. Laura hatte Lust hinzuschauen. Und das tat sie. Sie rückte etwas von Chana ab, ließ ihre Finger auf dem Pfad zwischen den Venuslippen entlanglaufen und sah das zarte Rosa. »Ein schöner rosa Garten«, murmelte sie. Mit dem Sprechen steigerte sich ihre Lust. Selten zuvor hatte sie sich so ausgedrückt. Es war eine neue Art, aktiv zu sein. Die Gefühle durften heraustreten, glühten zwischen ihnen. Waren nicht mehr in ihrem Herzen versteckt, zu einem Bündel verschnürt, zu welchem die andere nur mühselig und langsam vordringen konnte. Ein Garten war ein

Ort des Wachsens, ein Ort der Wunder. Diese Liebkosungen waren wie das Aussäen einer Liebe, die vielleicht zwischen ihnen blühen würde.

Chana zog sie an sich, ihre Körper schmiegten sich aneinander, Brust an Brust. Sie hielt Laura an den Hüften fest, und Laura spürte, wie die Lust ihren Bauch zur Glut brachte, wie die Wellen von Chanas Verlangen ihr eigenes antrieben und wie ihr Herz überströmte. Diese Frau war eine Fremde, und doch kannte sie sie. Während des ganzen Monats nach der Wanderung im Osten hatte sie Chanas Gegenwart genau gefühlt. Eine liebevolle Präsenz, wie ein Schutzengel. In genau diesem Bett hatte sie Chana spirituell gespürt, und sie hatte sich so sehr nach Chanas körperlicher Gegenwart gesehnt, daß es weh tat.

Chana lag oben, hob sich an. Sie strahlte geradezu. Ihre Augen waren voller Freude. Laura fuhr mit den Fingern durch ihr dunkles Haar, das vom Kopf abstand. Chana küßte Lauras Brüste, ihren Bauch. Dann glitt sie hinunter zu Lauras Scham. Jetzt war sie die Forscherin, sie teilte die Lippen, tastete sanft mit den Fingern. Dann leckte sie sie. Küßte sie. Saugte sanft an ihr. Laura hielt sich an Chanas weichem Haar fest, während sie sanft ihr Becken kreisen ließ. Sie fühlte sich verwundbar, weil Chanas Brust nicht mehr gegen ihre eigene drückte, doch sie konnte die Liebe in Chanas Mund spüren, sie mußte nur jener Stelle zwischen den Beinen erlauben zu empfinden. Es fiel ihr schwer, zuzulassen, daß sich jemand völlig auf sie konzentrierte, ohne daß sie selbst aktiv wurde, ohne daß sie selbst gab. Und sie sagte sich: Nimm es, laß sie dich lieben. Laß sie ihre Lust daran finden. Hab Vertrauen. Das Nehmen forderte Laura mehr ab als das Geben. Doch als sie zum Aufnehmen bereit war, glühte sie von innen her und hieß mit ihren Kreisbewegungen Chanas Liebkosungen willkommen. Sie fühlte sich so voll. Sie war am Rande eines Orgasmus. Sie war am Rande der Tränen. Wenn sie jetzt, während der ersten Liebesnacht, in den Armen dieser Frau weinte, was würde das bedeuten? Sie kam nicht. Sie weinte nicht. Chana hielt sie wieder umschlungen. Die Lippen dicht an Lauras Ohr, flüsterte sie mit dieser weichen Stimme: »Ich möchte, daß du kommst.«

Lauras Lust explodierte, als Chana ihren Wunsch aussprach. »Es wühlt mich auf, wie du mich berührst, wie du mich küßt«, sagte sie und wußte im Augenblick des Sprechens, daß diese Worte sie an den Tränen vorbeiführen würden.

»Du kannst aufgewühlt sein – und dennoch kommen«, sage Chana mit ruhiger Gewißheit.

»Was ist mit dir?« fragte Laura.

»Kein Problem«, antwortete Chana.

Laura spürte, wie ein Adrenalinstoß in ihren Unterleib jagte. Sie spürte, wie ihr Verlangen stärker wurde, wie ein mächtiger Sog. Ihr Verlangen wurde immer größer, heißer, als Chanas einladenden Worte durch ihren Kopf pulsierten. Sie tastete nach unten, teilte ihre eigenen Venuslippen, preßte sie gegen die Chanas und fing an, sich zu bewegen. Chana flüsterte ihr Liebesworte ins Ohr. Manchmal verstand sie sie nicht, aber sie konnte die Zärtlichkeit darin spüren, die Konzentration. Hier waren Laura und Ghana. Gemeinsam. Und ihre jeweiligen Erfahrungen waren auch da, alle Liebesnächte der Vergangenheit. Aber hier, in diesem Augenblick, ging es um sie. Laura flüsterte Chanas Namen. Sie ließ ihren Kopf los. Sie war ihr Körper. Sie war das Feuer und der Geist, die in ihr lebten. Sie ritt ihren Körper. Sie hatte so lange gewartet. Dann, endlich, fiel sie über den Rand, keuchte, spürte, wie sich die Glut innerlich ausdehnte. Als bräche die Sonne mit Macht hinter einer Wolke hervor. Sie stöhnte ihre Lust hinaus. Sie spürte die liebevolle Umarmung von Chana. Ihr Atem wurde ruhiger, dankbar lag sie da. Daß so etwas möglich war. Daß es dieses Wunder, daß es Chana gab.

Chana zeigte, wie souverän sie war. Sie ruhte sicher in ihrem Körper, ihre Bewegungen verrieten das. Sie ließ ihre Erregung steigen, dann hielt sie einen Augenblick lang inne, weil sie einen Ort der Lust erreicht hatte, den sie genießen und nicht sofort wieder verlassen wollte. Dann bewegte sie sich wieder. Sie rief Lauras Namen, sie sprach zu ihrer Scham. Laura schaute in ihr Gesicht. So voll, so lustgeprägt. Es machte sie hitzig. Dann wurde aus Chanas Atmen ein Stöhnen. Jeder Atemzug ein Schrei, zu jedem Schrei ein Echo. Jedes Echo rührte an Lauras Herz. Sie hielt sie. Sie hielt sie fest. Sie war so glücklich, sie zu halten.

CATHERINE TEXIER

New Yorker Szene

Wieder ein drückendheißer Abend, Smog. Straßenlaternenlichter tanzen im Nebel, aus den Gossen steigt der Geruch von Moder und fauligem Abfall auf, der Gestank einer südamerikanischen Stadt rund um den Marktplatz. Die Blätter an den Bäumen glänzen. Als Lulu aus dem klimatisierten Bus aussteigt, hat sie das Gefühl, in Schlick zu versinken.

Schnell geht sie die Avenue A entlang, einen zu voll gestopften schwarzen Nylonrucksack auf den nackten Schultern, biegt in eine Nebenstraße ein und betritt ein altes verfallenes Gebäude. Pedro! brüllt eine Stimme aus einem geöffneten Fenster. Eine Frauenstimme, die ihr Volumen überstrapaziert, brüchig ist von ständigem Schreien. Pedro! *Dond'està?*

Sie schließt eine Wohnung im obersten Stockwerk auf, wird mühelos mit den drei Schlössern fertig, obwohl sie noch nie dort gewesen ist. Geruch von Katzenpisse. Blinkendes rotes Neonlicht, das von der gegenüberliegenden Straßenseite auf die Küchenwand geworfen wird. CUCHIF ITOS. Gewimmel von Kakerlaken, die hastig in Ritzen krabbeln. Als sie das Licht anmacht, fällt ihr Blick auf einen dreibeinigen Holzstuhl, himmelblau angemalt, mit schwarzen und weißen Zebrastreifen. Sie läßt ihren Rucksack darauf fallen und wandert durch die drei ineinanderübergehenden Zimmer. Das Mobiliar auf dem abgewetzten Linoleum ist spärlich: zwei hellgrüne Plastiksessel im Stil der fünfziger Jahre, ein schwarzes Vinylsofa, aus dessen Nähten Schaumstoff quillt. Sie macht es sich darauf bequem, kickt ihre Ballerinas weg, als das Telefon klingelt.

Lulu fürchtet sich vor Julian. Er hat ein Springmesser unter seiner Matratze. Er geht nachts in den Park am Tompkins Square, mit klopfendem Herzen, ohne etwas Bestimmtes vorzuhaben, hält aber sein Messer fest umklammert, tief in der Tasche seines langen Mantels, *sur le qui-vive*. Sein Adrenalin steigt, er ist high vor Angst, während er sich in einer dunklen Ecke versteckt. Plötzlich sah ich diesen Junkie auf mich zukommen, sagt er. Ich wollte das offene Messer in meiner Hand spüren. Ich wollte wissen, wie es ist, einen völlig Fremden nachts mit einer Waffe zu bedrohen.

Hast du es getan?

Er kam auf mich zu, trat mir in den Weg und wollte mein Geld. Es war ein Weißer, die Zähne klapperten ihm, er war krank vor Angst und auf Entzug. Ich zog das Messer, aber er wartete nicht, bis er es in meiner Hand sah. Er rannte. Mann, ist der gerannt!

Hallo! Ist Mario da?

Nein. Hier ist kein Mario. Sarah heißt die Person, die ihr die Wohnung untervermietet hat. Vielleicht ist Mario ein Freund von ihr.

Die Stimme insistiert. Aber er hat mir gesagt, er würde um diese Zeit da sein...

Welche Nummer haben Sie gewählt?

Die Nummer stimmt. Sie steht auf der Wählscheibe.

Falsche Nummer, sagt sie.

Das Telefon klingelt wieder. Diesmal ist es die Stimme eines Mannes. Könnte ich bitte Mario sprechen?

Hier ist kein Mario. Falsche Nummer, habe ich Ihnen gesagt!

Entschuldigen Sie, Miss, aber ist das nicht die...

Auch die Adresse stimmt. Plötzlich wird ihr heiß. Aber es könnte ein Freund von Sarah sein. Sie sagt: Nein, ich bin in der... Sie erfindet eine Adresse.

Aber ich weiß, daß es Marios Nummer ist, ich bin mir ganz sicher, hört sie die Frau von dem vorherigen Anruf im Hintergrund sagen.

Vergiß es, sagt der Mann. Er hängt auf.

Meine Mutter starb in einer bitterkalten Januarnacht, gleich nach meiner Geburt. Sie war allein mit meiner Tante in dem Krankenhaus, mein Vater war Monate vorher verschwunden, und sie verlor das Bewußtsein, als sie zu pressen anfing. Man mußte mich mit der Zange holen. Als sie zu sich kam, krümmte sie sich unter einem stechenden Schmerz in der Brust, und sie starb vermutlich an Herzstillstand auf dem Weg zur Intensivstation. Meine Tante nahm mich zu sich.

Wissen Sie, wir suchen eine sehr professionelle Person, sagt der Direktor der Balletttruppe. Nicht nur technisch perfekt, sondern auch diszipliniert und pünktlich. Mit anderen Worten, eine Person, auf die wir uns verlassen können.

Vielleicht hätte sie ihr Kleid anziehen sollen oder lange Hosen. Nicht die Shorts, die ihre Beine bis oben hin zeigen.

Ich fand Sie neulich sehr gut. Natürlich müssen Sie noch viel lernen, aber Sie besitzen Anmut und Kraft. Und das ist es, was bei einer Tänzerin zählt...

Sie fragt sich, ob das zählt. Ob irgend etwas zählt. Ihre Gedanken rasen, um ihre Angst zu betäuben. *Un petit tour, deux petits tours, trois petits tours.* Sie ist auf einem Karussell, sitzt rittlings auf einem weißen Pferd mit flammender Mähne. Es ist ein schönes altes Karussell, an dem die Vergoldung abblättert, dunkles Rot, verblichenes Rosa, blaue Töne, die grau werden. Sie sieht ihren Vater an, sein Gesicht ist halb der Menge zugewandt, sie kann nur die Linie seines Kinns, seiner Wange sehen. Er scheint jemanden da draußen zu beobachten. Er sieht jünger aus, verträumt, sehr weit weg. Sie bekommt Angst. Sie greift mit der einen Hand nach der glänzenden, sehr glatten Metallstange, die durch den Kopf des Pferdes läuft, und winkt ihm mit der anderen. Daddy! Er hört sie nicht, die Musik ist zu laut. Das Karussell dreht sich immer schneller. Sie spürt, wie der Wind ihr das Haar aus der Stirn weht. Sie klammert sich mit beiden Händen an die Stange. Daddy! Bei der nächsten Runde winkt er ihr lächelnd zu.

Ja, ich weiß, was Sie meinen. Ich kann Ihnen nicht mehr sagen, als ich Ihnen schon gesagt habe. Ausbildung in Paris als Ballettänzerin, und als ich in die Staaten kam, habe ich mit Modern Dancing angefangen. Ich habe mit einer Truppe in Montreal und San Francisco getanzt, ich habe Ihnen das Zeugnis mitgebracht, wie Sie gebeten haben...

Er sieht müde aus, sein graues Haar hängt ihm in die Augen. Er verlagert diskret die Schenkel, zieht an seinen Jeans, läßt die Arme über die Rückenlehne seines Stuhls baumeln, offensichtlich um Luft an seine Achselhöhlen zu lassen, deren Haare, lang und feucht, sie durch die Armlöcher seines T-Shirts sehen kann. Er nimmt den Umschlag, den sie mitgebracht hat, öffnet ihn, wirft einen Blick auf die Papiere, die Empfehlungsbriefe, gibt sie ihr zurück.

Gut, sehr gut...

Er sieht nicht sie an, sondern die dichte Menschenmenge auf der Straße. Er schlägt mit der flachen Hand auf den Tisch. Gut, wir werden sehen.

Er ruft die Kellnerin, tastet in der Gesäßtasche nach seinem Portemonnaie, läßt etwas Wechselgeld als Trinkgeld auf dem Tisch.

Hören Sie, ich muß es mir überlegen. Ich rufe Sie an, okay? Sicher. Rufen Sie mich nicht an, ich werde Sie anrufen. Pech...

Sie sieht die langen roten Streifen, die sich von Julians Schulterblättern bis hinunter zu den Hüften ziehen. Er erzählt ihr, daß er auf den Rücken gefallen sei, sich die Haut aufgeschürft habe. Sie weiß, daß er lügt. Sie hat die Peitsche in seinem Schrank gesehen und daneben ein Paar Handschellen. Er steht auf, wenn es schon dunkel ist, und zieht los, zu den dunklen Straßen, den kleinen Clubs, den Nachtbars am Fluß, schleicht an den Wänden der Lagerhäuser entlang, die Tierblut ausdünsten unter den Haken, und wenn es taghell ist, sinkt er ins Bett, seine Haut wird immer bleicher. Seiner Wohnung gegenüber, auf der anderen Straßenseite, steht eine verlassene Synagoge, innen völlig zerstört, eine zweidimensionale Filmkulisse vor tiefblauem Himmel. Tauben fliegen ein und aus, scheißen auf den alten Portikus. Sie muß sie den ganzen Tag anstarren.

Das Telefon klingelt wütend. In ihrem Traum war es die Sirene eines Schiffes, die mitten auf dem Atlantik durch den Nebel heult. Die Uhr zeigt 3 Uhr 45, nachts. Es klingelt weiter, und sie liegt flach auf dem Rücken. Das Telefon steht auf dem Boden, auf der anderen Seite des Zimmers. Schließlich krabbelt sie hinüber und hebt ab, sieht dabei über die Schulter, als wäre sie von finsteren Mächten umgeben.

Hör mal, du Nutte, sagt die Stimme. Wir wissen, daß es Marios Telefonnummer ist. Wir wissen, wer du bist. Wir wissen, daß du ihn versteckst oder deckst. Spiel nicht rum mit uns, du Nutte. Du weißt nicht, was du deiner saftigen kleinen Muschi da zumutest!

Sie verharrt noch eine Weile mit dem Hörer in der Hand, nachdem am anderen Ende der Leitung aufgelegt worden ist.

Henry ist groß, er hat eine kräftige krumme Nase, sein rötliches Gesicht ist von einem struppigen grauen Bart eingerahmt. Er hat einen schmalen Mund, breit und geschwungen, sinnlich in seiner Beweglichkeit, seiner Gier, wenn er sie küssen will, die Zunge naß, sein Körper schwer auf ihrem.

Er hat den längsten Schwanz, den sie je gesehen hat. Er pfählt sie, dringt in sie ein bis hinauf zum Gebärmutterhals. Einmal hat er ihre Haut aufgerissen, als er in sie eindrang. Es blutete, und sie mußte zum Arzt, weil es sich entzündete. Zu *seinem* Arzt, Uptown, in der Park Avenue, der die Situation ausnutzte und seinen behandschuhten Finger etwas länger in ihrer Möse ließ, als eine einfache Untersuchung es erforderte. Alles an Henry ist überlebensgroß. Sein sexueller Appetit fasziniert sie. Er hat ein Hausmädchen, das ihm einen bläst, wenn es ihm das Frühstück ans Bett bringt. Ein Mädchen mit einer Stupsnase und kurzem schwarzem Haar, zwischen dessen vollen Brüsten ein goldenes Kreuz hängt. Er hat Lulu erzählt, daß er Frauen mit großen Brüsten und breiten Schultern mag. Es geht das Gerücht, daß er die Frauen seiner Freunde auf dem Rücksitz ihrer Autos verführt oder auf Partys in den Damentoiletten. Er ist besessen von Sex. Er malt vorgestreckte Schöße mit verschwitztem Schamhaar in grellen Purpur- und blutigen Rottönen neben Marilyn Monroe oder Doris Day gleichenden Gesichtern, die frei in der Luft schweben. Er ist besessen von den Stellungen beim Sex. Ein weiblicher Körper, der mit dem Kopf nach unten auf einer Treppe liegt, der Hals zurückgereckt, die roten Lippen halb geöffnet über schimmernden weißen Zähnen. Kein schlechter Künstler. Und sogar ziemlich im Trend. Eine protzige Berühmtheit, die in einem Haus in den Hamptons und einem zweistöckigen Loft in Tribeca gipfelt. Er vögelt sie im Fahrstuhl auf dem Weg nach oben zu seinem Atelier, er vögelt sie auf seinem King-size-Bett mit Ausblick auf die Sonnenuntergänge Jerseys, am

Strand der Hamptons um zwei Uhr nachts. Bringt sie in den Kinos am Times Square zum Orgasmus, sein Burberry Trenchcoat über ihrer beider Knie gebreitet, bringt sie dazu, vor ihm die Stufen, die zu einem Zwischenstock in seinem Atelier führen, hinaufzugehen, ohne Unterhose und mit schwarzen Netzstrümpfen an Strapsen, und stößt seinen Finger in ihre Möse.

Sie fügt sich.

Im Taxi, auf dem Rückweg von der 86. Straße, wo sie deutsche Wurst und Gebäck eingekauft haben (seine Eltern kommen aus Berlin), hat Henry seine Hand in ihrer Unterhose. Er kann der Versuchung nicht widerstehen, sich seine Macht über Frauen in der Öffentlichkeit zu beweisen. Einmal, bei einem Lunch im Waldorf Astoria – er hatte es geschafft, daß sie zusammen mit ihm eingeladen wurde –, hatte er sie – Denk an die Vereinbarung, keine Unterwäsche! – mit seinen Fingern zum Orgasmus gebracht, *entre la poire et le fromage.* Sie fahren zu ihr. Manchmal turnt es ihn an, sich in den Hinterhöfen der Stadt herumzutreiben, wie er es ausdrückt.

Das Telefon klingelt, als sie die Tür aufschließt.

Hör mal. Mario ist hinter dir her. Er sagt, er hält es nicht aus, mit anzusehen, daß du fremde Männer in seine Wohnung bringst.

Was ist, fragt Henry.

Nichts, sagt sie und beugt sich vor, um seinen Gürtel zu öffnen.

Brennend liegt sie neben Julian, naß, mit schmerzenden Gliedern, die Brustwarzen hart. Er liegt wach im Dunkeln, regungslos, steif, sein Messer neben sich. Einmal fordert er sie auf, einen Seidenschal um seinen Hals zu schlingen und zu ziehen, sobald er kommt. Sie will nicht. Los, tu es, sagt er. Nein. Er wird wütend. Er rührt sie nicht mehr an.

Manchmal kommt er tagelang nicht wieder. Sie findet ihn nackt auf der Matratze liegend, Arme und Beine von sich gestreckt, in tiefem Schlaf, die eine Hand wie zum Schutz über seinen Schwanz gewölbt.

Henry spielt ihr ein Band mit Liebesgeräuschen vor, die er mit einer anderen Geliebten aufgenommen hat, einer Blonden in einem engen marineblauen Seidenkleid und hochhackigen Pumps, die gerade das Atelier verließ, als Lulu eintraf. Das ist ja wie beim Arzt, sagt Lulu, statt zu kommen, wie er es von ihr erwartet hat, und sie bricht in Gekicher aus, als ihr klar wird, daß er die Sitzung am gleichen Nachmittag aufgenommen hat. Er lacht mit ihr, weiß aber nicht recht, ob ihm ihr Ton gefällt. Er haut mit dem Zeigefinger auf die Off-Taste des Kassettenrekorders und flüstert auf deutsch: Ich liebe dich...

MERCEDES ABAD

Schaschlik-Spieß

Es dunkelte bereits, als ich das Schloß von Sir Adolph Vaine-Haze in der Grafschaft York, etwa fünfzig Kilometer vor der englischen Ostküste, erreichte. Das Schloß war im 18. Jahrhundert von John Vanbrugh, einem dem Klassizismus verpflichteten Architekten, gebaut worden und zeigte nichts von dem Luxus, wie er für die Bauweise zur Zeit von König James typisch war, sondern sah aus wie ein einfacher Landsitz.

Zwar fuhr ich mit dem Auftrag dorthin, über den Verkauf des Schlosses an meinen guten Freund Lord Alfred Campbell zu verhandeln, doch mangelte es mir auch nicht an persönlichen Motiven, um London für ein paar Tage den Rücken zu kehren. Meine Langeweile hatte in dieser Stadt beängstigende Ausmaße angenommen, und meine gereizte Fantasie setzte mir mit stetigen, nimmer endenden Vorwürfen zu, denen ich nichts entgegenzuhalten vermochte. Daher dachte ich, eine solche Fahrt mit ungewissem Verlauf sei für meinen Überdruß vielleicht ein wirksames Gegengift. Glücklicherweise konnte ich schon bald feststellen, daß ich mich nicht getäuscht hatte.

In Northallerton, dem Städtchen, in dem meine Bahnreise endete, verführte mich Sir Adolph zum ersten Mal. Er hatte die glückliche Idee gehabt, eine Pferdekutsche zum Bahnhof zu schicken, die mich abholen sollte. Und obwohl die Fahrt in diesem Vehikel unmenschliche Anforderungen an meine, an sanftes Gleiten in modernen Automobilen gewöhnte Anatomie stellte, war ich dankbar für die aufmerksame Geste meines Gastgebers, der in meinem Bekanntenkreis als exzentrisch galt. Da die Fenster der Kutsche hinter schwarzem Samt versteckt waren, konnte ich mich weder an der Landschaft berauschen, noch eine auch nur halbwegs seriöse Vermutung über die Geschwindigkeit anstellen, mit der sich das klapprige Gefährt fortbewegte. Dem kläglichen Zustand meiner Nieren und Wirbelsäule nach mußte sie meteorisch gewesen sein.

Sie Adolph persönlich kam ans Schloßtor, um mich zu begrüßen. Er war über vierzig und von exotischer Schönheit. Er hatte sehr schrägstehende, schwarzglänzende Augen, eine Adlernase und ungewöhnlich breite Wangenknochen. Mehr als seine Schönheit erstaunte mich jedoch die Art, wie er sich kleidete: Er trug eine weiße Tunika und ging barfuß, und sein einziger Schmuck war ein ebenfalls weißer Turban.

Sie Adolph geleitete mich in einen riesigen Salon, der nur mit Diwanen und Ottomanen möbliert war. Körbe mit Früchten verbreiten ihren erregenden Duft.

Eine unmerkliche Kopfbewegung von Sir Adolph, und sein Diener ließ uns allein. Wir setzten uns, und es entspann sich eine ziemlich banale, jedoch entspannende Unterhaltung, in deren Verlauf ich bemerkte, daß Sir Adolph seltsam aufdringlich meinen Mund betrachtete. Aus seinen Augen schlug eine Sinnlichkeit, die mich nicht unberührt ließ, und ich erschauerte unter diesem Blick, der meine Lippen liebkoste. Als er meine Verwirrung bemerkte, griff Sir Adolph in einen der Körbe, nahm eine große, reife Feige heraus und hielt sie mir hin. Die Feige lag in seiner geöffneten Hand, die er mir einladend entgegenstreckte. Sir Adolph schaute mir tief in die Augen und sprach kein Wort. Dieser Mann faszinierte mich, aber ich zögerte noch.

Als ich meinen Mund schließlich der Frucht näherte, zog Sir Adolph seine Hand abrupt zurück, schloß sie zur Faust und zerquetschte die Frucht vor meinen noch geöffneten Lippen. Das rote Fleisch der Feige quoll zwischen seinen Fingern hervor. Dann öffnete Sir Adolph die Hand und stieß seinen Mund in den Fruchtmatsch. Wir waren uns so nah, daß mir sein mit dem Geruch der Frucht vermischter Atem entgegenschlug und die Sinne raubte. Er starrte mich an, als könne er in mein Inneres sehen, als sehe er mich nackt, und ich hatte das Gefühl, diesem Mann nie etwas verheimlichen zu können. Obwohl wir uns gerade erst kennengelernt hatten, wußte er bereits mehr über mich als meine Freunde.

»Zögere nie im Angesicht der Lust, denn sie könnte es dir übelnehmen«, murmelte Sir Adolph, immer noch dicht an meinem Gesicht. »Wenn du sie abweist, meine Liebe, kehrt sie vielleicht so schnell nicht zurück. Hier auf dem Land, umgeben nur von Wiesen und Wäldern, sind unsere Vergnügungen von ganz anderer und viel schlichterer Natur als in der Stadt, aber keine Sorge. Die Frucht hat dich in Versuchung geführt, doch du hast dich nicht getraut. Ich weiß, daß du nur einen kurzen Moment gezögert hast, aber als du dann wolltest, hatte die Lust dir schon den Rücken gekehrt. Denke beim nächsten Mal daran.«

Nach diesen Worten rief Sir Adolph den Diener und befahl ihm, mir meine Zimmer zu zeigen.

In dieser Nacht kehrte mir auch Morpheus den Rücken, und ich wälzte mich im Bett, ohne daß der Flügelschlag des Schlafs mich auch nur streifte. Mein Körper war so angespannt und erregt, daß ich glaubte, platzen zu müssen: Schon der Kontakt mit dem Bettlaken ließ mich erglühen, und die Bilder in meinem Kopf machten mich unerträglich benommen. Bebend und schwitzend erhob ich mich aus meinem Bett, entschlossen, den Verursacher meiner brennenden Sinne aufzusuchen. In meinem Delirium lief ich durch endlose Flure und unendlich viele Zimmer, in denen der schwere Duft reifer Früchte lag. Fast eine Stunde brauchte ich, um das Schloß von oben bis unten zu durchsuchen, fand aber weder Sir Adolph noch seinen Diener. In ihren Zimmern waren sie jedenfalls nicht. Aber wo sonst? Ich sagte mir, es gebe nur noch eine Möglichkeit, und meine Furcht vor Indiskretion überwindend, trat ich in den Garten hinaus. Meine Schritte auf den von Bäumen und Blumenbeeten gesäumten Weg waren das einzige Geräusch, das die Stille dieses Ortes unterbrach. Dunkelheit und Kälte bereiteten meiner Suche ein schnelles Ende, dennoch war ich sicher, daß auch draußen niemand war.

Durchgefroren und mit wunden Nerven ließ ich mich auf eine Steinbank sinken, die vor der Rückfront des Gebäudes stand. Die Fenster blinkten mich höhnisch an, als wüßten sie allein, wo Sir Adolph war. Eine Weile blieb ich in der beständig schwächer werdenden Hoffnung sitzen, die Kälte werde meine glühenden Sinne besänftigen, als einsetzender Regen meine Haare befeuchtete und mein Blick zufällig auf eine kleine Seitenfür fiel, die, von dichten Efeuranken halbverdeckt, einen Spaltbreit offenstand.

Mein Herz tat einen Sprung, und mein Atem ging vor Erregung schneller; meine Augen und meine Lippen brannten, und ich konnte das Zittern meines Leibes kaum unterdrücken. Auf der Türschwelle nahm ich ein schwaches Licht am Ende eines langen Korridors wahr und wußte, daß ich mich auf dem richtigen Weg befand. Der Gang führte zu einem großen gewölbten, feuchten Saal, an dessen Ende eine Wendeltreppe nach unten ging. Leise stieg ich in die zunehmende Dunkelheit hinunter, bis ich zu einem Raum kam, der dem vorherigen ähnelte, aber nur von vier Kandelabern erleuchtet wurde. Mein Blick fiel auf eine Tür, durch die Licht schimmerte. Ich spitzte die Ohren und glaubte, leises Geplätscher von Wasser zu hören, das gedämpft und weich bis zu mir drang. Ich näherte mich dieser Tür, und die Wassergeräusche wurden deutlicher; ich lugte vorsichtig hindurch, und was ich sah, übertraf meine kühnsten Fantasien. In der Mitte eines wunderschönen, weitläufige Raums mit Säulen und Bogengängen, der von mehr als hundert Fackeln erleuchtet wurde und dessen Wände Mosaiken und Gipsreliefs schmückten, war ein großes Schwimmbecken eingelassen, das in blauem Unterwasserlicht erstrahlte. Am Rande des Beckens kniete Sir Adolph, vollständig nackt und mit kahlgeschorenem Schädel, während sein Diener bis zur Hüfte im Wasser stand. Um das Schwimmbecken herum standen zahllose Körbe voll verschiedenster Speisen.

Anfangs war die Haltung der beiden Männer für mich verwirrend; weder berührten sich ihre Körper, noch deutete irgendwas in ihren Bewegungen auf eine mögliche erotische Beziehung hin. Sie hielten ihre Köpfe gesenkt und die Augen geschlossen, und von ihren Lippen kam ein monotones Gemurmel, als sprächen beide ein leises Dankgebet. Ihre Gesichter strahlten die Konzentration von Menschen aus, die sich einem fremdartigen Ritual hingeben. Dann hob Sir Adolph den Kopf, öffnete die Augen, ergriff eine Handvoll von etwas, das wie Hackfleisch aussah, und begann sanft und rhythmisch sein Glied damit einzureiben. Ohne daß er sie lange bitten mußte, richtete seine Rute sich auf, reckte sich höher und höher, bis sie ihren Scheitelpunkt erreichte, an dem Sir Adolph ein paar Feigen nahm und sie eine nach der anderen auf sein aufgerichtetes Glied steckte, bis es völlig unter den Früchten verschwunden war. Staunend sah ich, wie der Diener sich über Sir Adolphs Rute beugte und die Früchte verspeiste, die sein Herr ihm hinhielt. Während der Diener von diesem Baum aß, ließ Sir Adolph seine Hüften kreisen und streichelte seine Hinterbacken und die Innenseiten seiner Schenkel. Das flackernde Licht der Fackeln tanzte in kupferfarbenen Reflexen auf den beiden, dem seltsamen

Liebesmahl hingegebenen Gestalten und bedeckte ihre Leiber mit Feuer.

Meine Finger ertasteten eine feuchtheiße Vulva, um von dort aus das Band zu stärken, das Herr und Diener miteinander verband. Ich habe wohl einen lauten Seufzer ausgestoßen, als die Lust mich überschwemmte, denn für einen Augenblick hielt Sir Adolph inne und schien sich umdrehen zu wollen, um den Ursprung des fremden Geräuschs zu erkunden. Ich wollte mich verstecken, doch als ich sah, daß Sir Adolph seine Aufmerksamkeit wieder auf den kostenden Diener richtete, atmete ich erleichtert auf und beobachtete weiter.

Der Diener streifte das Glied seines Herrn nicht einmal mit den Lippen, doch unter der gierigen Zunge, die nach den Feigen leckte und dem hungrigen Mund, der sie verschlang, erbebte die steif aufgerichtete, in rotem Saft gebadete Rute vor Lust, und jede ihrer Zuckungen schlug Wellen in meinem Schoß. Ich hätte dieses herrliche Glied gerne in mir gespürt, hätte meine Vulva darübergestülpt und es aufgesogen, bis es in mir zerflossen wäre.

Aber nicht ich kam in dieser Nacht in den Genuß seines Spermas, denn als Sir Adolph ejakulierte, war da ein von rotem Feigensaft noch überfließender Mund, der die Nachspeise verschlang, ohne einen einzigen Tropfen davon zu verlieren.

Die Vorstellung war beendet. Sir Adolph erhob sich, legte seine Tunika wieder an und kam auf die Tür zu, hinter der ich mich verborgen hielt. Er ging so nah an mir vorüber, daß ich die Luft anhielt, um nicht gehört zu werden.

Zurück in meinen Zimmern, bemächtigte sich meiner ein wild wogender, von zutiefst beunruhigenden Bildern durchsetzter Schlaf, und als ich nur drei Stunden später wieder aufwachte, sah ich die geträumten Szenen noch lebhaft vor mir: gierige Schlünde auf steil aufgerichteten Masten reitend und sich geifernd um gewaltige Brocken rohen Fleisches streitend, pralle Glieder, um spermagetränkte Speisen tanzend, und zahllose sich windende Leiber in einer sämigen, glucksenden Brühe, die über den Rand des Schwimmbeckens quoll.

Als ich in den Spiegel schaute, stellte ich fest, daß mein Gesicht jämmerlich aussah: abgezehrt, mit dunklen Rändern unter den Augen und dem Blick einer Besessenen. Da faßte ich den unwiderruflichen Entschluß, an diesem Tag mit Sir Adolph zu speisen und alles zu lecken, zu küssen, zu kauen und herunterzuschlucken, was er mir anböte. Fast unverzüglich breitete sich ein angenehmes Hungergefühl in meinem Magen aus.

Ich ging nach unten und traf Sir Adolph auf einem Diwan in dem Salon, in dem wir uns am Abend zuvor unterhalten hatten. Er begrüßte mich mit einem langen, aufmerksamen Blick und schlug einen Erkundungsgang durch das Schloß und die nähere Umgebung vor; so könnte ich die Eigenarten des Hauses kennenlernen, bevor wir uns in die Einzelheiten des Verkaufs an meinen Freund, Sir Alfred, vertieften. Ich mußte innerlich lächeln bei dem Gedanken, daß ich, ohne daß Sir Adolph es ahnte, den ›interessantesten‹ Aspekt des Lebens im Schloß ja bereits kannte.

Vor lauter Ungeduld, in die unteren Gewölbe geführt zu werden, behielt ich von dem, was ich während unseres Rundgangs durch das Schloß sah oder hörte, nichts in Erinnerung. Die endlosen Erklärungen meines Gastgebers zu tausend architektonischen Besonderheiten waren für mich wie die grausamste aller Foltern. Einen Moment lang hegte ich sogar den Verdacht, Sir Adolph könnte meine heimliche Anwesenheit in der Nacht mitbekommen haben und genieße es nun, meine Nerven zu strapazieren.

Ich war kurz davor, die Beherrschung zu verlieren, als Sir Adolph mir endlich von der Existenz jenes gesegneten Kellergewölbes erzählte und vorschlug, gleich hinabzusteigen, wobei er mich fest anschaute und einen belustigten Ausdruck im Blick hatte, der für mich die reine Durchtriebenheit war.

Während wir, beleuchtet vom Licht einer Fackel, die Sir Adolph trug, langsam die Wendeltreppe hinunterstiegen, salbte mir die Luftfeuchtigkeit sanft die Haut. Als wir unten ankamen, war ich vollkommen durchweicht und benommen; Sir Adolphs Körper erschauerte immer wieder vor unbändiger Sinnlichkeit, und die dumpfe, warme Kellerluft festigte eine bereits existierende Verbundenheit zwischen uns immer mehr.

Sir Adolph führte mich in den Saal, in dessen Mitte sich das Schwimmbecken befand; mich sanft an der Schulter fassend, geleitete er mich zu einer Ecke, in der ein schwarzer, mit Hackfleisch gefüllter Sarg stand, umgeben von Körben mit allen möglichen Früchten. Während ich noch Sir Adolphs Lustinstrumentarium bestaunte, spürte ich seinen Blick über meinen Nacken gleiten, über meinen Hals und meine Schultern...; ich wandte mich ihm zu, um mich von seinen lasziven, feuchtschimmernden Augen verschlingen zu lassen. Sir Adolph entledigte sich sehr langsam seines Turbans und seiner Tunika und zog mir, mich immer noch mit seinem Blick umfassend, das Kleid aus. Dann kniete er vor mir nieder, schob behutsam meine Beine auseinander und zog mir mit Zunge und Zähnen mein Höschen herunter. Sein Mund versenkte sich so unersättlich in mein Geschlecht, daß ich glaubte, er wolle es verschlingen; er fuhr über meinen ganzen Körper, saugte meine Säfte ein und ließ seinen eigenen Speichel auf meiner Haut, um ihn dann wieder abzulecken. Er leckte mich rhythmisch, manchmal sanft, manchmal wild, und drang in die geheimsten Windungen meines Geschlechts. Ich verengte es, um seine Zunge einzufangen und tief in mich einzusaugen, doch er zog sie zurück und erhob sich, da er nicht wollte, daß ich den Gipfel der Lust schon so früh erreichte. Er hob mich hoch und legte mich in den Sarg, nahm eine Handvoll des rohen, gehackten Fleisches, strich damit über meinen ganzen Leib und drückte es in meine Vulva. Das Fleisch war angenehm schwammig und glitschig, und ich versuchte, mich tiefer in den Sarg sinken zu lassen, um die Umarmung in ihrer ganzen Fülle zu fühlen.

Sir Adolph ergriff eine Handvoll Feigen und forderte mich auf, sie auf seine Rute zu stecken. Ich spuckte in meine Hand und masturbierte dieses herrliche, steife und wollüstig glänzende Glied, während ich die Frucht über seine Eichel schob, die im rötlichen Fruchtfleisch erschauerte. Ich versteckte sein Glied unter Feigen, ließ jedoch die Eichel frei, um ihre Berührung auf meiner Haut zu spüren.

Dann bedeutete ich ihm, sich auf mich zu setzen; sein Hintern und seine Hoden drückten warm gegen meine Brüste, während ich die herausfordernd auf meinen Mund gerichtete Eichel lutschte und sanft beknabberte.

Als sein Glied schon sichtbar bebte, setzte sich Sir Adolph auf den Sarg, half mir auf und setzte mich vor sich, damit ich zusehen konnte, wie er die Spitze seines Phallus in meine Vulva schob. Langsam drang er in mich ein, stieß seine Rute nur wenige Millimeter vor bei jeder Bewegung.

Ich genoß den Anblick des sanften Eindringens der enormen, als Obstbaum verkleideten Rute und bewegte ungeduldig mein Becken, um sie in den geheimsten Tiefen meines Körpers zu spüren.

Bei jedem Stoß, mit dem Sir Adolph tiefer in mich eindrang, wurde Hackfleisch in mir zur Seite gedrückt und liebkoste das Innere meiner Muschel wie eine allgegenwärtige, schleimige Zunge. Die Feigen, die nacheinander in mir zerplatzten, vermischten sich mit der quirlenden Fleischpaste und meinen eigenen Säften und verbanden sich zu einem gärenden Magma, das ein ganzes Konzert neuer Lustgefühle in mir erklingen ließ.

Als Sir Adolphs Bewegungen drängender wurden, nahm die Pampe aus Hackfleisch und Feigen eine cremigere Konsistenz an; sein Glied zermalmte die Speisen beneidenswert wirkungsvoll und stieß bei jedem neuen Angriff heftiger zu. Ohne in seiner Vehemenz spürbar nachzulassen, nahm Sir Adolph mit beiden Händen von der glitschigen Masse, die aus mir herausquoll und an unseren Schenkeln herabrann, und salbte damit meinen Hals, meine Schultern und meine Brüste. Während er mich ableckte, spürte ich meine Lust mit Riesenschritten dem Höhepunkt zueilen und beschleunigte den Rhythmus meiner kreisenden Hüften, um gemeinsam mit Sir Adolph in der letzten Erschütterung zu vergehen. Auch seine Rute steigerte sich in rasendem Galopp.

Und dann riß ein greller Strudel meinen Körper mit sich fort, und meine Vulva hüpfte in wilden Zuckungen einer ungezügelten Lust, die auch über Sir Adolph zusammenschlug und mich mit seiner heißen Milch überschwemmte, daß mein Geschlecht zu zerbersten drohte.

Erschöpft sanken wir einer über den andern, und unsere verschmierten, wie Lianen ineinander verschlungenen Körper verströmten einen durchdringenden Geruch von reifen Früchten.

Jene Begegnung war der Beginn eines viel länger als geplanten – und immer noch nicht beendeten – Aufenthalts in Sir Adolphs Schloß, in dem die Tage fiebernder Lust sich endlos aneinanderreihen.

Ich sah mich sogar gezwungen, meinem über alles geliebten Freund, Lord Alfred Campbell, einen langen, mit den nötigen Schuldgefühlen versehenen Brief zu schreiben und ihm zu sagen, daß er Pech gehabt hatte und sein Schloß vergessen konnte. Ich selbst kaufte es als Hochzeitsgeschenk für Adolph, dessen Finanzen schon seit langer Zeit vom Gift der Schulden zerfressen waren. Wenige Monate später schlossen Adolph und ich den Bund der Ehe, und jetzt, zwei Jahre nach dem Ereignis, trübt nur eine einzige Wolke den Himmel unseres Glücks, und das ist die konstante Gefahr einer Magenverstimmung.

DIANA RAZNOVICH

Der Venusgarten

Ich ergriff die große, sehnige Hand, die mich in eine unbekannte Welt führen sollte.

Ich denke, Peter mußte etwas geahnt haben. Meine Finger zitterten in seiner Hand. Faszination und Schwindelgefühle durchfuhren mich. Ich war kein kleines Mädchen mehr und auch keine ängstliche Jungfrau, die sich davor fürchtete, in einen Strudel düsterer Leidenschaft gezerrt zu werden. In Wirklichkeit war ich noch argloser und verwirrter. Ich war eine Frau von siebenunddreißig Jahren, die ihr Leben lang jeden sexuellen Impuls unterdrückt hatte, die ihre Sinnlichkeit so beherrscht und in Zaum gehalten hatte, als steckte sie unter dem Deckel eines Dampfkochtopfes – und der, der hatte jetzt den Moment erreicht, an dem er explodierte.

Initiationstanz. Ich tanzte mit dem Hüter der geheimen Lehre, dem magischen Beherrscher aller meiner Körpergewalten. Er war nicht der, der mich rituell entjungfern würde. Das hatte längst ein anderer erledigt, doch das war bedeutungslos. Ich tanzte mit dem sinnlichen Jungen, der mir den ersten Orgasmus meines Lebens bereiten würde.

Das Ganze war verrückt!

Konnte es etwas Verantwortungsloseres geben als eine Mutter, die den engsten Freund ihres Sohnes quasi öffentlich verführte?

Für solche Delikte hält die Gesellschaft sehr strenge moralische Urteile bereit.

Aber niemand hat es je gewagt, die Obszönität meines alten Lebens anzuprangern. Niemand empört sich darüber, daß ich nie erfahren hatte, was Lust sein könnte.

Das völlige Fehlen von Befriedigung wird von niemandem verdammt.

Meine Herren, ich frage euch: Gibt es etwas Obszöneres als eine unbefriedigte Frau?

Mit meinem ersten Tanz mit Peter in dieser Diskothek hörte ich auf, eine gesellschaftsfähige Frau zu sein. Ich war nicht länger moralisch akzeptiert und gern gesehen. Aber war nicht mein vorheriger Zustand absolut unmoralisch gewesen?

Das frage ich euch heute. Und das frage ich mich jetzt selbst. Damals, das muß ich zugeben, hat sich diese Art von Frage gar nicht gestellt.

Mein ganzes Wesen, die Unversehrtheit meines Körpers und meiner Seele hingen am seidenen Faden seines Blickes.

Mit der Anziehungskraft unserer Augen hatten wir ein magnetisches Feld um uns gezogen, in dem wir für alle Zeiten hätten bleiben können.

Wir tanzten mitten in der frenetisch wogenden Menge, gingen auf in der sich im Takt bewegenden Masse. Unsere Hüften wiegten sich mit dem Rhythmus, schnell und langsam.

Wir glitten leicht und frei wie Licht über das Meer. Sein Haar schwebte in den funkelnden Blitzen der Scheinwerfer, die wie laszive Zungen zuckten und seine Zähne rot färbten, seine Brauen grün, seine Schläfen gelb.

Er bewegte mich mit der Sicherheit und der Entschlossenheit eines geübten Tänzers über die Tanzfläche. Seine Hüfte stemmte er in der Höhe meines Beckens gegen mich und hielt uns dort fest zusammen. Seinen Oberkörper schwang er weit nach vorn und zurück. Es waren unverschämte Bewegungen, die mich trafen wie elektrische Schläge.

Auf der Bühne spielte eine schwarze amerikanische Band mit einer sehr großen Sängerin ganz in Rot. Sie war in Bühnennebel eingehüllt und sang mit einer Stimme, die mir durch und durch ging.

Wir tanzten, als hätten wir unsere Schritte eingeübt. Wir waren so aufeinander eingestimmt, als hätten wir schon ein Leben lang zusammen getanzt.

Unsere akrobatische Geschicklichkeit, unsere Schwünge und Drehungen, die Vielfalt unserer Schritte ließen uns in lachende Begeisterung über uns selbst ausbrechen.

Seine totale Ungezwungenheit brachte mich an den Rand des Wahnsinns, und Peter war sich sehr wohl darüber im klaren, daß auch er dabei war, mich zu verführen. Er präsentierte mir seinen Körper so verschwenderisch und freigebig, daß ich vor brennender Begierde kaum mehr aus noch ein wußte.

Die Stimme der Sängerin legte sich über uns wie ein dünner Film, als er mit Vorbedacht meinen Körper ganz an den seinen drückte und wir eng umschlungen weitertanzten.

Die Nähe und sein Atem an meinem Hals, sein Mund auf meiner Schulter, sein Bocksteil, das vorsichtig mein Tierchen begrüßte, riefen in mir eine überschwengliche Freude hervor, die bestimmt auch auf ihn übergesprungen ist.

Ich glaubte, meine Taille müßte unter seinen Händen zerbrechen. Als sich meine Brustwarzen an seiner Brust rieben, stellten sie sich auf wie heiße Kiesel.

Wir tanzten, als wären wir zusammengeklebt. Wir atmeten den Atem des anderen in unserem feuchten Tanz. In der Dunkelheit packten wir uns an den Arschbacken und rieben uns aneinander, als wären unsere Beine magnetisiert.

Im flackernden Licht konnte ich den Glanz in seinen Augen sehen, die ihren Blick in meinen eintauchen ließen. Sie hatten das Schimmern eines rolligen Katers.

Ohne es wirklich zu wollen, löste ich mich ein wenig von ihm und fragte:

»Und Thomas?«

»Was soll sein mit Thomas?« fragte er zurück und zog mich wieder an sich.

»Wo ist er?«

»Was weiß ich? Möchten Sie, daß wir ihn suchen gehen?«

»Ja, natürlich«, log ich. Ich log, weil ich nicht mehr weiter wußte. Ich war so aufgewühlt, daß ich nicht hätte weitertanzen können.

Mich von Peters Körper zu trennen, um meinen Sohn zu suchen, war in Wirklichkeit das Allerletzte, was ich gewollt hätte.

»Müßt ihr nicht spielen?« fragte ich mit geheucheltem Interesse.

»Ach, noch lange nicht. Wir haben noch viel Zeit«, antwortete er und öffnete mir eine Gasse zwischen den Tanzenden, um mir bei der Suche nach meinem Sohn behilflich zu sein.

Wir verließen die Tanzhalle und kamen in einen dunklen Raum, dessen Boden mit Sand bedeckt war. In der Mitte befand sich ein riesiges Becken, das voller planschender Leute war, denen die nassen Kleider am Leib klebten. Sie tranken und leckten sich gegenseitig. Dünne Stoffe, transparent durch die Nässe, ließen ihre Körper wie elektrisiert schillern.

Viele hatten große Schwämme, mit denen sie sich spielerisch Titten, Ärsche und Schenkel schrubbten. Sie waren alle sehr jung, wahrscheinlich die Jüngsten in der ganzen Diskothek. Einige sahen nicht älter als fünfzehn aus.

Peter machte mir ein Zeichen, ich solle die Schuhe ausziehen. Wir stießen ständig mit sandigen Körpern zusammen, stolperten über Köpfe, die sich zwischen

Schenkel gruben, über Leiber, die sich auf dem Boden wanden, festgehalten von Zungen und Armen.

»Hier ist er nicht. Schauen wir mal oben nach«, sagte Peter, nachdem wir den Raum gründlich durchkämmt hatten. Dabei hatte er die ganze Zeit meine Hand festgehalten.

Wir stiegen eine schmale Treppe hinauf, auf der fast kein Durchkommen war vor lauter jungen Leuten, die auf den Stufen saßen, tranken oder Drogen nahmen.

Oben angekommen stießen wir auf eine Art Kampfring, in der sich einige ölglänzende Bodybuilder und eine zierliche junge Frau tummelten. Die Frau hielt eine Peitsche in der Hand und war als Domina angezogen. Sie arrangierte die Muskelmänner zu hochkomplizierten sexuellen Stellungen und Posen. Die Arena war umringt von einer Schar Halbwüchsiger, die alle ungeniert masturbierten.

Das Ganze war die Parodie einer strengen Schulstunde über männliche Geschlechtsorgane. Mit der Peitschenspitze erklärte die Lederlehrerin Eichel, Vorhaut, Hoden und alle anderen Teile des Geschlechts und wies die Zuschauer an, diese auch bei sich selber zu suchen.

Dann gab sie ihren gehorsamen Kampfmaschinen die Anweisung, langsam zu wichsen, um Schritt für Schritt das Anschwellen und Aufrichten ihrer beeindruckenden Schwänze verfolgen und genießen zu können.

Nicht alle konzentrierten sich auf den Hauptschauplatz des Geschehens. Viele Mädchen zogen es vor, den wachsenden Ständer eines Jungen in ihrer Nähe zu betrachten oder ihm selber mit dem Mund nachzuhelfen. Einige setzten sich auch gleich über die Schüler und holten sich so, was sie brauchten.

»Also hier treibt er sich auch nicht herum«, sagte Peter ungerührt und kostete die Wirkung aus, die jeder der verschiedenen Orte, die er mir zeigte, auf mich hatte.

Wir stiegen noch einen Stock höher und gelangten zu

einem kleinen, gemütlichen Kino, in dem Pornos gezeigt wurden.

Der Raum war brechend voll und dunkel. Es war unmöglich, hier jemanden zu finden.

Ein paar Leute räumten gerade ihre Sitze, und wir waren beide einverstanden, sie zu übernehmen.

Wir blieben ruhig sitzen, ohne uns zu berühren, während wir etwas steif und angespannt den Film betrachteten. Ein schwarzer Mann fickte eine zwergenhafte Frau mit blonden Locken in den Hintern. Die Zwergin war bestimmt so klein wie ein siebenjähriges Kind und schrie verzweifelt.

Die Zuschauer ließ das ziemlich kalt. Sie fanden das Ganze höchstens lustig und schienen sich zu amüsieren. Obszönitäten wurden gerufen, einige grölten nach ›etwas Schärferem‹ und warfen Papierschnitzel und Münzen gegen die Leinwand.

Zum Schluß mußte die Zwergin dem hünenhaften Schwarzen am Pimmel nuckeln, rhythmisch und mit Unterbrechungen. Anfangs schien sich die Frau vor dem riesigen Schwanz zu fürchten, aber dann gefiel ihr die Sache anscheinend doch, und sie hing an ihm wie an einem besonders leckeren Eis und fuhr ihm mit ihrer rosigen Zunge über die ganze Länge.

Der Riese wurde richtig zärtlich und streichelte der Zwergin über die blonden Locken, während er seinen Samen über sie spritzte. Danach nahm er sie in die Arme und fummelte mit einem Pinsel voller weißer Farbe in ihrem winzigen Müschelchen herum. Das schien ihr zu gefallen. Das Publikum beruhigte sich und zeigte sich sogar leicht, wenn auch nur ganz leicht, sexuell interessiert. Immerhin starrten alle auf die naschhafte Zwergin und das extrem gut behangene Mannsbild.

Abrupt stand ich auf und verschwand in den Gang. Plötzlich wurde mir das alles zuviel. Ich mußte hier raus.

Peter folgte mir. Ich rannte die Treppe hinunter, suchte einen Notausgang und stürzte ins Freie, hinaus auf die Straße.

Ich warf einen Blick über die geparkten Fahrzeuge, fand meinen Wagen und stieg ein. Ich ließ sofort den Motor an, aber Peter riß die Tür auf und sprang mit einem Satz auf den Beifahrersitz.

Ich begann zu schreien wie eine Irre. Meine Stimme klang wie die der Hexe aus den Kindermärchen.

»Versaute Jugend! Wohin ist es nur gekommen mit der Welt Und das nennt ihr Freiheit? Das ist keine Freiheit! Freiheit ist etwas Großes! Freiheit ist nicht billig und schmierig! Freiheit, Freiheit, das ist... Freiheit ist...«

Peter sah mich unverwandt an, unbewegt, verschlossen, wunderschön.

»Sie sind viel zu hübsch... viel zu hübsch«, sagte er fast unhörbar leise.

»Freiheit bedeutet... Freiheit, das ist...« Naschtenkas Mund plapperte einfach weiter.

»...viel zu hübsch für eine Dame.«

Ehe ich weiterzetern konnte, legte er mir zart und vorsichtig den Zeigefinger auf den Mund und verschloß ihn.

Ich war still. Ich schwieg und spürte, wie ein heißer Hauch mich einhüllte, mir die Sinne umfloß, als er sein Gesicht über mich beugte und mir über die Lippen strich, die ich ihm halbgeöffnet entgegenstreckte. Ich küßte ihn zurück. Als wollte ich ihn bemalen, fuhr ich mit der Zunge über seine rauhen Lippen und leckte seine Zähne, einen nach dem anderen.

Peter stütze eine Hand auf mein Knie und küßte mich tief.

Während ich mich seinen feuchten Küssen hingab, spürte ich, wie seine Hand vom Knie nach oben wanderte, meine Schenkel streichelte und sie, als er schließlich am Saum meines Slips ankam, aus ihrer langen Lethargie erweckte.

Ich spürte, wie seine Hand in meinem Nabel herumspielte und wie er seine gewölbte Handfläche auf meinen Bauch legte, als ob er mich wärmen wollte.

Seine Finger fuhren mir durch die Falten an der Leiste und klopften durch den Slip hindurch das Dreieck meines Schamhügels ab.

Er trommelte wie ein hartnäckiger, endloser Regen, und mein pelziges Tierchen wurde zu seinem Instrument. Meine Musch öffnete sich weit und ließ wie befreit ihre Säfte fließen. Ganz nach dem Willen der klopfenden, pochenden Finger dehnte sie sich aus und zog sich wieder zusammen.

Immer wieder verharrte seine Hand reglos und wartete, daß nun mein haariges Hügelchen sich ihm entgegendrängte, sich zwischen seine Finger kuschelte, nach erregenden Freuden suchte und um Zärtlichkeiten bettelte. Peter genoß es, diese aufzuschieben, die Erfüllung meines Flehens ungewiß zu lassen, um meine Wonnen noch zu steigern.

Plötzlich zwängte sich einer seiner Finger, der Daumen, zwischen meine Schenkel, drängte energisch weiter.

Ich war wie betäubt, Hitze überfiel mich, ein Anfall von Hitze, die von seinem Daumen aufstieg und mir summend bis in die Ohren raste.

»Was hast du? Du benimmst dich wie eine Jungfrau. Was ist los, Naschtenka?«

»Ich, Peter, ich... sieh mich nicht so an...«

Ohne sich um meine Bitte zu kümmern, schob er mir den Rock über die Oberschenkel. Er hob den linken Saum meines Schlüpfers und linste neugierig darunter, um meine geschwollene, triefnasse Möse zu suchen.

»Wie hungrig du bist«, sagte er. »Du hast viel zu großen

Hunger. Kümmert sich dein Alter nicht um dich? Kriegt er nicht mehr zustande, als dich zu verdreschen? Was sind das für Striemen?«

»Peter, bitte... quäl mich nicht! Stell mich nicht bloß...«

»Sag mir nur eines: Macht dein Alter dich glücklich?«

»Nein.«

»Er läßt dich nicht genießen?«

»Nein.«

Er steckte den Daumen unter den Zwickel des Slips und spürte, wie ich dort pochte und pulsierte. Aber er drang nicht weiter.

»Du bist heiß, so heiß...«

»Peter, bitte...«

Er wölbte die Hand, und mein ganzes Tierchen fand darin Platz. Er versuchte es zu beruhigen, versuchte es bereit zu machen für langen, tiefen Genuß, ganz so, als wolle er wirklich einem verletzten, durchgegangenen Tier wieder Vertrauen einflößen.

»Hast du keinen Liebhaber?«

»Nein.«

»Faßt du dich nicht selber an?«

»Kaum...«

»Aber wie verschaffst du dir dann Lust?«

»Gar nicht! Nichts empfinde ich dabei! Heute, mit dir, das ist das erste Mal, das allererste Mal... Peter, bitte, sei gut zu mir... sei gut zu mir. Ich schäme mich ja so...«

»Ach, und sonst fühlst du nichts?« fragte er mich und zwickte mich energisch in eine Brustwarze.

»Mir rauscht das Blut in den Ohren...«

»Schieb mir doch mal deine Möse rüber.«

Ich rückte näher, um seiner Aufforderung nachzukommen.

»Wenn du willst, daß ich dich richtig anfasse, mußt du schon näher an meine Hand ran.«

Ich versuchte, mit der Musch an seine Hand zu kommen, aber er zog sie immer wieder weg, lockte mich hin und her und zwang mich, ihn zu suchen.

Er fand das lustig und gängelte meine verzweifelten Bemühungen mit Fingerschnippen.

»Weißt du, ich fasse dich nicht an, weil ich gar nicht weiß, ob du überhaupt schon feucht bist«, spottete er. »Steck dir erst mal den eigenen Finger rein und zeig mir, wie weit du bist.«

Ich war ganz durcheinander, und mir war glühend heiß. Ich hob den Rock und steckte mir die Hand tief in die Vagina. Als ich sie wieder herauszog, war sie glänzend und naß.

Peter untersuchte ruhig das Ergebnis. Offensichtlich vergnügte er sich dabei hervorragend. Er nahm meine Hand und zutzelte genüßlich an meinen schleimbeschmierten Fingern. Dann bemalte er mir die Lippen mit meinen eigenen Säften.

»Mmmh, gar nicht schlecht... Soll ich dir jetzt die Hand reinschieben?«

»Peter...«

»Ja oder nein?«

»Ja.«

»Dann hilf mir ein bißchen. Rück rüber zu mir, und zieh die Hosen weg.«

Zitternd gehorchte ich und legte meine Schenkel über seine Beine. Er lehnte sich mit dem ganzen Körper nach vorn und begrub mich förmlich unter sich.

Dabei stocherte er die ganze Zeit wie ein neugieriges Kind mit dem Zeigefinger in meinen Schamlippen herum. Wie ein kleiner Junge mit einem Marmeladetopf löffelte er in mir und leckte sich dann die Finger ab. Lächelnd genoß er den Geschmack und den Anblick meiner verzweifelten Begierde.

Ich wimmerte und stöhnte die ganze Zeit, während

seine hinterhältigen Finger meine Möse in den absoluten Wahnsinn trieben. Als ich anfing, jede Kontrolle zu verlieren, zog er die Hand heraus und legte sie wieder von außen auf das Dreieck meines Slips. Wie zuvor drückte er die ganze Stelle durch den Stoff hindurch, als wolle er das Territorium, das er in Besitz genommen hatte, noch einmal ganz kennenlernen. Mit der Handfläche trommelte er gegen die Innenseite meiner Schenkel, krallte sich dann in die Schamhaare und zerrte zärtlich an ihnen.

Ich liebkoste derweil sein Gesicht, streichelte sein Haar, seine Ohren...

Er knetete das Fleisch meines Hinterns und schob meinen Rock noch höher und wieder ganz nach unten, um mich mit dem zarten Stoff zu reiben.

Ich arbeitete mich unter ihm hervor und legte mich auf ihn. Ich ließ meine Nippel über seinen Oberkörper wandern und konnte gar nicht genug bekommen von den herrlichen, harten Muskeln seiner Oberschenkel. Er lächelte.

Seine rechte Hand spielte ganz nach Lust und Laune an mir herum. Streichelte mich, verschwand, holte mich näher zu sich her und schubste mich zärtlich wieder weg, als ob wir alle Zeit der Welt hätten. Ich erschauerte unter dem Druck seiner Finger und spürte, wie mir selbst die kleinste Berührung bis ins tiefste Zentrum meines ganzen Wesens drang.

Mit der Geschicklichkeit eines Taschenspielers zog er mir plötzlich den linken Seidenstrumpf vom Bein. Das Gleiten des Strumpfes über meine Wade versetzte mir einen solchen Wonneschock, daß ich Peter unwillkürlich in die Hand biß.

Von neuem bot ich mich ihm an, rieb mit der Innenseite meiner Schenkel über seine Beine. Dabei öffnete ich mich weit und hatte nur noch den Wunsch, von ihm vollends gespalten zu werden.

Mit entnervender Gelassenheit beobachtete er, wie ich mehr und mehr außer mich geriet, und band sich in aller Ruhe den Seidenstrumpf wie eine Krawatte um den Hals.

Immer wieder tunkte er die Finger in die fleischige Hitze meiner Muschellippen, umkreiste tastend meine Perle, als ob er ihre Größe testen wollte, bestrich sie mit Spucke, die er mir aus dem Mund holte.

Mit jedem dieser Besuche wurde die Klitoris heißer, größer und praller. Schließlich verharrte sie starr und hart vor Erwartung.

Dann nahm Peter endlich meine Hand, um sie sich auf den Schwanz zu legen, der sich aufgerichtet hatte wie eine Lanze.

Der Kontakt mit seinem Glied durchfuhr mich wie ein Feuerstoß. Ich war nicht mehr zu halten, wollte ihn sofort ausziehen, mich auf ihn stürzen, ihn nie wieder loslassen.

Und Peter ließ mich nicht...

»Komm, Naschtenka, es ist Zeit. Wir müssen gehen. Ich muß auf die Bühne. Jetzt schau sich bloß mal einer an, wie du mich zugerichtet hast. Ich glaube, das wird echter Hard-Rock, was ich heute spiele...«

Ohne ein weiteres Wort zog er mir den Rock wieder zurecht und versuchte, so gut es ging, meine Haare in Ordnung zu bringen. Züchtig küßte er mich mit geschlossenen Lippen und sprang mit müheloser Behendigkeit aus dem Auto. Ich konnte nur sprachlos zusehen. Er zwinkerte mir verschwörerisch zu, hob winkend die Hand und war auch schon zwischen den Autos verschwunden. Ich saß da, alleingelassen, stand in hellen Flammen und war völlig fertig.

Ich weiß nicht mehr, wie lange ich, unfähig, mich zu bewegen, dort gesessen hatte. Mein Kopf lag auf der Rükkenlehne, und ich starrte in den sternbedeckten, kobaltblauen Nachthimmel, ohne wirklich etwas wahrzunehmen.

Später sah ich von weitem meinen Sohn ankommen. Er trug den Gitarrenkoffer auf dem Rücken und hatte es sehr eilig. Er bemerkte mich nicht.

Ich wollte mich nicht bewegen, hatte Angst, den Zauber zu brechen, der mein Becken gefangenhielt. Ich wollte das Glimmen und Knistern in meinen Schenkeln nicht auslöschen. Ich spürte noch immer Peters Hand, wie sie in meinem Venusgarten tanzte. Ich wollte auf keinen Fall dieses Gefühl verlieren.

Ganz langsam stieg ich schließlich doch aus dem Wagen und suchte den Weg zurück in die Diskothek. Unsichtbare Fäden in Peters Händen zogen meine Muschi vorwärts. Ich hatte keinen eigenen Willen mehr. Nur der Drang, ihn wiederzusehen, war mir geblieben.

Sie hatten schon ihren Auftritt, er, Thomas und zwei schlanke, grazile junge Frauen, die ihre Haarmähnen wie Feuerzungen fliegen ließen.

Ich setzte mich in der Nähe der Bühne an einen Tisch und bestellte Champagner. Langsam trank ich und hörte zum ersten Mal ihre Musik.

Mein Sohn sah, ganz in engem Leder, unglaublich gut aus. Er hatte eine klare Baritonstimme, mit der er das Publikum in seinen Bann zog und wahre Begeisterungsstürme entfachte.

Mir wurde plötzlich klar, daß Thomas ein Fremder für mich war. Die Welt, in der er sich bewegte, war so viel reicher und – dem Himmel sei Dank – so viel glücklicher als die meine.

Ich versuchte, meine Erregung zu zügeln, indem ich mich ganz auf ihn konzentrierte.

Ich hatte ihn noch nie vor einem Publikum gesehen, war nie an einem der Orte gewesen, an denen er sich gewöhnlich aufhielt. Und nie hatte ich Augen dafür gehabt, wie verführerisch und mit welcher Grazie er sich bewegen konnte.

Peter begleitete ihn mit drei Keyboards. Ab und zu kam er nach vorn, um zusammen mit ihm oder den Mädchen zu singen oder zu tanzen.

Mich überliefen Wellen von Neid und Eifersucht. Ich fühlte mich plump, vergreist und minderwertig, total fehl am Platz. Aus der Art und Weise, wie diese vier jungen Leute Blicke tauschten und sich zulächelten, konnte ich ahnen, daß sie schon unzählige erotische Spielereien, sexuelle Begegnungen, Feste der Sinnlichkeit geteilt hatten. Ihre Körper strahlten eine unwiderstehliche Provokation und ein Glück aus, das mir fremd war.

Peter hatte immer noch meinen Strumpf um den Hals und fingerte immer wieder daran herum. Jedesmal, wenn er ihn anfaßte, traf es mich wie ein Schlag auf den Kitzler, und ich mußte auf dem Stuhl herumrutschen, meinen Hintern auf den Sitz pressen und wieder lösen.

Vor dem nächsten Stück machte Thomas eine Ansage ins tobende Publikum:

»Heute ist ein ganz besonderer Tag, denn heute ist eine ganz besondere Frau gekommen, um uns zu hören. Es ist die Frau, ohne die ich nicht auf der Welt wäre, und für sie ist das Lied, das wir jetzt spielen.«

Begeisterter Beifall erhob sich, es wurde gejohlt und gepfiffen. Sie standen auf der Bühne und genossen ihren Triumph. Alle vier strahlten.

Thomas hatte mich von oben aus entdeckt.

Der Beifall und die Widmung rührten mich. Ich hob mein Glas in der Dunkelheit und prostete ihnen zu.

Ich war voller Angst, voller Scham und voller Leidenschaft.

Entfesselt und nicht mehr aufzuhalten.

MARGARET ERHART

Blizzard

In dem schwachen Licht, das vom Fenster hereindrang, bemerkte ich zum ersten Mal ihre Narbe. Ein feiner, dünner Strich verlief über ihre Wange am Haaransatz entlang. Ich erinnere mich noch, was ich dabei dachte, als ich sie ansah: Jetzt haben wir angefangen, jetzt reden wir miteinander. Mit dem Kopf machte ich eine Bewegung auf die Narbe zu, weil Claire immer noch meine Arme festhielt. »Das erste Mal, daß ich sie sehe«, sagte ich.

»Und was gibt es an dir, was ich noch nicht kenne, du kleines Wunder?« Sie legte mir die Finger auf die Lippen. »Ich werde es herausfinden. Sag jetzt nichts. Ich werde es schon rauskriegen.«

Doch die wenigen Worte reichten noch nicht. Es gab eine momentane Waffenruhe zwischen uns, der wir beide nicht trauten. Ich hatte mich immer schon schwer damit getan, meinen Ärger zu vergessen, weil ich dabei stets so viel von mir selbst einbrachte. Claire ließ mich los und zündete eine Kerze neben dem Bett an. Im Kerzenlicht vermeinte ich, ihr wahres Gesicht zu sehen, doch als ich im Verlauf der Nacht ihr wirkliches Gesicht entdeckte, hatte es nichts mit diesem hier gemein. Zum ersten Mal sah sie alt in meinen Augen aus, und wenn es etwas gab, das mich rührte, das meinen Ärger dahinschmelzen ließ, dann ihr Alter. Ich empfand wieder das gleiche wie damals, als ich sie kennengelernt hatte: Es war eine Ehre, von ihr auserkoren zu sein.

»Wie kann ich es leichter für dich machen, Franny?« fragte sie, im Schneidersitz auf dem Bett.

»Nimm doch erst mal die Hände aus diesen albernen Taschen und zieh mich aus.«

Sie lächelte. Überrascht. »Gut, aber laß mich erst ein bißchen heizen.«

»Ich wußte gar nicht, daß du eine Heizung hast?«

»Nur diesen erbärmlichen alten Rußspucker. Bis heute habe ich ihn auch noch nie gebraucht.«

Sie strich ein Streichholz an, und der Gasheizofen sprang an, lärmend wie ein Gebläse. Der warme Luftausstoß blies Claire die Haare über die Schulter. Zwei Rußflocken hatten sich auf ihrer Stirn festgesetzt. Ich beobachtete die Szene im warmen Kerzenschein. Dahinter lag das grünliche Licht des Blizzard, der wieder angefangen hatte, draußen zu toben. Das Zimmer war in zweierlei Farben getaucht, grün und gold. Claire stand zuerst in dem einen, dann in dem anderen Lichtschein. Ihre Hände leuchteten. Sie waren grün, kräftig, groß und knochig.

Sie legte mir ihre Hände an die Wangen und drückte sie. Durch ihre Finger hindurch konnte sie sicherlich fühlen, wie es in meinem Kopf arbeitete, wie meine Zähne klapperten, doch nicht vor Kälte. Sie massierte meine Backenknochen, und ich konnte ihre Wärme spüren – nicht nur von ihrer Haut, alle ihre Organe pochten in ihren schwieligen Fingern. Ein wildes Verlangen stieg in mir auf, sie aus ihren Sachen zu zerren, bevor sie Hand an mich legte. Ich packte sie am Ärmel und zog sie zu mir herunter, sie folgte willig und schmiegte sich an mich.

»O ja, du willst mich wirklich«, wisperte sie. Ein Bein hatte sie über mich gelegt. Dann setzte sie sich auf und zog mir den Mantel aus, wiegte ihn wie ein kostbares Gut in ihren Armen.

Ich legte mich zurück und ließ mich von ihr ausziehen, bis ich nur noch meine Bluse und den Slip anhatte. Ungelenk und knochig kam ich mir vor, wie ich da auf ihrer Bettdecke lag. Langsam knöpfte Claire meine Bluse auf, fuhr mit den Händen über meine Schultern nach vorn und umfaßte von unten meine Brüste. »Was für schöne Schultern du hast. Ich dachte, ich müßte heulen, Franny. Ich hätte es nicht ertragen, wenn unter all den Sachen nichts gewesen wäre.«

»Viel ist es ja nicht«, wandte ich ein.

»Mehr als du denkst.«

Ganz langsam machte sie weiter. Mit ruhiger Neugier nahm sie mich in sich auf, was ich in diesem Moment nicht erwartet hätte. Sie nahm ihre Hand nicht fort. Streichelte mein Gesicht, meinen Hals, meine Brüste und meinen festen Bauch. Die ganze Zeit sprach sie mit mir, erzählte mir Dinge, an die ich mich nicht mehr erinnere. Sie flüsterte mit meinem Körper; wie ein guter Arzt sagte sie mir im voraus, was sie gleich machen würde. Mit einer Hand streifte sie mir die Bluse ab, dann faßte sie mit beiden Händen den Gummizug meines Slips. »Ich gehe jetzt tiefer, Franny.« Sie zögerte einen Moment, umfaßte meinen Schenkel, ganz oben, wo die Weichheit in Knochen übergeht, und seufzte tief. Ihre Augen waren geschlossen, als ob sie genau überlegte, was als nächstes kommen würde. Ich wollte plötzlich, daß sie schneller machte. Ich wollte, daß sie es herausschrie und nicht flüsterte: »Wenn Eva solche Stellen gekannt hätte, du süßes Ding, hätte sie sich nicht zweimal bitten lassen.«

Ich spürte, daß sie mich entspannen wollte, so wie man ein Pferd besänftigt. Später erst wurde mir klar, daß sie es auch tat, um sich selbst zu beruhigen; die merkwürdige Zurückhaltung, die beinahe ungelenke Leidenschaft mir gegenüber sollte nicht etwa unsere Ebenbürtigkeit beweisen, sondern sie empfand sie tatsächlich in dem Maße, wie ich sexuell erregt war. Nur begriff ich das damals noch nicht. In der Rückschau stellt sich das erste Mal oftmals viel leidenschaftlicher dar, doch während es wirklich geschieht, bleibt ein Teil von uns irgendwie erstarrt oder fleht darum, aufzuhören; wenn schon nicht aus Angst, dann aus dem Wunsch heraus, dieses erste Mal möge nie vorbeigehen, sondern immer noch vor uns liegen. Die Stimme, die ich in jener Nacht am lautesten in mir vernahm, als ich in meinem Slip auf Claires Bett lag, war nicht der *Sopran* aus der Brandung, sondern eine andere Stimmlage, ein Tenor beinahe, der mir versicherte, daß eine Frau einer anderen gegenüber nie etwas verliert; und daß selbst nach dieser Nacht mein erstes Mal noch vor mir liegen würde. Irgendwie schienen das Bett und die Liebkosungen einer Frau nicht wirklich zu zählen.

Claire hatte keine Ahnung, was in mir vorging, doch waren ihre inneren Stimmen gewiß so laut, daß ihr die Ohren brennen mußten. Ich merkte es an ihrem Blick. Sie öffnete und schloß die Augen, als ob sie mit ihnen schlukken müßte, was sie sahen. Ich dachte damals, daß ihr einziger Schutz vor der eigenen inneren Furcht darin lag, ihre Umgebung förmlich zu trinken. Deshalb studierte sie mich in jener Nacht, als sie sich anschickte, meine Geliebte zu werden, wie ein wissenschaftliches Objekt und prägte sich jede Stelle meines Körpers genau ein.

Sie war noch immer im Mantel, ihre Hände lagen noch zwischen meinen Schenkeln, da erhob sie sich und beugte sich so vor, daß ihr das Haar ins Gesicht fiel. »Ich fürchte, mich verläßt der Mut«, flüsterte sie. Ein seltsames Lächeln spielte um ihre Lippen. »Beim ersten Mal spielt nicht nur das Gefühl mit, Franny. Es kommt alles zusammen – Mut, Glück und Gefühl, Technik weniger. Eine Portion Neugier gehört auch dazu und eine gewisse Waghalsigkeit. Wenn ich mich jetzt ausziehe und mich zu dir lege, wird es anders zwischen uns sein, darüber bist du dir doch im klaren, oder?« Ich nickte. »Und du bist dir auch klar, daß ich eine Frau bin und daß du das auch so willst. Nicht nur ich kann es wollen. Ich habe nicht darüber nachgedacht, bis ich dich ausgezogen hatte. Jetzt mußt du den nächsten

Schritt tun. Es ist deine Entscheidung. Auch du bist Eva, denk daran. Da liegen deine Sachen«, sie deutete auf das Kleiderhäufchen auf dem Fußboden, »und hier bin ich, immer immer noch angezogen.«

Also tat ich das nächstliegende und zog meinen Slip aus. Sie war bis an den Hals zugeknöpft, und ich, vollkommen nackt, fühlte mich etwas benommen in der wogenden Hitze. Sie hatte ich weiß nicht wie viele Frauen vor mir geliebt, und bat mich jetzt, behutsam mit ihr umzugehen?

Es ist schon merkwürdig, wenn man nicht weiß, wie man richtig streichelt. In all den Jahren meiner Einsamkeit hatte ich mir immer wieder eingeredet, daß ich, genau wie jeder andere, in der Lage wäre, Lust zu schenken und zu empfangen, weil wir alle die gleichen Tiere sind. Nur mit der Praxis hapert es eben. Selbst der einfachste Handgriff kann dich ins Schleudern bringen. Als ich mich endlich zu Claires BH vorgearbeitet hatte und ihn aufhaken wollte, unterbrach sie Gott sei Dank diese lange, einsame Stille und brach in Lachen aus. Ich kämpfte so verbissen mit dem BH-Verschluß, daß ich ihr fast die Luft abschnürte.

»Franny, du bringst mich um. Zerr nicht so dran, es gibt doch nach. Nur ein Handgriff, und du hast es.«

»Ich hab' noch nie mit so einem Ding zu tun gehabt.«

»Schau.« Sie faßte nach dem Verschluß im Rücken. »Weil es das erste Mal ist, helfe ich dir.«

Als wir endlich von unseren Sachen befreit waren und nichts Störendes mehr zwischen uns lag, hatte ich erwartet, daß uns etwas Gewaltiges, Warmes umfassen und einhüllen würde, wie die Muse der Liebeskunst oder wenigstens ein guter Engel. Es war nicht unbedingt Desinteresse, was ich verspürte, als ich ihren nackten Körper neben mich zog, ich hielt es aber auch nicht gerade für Leidenschaft. Es war eher eine Art Mitgefühl und Freundschaft, ob nun mit oder ohne Kleider. Tatsächlich überraschte mich, wie weich ihre Haut sich anfühlte. Ich hielt den Atem an, als ich sie spürte, da mußte Claire erneut lachen und drückte mich fest an sich.

»Wie bei einem Schaf.«

»Was?«

»Schafe haben zwischen ihren Hufen eine ganz zarte Stelle. Weich wie deine Haut. Ich habe einmal ein überfahrenes Lamm von der Straße gezerrt. Lange Zeit habe ich neben ihm gehockt und diese Stelle gestreichelt, was ich nie gekonnt hätte, wenn es noch am Leben gewesen wäre.«

»Franny!«

»Es stimmt. Ich hätte mir nicht träumen lassen, daß auch andere so weiche Stellen haben.«

Ich streichelte ihre Kniekehle. Sie lag auf der Seite und betrachtete mich, nahm mich in all meiner Knochigkeit in sich auf. Ich bin sicher, sie hat sich alles genau eingeprägt, und ich weiß heute, daß das ihre sanfteste Art war, mich zu nehmen. Sie liebte mich so behutsam... es hätte mir schmeicheln müssen, dabei wünschte ich, daß sie wild und heftig war. Ich wollte sie zwingen, aus sich herauszugehen, zwingen, zu mir zu kommen. Warum entsprach sie nicht meinen Vorstellungen von sexueller Liebe und nahm mich nicht ungestüm?

Sie hatte sich auf den Rücken gedreht und lag wartend da, die Arme über den Kopf gestreckt. Zum erstenmal betrachtete ich ihren Körper. Ein feiner leichter Flaum zog sich darüber, der in den Achselhöhlen und im dunklen Dreieck ihrer Scham zu dichtem Gekräusel wurde. Ihre Haut war blaß. Ihre Brüste die einer Frau, voll und rund, um den dunkeln Warzenhof herum war die Haut heller. Ich hatte vergessen, wie ihr Gesicht aussah, es lag im Schatten. Ihr dunkles Haar verlor sich in der Dunkelheit des Zimmers. Ich spürte. daß sie mich beobachtete, spürte, daß sie wartete.

»Los, Franny«, hörte ich sie wispern. »Überleg nicht, tu's.« Sie nahm den einen Arm herunter und befeuchtete sich die Finger mit Speichel. Dann öffnete sie die Beine. Einen Moment lang konnte ich das rosa Oval sehen, das halb von ihrem Schamhaar verdeckt war, dann versenkte sie ihren Finger darin.

Ihr Körper hob sich der Hand entgegen. Jetzt berührte sie sich mit zwei Fingern, ließ sie kreisen, die Kreise wurden immer enger, und die Stöße ihres Beckens immer kürzer und heftiger. Was ich sah, war mir natürlich vertraut. Ich wußte, wie eine Frau sich Befriedigung verschafft, hatte es selber schon oft gemacht. Doch jetzt hockte ich wie eine Fremde zwischen ihren Beinen. Ich war eine Fremde. Meine Hände waren fühllos und taub, gehörten so wenig zu mir wie zu jenem Mann da drüben hinter dem Rollo. Ich sah ihn vor mir, wie er die Frau begrapschte, und in meiner Fantasie vertauschte ich Claires Arm, der sich vor mir hob und senkte, mit dem verkrüppelten des Mannes.

Ich weiß nicht, wie nah sie dem Höhepunkt war. Ihr Körper vor meinen Augen war ausgelöscht, ich hörte nur noch das vertraute, animalische Keuchen ihrer Kehle und zerrte ihren Arm von ihr weg. »Nein, bitte«, sagte sie, es war vielmehr ein Seufzen. Sie bäumte sich auf, ihr Gesicht war meinem ganz nah, als sie es noch einmal sagte.

Bei ihren Worten klickte etwas in meinem Gehirn, und plötzlich sah ich ihr wahres Gesicht. Und in ihm erkannte ich den Schmerz von Masaccios Eva.

Ich ließ ihren Arm los, legte sie auf die Kissen zurück und suchte etwas, um uns zuzudecken. Sorgsam breitete ich den Parka über sie. Sie lag mit geschlossenen Augen da, die bloßen Beine hingen übereinander geschlagen über die Bettkante. »Komm, leg dich zu mir«, flüsterte sie und klopfte auf die Stelle neben sich. »Wer immer du sein magst, komm und leg dich zu mir.«

Es war alles ruhig, nur in meinem Kopf nicht. Ich spürte Claires Atem an meinem Gesicht. Die Kerzenflamme bäumte sich noch einmal auf, dann erlosch sie in einem See aus Wachs. Ich erwartete nichts und verlangte nichts, selbst dann nicht, als die Stimmen in mir leiser wurden und verschwammen. Ich war müde. Claire hatte einen Arm über mich gelegt, den anderen unter meinen Nacken geschoben. Sie wiegte uns in den Schlaf, fort von dieser Welt. In der Nacht wurde ich noch einmal wach, weil ich unter dem Parka schwitzte. Claire hatte sich von mir gelöst und freigestrampelt.

Als ich am Morgen aufwachte, kauerte sie über mir. In den Fenstern zeigte sich blaues Licht. Claire war schon angezogen. »Wach auf, du kleines Wunder«, sagte sie und legte mir die Hand auf die Lippen. »Schhh, jetzt nicht. Soll ich dir meinen Traum erzählen?«

Ich wußte weder, wo ich war, noch bei wem ich war und schüttelte den Kopf, um wach zu werden.

»Ich habe geträumt, daß du mit mir geschlafen hast, Franny. Wir waren irgendwo draußen im Schnee, und du hast mich geliebt.«

»Das ist nicht wahr...«, wollte ich sagen: Wäre ich ganz wach gewesen, wäre ich vermutlich aufgesprungen und davongelaufen, hätte alles bedauert und mich gräßlich gefühlt. Doch sobald sie mich berührte, mich festhielt und aufs Bett drückte, war ich verloren. Sie ging vor dem Bett auf die Knie und zog mich näher. Sie ließ sich viel Zeit. Küßte meine Scham, die Innenseite meiner Schenkel und kehrte zu meiner Scham zurück. Ihre Zunge umspielte mich, kreiste, wanderte auf und ab, raus und rein, dann hob sie mich leicht an, ihrem Mund entgegen, bis ich begriff und mich ihr selbst darbot. Sie zupfte sacht an meinem Schamhaar, ihr Finger erkundete, wie feucht ich war. Sie hielt ihn mir an die Lippen. »Das bist du«, sagte sie. Dann streichelte sie meine Hüften, hielt mich, preßte sich an mich – und ich öffnete mich, gab mich diesen wunderbaren Bewegungen hin, verlor mich in immer größer werdenden Kreisen, Finger drangen in mich ein, und ich schrie, als ich glücklich wurde.

Claire war aufgesprungen und ans Waschbecken gelaufen. Ich hörte sie hantieren. Die Augen hielt ich immer noch geschlossen, mein Kopf rollte von einer Seite auf die andere. »Hier, Kleines«, sagte sie und drückte mir ein heißes, feuchtes Handtuch zwischen die Beine. Die Wärme stieg angenehm in mir auf, höher als ich es je erlebt hatte. »Hier ist dein Wunder«, sagte sie. Zuerst hielt ich es für ein rotes Blatt, was sie mir zeigte. Es war ihre Hand, und sie war blutig.

»Du warst noch Jungfrau.«

Ich setzte mich auf, beugte mich vor und starrte auf das Handtuch zwischen meinen Beinen, das sich rosa färbte. »Das passiert also beim ersten Mal?«

»Bei dir war es so.«

»Nicht bei jedem?«

»Ich kenne mich nicht bei ›jedem‹ aus, Franny. Ich weiß es nur von mir, und jetzt auch von dir.«

»Bist du sonst noch nie in einen anderen Körper eingedrungen?«

»Was du für Vorstellungen hast!« Doch Claire lächelte dabei, wischte mit dem Handtuch die letzten Blutspuren fort. Meine Schenkel waren von der Hitze gerötet. »Schau mal, wie du rot wirst«, sagte sie. »Dein Körper mag das, stimmt's?«

KARIN RICK

Der Freund

Sie wählt. Was will sie ihm sagen? Daß ihr langweilig ist, an einem sonnigen Montagnachmittag? Sicher ist er nicht zu Hause. Wie gestern. Es läutet, läutet. Sie atmet schon erleichtert auf. Da hebt er ab.

– Ich ruf dich an, um dich zu belästigen...

– Das ist mir aufgefallen.

– Ich dachte, du hast sicher einen schönen Vormittag verbracht.

– Womit du recht hast.

– Und den möchte ich dir jetzt richtig vermiesen.

– Was dir gelungen ist.

– Das war es dann auch schon.

– Halt, warte. Willst du nicht zu mir kommen?

– Zu dir? Wozu?

– Auf ein Glas Wein?

– Und was wird mir sonst noch geboten?

– Was hättest du denn gern?

– Essen?

– Ist schon vorbei, das war so unappetitlich, daß ich es weggeworfen habe.

– Wenn ich Alkohol trinke, ist es aus mit meinem Arbeitswillen.

– Na komm, wer wird denn heute noch arbeiten.

– Dann in 20 Minuten. Ich muß noch einiges erledigen.

Sich duschen vor allem, sich etwas Geiles anziehen, schminken, gut riechen, obwohl sie sich, was kommen könnte nicht vorstellen kann. Sie läuft einem Wunsch nach, der sich am Wochenende durch ein paar sanfte

Lieder eingeschlichen hat und vielleicht mehr mit der Musik zu tun hast, als mit ihm.

Sich für ihn waschen! Seit Jahren kennen sie einander, gingen gemeinsam zur Schule, und nie war etwas zwischen ihnen. Warum sollte sich das in den letzten drei Tagen verändert haben. Ist das der Frühling? Sie ist in dieser Jahreszeit so lebenslustig. Heißt das, noch mehr vögeln? Noch mehr mit Leuten, die skurril sind, in diesem Fall übergewichtig? In ihren Onanierfantasien hat sie oft Sex mit fettleibigen Männern. Wie ist es in Wirklichkeit? Grauenhaft? Geil?

Sie glaubt an ihren eigenen Entschluß nicht und möchte im Boden versinken vor Scham, als sie sich im Spiegel ansieht. Wie hat sie sich nur hergerichtet! Ein enger Lurexrock in schwarz. Ein T-Shirt, das so knapp unter den Brüsten aufhört, daß man hineingreifen möchte. Nur das. Die Augen sind dunkel, wie naß geschminkt, die Haare sind unfrisiert, das ist so wild. Schwarze Lackschuhe. Ich kann nicht, sagt sie sich. Dann kann sie aber doch und geht.

Sie kommt sich toll vor. Sie ist schön und verrucht. Sie steht vor seiner Tür. Was wird er sagen? Sie läutet und tut so, als wäre nichts. Sie geht die Treppen hinauf. Er lehnt an der Tür und schaut sie an. Stumm. Mit seinem aus Spaß übertrieben begehrlichen Blick. Sie bricht wie immer in Lachen aus.

– Was ist? Warum kommst du mir nicht entgegen?

– Weil du ohnehin hinaufkommst.

– Frech.

Sie ist nun bei ihm angelangt und ihr wird so heiß, als sie ihn vor sich stehen sieht, daß ihr das Blut ins Gesicht schießt. Sie stürzt an ihm vorbei in die Wohnung, ohne ihn auch nur anzuschauen.

– Ich hab' nicht einmal Zeit gehabt, mich umzuziehen...

– Was ist denn mit dir los, warum bist du so rot im Gesicht?

– Wegen der Treppen, die ich hinaufgelaufen bin.

– Ach so. Die Treppen. Das nennt man ›laufen‹? Einen sehr hübschen Rock hast du heute an.

– Ja?

Sie dreht sich verlegen vor dem Spiegel.

– Da, lenkt sie ab. Ich habe dir einen Artikel von mir mitgebracht.

Er liest mit lauter Stimme vor.

– Eines muß man sagen. Polemisch. Die goldene Mitte findest du nie.

– Nie!, bekräftigt sie. Was krieg' ich zu trinken?

– Ja, was willst du?

– Etwas, das mich nicht betrunken macht.

– Das gibt es hier nicht.

Sie sind jetzt in der Küche. Die Küche. Was hat sie da gestern nacht nicht alles geschrieben darüber. Und heute ist es unmöglich. Es ist unmöglich, ihn länger anzuschauen. Sie bemerkt, daß sie alles macht, um keine Spannung aufkommen zu lassen. Er rechnet damit auch nicht. Er macht zwar seine Bemerkungen wie immer, aber sie blockt so radikal ab, daß er sie bald unterläßt. Sie kommt sich albern vor.

– Dieser schöne Balkon!

– Na na na. Du bist doch nicht zum ersten Mal hier.

Sie setzen sich hinaus. Sie ist so geil, daß sie nicht anders kann, als die Beine, leicht geöffnet, auf dem Geländer aufzustützen, zu beobachten, wie es ihm den Atem verschlägt. Er fixiert sie, um sich gleich darauf über sich selbst lustig zu machen.

– Was ist?, fragt sie strafend.

– Ein schöner Anblick. Ich bräuchte aber eine Taschenlampe.

– Ist es so dunkel da unten?

Eine verlegene Pause entsteht, während derer sie sich wie eine Ertrinkende an ihr Weinglas klammert und heftig an der Flüssigkeit zieht.

– Ich bin froh ..., sagt sie auf einmal, ... daß ich heute mit einem normalen Menschen zusammen bin.

– Na ich auch. Glaub mir.

– Wieso denn du?

– Ach diese Weiber alle. Da bringen sie dich so weit, daß sie dich an den Eiern haben ...

– ... und dann?

– Erlauben sie sich ihre Spielchen mit dir.

– Was für Spielchen?

– Sie glauben, daß man gleich zu Kreuz kriecht, nur weil man sie begehrt.

– Echt?

– Die Frauen ..., lacht er, ... wollen alle mit mir schlafen.

– Na so etwas! Erzähl.

– Nein.

– Bitte, das möchte ich auch wissen.

– Überleg dir lieber, wie sie es anstellen sollen, daß ich auch mit ihnen will.

– Das interessiert mich wiederum nicht.

– Nicht?

Er hebt die Brauen.

– Nein, sagt sie und schiebt die Beine höher auf die Balkonbrüstung.

– Du verkennst meinen Langmut.

– Ach ja? Warum?

– Mit diesen schönen Beinen.

Seine Hand langt über den Tisch und fährt über ihr Knie. Jetzt bräuchte sie ihn nur weitermachen lassen, weiter, weiter.

Nein. Sie will nicht. Sie kann nicht. Sie sagt laut, er möge aufhören. Sie schiebt seine Hand weg. Er merkt nicht, daß sie sie ganz umfaßt dabei. Ich bringe es nicht zusammen, denkt sie verzweifelt. Es ist vielleicht entsetzlich, an diesem dicken Körper zu lehnen. Er regt mich heute, wo es darauf ankommt, nicht auf. Wozu sitze ich hier, mit einer von seiner Berührung eben feuchten Möse und zähle mir die Mängel seines Körpers innerlich auf. Die Lippen. Ich mag ihnen nicht näher kommen, sie haben keine Konturen. Die Wangen, zu voll, die mag ich nicht küssen. Sein Lachen. Ist er von meinem widersprüchlichen Verhalten jetzt verlegen? Das wäre das Letzte, ihn jetzt auch noch verlegen gemacht zu haben. Ich möchte gehen, ich halte es nicht aus, ich verderbe mir alles, warum lasse ich an ihm heute nur das Häßliche gelten, von seinen dicken Schenkeln nur den Umfang und die Angst, sie zu berühren. Ich habe eine solche Angst vor diesem massigen Körper, daß mir jetzt auch noch vor ihm graut.

– Ich gehe nach Hause, sagt sie nach einer Stunde in der heißen Sonne. Und mache mir einen Café, denn ich bin beschwipst.

– Den kannst du bei mir haben, den Café. Willst du auch ein Eis mit Schokolade dazu?

Er ist so aufmerksam, obwohl nichts klappt. Es ist ja ohnehin wie immer mit ihr.

– Erzähl mir lieber, welche Frau mit dir schlafen wollte.

– Sie wollte ja gar nicht. Ich wollte.

– Warum wollte sie nicht?

– Sag mir lieber, warum du nicht geil bist auf mich.

Sie schaut ihn an und eine Hitzewelle durchströmt sie.

– Diese Frage beantworte ich nicht.

In der Küche zeigt er ihr, wie man Café macht, in der Espressomaschine.

– Erst die Büchse aufmachen und den Geruch einatmen...

– Du bist vulgär...

– Dann einführen und drehen...
– und brutal dazu...
– Bis der weiße Saft rauskommt.
– Mit einem Wort widerlich...

Er schlingt das Eis in sich hinein. Sie trinkt schweigend ihren Café.

– Ist er gut?
– Sehr.

Der Geschmack kann sein, wie er will. Sie sieht immer nur sein Gesicht vor sich, das sie sich zwingt, unattraktiv zu finden, mit der Schokolade in den Mundwinkeln. Sie hat sich innerlich einen Riegel vorgeschoben. Er zeigt ihr obszöne Bilder von Topor. Sie möchte so etwas endlich genießen können mit ihm, vielleicht auf seinen fetten Schenkeln sitzen währenddessen, den Arsch an seinen Bauch gedrückt, an seine Geschlechtsteile, seine Hände um ihren Körper haben und so naß sein zwischen den Beinen, daß er das durchspüren muß.

– Ich gehe jetzt wirklich. Ich hab' noch Arbeit.
– Wie spät ist es?
– Halb vier.

Ihre Stimme klingt müde. Sie stehen auf. Eine Niederlage. Sie geht ihm ins Vorzimmer nach, er nimmt ihre Jacke und hält sie auf – mit einem Blick, der vorgibt, auf jede nur erdenkliche Möglichkeit zu warten.

– Komm, sagt er, wie ein Wolf im Schafspelz. Ich helf' dir hinein.

Sie weiß schon im voraus, daß er sich eine leichte Berührung nicht verkneifen können wird. Sie fährt in die Ärmel, er legt die Arme um sie.

– Du..., ruft sie aus und jetzt ist der innere Riegel weg. Du wirst noch einmal zuviel spielen...

Sie dreht sich mit einem Ruck in seinen Armen um und schaut ihn an. Sie ist wie von Sinnen.

– Womit?

– Mit mir, sagt sie und hat die Hände um seinen Hals und ihren Mund auf seinem.

Sie rast vor sich selber davon. Seine Lippen sind sofort offen, seine Arme ziehen fester zu. Er hat sofort geschaltet, ohne eine Sekunde zu zögern. Es ist unglaublich, da liegt sie wirklich in seinen Armen. Sein breiter Körper ist an ihrem. Das löscht alles andere in ihrem Kopf aus. Nur seine Lippen sind da, seine Zunge, die sofort alles richtig macht, was zu machen ist, sich in ihr dreht und dreht und dreht, an ihrem Hals ist, wieder in ihrem Mund, an den Schläfen, an den Ohren. Seine Augen haben nichts Überrumpeltes. Er küßt sie und fährt mit den Händen unter ihr Hemd, als wäre dies ausgemacht. Er hebt sie hoch, sie fliegt, an ihn gelehnt. Seine Lippen an ihren Brüsten. Seine Hände fest an ihrem Arsch, drücken ihren ganzen Unterleib an sich, lassen ihn an sich hinunterrutschen. Ihr Mund saugt sich an ihm fest. Sie stöhnt und stöhnt. Den Rock schiebt er ihr hinauf. Seine feuchten Hände streichen über ihre Arschbacken. Er hält nicht inne, keine Sekunde lang, sie auch nicht, nicht denken, nur vorwärts, vorwärts. Er hebt sie mit einem Ruck auf und geht mit ihr ins Schlafzimmer. Es ist nichts Kühles, nichts, was die Schritte, die noch fehlen, ins Bewußtsein bringt. Kein peinliches Warten auf die nächstes Geste. Er hat ihr auf einmal unter die Kniekehlen gegriffen, sie mit Schwung über die Schulter geworfen, oben und unten vertauscht. Er geht durch die Tür mit ihr. Dieser Augenblick raubt ihr den Atem. Er legt sie auf das Bett. Er ist auf ihr, sie fällt, sie zieht ihn zu sich. Es bereitet ihr ein teuflisches Vergnügen zu sehen, wie er sich mit seinem schweren Fleisch auf die Matratze kniet und sich auf sie draufrollt, einen dieser feisten Schenkel zwischen ihre zu nehmen. Er kommt ihr entgegen, sie glaubt zu schmelzen an diesen Fleischbergen. Sie liegt stöhnend in seinen Armen und jagt einem Orgasmus nach dem anderen nach.

Es ist etwas Irrsinniges daran, sich mit ihm in diesem Bett zu wälzen, dieser riesige, fleischige, weiße Körper auf ihr, immer mit dem ihren verschlungen, immer um sie herum, an ihr klebend, sozusagen. Die wulstigen Arme und Schenkel, der unförmige Bauch, diese Massen, mit ihr zusammen, in einem Atemzug genannt, in einem Bett, auf einem Laken, in diesem Zimmer, das ihr immer so spartanisch vorgekommen ist, weil es gar nichts darin gibt, das aufputzt, und trotzdem ist es nicht abstoßend. Es wirkt unsäglich schwer in seinen Farben, die über Ockerbraun nicht hinausgehen, mit seinen mächtigen Schränken und dem Bett, und mehr gibt es hier nicht. Es erinnert an verlassene Stadtwohnungen in heißen Sommermonaten, in denen man nur vor sich hindösen kann oder Sex haben. Sex, Sex. Es erinnert an Raumfluchten in ihren Träumen, an unzählige Treppenhäuser, in denen es immer hinaufgeht, hinauf, in denen kein Dekor das Räumliche mildert, dieses Räumliche, in dem sie mit ihrer Geilheit allein gelassen ist, ihr nicht mehr aus, vor ihr nicht mehr flüchten kann.

Das Bett in diesem Zimmer wird nie gemacht. Es schaut schon von der Weite so aus, als würde er darin nie schlafen, sondern sich, von keinem Laken bedeckt, nur unruhig darauf wälzen. Die Decke ist so dünn, es gibt nichts, wo man verschwinden kann, in der ganzen Wohnung nicht, und um so mehr verschwindet sie als Ganze in ihr, um so mehr wird sie zu ihm aufgesogen. Sie kann sich nirgends hinkuscheln in diesem breiten Bett mit dem kargen Laken. Um so mehr ragt sein Körper heraus, der sie mit seinen Dimensionen aufnimmt.

Er haucht ihr seinen heißen Atem durch den Slip, bevor er ihn ihr auszieht. Seine Zunge leckt ihr alles ab, ist nicht schwammig und leicht, bohrt sich wie ein Pfeil in sie hinein und läßt nicht nach, reizt jeden Teil ihres Geschlechts von den Lippen angefangen zu den weichen Hügeln zwischen den Beinen, dem Eingang der Möse. Sie steigt – spielend. Sie kriegt es öfters, trotz des vielen Alkohols im Blut. Er beobachtet alles.

Kein Schrei, keine Bewegung, kein Zucken und Aufstöhnen und Verzerren ihres Gesichts ist verfehlt. Sie ist geschützt durch sein Begehren, durch seine jahrelange Sehnsucht, es mit ihr zu treiben.

CAROL CONN

Der dreißigste Geburtstag

Als ich meinen Wagen vor dem hohen, schmiedeeisernen Tor parke, wird mir ein bißchen schwach in den Knien. Meine Finger zittern, während ich voll Nervosität noch einmal die Einladung zu einer ›Nacht zeitloser Fantasie‹ durchlese. Dieser Abend mit zwei männlichen ›Geishas‹ ist ein ganz spezielles Geschenk meiner Freundin Sharon zum dreißigsten Geburtstag – etwas, wie es das nur in Kalifornien gibt. Obwohl ich bemüht bin, in lässiger Haltung zur Haustür zu gelangen, werden meine Schritte von einem heftig klopfenden Herzen begleitet, das sich irgendwo in meiner Kehle niedergelassen hat.

Wie versprochen, haben meine anonymen Gastgeber einen Pfad von Kerzen hinterlassen, die mir flackernd den Weg durch einen eleganten, doch überwucherten englischen Garten weisen. Ich mache halt, um die faszinierende Szenerie zu genießen. Gleich hinter dem Garten ragt das majestätische Profil des Mount Tamalpais empor. In Kaskaden wallt der Nebel an den Bergflanken herab, die in diesen letzten Sekunden eines herrlichen Sonnenuntergangs in glühenden Tönen von Pink, Orange und Purpur flammen. Irgendwie scheint dies ein passendes Omen für einen dreißigsten Geburtstag und den vor mir liegenden Abend zu sein. Was immer geschieht – es wird auf keinen Fall eine gewöhnliche Feier sein.

Gleich hinter dem rustikalen Tor wirkt der Garten mit blühenden Blumen in jeder nur erdenklichen Schattierung wie eine Farbenexplosion. Zu meinen Füßen dunkelt smaragdgrünes Moos, das jeden zerbröckelnden Ziegel des alten, ausgetretenen Pfades umrahmt, im schwindenden Licht zu reinem Purpur. Magnolien- und Geißblattblüten parfümieren die leichte Brise.

Der Abend besitzt die Struktur eines kunstvoll gewebten Seidenteppichs. Der überdies ein fliegender Teppich sein muß, denn jeder tiefe Atemzug lindert die Ängste, bis mein Geist, wie von den sanften Böen getragen, frei und leicht dahinschwebt. Der Wind bewegt mein Kleid, der meine Schenkel streichelnde Stoff löst ein unwillkürliches Erschauern aus. Schwelende Funken werden von neuem entzündet, beginnen wieder an meiner Wirbelsäule auf und ab zu schießen. Der fliegende Teppich trägt mich zu einem kürzlichen Erlebnis zurück. Vor knapp einer Stunde war ich eine sexuelle Surferin, die mit Hilfe der dampfenden Lippen und unermüdlichen Zunge meines Liebhabers endlos auf einer köstlichen Woge der Lust dahinritt. Der noch anhaltende Schwung reizt meinen Schoß, und ein Tropfen erinnerter Leidenschaft sickert heraus.

Der plötzliche Flug von Fledermäusen über mir reißt mich aus meinen Sonnenuntergangsträumen, und ich gehe weiter auf ein Haus zu, das in jeder Hinsicht so malerisch und rustikal ist wie dieser Garten. Der silberne Klang der Türglocke genügt, um meine eben erworbene Gelassenheit in die erwartungsvolle Unsicherheit einer zum Opfer erkorenen Jungfrau zu verwandeln.

Die geöffnete Haustür gibt den Blick frei auf einen Raum voll brennender Kerzen, deren Licht die beiden in kurze Kimonos gehüllten Männer zu dunklen Silhouetten werden läßt.

»Hallo, Geburtstagskind!« begrüßen sie mich gedämpft.

Ich trete ein, voll zurückhaltender Abwehr gegen ihre durchdringenden Blicke. Dann erinnere ich mich an Fausto, meinen Liebhaber, und seine unausgesprochene Eifersucht, als ihm klar wurde, daß ich für diesen Abend andere Pläne hatte. Nachdem unser Verhältnis so ist, wie es ist – das heißt, keine Forderungen, keine Verpflichtungen –, hatte er nicht das Recht, mich zu fragen, warum ich den Abend meines dreißigsten Geburtstags nicht mit ihm verbringen wollte. Doch das selbstgefällige Funkeln in seinem Blick, als er meine Wohnung verließ, verriet mir, daß er so eine Ahnung hatte, was ich am Abend treiben würde.

Was er mir damit sagen wollte, war eindeutig: Ganz gleich, was ich heute abend mit einem anderen Mann erleben sollte (nicht einer, mein Liebling, zwei!), Faustos erotische Präsenz würde nicht hundertprozentig zu ersetzen sein. Seine romantische Leidenschaft bewegt mich innerlich, löst eine neu gefundene Kraftreserve aus einem bisher unentdeckten Vorrat aus.

Ich hebe den Kopf und ergreife mit majestätischer Haltung das Regiment über die beiden Geishas. Heute abend bin ich eine Göttin, die sich ihrer Macht bewußt ist, während zwei Priester mich mit allen Riten und Fanfaren uralter heidnischer Religionen anbeten werden.

Meine göttlichen Gewänder? Hauchdünne schwarze Strümpfe, die, an einem schwarzroten Strumpfhaltergürtel befestigt, meine Schenkel umspannen. Ein schwarzes Seidenhöschen, inzwischen feucht vor Erwartung, das sich unter einem lose sitzenden Kleid im Stil der dreißiger Jahre an meinen Körper schmiegt. Das Kleid hat einen tiefen Ausschnitt und ist vorn sowie an den Seiten geschlitzt. Die sinnlich wirkende schwarze Kunstseide bildet einen dramatischen Hintergrund für die überall aufgestickten roten Lippen. Der Zauber des Abends scheint diese Lippen lebendig zu machen: Aufreizend schimmern und tanzen sie im Kerzenlicht. Angemessene Gewänder für diese beiden Sterblichen, deren Blicke nun, als jeder von ihnen eine meiner Hände an die Lippen führt, nur noch reine Bewunderung ausdrücken.

Ich sehe zu, wie sie meine Finger mit forcierter Verliebtheit küssen, und dann dämmert mir etwas. Meine Macht ist abhängig davon, wie sehr ich diese Männer aus dem Gleichgewicht zu bringen, wie gut ich mehrere Kräfte gegeneinander auszuspielen vermag. Unbewußt habe ich meinen ersten Schachzug bereits getan, indem ich zuvor einen anderen Mann geliebt habe.

Sanft entziehe ich ihnen meine Hände und gehe zur Bar, wo in einem Eiskübel eine Flasche Champagner steht. Ich halte inne, erwarte von ihnen, daß sie mir alle Wünsche von den Augen ablesen und sofort erfüllen. Ich habe nicht die Absicht, mich selbst auf einen Barhocker zu hieven. Und wie durch einen Tritt in Gang gesetzt, eilen sie beide herüber, um mir auf meinen ›Thron‹ zu helfen. Erst dann werde ich mir der langweiligen Klänge aus der Stereo-Anlage bewußt. Die Musik ist absolut ungeeignet.

»Gentleman, ich bin für Jazz gekleidet. Gebt mir bitte Charlie Parker oder Billie Holiday.«

Dies löst abermals hektischen Eifer aus, fördert jedoch keines von Birds Alben zutage. Zum Glück ist Lady Day im Haus, und meine Geishas verlieren nicht das Gesicht. Bald füllt ihr süßer, melancholischer Gesang das Zimmer. Meine Gastgeber seufzen erleichtert, als ich mich entspanne und endlich beginne, ein Glas Champagner, etwas schwarzes gummiartiges Hasch und die ganze gegenwärtige Situation zu genießen.

Jetzt ist es an mir, die Geishas zu taxieren. Alexander ist ein hochgewachsener, blonder Beach-Boy-Typ um die Dreißig, muskulös, aber schlank, mit aufregenden, langen Beinen. Jeremy ist ein etwa vierzigjähriger, etwas kurz geratener dunkler Künstler mit einem fast finsteren Aussehen. Er hat ein kleines Bäuchlein und drahtiges Brusthaar, das sich um das Revers seines Kimonos kraust. Beide erwidern meine musternden Blicke anerkennend und mit einer Sinnlichkeit, die mir weit eher zu einem

B-Film als zu einer Geburtstagsparty zu passen scheint. Ich lache, weil ich high genug bin, um fest überzeugt zu sein, daß ihr Dialog kitschig genug sein wird, um aus dem Drehbuch stammen zu können.

»O Lady«, seufzt Alexander wie auf ein Stichwort, »du bist wahrhaft schön! Du bist Fleisch gewordene Fantasie: Eine bezaubernde Fremde ist zu einem Abend erlesener Vergnügungen erschienen. Ein Geschenk der Götter.«

Tor! Ich bin eine Göttin. Champagner und Hasch jedoch führen mich aus dem Tempel zu einer weniger weihevollen Stätte. Billie Holiday singt noch immer den Blues, so daß ich mir vorkomme wie eine tragische, erotische, gindurchtränkte Mamma in einer schäbigen Bar der dreißiger Jahre mit zwei gehorsamen Sklaven. Gleich darauf massiert mir Jeremy Hals und Schultern; dabei streifen seine Fingerspitzen hauchzart meine Brustwarzen, die sich daraufhin steil aufrichten.

Alexander teilt meine Beine und streichelt jeden Schenkel mit seinen herrlich sensiblen Lippen. Durch das Seidenhöschen hindurch beginnt er mit seiner Zauberzunge meine Klitoris zu reizen. Ich treibe dahin auf dem fliegenden Teppich, von den köstlichen, durch Alexanders Zunge ausgelösten Empfindungen höher und immer höher hinaufgetragen.

Ich schließe die Augen und sitze in Gedanken wieder auf dem Sofa in meinem Wohnzimmer, wo ich zusehe, wie Fausto, mein Liebhaber, mit beiden Händen meine Schenkel packt, während er sein Gesicht in meinem Schoß vergräbt. Seine karamelfarbene Haut schimmert seidig, duftet schwach nach Eukalyptusbäumen und süßer Meeresluft. Er brummt, als ich mich vor Wonne winde. Mein Körper steht in Flammen, während ich hin und her treibe, zwischen Fausto und diesen beiden mich bewundernden Liebhabern.

Wieder bin ich die Göttin dieses Geburtstagstempels.

Die Göttin weiß, daß jene Männer, die Frauen am besten zu lieben und zu schätzen wissen, gern ihr Gesicht in den Säften ihres Schoßes baden. Und diese hingebungsvollen Priester beten meine Pussy an. Sie genießen mich als exquisite Geschmackserfahrung, ebenso hoch anzusetzen wie alter Cognac oder Beluga-Kaviar. Das schwach moschusduftende Parfüm meines Leibes ist ein hochgradiges Aphrodisiakum, und mich zu trinken versetzt sie in den Garten Eden zurück. Sie möchten in dieses Paradies zurückkriechen, können aber nur eine Zunge, einen Finger, einen Schwanz hineinschieben, aber auch das schon verheißt ihnen einen Augenblick Flucht vor der Welt.

Diese Befriedigung und Errettung der beiden Geishas entspringt ausschließlich meinem intensiven Genuß. Und es ist mir verdammt egal, wie lange es dauert. Wenn ich ihnen meinen Orgasmus vorenthalte, werden sie sich nur um so heftiger bemühen. Ich halte mich zurück und lasse die Spannung wachsen. Schließlich sind diese Sterblichen hier, mir zu gehorchen. Wenn einer von ihnen müde wird... nun, dann ist da immer noch der andere.

Jawohl, Billie Holiday persönlich hätte dieses so intensive Liebesspiel gebilligt Also versuche ich den Moment hinauszuzögern und klammere mich an den seidigen Strang der Ekstase, ständig auf einem erotischen Hochseil balancierend, bis ich in einen tiefen Orgasmus falle. Ich bleibe so stumm wie möglich, während Arm-, Bauch-, Waden- und Schenkelmuskeln in unterschiedlichem Rhythmus zucken, bis sie schließlich im Takt pulsieren.

Als die inneren Explosionen schließlich nachlassen, treibe ich langsam ins Zimmer zurück und spüre, wie mein Körper wieder fest wird. Da bin ich, liege praktisch auf einem Barhocker und habe die Beine über Alexanders Schulter gelegt, während er dicht vor mir kniet. Mit ungeheurer Befriedigung blickt er von seinem Platz zwischen meinen Beinen zu mir auf. Abermals vergräbt er sein Gesicht, kommt glänzend hoch, um Luft zu schnappen, und legt seine glattrasierte Wange an meinen Schenkel. Jetzt erst merke ich, daß Jeremy mir, die ich nahezu horizontal liege, Kopf und Rücken stützt.

Billie Holiday singt noch immer, mein Kleid ist bis zum Bauch hochgerutscht, das Höschen auf den oberen Rand der Strümpfe runtergezogen. Jeremy hilft mir in sitzende Stellung auf, und ich glätte lässig Kleidung und Haar. Ich leere mein Champagnerglas und sehe die beiden ausdruckslos an. Ihr verzweifelter Wunsch, zu erfahren, ob ich zufrieden bin, ist so eindeutig! Ich lasse sie im Ungewissen.

Ich greife zur Pfeife, lächele lieb und flüstere: »Noch etwas Hasch, bitte.«

Kaum vermag ich das Lachen zu unterdrücken, als sie geschäftig an die Erfüllung meines Wunsches gehen. Dies alles ist so herrlich absurd! Meine Freundinnen müßten Logenplätze für die Vorstellung haben. Ich wünschte, sie könnten zusehen, wie Alexanders geschickte Hände an meinen Beinen auf und ab gleiten und er behutsam an jedem Fuß knabbert.

Jeremy versucht mir nasse, leidenschaftliche Küsse zu geben, aber ich wende mich ab. Ich spüre den Stachel der Zurückweisung, doch Musik, Drogen und meine sich manifestierende Macht schließen jegliches Mitleid aus. Außerdem finde ich ihn im Vergleich zu Alexanders leichter Hand aufdringlich und ungeschickt. Jeremy muß sich damit begnügen, meine linke Hand zu streicheln.

Das nächste Glas Champagner wird in einem Schaumbad getrunken. Alexander trägt mich in ein von Kerzen beleuchtetes Badezimmer und zieht mir liebevoll das wenige aus, was von meiner ursprünglichen Bekleidung noch übrig ist. Seine Hände und sein Mund sind ganz und gar auf ihre Aufgabe eingestellt. Sanft wäscht er mir Beine und Füße, bedeckt jeden Fuß mit zahllosen Küssen. Alexander scheint sich vollkommen damit zu begnügen, meine Fantasievorstellungen nachzuspielen, und ich lasse es höchst zufrieden geschehen.

Inmitten des verschwimmenden Kerzenlichts vor dem Hintergrund der Badezimmerkacheln serviert er mir abermals Hasch und Champagner. Als ich aus dem himmlischen Schaumbad auftauche, wickelt er mich zärtlich in riesige Badetücher und bringt einen lila Seidenkimono für mich zum Vorschein.

Offenbar kleiden wir uns zum Dinner an.

Alexander nimmt mich auf die Arme und kehrt mit mir ins Wohnzimmer zurück. Gemeinsam kuscheln wir uns auf eine bequeme Chaiselongue. Er setzt seine Beinmassage fort, während ich bete, er möge nie aufhören. Welch ein Segen: hochgebracht, wieder heruntergezokt, und alles, ohne eine Gegenleistung erbringen zu müssen! Einen Abend lang absolut selbstsüchtig, und keinerlei Wiedergutmachung. Ein breites Grinsen verzieht mein Gesicht, als Jeremy Speisen hereinbringt und auf dem Eßtisch am anderen Ende des Zimmers abstellt. Wir setzen uns zu einer recht seltsamen Familienmahlzeit. Meine Geishas berühren kaum ihre Teller, sondern starren mich mit derselben Leidenschaft an, die ich der geeisten, leicht mit frischem Dill und Minze gewürzten Gurkensuppe zuteil werden lasse. Der saubere Geschmack der von süßem Yoghurt gemilderten, von Jeremy zubereiteten Gurken verführt meine Geschmacksknospen. Ich sehe ihn erleichtert aufseufzen und fühle mich wohler, während ich ihn und Alexander mit in Knoblauchbutter getauchten Artischockenblättern füttere. Alexander wird ganz wild, als ich ihm langsam ein zweites Blatt aus dem Mund ziehe; das sinnliche Scharren an seinen Zähnen, meint er, erinnert ihn an das Gefühl, das er hatte, als er sich kurz nach meiner Ankunft zwischen meinen Beinen vergrub.

Das Spannungsfeld baut sich weiter auf, als wir eine

Lammkeule mit einer süß-scharfen Wacholdersauce verschlingen. Hingebungsvoll, mit an unser erstes Scharmützel dieses Abends erinnernder Intensität zerreißen wir das gebratene, zarte, saftige rosa Fleisch mit beiden Händen. Alexander küßt mir den meinen Arm hinablaufenden Fleischsaft von der Haut.

Beim Salat finden wir einigermaßen wieder zur Fassung zurück und kauen gelassen. Die milde Sauce und die knackige Frische wirken ernüchternd wie ein Bad in einem kühlen Gebirgsbach. Der Salat reinigt nicht nur unseren Gaumen, er reinigt uns auch Körper und Geist und schafft Raum für das folgende Ereignis, den eigentlichen Anlaß dafür, daß ich dieser Soirée zugestimmt habe.

Eine Massage von zwei Männern gleichzeitig. Schon immer habe ich vier (oder mehr) Hände wohltuend, beruhigend an meinem Körper spüren wollen. Alexander geleitet mich in ein Schlafzimmer mit so vielen Kerzen, daß die vier Wände mir in meinem derzeitigen Zustand wie eine Milchstraße *en miniature* erscheinen. Französische Chansons schaffen eine etwas unheimliche Atmosphäre, als seien die Geister uralter Liebespaare zurückgekehrt, um das Bevorstehende zu beobachten. Vielleicht repräsentiert eine jede dieser winzigen Flammen die Seele eines großen, leidenschaftlichen Liebhabers. Bald schwebe ich in den Wolken, getragen von vier Händen, die geschickt sämtliche Spannungen lösen. So gerührt bin ich von der Zärtlichkeit und der Kunst meiner Geishas, daß es mir schwerfällt, meine Wonne zu verbergen.

Während Alexander mit der Massage fortfährt, erhält Jeremy nunmehr die langersehnte Chance, mich zu trinken. Trotz seiner Tolpatschigkeit weiß er die Hügel und Täler meines Schoßes mit technischem Geschick zu erkunden. Mein Körper spannt sich zu einer weiteren Explosion, diesmal jedoch ist die Göttin entschlossen, sie zu kaschieren. Jeremy wird niemals davon erfahren. Es ist eine hundertprozentig beherrschte Energie, als ich zum Höhepunkt komme – wie Feuerwerkskörper, die Funken versprühen, so lautlos wie fallender Schnee.

Jetzt bin ich verausgabt. Drei intensive Sitzungen an diesem Abend plus Massage reichen aus, mich schläfrig zu machen. Ich würde jetzt gern nach Hause gehen, doch Hasch, Wein und Champagner verbieten mir das Autofahren. Wie soll ich aufstehen, mich anziehen und mich von meinen Gastgebern verabschieden können? Viel zu mühsam! Also genieße ich weiterhin die Massage. Bin jedoch noch wach genug, um zu spüren, daß Alexanders Schwanz in mich eindringt.

»Halt!« Die erotische Spannung bricht, und zwei Erektionen werden schlaff wie bei einer Dusche mit eiskaltem Wasser. »Ich muß erst mein Pessar einsetzen!«

»Ist schon okay«, gibt Jeremy ein wenig überheblich zurück. »Wir sind Tantriker.«

Ungläubig starre ich ihn an.

»Wir werden nicht in dir kommen.«

Die Göttin mag auf diese Versicherung hereinfallen, nicht aber das Geburtstagskind aus Fleisch und Blut. Ich setze mein Pessar ein und mustere die beiden wartenden Geishas nachdenklich. Als ich fertig bin, fallen sie über mich her, ersticken meinen Körper mit zahllosen Küssen und langen, liebevollen Strichen der Zunge.

Aber der Bann ist gebrochen. Ich sehne mich nach den sanften, elektrisierenden Zärtlichkeiten, die ich so sehr brauche. Ich bin abgelenkt, als befinde sich eine weitere Person im Zimmer. Dieses Gefühl läßt mich erschauern, weil diese Präsenz gleichzeitig vertraut und fremd für mich ist.

Ich schließe die Augen und sehe Fausto, der sich über mich beugt. Seine Miene spricht von einer schmerzenden Mischung aus Eifersucht und Erregung. Er küßt mich heftig, und ich komme mir vor wie ein kalter, schlafender

Vulkan, der plötzlich aktiv wird, ausbricht und flüssiges Feuer bis in meine Zehen hinabschickt. Mein Körper pocht und zuckt vor Verlangen. Fausto zieht sich ein wenig zurück, lächelt und streicht mir übers Haar.

Ich werfe einen Blick auf Jeremy und Alexander, die mich wieder massieren und von Faustos Gegenwart nichts zu ahnen scheinen. Abermals schließe ich die Augen, und Fausto läßt mich noch weiter dahinschmelzen mit einem Kuß, der mir tief bis in den Unterleib dringt. Ganz flüssig bin ich, und ganz empfangswillig. Er zieht sich zurück, genießt meine köstliche Agonie. Ich hebe den Kopf, will unbedingt seine Lippen halten.

Nicht aufhören, bitte!

Ein weiterer elektrisierender Kuß treibt mir das Wasser in die Augen, und ich beginne heftig zu keuchen. Sein Mund gleitet an meinem Hals hinab zu einem Fleck, den er einmal ›die heiße Stelle‹ getauft hat. Das ist meine Achillesferse. Fausto ist der einzige Mann, der begreift, wie hilflos dieser Fleck mich macht: zur Sklavin seiner leidenschaftlichen Berührungen. Ganz behutsam beißt er mich um diesen Fleck herum, in einem sinnlichen, erregenden Tanz, der das Blut durch meine Adern rauschen, mein Herz hektisch hämmern und jeden Muskel unkontrolliert zucken läßt. Der Rhythmus seiner Lippen und Zähne an meinem Hals vereint sich mit dem von Alexanders Schwanz, der jetzt immer wieder in mich hineinstößt.

Mehr, mehr! Alles! Nur nicht aufhören!

Die Kombination des erotischen Fausto mit Alexander ist mehr, als ich ertragen kann. Der stete Rhythmus von Alexanders Schwanz, jetzt hoch und hinaus, dann wieder hinab und hinein – verbunden mit der Erinnerung an Faustos melodiöse Berührung und seine glühenden Küsse –, verwandelt mich in einen orgastischen Schmetterling. Jedes Stöhnen, jedes Aufkeuchen gleicht einem Flattern meiner Flügel, das mich höher und immer höher trägt, bis ich schließlich zwischen den Sternen dahingleite, angetrieben von anscheinend kosmischen Wellen. Schauer der Lust durchdringen jede Faser, jede Pore, jede Höhlung meines Körpers.

»Fausto!«

Sein Name hallt in meinen Gedanken wie ein Schrei und ein Gebet, als ich eine schmerzhafte Barriere durchbreche, die mich schlaff und schweißnaß zurückläßt.

ANNE-MARIE VILLEFRANCHE

Christophe fährt in den Süden

Es wird allgemein gesagt, die beiden Kuppeln des Hotels *Carlton* in Cannes seien den herrlichen weißen Brüsten einer berühmten Kokotte des letzten Jahrhunderts nachgebildet, deren Reize damals Männer von höchstem Rang miteinander in kostspieligen Wettbewerb treten ließen. Der Gedanke an einen so charmanten Tribut für eine Frau, die einmal Anlaß zu viel Lust und Leid gegeben hatte, amüsierte Christophe, als er im hellen Sonnenschein eines wunderschönen Morgens in Cannes spazierenging und die vielen schönen Frauen bewunderte, die man dort entlang der Croisette sehen kann. Diese Bewunderung beruhte durchaus auf Gegenseitigkeit, denn er war ein außerordentlich gutaussehender junger Mann und in seinem gestreiften Blazer, der weißen Hose und einem steifen Strohhut lässig und zugleich modisch elegant gekleidet.

Vor dem Krieg hätte man natürlich während der Sommermonate niemand von Bedeutung an der Côte d'Azur gesehen. Damals schlossen die Hotels schon Ende April, und das Casino war im Sommer völlig ausgestorben. Die Saison für den Besuch der Südküste lag im Winter, und im Sommer zog man selbstverständlich in den Norden, in die modischen Badeorte von Deauville und Le Touquet. All dies änderte sich jedoch nach Kriegsende, als reiche Amerikaner, die bekanntlich gern durch die Welt reisen, um der kulturellen und kulinarischen Barbarei ihres eigenen Landes zu entfliehen, die französische Mittelmeerküste entdeckten. Doch selbst zu jener Zeit hätte man die Angewohnheit, in der Hitze des Sommers in den Süden zu reisen, in Paris nur für eine weitere Laune einer auch sonst unerklärlichen Nation gehalten, wären die Bedürfnisse der Frauen von Stil nicht geweckt worden. Denn plötzlich entwarfen Chanel und Schiaparelli die atemberaubendsten und aufreizendsten Strandkleider und stellten sie in ihren Pariser Salons aus. Jede Frau mit Geschmack wollte diese gewagten, bunten Kleider tragen. Es war fast, als würde man nackt in der Öffentlichkeit erscheinen, wenn man diese knappen Shorts oder diese zarten, durchsichtigen Strandpyjamas trug! Und da es nun einmal die Frauen sind, die hinter dem Rücken ihrer Ehemänner die Welt regieren, wurde es innerhalb von ein, zwei Jahren unsagbar schick, den Sommer an der Côte d'Azur zu verbringen.

Christophe bewunderte bei diesem ersten Besuch in Cannes alles, was er zu sehen bekam. Die Frauen sahen in ihren leuchtenden Hemdblusen, die ihre nackten braunen Schenkel nur zur Hälfte bedeckten, einfach bezaubernd aus! Und auch die zarten Strandpyjamas und die weißen, enggeschnittenen Leinenhosen, die die Kurven ihrer Hinterbacken betonten, wirkten auf ihn äußerst aufregend.

Unten am Strand beobachtete er die schönsten Frauen beim Sonnenbaden. Sie trugen nichts als hautenge Badekostüme aus dünnem Wolljersey in den leuchtenden Farben, die so raffiniert geschnitten waren, daß sie ihre Rükken bis zur Taille und ihre Beine fast bis zu ihrem Schoß frei ließen. Was für ein atemberaubender Anblick für einen jungen Mann, der so amourös veranlagt war wie Christophe! Begierig sog er den Anblick dieser schönen Wesen auf, die barfuß im Sand herumliefen, wobei die zarten Knospen ihrer Brüste sich unter ihren enganliegenden Badekostümen deutlich abzeichneten. Christophe war für diese Reize so empfindlich, daß sich das Wahrzeichen der Männlichkeit in seiner weißen Hose während seiner Strandspaziergänge mächtig regte.

Natürlich waren diese schönen Frauen, die eine so

große Wirkung auf ihn ausübten, ständig von Verehrern umringt. Es waren selbstsichere junge Männer, die ihre sonnengebräunte Haut und ihre Muskeln zur Schau stellten, oder ältere Männer mit schütterem Haar und dicken Bäuchen, die allem Anschein nach ausgesprochen wohlhabend waren, und zu jenen schienen die jungen Schönheiten sogar noch aufmerksamer zu sein als zu den jungen Männern. Christophe zuckte bei diesem Anblick resigniert mit den Schultern. Sein Problem bestand nämlich darin, daß er ganz und gar nicht wohlhabend war.

Bis vor kurzer Zeit hatte er sich noch im Geschäft seines Onkels auf dem richtigen Weg zum Erfolg geglaubt, besonders seit ihn mit seiner eleganten Tante eine intime Freundschaft verbunden hatte. Ihr großer Einfluß hätte ihn sicherlich bald an die Spritze des Unternehmens geführt, und Christophe hatte sich schon im Besitz aller Annehmlichkeiten gesehen, die damit verbunden waren. Doch leider hatte Jeanne Verney ihre Besuche in Christophes Wohnung eingestellt, als sie schwanger wurde. Das war der erste harte Schicksalsschlag, den er hinnehmen mußte. Der zweite, genauso verheerende Schlag folgte, als Verney seine Geschäftsanteile verkaufte und Christophes Anstellung gekündigt wurde. Jeanne hatte – großzügig wie immer – darauf bestanden, daß Christophe eine Entschädigungssumme für seine enttäuschten Hoffnungen ausgezahlt wurde, die es ihm ermöglichen sollte, mindestens ein Jahr lang in angemessenem Stil zu leben.

»Was wirst du nun tun, Christophe?« fragte sie. »Willst du in Paris bleiben oder zu deiner Mutter nach Lyon zurückkehren?«

»Ich werde erst einmal Urlaub machen und über meine Zukunft nachdenken«, antwortete er, ohne dabei etwas Bestimmtes im Auge zu haben.

»Das ist eine großartige Idee. Fahr doch nach Cannes! Ich habe Freunde dort, die sich freuen werden, dich zu sehen.«

Und da war er nun! Er war mit dem Schnellzug gefahren und hatte sich im *Carlton* eingemietet. Im August ist dieses Hotel zwar normalerweise ausgebucht, aber da es noch früh im Sommer war, konnte er noch ein freies Zimmer bekommen. Natürlich war es äußerst unklug von ihm, in einem so teuren Hotel abzusteigen, denn seine finanziellen Mittel waren mehr als begrenzt, aber aus seinen Erfahrungen in Paris hatte Christophe die Lehre gezogen, daß der äußere Anschein von größter Wichtigkeit war. Was für einen Eindruck hätte er auf irgendeine Person von Bedeutung gemacht, wenn es bekannt geworden wäre, daß er in einer mittelmäßigen Pension in einer Seitenstraße Quartier genommen hatte? Allein die Vorstellung war unmöglich.

Auf seiner Zugfahrt Richtung Süden hatte Christophe keinen Schlaf finden können. So kam es, daß er im Alter von 25 Jahren zum erstenmal in seinem Leben für sich Bilanz zog. Wie jedermann weiß, kann ein einsamer Mensch morgens um drei Uhr der Wahrheit über sich selbst nicht ausweichen, mag diese Wahrheit auch noch so unerfreulich sein. Christophe mußte sich eingestehen, daß mit seinen intellektuellen Fähigkeiten kein Staat zu machen war, aber was bedeutete das schon? Intellektuelle, das waren für ihn die Leute, die langweilige Bücher schrieben und in den unbequemen Quartieren des linken Seineufers wohnten. Während seines Dienstes in Verneys Geschäftsunternehmen war Christophe klargeworden, daß er auch niemals durch eigene Anstrengung ein erfolgreicher Geschäftsmann werden würde, denn dazu mangelte es ihm am erforderlichen Fleiß. Und die gelehrten Berufe waren ihm von vornherein verschlossen – das hatte sich schon auf der Schule gezeigt.

Doch Christophe hatte andere Tugenden vorzuweisen. Er sah hübsch aus und wußte sich gut zu kleiden, ihm stand ein scheinbar unerschöpflicher Vorrat an Konversationsthemen zur Verfügung, er wirkte auf Frauen jeden Alters äußerst anziehend, und er war – die wichtigste seiner positiven Eigenschaften – dank der Hingabe seiner Tante Jeanne ein vollendeter Liebhaber. Er beabsichtigte, alle diese Fähigkeiten einzusetzen, um eine angesehene Position in der Gesellschaft zu erreichen. Sein Plan bestand schlicht und einfach darin, eine reiche Frau zu finden und sie zu heiraten. Sie sollte nach Möglichkeit jung und schön sein oder – wenn es eben nicht anders zu machen war – älter als er und häßlich, solange sie nur wirklich reich und so sehr in ihn verliebt war, daß sie ihm freie Hand über ihr Geld ließ.

Jeanne hatte ihn mit zahlreichen Empfehlungsschreiben an ihre Freunde in Cannes ausgestattet, aber er hatte keine Eile, die Dinge voranzutreiben. Es gab so viel zu sehen und zu genießen. Im übrigen wollte er nicht zu eifrig erscheinen, da dies bei Jeannes Freunden einen schlechten Eindruck erwecken könnte. Selbstverständlich handelte es sich bei diesen Freunden nur um Personen von hohem gesellschaftlichem Rang; eine von ihnen hatte sogar einen Adelstitel, obwohl solche Titel in einer Republik eigentlich keine Rolle spielen. Wenn jemand seinen Namen auf diese Weise schmücken wollte, dachte Christophe, ließ dies auf eine gewisse Nostalgie und einen ziemlich starken Snobismus schließen.

An seinem zweiten Tag im *Carlton*, als er etwa um zehn Uhr auf der Terrasse sein Frühstück einnahm und die Zeitung las, sollte sich der Lauf seines Lebens auf dramatische Weise verändern. Er frühstückte deshalb so spät, weil er die Nacht im Casino verbracht hatte, um die Roulettespieler zu beobachten und die allgemeine

Lage auszukundschaften. Doch natürlich waren alle reichen Damen dort in männlicher Begleitung erschienen.

»M'sieu Larousse?« fragte plötzlich eine respektvolle Stimme dicht neben ihm.

Christophe blickte von seiner Zeitung auf und sah erstaunt, daß ein großer Mann in einer taubengrauen Livrée an seinem Tisch stand. Seine Mütze hatte er abgenommen und hielt sie unter seinem Arm.

»Wer sind Sie?«

»Ich bin der Chauffeur der Vicomtesse de la Vergne, M'sieu.«

Das war der Name der adeligen Dame, für die Jeanne ihm einen Empfehlungsbrief gegeben hatte.

»Madame la Vicomtesse schickt mich zu Ihnen«, sagte der Chauffeur höflich. »Sie läßt Sie bitten, heute mittag mit ihr zu speisen.«

»Das ist sehr liebenswürdig von ihr«, erwiderte Christophe. »Um wieviel Uhr?«

»Da die Villa ziemlich weit von der Stadt entfernt liegt, soll ich Ihnen ausrichten, daß Madames Wagen zu Ihrer Verfügung steht. Ich werde draußen vor dem Hotel warten und Sie mitnehmen, sobald Sie bereit sind.«

»Sehr gut. Ich will nur noch zu Ende frühstücken und werde Sie dann begleiten.«

»Danke, M'sieu«, sagte der Chauffeur und verbeugte sich, als hätte ihm Christophe eine große Ehre erwiesen.

Eine wahre Flut von Gedanken schoß Christophe durch den Kopf, als er seine Zeitung zusammenfaltete und sich eine weitere Tasse Kaffee einschenkte. Nicht daß er den Kaffee wirklich gewollt hätte, aber er gab ihm die Gelegenheit, noch ein paar Minuten länger am Tisch sitzen zu bleiben und nachzudenken. Sie schickte ihm einen Wagen mit einem Chauffeur in Uniform! Diese sogenannte Vicomtesse begann ihn brennend zu interessieren. Doch woher wußte sie, daß Christophe in Cannes war? Ganz einfach: Jeanne muß mit ihr telefoniert und ihr erzählt haben, daß er sich bald bei ihr vorstellen würde. Sicherlich hatte ihn Jeanne ihrer Freundin sehr empfohlen, denn obgleich sie schon seit einem Jahr nicht mehr seine Geliebte war, hegte sie immer noch eine große Zuneigung für ihn.

Aber wie hatte die Vicomtesse herausgefunden, zu welchem Hotel sie ihren Chauffeur schicken sollte? Christophe hatte selber nicht gewußt, wo er wohnen würde, als er Paris verließ. Er war aus dem Zug gestiegen und hatte einen Taxifahrer gebeten, ihn zum besten Hotel am Ort zu fahren. Wahrscheinlich hatte sie dem Chauffeur aufgetragen, sich bei den zwei oder drei besten Hotels nach einem Monsieur Larousse zu erkundigen. Gott sei Dank hatte er die Idee gehabt, nach außen hin einen wohlhabenden Eindruck zu machen und war nicht in einer billigen Pension abgestiegen!

Als er etwa zwanzig Minuten später mit gespielter Lässigkeit aus dem Hotel trat, verschlug ihm der Anblick des wartenden Autos fast den Atem. Es war ein herrliches, sportliches Cabriolet in glänzendem Rotbraun, dessen Chromteile so blank poliert waren, daß sich das Sonnenlicht darin spiegelte. Der Chauffeur stand mit völlig ungerührter Miene neben seinem wunderbaren Wagen und öffnete für Christophe die Hintertür; auf der Tür war ein kleines Wappen abgebildet. Christophe ließ sich in das weiche Leder zurückfallen, setzte fröhlich seinen Strohhut auf und freute sich darauf, die Fahrt zu genießen.

Die Villa lag tatsächlich in einiger Entfernung von der Stadt, wie es ihm der Chauffeur bereits gesagt hatte. Sie fuhren ein paar Kilometer in Richtung Nizza und bogen dann ab ins Landesinnere. Schließlich kam ihr Bestimmungsort in Sicht: eine große weiße Villa, die auf einem Berghang thronte. Sie war jedoch wegen der hohen, gekalkten Mauer von der Straße aus nicht ganz zu sehen. Die schmiedeeisernen Tore wurden von einem Mann geöffnet, den Christophe seiner Kleidung wegen für den Gärtner hielt. Das prächtige Auto fuhr durch einen sehr gepflegten Park und hielt schließlich vor dem Haupteingang des Hauses.

Man schien ihn schon zu erwarten, denn sofort öffnete sich die Tür, und er wurde von einem Dienstmädchen empfangen, das ihn durch eine Eingangshalle mit Marmorfußboden und einen großen Salon führte. Beide Räume waren geschmackvoll eingerichtet und im allerneuesten Stil mit Möbeln aus Glas und Ahornholz ausgestattet. Das Mädchen geleitete ihn auf eine mit Platten ausgelegte Terrasse, von der aus er einen Swimmingpool überblicken konnte. Einen Moment lang blieb er in dem hellen Sonnenschein stehen, und sein Herz klopfte vor Freude. Alles, was er bis jetzt gesehen hatte, roch geradezu nach Geld, von den Glasskulpturen in der Eingangshalle bis zu den unverschämt teuren Möbeln im Salon – und erst die Leute draußen am Swimmingpool. Er zählte fünf Frauen und vier Männer. Einige planschten im Bekken herum und lachten laut, während die anderen auf rot und weiß gestrichenen Holzliegestühlen in der Sonne lagen.

Eine junge Frau in dem elegantesten Badekostüm, das Christophe jemals gesehen hatte, drehte sich um und beobachtete ihn, als er die breiten Steinstufen von der Terrasse zum Becken herunterging. Er schätzte ihr Alter auf 21 oder 22 Jahre und meinte, sie müsse spanisches oder italienisches Blut in sich haben, denn ihr Haar war sehr dunkel und ihre Haut hatte einen wunderbar tiefbraunen Farbton. Sie war so unvorstellbar schön, daß sich Christophe auf der Stelle in sie verliebte. Er schickte insgeheim ein Stoßgebet zum Himmel und hoffte von ganzem Herzen, daß dieses blendende Wesen die Vicomtesse de la Vergne selbst sei und selbstverständlich unverheiratet, so daß er sie heiraten und mit ihr bis an das Ende seines Lebens in ehelichen Freuden leben könnte! Fast hätte er sich bekreuzigt, um seinem Gebet Nachdruck zu verliehen, aber das hätte vielleicht einen nicht ganz so stilvollen Eindruck gemacht.

Natürlich war es nicht die Vicomtesse. Das Mädchen führte Christophe zur entgegengesetzten Seite des Bekkens, wo eine Dame in Rosa sich lässig in ihrem Sessel zurücklehnte. Ihre Kleidung war erlesen. Sie trug einen Strandanzug aus fast durchsichtigem Chiffon, eine zweireihige Perlenkette um den Hals und goldene Reifen um die Handgelenke ihrer nackten braunen Arme. Als sie jedoch den Kopf hob, erschien unter der breiten Krempe ihres Sonnenhuts ein Gesicht mit einem eckigen Kinn und viel zuviel Make-up, dem man ihr Alter von mindestens 50 Jahren ansehen konnte.

»Sie müssen Christophe Larousse sein«, begrüßte sie ihn und reichte ihm ihre Hand. »Ich freue mich sehr, daß Sie zum Essen kommen konnten.«

Christophe schenkte ihr sein bezauberndstes Lächeln, zog seinen Hut und beugte sich anmutig über ihre Hand, die an vier Fingern mit Diamantringen geschmückt war.

»Es war sehr liebenswürdig von Ihnen, mich einzuladen.«

»Ich habe von Jeanne schon viel über Sie gehört!« sagte sie und lächelte schelmisch. »Kommen Sie, setzen Sie sich zu mir. Marie, bring uns sofort etwas Kühles zu trinken.«

Sie stellte ihn dem Ehepaar vor, das neben ihr saß. Der Name sagte Christophe überhaupt nichts, aber die teuren Kleider sprachen für sich. Er nahm sich vor, einen guten Eindruck auf seine Gastgeberin und ihre Freunde zu machen, und damit war er zumindest bei der Frau so erfolgreich, daß der Schulterträger ihres Badekostüms wie zufällig von ihrer linken Schulter glitt und ihren Busen zu entblößen drohte! Jedesmal, wenn sie ihn wieder zurechtrückte, sah sie zu Christophe hinüber, um sich seiner

Aufmerksamkeit zu vergewissern. Ihr Ehemann ignorierte dieses kleine Spiel und fuhr fort, der Vicomtesse den Hof zu machen, die jedoch leicht die Stirn runzelte, als der Träger zum dritten- oder viertenmal herunterrutschte. Sie fragte Christophe, ob er sich nach der langen Fahrt nicht durch ein Bad erfrischen wolle. Auf seinen Einwand hin, daß er keine Badesachen mitgebracht habe, wies sie nur auf ein langgestrecktes einstöckiges Gebäude am Rand des Beckens und sagte ihm, er werde dort alles finden, was er brauche.

Er hatte das Gefühl, daß es das beste wäre, ihrer Aufforderung zu folgen, wenn er sich ihr Wohlwollen erhalten wollte. Offenbar war es ihre Absicht, ihn von der hübschen Dame wegzulocken, die so große Probleme mit ihrem Träger zu haben schien. Vielleicht fürchtete sie, eine solche Versuchung könne seine Moral untergraben.

Das einstöckige Gebäude hatte über die ganze Länge eine Veranda und war innen in ein halbes Dutzend kleine Umkleideräume unterteilt, die zweckmäßig möbliert und mit Handtüchern, Badekappen und Badeanzügen für beide Geschlechter ausgestattet waren. Christophe fand schnell eine passende Badehose und zog sich um. Als er wieder hinauskam, stand er erst eine Weile am Beckenrand, sprang dann ins Wasser und tauchte hinunter zu der lebensgroßen Figur eines Meermädchens, die auf die Kacheln des Beckenbodens gemalt war.

Auch das schwarzhaarige Mädchen, in das er sich verliebt hatte, war jetzt im Wasser. Er tauchte neben ihr auf, strich sich die Haare zurück und lächelte sie an.

»Ich heiße Christophe«, stellte er sich vor.

Sie erwiderte sein Lächeln, schwamm zur Seite und stützte sich mit einem Ellbogen am Beckenrand ab, während sie ihn ruhig ansah.

»Ich heiße Nicolette Santana. Sie sind aber noch sehr blaß. Sind Sie gerade erst angekommen?

»Ja, erst gestern. Ich muß Ihnen unbedingt etwas sagen.«

»Was denn?«

»Ich liebe Sie.«

»Aber Sie kennen mich ja gar nicht«, sagte sie und schmunzelte über seine Unverfrorenheit.

»Ich habe Sie gesehen – das genügt.«

»Verlieben Sie sich immer so schnell?«

»Nein. Das ist das zweite Mal in meinem Leben.«

»Und das erste Mal?«

»Das ist lange vorbei. Wollen sie mich heiraten, Nicolette?«

Er sagte das leichtherzig, aber mit jenem Hauch von Ernsthaftigkeit, der keiner Frau entgehen dürfte. Nicolette lachte nur, aber Christophe glaubte, aus ihrer Belustigung auch eine gewisse Ermutigung herauszuhören.

Auch aus der Nähe gesehen war Nicolette so schön, daß Christophe fast das Herz stehenblieb. Ihr glänzendes rabenschwarzes Haar trug sie in der Mitte gescheitelt. Ihr ovales Gesicht war von vollkommenen Proportionen, und ihre großen Augen strahlten wie polierte Edelsteine. Um ihren Hals trug sie eine schlichte Korallenkette, von der gleichen Farbe wie ihr Badeanzug aus feiner Jerseywolle, der sich eng an ihren nassen Körper schmiegte und die Rundungen ihrer herrlichen Brüste voll zur Geltung brachte.

Christophe betrachtete sie aufmerksam, wie jemand, der eine Wohnung besichtigt, in der er lange Zeit wohnen will. Für ihn gab es überhaupt keinen Zweifel: er würde dieses wunderbare Mädchen heiraten und ihr in seinem ganzen Leben niemals untreu werden. Unfähig, seinem inneren Impuls zu widerstehen, ließ er seine Hand unter Wasser an ihren Hüften heruntergleiten, und diese Geste sagte alles darüber, was in seinem Herzen vorging. Bevor sie noch irgend jemand bei diesen Vertraulichkeiten beobachten konnte und ohne Nicolettes Reaktion abzuwarten, sagte er plötzlich: »Überlegen Sie es sich gut!« Dann stieß er sich mit den Füßen vom Rand ab, um in wildem Tempo einmal quer durch das Becken und wieder zurück zu schwimmen. Aber als er wieder am Rand ankam, war sie schon aus dem Wasser gestiegen und lag in der Sonne. Christophe war sich einen Moment lang unschlüssig, was er tun sollte, dann ging er zur Vicomtesse hinüber. Die Dame, deren Schulterträger nicht richtig sitzen wollte, lächelte ihn verlockend an und heftete ihren Blick ganz offensichtlich auf die Wölbung unter Christophes nasser Badehose. Diesmal schien die Vicomtesse sie einfach zu ignorieren.

»Sie haben meine Nichte kennengelernt«, sagte sie freundlich. »Sie ist die Tochter meiner Schwester. Ein hübsches Mädchen.«

»Ihre Nichte?« Christophe war überrascht. »Entschuldigen Sie, aber ich kann keine Familienähnlichkeit feststellen, Madame. Sie sind hellhäutig und blond, während sie brünett ist.«

»Ganz richtig. Meine Schwester hat einen spanischen Edelmann geheiratet. Sie sind beide auf der Rückreise von Amerika auf der Lusitania umgekommen, von den Deutschen ermordet.«

»Wie fürchterlich!«

»Zum Glück hatten sie das Kind nicht mit auf die Reise genommen. Ich habe es natürlich als meine Pflicht angesehen, ihm ein Zuhause und eine gute Erziehung zu geben.«

»Das war sehr großzügig von Ihnen«, sagte Christophe. »Sie hat großes Glück, daß sie unter Ihrem Schutz steht und in Frankreich aufwachsen kann statt in Spanien.«

»Sie scheinen ein einsichtiger junger Mann zu sein!« rief die Vicomtesse aus. »Die Familie ihres Vaters wollte sie selbstverständlich nach der Tragödie zu sich nehmen, aber ich habe mich geweigert, diesen Plan überhaupt in

Erwägung zu ziehen. Nicolette ist nicht ihr wirklicher Name. Ihr Vater hatte damals darauf bestanden, sie Isabel zu nenne, aber das habe ich schnell geändert, als sie dann zu mir kam.«

»Sie mögen die Spanier nicht?« sagte Christophe.

»Ihre Küche ist barbarisch und die Einfallslosigkeit ihres gesellschaftlichen Lebens spottet jeder Beschreibung. Aber sie sollten sich jetzt besser umziehen. In einer halben Stunde wird das Essen serviert.«

Christophe ging in eine der Umkleidekabinen, dachte aber nicht daran, die Tür abzuschließen. Gerade in dem Moment, als er seine geliehene Badehose abgestreift und in einen offensichtlich dafür vorgesehenen Behälter geworfen hatte, öffnete sich leise die Tür – und da stand die Vicomtesse, von der er sich erst eine Minute vorher getrennt hatte. Hastig griff er nach einem Handtuch, um wenigstens diejenigen Körperteile zu bedecken, die man normalerweise nicht vor Leuten entblößt, mit denen einen nur eine reine Bekanntschaft verbindet. Doch die Vicomtesse winkte nur lässig ab und setzte sich ruhig auf einen der Stühle.

»Ich halte nicht viel von dem bürgerlichen Blödsinn des Schamgefühls«, erklärte sie ihm. »Erzählen Sie mir ein bißchen von meiner lieben Freundin Jeanne. Geht es ihr gut, ist sie gesund? Und was macht ihr schrecklicher Ehemann? Ich habe gehört, daß er verrückt geworden ist und deshalb eingesperrt wurde.«

»Was Sie da gehört haben, ist ziemlich übertrieben, Madame«, sagte Christophe ironisch lächelnd. »Es stimmt zwar, daß Monsieur Verney einen körperlichen Zusammenbruch erlitten hat und regelmäßige Pflege braucht, aber...«

»Nennen Sie mich Régine«, unterbrach ihn die Vicomtesse. »Sie sind ein sehr hübscher junger Mann, Christophe. Wie alt sind Sie?«

»Fünfundzwanzig«, antwortete er.

Er gab sich nun keine Mühe mehr, seinen Körper zu verbergen, während er sich mit dem Handtuch trocken rieb. Das dauerte natürlich nicht lange, denn die heiße Sonne hatte seine Haut schon fast getrocknet. Aber er dachte, in einer solchen Situation sei es angebracht, den Vorgang etwas auszudehnen. Er wandte der Vicomtesse das Gesicht zu und hob abwechselnd beide Arme, um seine Achselhöhlen abzutrocknen. Dann drehte er sich zur Seite, stellte einen Fuß auf einen weißen Holzstuhl und rieb seine Beine ab. In Wirklichkeit posierte er nur für seine Gastgeberin. Dabei plauderte er unbeschwert über gemeinsame Freunde in Paris. Die Vicomtesse begann zu lächeln, doch man hätte nicht mit Bestimmtheit sagen können, ob dies von der Unterhaltung herrührte oder von dem Anblick seines jugendlichen Körpers.

Sicherlich wollte sie ihm nur ihre Verachtung für die »bürgerlichen Schamgefühle« beweisen, indem sie seinen Körper genau studierte. Christophe hatte in dieser Hinsicht keine Bedenken. Er wußte, daß ihr Urteil zu seinen Gunsten ausfallen würde, denn er war wirklich gut gebaut, hatte breite Schultern und schmale Hüften. Die Wurzel seines männlichen Stolzes, deren Prüfung die Vicomtesse offensichtlich besondere Aufmerksamkeit schenkte, bot einen höchst erfreulichen Anblick – jedenfalls war ihm das schon von verschiedenen Frauen versichert worden, auf deren Erfahrung und Urteil er in jeder Hinsicht vertrauen konnte. In ihrem fachmännischen Gebrauch war er von Jeanne Verney selbst unterrichtet worden, obwohl er nicht wußte, ob die Vicomtesse davon etwas ahnte.

Schließlich konnte er kaum noch so tun, als würde er sich noch weiter abtrocknen. Seine Kleider lagen über einer Stuhllehne neben der Vicomtesse. Er legte das Handtuch beiseite und griff nach seinem Hemd. Aber auch sie streckte eine Hand aus und umfaßte sanft die Lustkugeln unter seiner männlichen Wurzel.

»Sie haben einen sehr schönen Körper, Christophe«, sagte sie zärtlich. »Wie lange sind Sie Jeannes Liebhaber gewesen?«

»Das ist eine Frage, die ich nicht genau beantworten kann«, sagte er lächelnd. »Sie müssen sie selbst fragen.«

»Das habe ich auch getan. Sie erzählte mir, daß sie von ihnen schwanger wurde. Sie müssen sehr unvorsichtig gewesen sein.«

»Es war eine Tragödie«, nickte Christophe. »Ich habe sie dadurch verloren.«

Die Vicomtesse ergriff mit ihrer anderen Hand seinen schnell wachsenden Penis.

»Haben Sie sie sehr geliebt, Christophe?«

»Ich habe sie angebetet«, antwortete er aufrichtig. »Mir brach fast das Herz, als sie nicht mehr meine Geliebte sein wollte.«

Er fragte sich, ob diese bemerkenswerte, ziemlich häßliche Frau vorhatte, ihn hier im Umkleideraum zu verführen und wie er wohl darauf reagieren würde. Sie hatte ihn zwar durch ihre Berührungen äußerlich erregt, aber er begehrte sie nicht wirklich. Seine Gedanken waren ganz bei ihrer schönen Nichte. Vielleicht hatte Madame la Vicomtesse erraten, was er dachte, auf ihrem breiten Gesicht war jedenfalls ein leichtes Grinsen zu sehen.

»Nicht jetzt«, sagte sie, »die anderen werden gleich zum Umkleiden kommen. Ich lege zwar keinen großen Wert auf die üblichen Schamgefühle, aber ich bin doch darauf bedacht, die Konventionen in Ehren zu halten.«

»Im Moment halten Sie allerdings etwas ganz anderes in Ehren, Régine.«

Sie lachte über seinen Scherz und fuhr mit ihrer Hand noch ein paarmal an seinem steifen Glied auf und ab, bevor sie es seufzend losließ.

»Ziehen Sie sich an«, sagte sie. »Wir sehen uns nach dem Essen wieder.«

Als die Vicomtesse endlich den kleinen Raum verlassen hatte, zog Christophe sein Hemd über den Kopf und hoffte inständig, daß seine Erregung abklingen würde, bevor er wieder mit den anderen Gästen zusammenkam. Aus allen früheren Erfahrungen wußte er allerdings, daß es wahrscheinlich nicht so sein würde. Kaum hatte er das Hemd über den Kopf gestreift, fuhr er auch schon überrascht zusammen, denn dort stand Nicolette in ihrem engen weißen Badekostüm und sah durch die Tür, die ihre Tante nur angelehnt hatte. Ihr Blick senkte sich langsam auf seinen noch unbedeckten Unterkörper und auf seinen Schwengel, der wie ein Taktstock zwischen seinen Lenden hervorstand.

Ihre Augen trafen sich und sie zog einen Schmollmund.

»Nicolette!« rief er aus, und sein aufgerichteter Schwanz zuckte heftig bei ihrem Anblick.

Er stürzte zur Tür und wußte nicht, was er mit ihr tun würde, sie hereinziehen, sie an sich pressen, ihr das Badekostüm vom Leib reißen... Aber als er bei der offenen Tür angekommen war, war sie schon in einer anderen Umkleidekabine verschwunden, und durch den Korridor kam die Dame mit dem lockersitzenden Schulterträger direkt auf ihn zu. Hastig zog Christophe seinen Kopf zurück, schloß die Tür und drehte den Schlüssel um.

Das Mittagessen war eine erfreuliche Erfahrung: Die elegant gekleideten Gäste, vorzüglich zubereitete Speisen und lebhafte Gespräche. Danach schienen alle etwas vorzuhaben, und schließlich fand sich Christophe ganz allein auf der Terrasse wieder. Wie konnte er bloß herausfinden, welches Nicolettes Zimmer war? Am einfachsten wäre es wohl, eine der Bediensteten zu fragen, und als hätte er ihr ein Stichwort gegeben, kam auch schon das Mädchen, das ihm bei seiner Ankunft die Tür geöffnet hatte, auf die Terrasse heraus. Doch bevor er noch eine Frage an sie richten konnte, sagte sie ihm, Madame erwarte ihn in ihrem Zimmer. Er zuckte mit den Schultern und folgte dem Mädchen. Das Schlafzimmer der Vicomtesse, in das er nun geleitet wurde, war groß und auf modernste Weise eingerichtet. An einem Ende stand ein zwei Meter breites Bett in einer mit hellem Holz ausgekleideten Nische, in das ein geometrisches Muster aus Perlmutt eingearbeitet war. Am anderen Ende des Zimmers standen einige Sessel und ein breites, mit heller Seide bezogenes Sofa. Die Herrin des Hauses hatte ihren üppigen Körper in einen federbesetzten Morgenmantel aus fließendem Chiffon gehüllt und saß in einem der Sessel. Sie las einen Brief und hatte zu diesem Zweck eine Lesebrille aus Schildpatt aufgesetzt. Als Christophe eintrat, legte sie Brief und Brille beiseite und lächelte ihn freundlich an.

Das Schlafzimmer machte auf Christophe einen ebenso tiefen Eindruck wie die anderen Räume der Villa, die er bislang gesehen hatte. Er wußte, daß er sich in einer Umgebung unvorstellbaren Reichtums befand, der außerdem mit viel gutem Geschmack eingesetzt wurde, denn die Vicomtesse umgab sich nicht nur mit teuren, schönen Objekten, sondern – nach der Konversation bei Tisch zu urteilen – auch mit faszinierenden Menschen. Christophe war seiner Gastgeberin viel Respekt schuldig, wenn nicht sogar Bewunderung.

Mit ihrer diamantengeschmückten Hand wies sie auf einen Sessel und bat ihn, Platz zu nehmen.

»Zu dieser Tageszeit ruhe ich mich gerne ein paar Stunden aus«, erklärte sie, »aber heute ist mir nicht nach Schlaf zumute. Ich brauche etwas Unterhaltung Ich hoffe, es macht Ihnen nichts aus, mir ein wenig Gesellschaft zu leisten, obwohl ich mir denken kann, daß Sie lieber draußen bei den anderen jungen Leuten am Schwimmingpool wären.«

Christophe versicherte ihr, daß er es als eine große Ehre erachte, von ihr in einer so privaten Umgebung empfangen zu werden. Bei dem Wort ›privat‹ warf sie einen kurzen Blick auf das Bett.

»Ich muß Ihnen wie eine närrische alte Frau vorkommen«, sagte sie, »aber ich finde junge Leute völlig unwiderstehlich, zumindest, wenn sie gut aussehen. Ich kann ihnen einfach keinen Wunsch abschlagen.«

Christophe bemerkte, daß sie ›junge Leute‹ gesagt hatte, nicht bloß ›junge Männer‹. Vielleicht richtete sich ihr erotischer Geschmack auf beide Geschlechter. Er hob seine Augen von den schweren Diamantringen an ihrer Hand, um so liebenswürdig wie irgend möglich in ihr aufgedunsenes Gesicht zu schauen.

»Ich stehe zu Ihren Diensten, Régine«, sagte er kühn.

»Natürlich«, antwortete sie. »Bisher war noch jeder hübsche junge Mann ohne eigenes Geld dazu bereit, mir seine Dienste zur Verfügung zu stellen. Ich habe mich schon daran gewöhnt.«

»Sie sind sehr ehrlich«, sagte Christophe, überhaupt nicht erfreut über diese Wendung des Gesprächs.

»Ich kann es mir schließlich leisten.«

Sie stand kurz auf, um ihr kaffeebraunes Négligé abzustreifen, und setzte sich wieder. Bis auf ihre hochhackigen Schuhe war sie nun völlig nackt.

»Sehen Sie mich an, nicht meine Diamanten!« befahl sie. »Was sehen Sie?«

Christophe betrachtete sie aufmerksam. Sie hatte einen kurzen, dicken Hals, schwere Brüste und einen runden Bauch, den man schon fast als fett bezeichnen konnte. Ihre Schenkel waren ebenfalls ziemlich dick, und das dünne Haar zwischen ihnen leuchtete in einem so frischen Braun, daß es sicherlich gefärbt war.

»Ich sehe eine Frau«, beantwortete er vorsichtig ihre Frage.

»Das ist nicht zu bestreiten«, erwiderte sie. »Aber Sie sehen eine Frau, die zu lange Zeit zu gut gelebt hat, um den schönen Körper ihrer Jugend zu erhalten. Schreckt Sie dieser Anblick ab, mein lieber junger Freund? Sie sind gewiß hübsche junge Frauen mit straffen Brüsten und flachen Bäuchen gewöhnt.«

»Er stößt mich nicht ab.«

»Das sagen sie alle«, bemerkte sie bitter. »Und aus verständlichen Gründen sehen sie dabei nicht hierhin.« Sie hielt ihre Hände unter ihre nackten, schlaff herunterhängenden Brüste und hob sie an. »Statt dessen sehen sie auf die Ringe an meinen Fingern. Während ihre Lippen meine Brustwarzen berühren, küssen sie in Gedanken meine Diamanten.«

Die allzu direkte Art der Vicomtesse rief bei Christophe äußerst unangenehme Gefühle hervor. Ihre Lebensphilosophie war schließlich ihre eigene Angelegenheit, und er hatte nicht die geringste Lust, sie sich weiter anzuhören. Außerdem waren ihre Anklagen völlig ungerechtfertigt – er hatte sie um nichts gebeten, noch nicht einmal um die Einladung zum Essen. Sie war es, die mit ihrem Wagen nach ihm geschickt hatte. Aus welchem Grund sollte er also ihren zynischen Klagen über das Älterwerden noch weiter Gehör schenken?

»Wenn sie mit ihren Händen zwischen meinen Beinen spielen, diese charmanten und ergebenen jungen Männer«, fuhr sie fort, »streicheln sie in Wirklichkeit doch nur einen meiner teuren Pelzmäntel, den Zobelpelz zum Beispiel oder den russischen Fuchs – ich habe eine ganze Garderobe voll von diesen Mänteln.«

»Wirklich, Madame?« rief Christophe in plötzlicher Verwirrung aus.

»Am schlimmsten ist es«, sprach sie weiter, als würde sie seine Anwesenheit schon gar nicht mehr wahrnehmen, »wenn sie sich dann schließlich dazu durchringen, ihre steifen kleinen Dinger hier hineinzustoßen.« Bei diesen Worten spreizte sie weit ihre Schenkel, so daß Christophe die dicken, auseinanderstehenden Lippen in dem getönten braunen Haarbüschel sehen konnte. »Denn dann lieben sie in Wirklichkeit nur mein Bankkonto. Glauben Sie etwa, daß ein Bankkonto Lust empfindet, wenn ein junger Mann seine nasse Ladung hineinspritzt?«

Für Christophe wurde es nun unerträglich, diesen Beleidigungen weiter zuzuhören. Er sah zwei Möglichkeiten, ihnen ein Ende zu setzen. Die naheliegendste wäre sicherlich die gewesen, einfach hinauszugehen und diese Frau ihrem traurigen Triumph zu überlassen. Er könnte aber auch versuchen, auf ihr eigenes Spiel einzugehen und sie darin zu schlagen. Er stand schnell auf, ging zwei Schritte auf sie zu, ergriff ihre schlaffen Brüste und zerrte so fest daran, daß sie zusammenzuckte.

»Sie scheinen das Verhalten der Gigolos sehr gut zu kennen, Madame«, spottete er. »Wenn Sie in der Vergangenheit etwas weniger nachgiebig gegen sich selbst gewesen wären, hätten Sie vielleicht jetzt weniger Grund zu Selbstmitleid.«

»Wie können Sie es wagen, so mit mir zu sprechen!« rief sie empört.

»Ich sage, was ich will«, erwiderte er scharf und zog wieder an ihren Brüsten, so daß ihre weiteren Proteste durch einen kleinen Aufschrei unterbrochen wurden.

»Erst sagen Sie, ich solle Ihnen Gesellschaft leisten«, erinnerte er sie, »dann beleidigen Sie mich, als wäre ich ein käuflicher Liebhaber, den Sie sich eingeladen haben, damit er Ihnen mit einem kurzen Vergnügen die Langeweile vertreibt. Ihr Verhalten mir gegenüber war skandalös, und ich werde dafür sorgen, daß jedermann davon erfährt.«

»Nein!« sagte sie schnell. »Es tut mir leid. Es war vielleicht nicht ganz richtig von mir. Aber Sie haben mir im

Umkleideraum gewisse Freiheiten erlaubt, und so mußte ich davon ausgehen, daß Sie mich nicht zurückweisen werden.«

»Ich habe nur aus Höflichkeit an Ihren ungebetenen Vertraulichkeiten keinen Anstoß genommen«, erwiderte Christophe zornig. »Und was habe ich nun davon? Sie lassen mich zu sich rufen und zeigen mir unaufgefordert ihren nackten Körper, um dann eine Tirade von Beschimpfungen über mich ergehen zu lassen! Das geht zu weit!«

»Vergeben Sie mir, ich flehe sie an!« rief die Vicomtesse mit gerötetem Gesicht.

»Ihre Handlungsweise ist unverzeihlich«, erklärte er und drückte ihre Brüste so fest, daß sie zu wimmern anfing. »Hatten Sie etwa vor, mich in Ihr Bett zu beordern und mir dann hinterher ein paar Francs hinzuwerfen? Wenn Sie ein Mann wären, würde ich Sie nach Strich und Faden verprügeln.«

Bei diesen Worten glitzerten ihre Augen.

»Wenn ich ein Mann wäre, wären wir nicht hier und Sie würden nicht meine Brüste anfassen!« erklärte sie.

Das war deutlich genug und verschlug Christophe für einen Augenblick die Sprache. Bevor er noch ein Wort hervorbringen konnte, glitten die mit Juwelen übersäten Hände der Vicomtesse an seinen Beinen hoch und begannen seine Hose aufzuknöpfen.

»Sie haben mich angeschaut und gesagt, daß Sie eine Frau vor sich sehen«, sagte sie mit heiserer Stimme. »Vielleicht haben Sie ehrlich gesprochen, vielleicht sahen Sie mich wirklich als Frau und nicht als einen Haufen Goldstücke. Ich muß es wissen!«

Sie zog seinen Penis aus der Hose, und Christophe bemerkte überrascht, daß er in der Zwischenzeit steif geworden war. Trotz des unerfreulichen Gesprächs hatte der Anblick ihres nackten Körpers die gewöhnliche Wirkung gezeigt. Und das, obwohl er zumindest dachte, daß ihr

Körper ihn nicht im mindesten reize. Christophe wollte sich selbst offensichtlich nicht eingestehen, daß er in Wirklichkeit für alle weiblichen Reize so empfänglich war, daß eigentlich jedes Paar Brüste, wie schlaff und weich auch immer, ihn in den Zustand sexueller Bereitschaft versetzen konnte; was natürlich nicht hieß, daß er sofort jede Frau bestieg, die ihm ihr Einverständnis andeutete. Jedenfalls hatte er nicht die geringste Absicht, sich von der Vicomtesse zu einer intimen Begegnung verleiten zu lassen. Schließlich hatte sie mit allem, was sie gesagt hatte, seinen männlichen Stolz verletzt.

»Das geht zu weit!« rief er verwirrt aus, als sie seinen aufgerichteten Schwanz zwischen ihren Handflächen massierte.

Er ließ ihre Brüste los und versuchte ihre Hände wegzuziehen. Aber die Vicomtesse war nicht bereit, ihren festen Griff um sein wertvollstes Körperteil aufzugeben! In dem nun folgenden Gerangel wurde sie immer näher an den Rand ihres Sessels gezogen, bis sie ganz von ihm herunterrutschte und seitlich auf den Boden fiel. Doch selbst jetzt lockerte sie ihre Umklammerung nicht, und um sich vor Schmerz oder bleibendem Schaden zu schützen, war Christophe gezwungen, neben ihr auf die Knie zu fallen. Immer noch hielt sie auf fast lächerliche Weise an ihrem Besitz fest, aber er war körperlich letztlich doch stärker als sie und konnte nach einer Weile endlich ihre Hände lösen. Die Vicomtesse drehte sich auf den Bauch und drückte ihr Gesicht auf den Boden. Wahrscheinlich wollte sie ihre Wut und Enttäuschung verbergen und wirkte dabei wie ein verwöhntes Kind, dem man sein Lieblingsspielzeug weggenommen hat. Sie lag nun ausgestreckt auf dem Teppich, bis auf ihre Schuhe nackt, und Christophe sah zum erstenmal ihr Hinterteil.

Dieser Hintern machte ihn rasend! Ihr übriger Körper, den sie ihm vorher ungebetenerweise während ihrer

Schimpftiraden gezeigt hatte, war aufgedunsen und unattraktiv. Er verriet allzu deutlich die vielen Jahre übermäßigen Genusses bei Tisch und den Mangel an körperlicher Bewegung. Aber ihr Hintern! Ausgerechnet ihn hatten die Zeichen der Zeit verschont. Er hätte einem zwanzigjährigen Mädchen gehören können. Die Backen waren vollkommen gerundet, die Haut war straff und makellos! Und er hatte eine herrliche helle Farbe! Denn während ihre Beine und ihr Rücken von der Sonne golden gebräunt waren, hatten diese köstlichen Hinterbacken ihren zarten Elfenbeinton behalten, und dieser Kontrast hob ihre Schönheit noch hervor und ließ sie in gewisser Weise noch nackter erscheinen als ihren übrigen Körper.

Christophe fand es unerträglich, daß diese alte Hexe, die von ihm erwartete, daß er auf Befehl mit ihr ins Bett ging, mit einem solchen Hintern gesegnet sein sollte, der viele Frauen vor Neid hätte erblassen lassen, die nur halb so alt waren wie sie. In diesem Moment haßte er sie aus vollstem Herzen und wollte sie für diese Anmaßung bestrafen. Ohne noch weiter nachzudenken, nur von seiner rasenden Wut geleitet, setzte er sich breitbeinig, mit dem Gesicht ihren Füßen zugewandt, auf sie und drückte sie mit seinem Gewicht fest auf den Boden, während er mit beiden Händen auf die hübschen Backen einschlug, deren bloße Existenz ihn so verärgert hatte.

»Hören Sie auf! Sie tun mir weh!« wimmerte die Vicomtesse und wand sich heftig unter ihm hin und her, um seinen Schlägen zu entkommen.

Doch Christophe war wie taub und nahm ihr Flehen gar nicht wahr. Er nahm Rache für die Demütigungen, die sie ihm zugefügt hatte, und vielleicht auch für die seiner Meinung nach schreiende Ungerechtigkeit, daß diese alte Frau so fürchterlich reich war, während ein junger, gutaussehender Mann wie er ohne die finanziellen Mittel dastand, die ihm den Lebensstil ermöglicht hätten, zu dem er sich selbst berechtigt fühlte. Seine vielen Enttäuschungen in Paris, seine unsichere Zukunft – alle diese Gefühle kamen nun zum Ausbruch, und er schlug auf die Hinterbacken der Vicomtesse ein, bis seine Hände brannten. Ihre elfenbeinfarbene Haut war nun knallrot geworden, und sie schluchzte verzweifelt.

Nachdem Christophe seinen Gefühlen auf diese Weise Luft gemacht hatte, fühlte er sich sehr erleichtert. Sein Glied hing erschöpft und schlaff an ihm herunter, als hätte er gerade einen Höhepunkt gehabt! Sein innerer Stimmungswechsel war so groß, daß er jetzt selbst der Vicomtesse gegenüber versöhnliche Gefühle hegte, denn schließlich war sie das Mittel gewesen, durch das er diesen Zustand seelischer Ausgeglichenheit erreicht hatte.

Ihr Hintern sah fürchterlich rot aus. Als er ihn leicht berührte, stöhnte sie vor Schmerz auf. Ich sollte etwas für sie tun, dachte Christophe, oder sie muß ihre Mahlzeiten in den nächsten paar Tagen im Stehen einnehmen. Mit diesem Gedanken knöpfte er seine Hose zu und suchte im Zimmer nach einem Mittel, welches ihre Qualen lindern könnte. Auf dem Ankleidetisch fand er eine große Dose mit kühlender Creme. Als er den Deckel abschraubte und an dem Inhalt roch, stieg ihm ein fein parfümierter Duft entgegen. Mit der Dose in der Hand kehrte er zu dem Opfer seines Zorns zurück. Die Vicomtesse schluchzte immer noch leise, und er setzte sich mit gekreuzten Beinen neben sie auf den Teppich.

»Das wird den Schmerz lindern«, tröstete er sie.

Er verteilte große Mengen der kostbaren Creme auf jeder Backe und rieb sie zart in ihre Haut ein, indem er beide Handflächen benutzte. Bei der ersten Berührung stöhnte sie noch leise auf, dann wurde sie still. Er fuhr eine Weile fort, die lindernde Creme auf ihre feuerrote Kehrseite aufzutragen.

»Fühlen Sie sich jetzt besser, Madame?« erkundigte er sich.

»Ja, es scheint wirklich zu helfen. Bitte, machen Sie weiter«, antwortete sie schwach.

Er nahm eine zweite Portion Creme aus der Dose und wiederholte seine leichte Massage. Es war sehr angenehm, dort auf dem Boden zu sitzen und kühle Creme auf dem Hinterteil der Vicomtesse zu verreiben – friedlich und angenehm, eine vernünftige Art, den Nachmittag zu verbringen, jedenfalls viel besser, als sich draußen neben dem Swimmingpool bei lebendigem Leib in der Sonne schmoren zu lassen. Vielleicht war Nicolette jetzt dort, aber es gab sowieso kaum Gelegenheit, mit ihr allein zu sprechen, wo so viele Gäste in der Villa waren. Wenn es allerdings ihr Hintern wäre, den er da massierte... bei diesem Gedanken entschlüpfte ihm ein zärtlicher Seufzer. Nicolettes Bild vor Augen streichelte er verträumt die Hinterbacken der Vicomtesse und bemerkte nicht einmal, daß ihre Beine sich auf dem Teppich leicht auseinanderschoben und daß seine Hände liebkosend zwischen die Backen glitten, die er noch vor wenigen Minuten so brutal bearbeitet hatte.

Seine Handflächen strichen immer noch über warme, geschmeidige Haut, doch seine Fingerspitzen berührten bereits ihre kurzen Haarlocken. Doch darauf achtete er nicht. Die Dose war jetzt fast leer, und er verteilte den letzten Rest zwischen diesen herrlichen Backen. Was für ein reizvolles Lustobjekt war doch so ein Frauenhintern, dachte er und geriet noch mehr ins Träumen. Wie köstlich, diese zarte Haut zu berühren! Mit welcher weisen Voraussicht der liebe Gott doch den weiblichen Körper in allen seinen Einzelheiten erschaffen hat!

Seine Finger waren nun in ihren Locken vergraben und rieben sanft die kühlende Creme auf die weichen, fleischigen Lippen zwischen Madames Beinen. Erst jetzt erkannte Christophe voller Schrecken, daß er mit beiden Händen diese Lippen liebkoste! Die Feuchtigkeit, die er spürte, stammte nicht mehr von der kühlenden Creme, sondern von dem nassen Tau ihrer Erregung! Er stöhnte auf und hätte fast seine Hände zurückgezogen. Doch dann sagte er sich, daß es äußerst ungehörig wäre, eine Frau in diesem Zustand zu verlassen, nachdem er eine solche Erregung bei ihr hervorgerufen hatte. Ob es sich nun um eine Vicomtesse handelte oder um irgendeine andere Frau, ein solches Verhalten paßte nicht zu einem Mann, der auch nur ein bißchen Gespür für Manieren oder Stil aufbringen konnte.

Jetzt, wo er sich voll dessen bewußt war, was er tat, begann Christophe alle Fertigkeiten einzusetzen, die er von seiner früheren Geliebten Jeanne Verney gelernt hatte. Zu seinen lebhaftesten Erinnerungen zählten die langen Nachmittage, die er mit ihr in seiner kleinen Wohnung in der Rue Vavin verbracht hatte. Jeanne hatte nackt auf seinem Bett gelegen, er hatte ihre herrlichen Brüste und ihren Bauch liebkost, um herauszufinden, wie lange er sie erregen konnte, bevor sie ihn schließlich auf sich zog, um zu ihrem Höhepunkt der Lust zu kommen. Sie hatten dieses Spiel oft endlos ausgedehnt, und manchmal hatten sie beide den Grad ihrer Erregung unterschätzt, so daß sie stöhnend und zitternd ihren Höhepunkt erreichte, bevor er in ihr feuchtes Vlies eindringen konnte.

Seitdem Jeanne ihre Liebesaffäre beendet hatte, war er mit vielen Frauen zusammen gewesen. Aber nachts, wenn er allein in seinem Bett schlief, waren diese goldenen Nachmittage manchmal in seinen Träumen wieder lebendig geworden, und er war niedergeschlagen und erregt aufgewacht. Es schien ihm ein seltsamer Zufall zu sein, daß ausgerechnet Jeannes Freundin, die unansehnliche alte Vicomtesse, nun die Früchte dieser sinnlichen Abenteuer genießen sollte.

Über den augenblicklichen Genuß der Vicomtesse konnte jedenfalls kein Zweifel bestehen. Ihre diamantgeschmückten Finger krallten sich in den Teppich, und sie stöhnte vor Lust über die Liebkosungen zwischen ihren Beinen. Einige Zeit vorher hatte sie ja absichtlich ihre Schenkel gespreizt, um ihm die dicken, klaffenden Lippen unter ihren braunen Locken zu zeigen. Christophe hatte aber nur einen kurzen Blick darauf werfen können, denn ihr zynischer Gesichtsausdruck dabei hatte ihn verwirrt. Da sie nun aber mit dem Gesicht auf dem Boden lag, konnte er ihre geheimsten Partien etwas genauer betrachten, und er sah, daß der Eingang zwischen den Schenkeln der Vicomtesse ungewöhnlich groß war, von Natur aus oder durch die eifrige Benutzung über viele Jahre hinweg, konnte er nicht beurteilen. Jedenfalls konnte das, was man bei Frauen den Schrein der Liebe nannte, in ihrem Falle geradezu als Kathedrale bezeichnet werden! Es müßte schon ein außergewöhnlicher Mann sein, der sie ganz ausfüllen konnte, dachte er, denn die Finger seiner beiden Hände paßten ohne große Schwierigkeiten hinein. Auf diese Weise war er in der Lage, sie alle einzusetzen und in ihr solche mächtigen Schauer der Leidenschaft hervorzurufen, daß ihre Füße heftig gegen den Boden trommelten und ihre hochhackigen Schuhe abfielen!

Christophe war vielleicht nicht gerade mit besonderer Intelligenz gesegnet, aber er war auch kein Dummkopf – das hätte sich schließlich auch kein junger Mann in seiner Position leisten können. Die Dame, der er auf diese bemerkenswerte Weise Lust verschaffte, war sehr reich – davon hatte er genug Beweise gesehen. Die zarten Körperteile, auf die er gerade seine ganze Aufmerksamkeit richtete, könnten sehr wohl der Schlüssel zu seinem eigenen künftigen Glück und Wohlstand sein. Und diese hervorragende Aussicht genügte, um Christophe dazu anzustacheln, sein ganzes Können einzusetzen, damit sie sich an dieses Ereignis stets mit Dankbarkeit erinnern würde.

Innerhalb einer Viertelstunde brachten seine erfahrenen Hände sie wohl ein dutzendmal bis an die Schwelle des erlösenden Höhepunkts, um dann plötzlich zu zögern, so daß sie nie ganz den Zenit erreichte, nachdem ihr Körper so sehr verlangte. Ihr lautes Stöhnen hatte schon lange aufgehört, und sie war nur noch zu schnellem und schwerem Atmen fähig. Ihr Mund stand weit offen, ihr breiter Rücken glänzte vor Schweiß und einer der fest in den Teppich gekrallten Fingernägel war gebrochen.

Schließlich entschied Christophe, daß er sie nun lange genug hatte warten lassen. Seine übrigen Finger steckten immer noch tief in ihrem feuchten, weit offenstehenden Portal, während er nun mit dem Daumen sanft ihre groß angeschwollene Lustknospe reizte. Die Wirkung dieser Berührung war äußerst dramatisch. Jeder Muskel ihres Körpers zog sich zusammen. Ihre Schulterblätter traten weit heraus, ihre Beine wurden so steif, als wären sie aus Eisen, und ihre Füße bogen sich weit nach hinten. Sie stieß einen langen Klagelaut aus, während sie die Krämpfe der Ekstase überwältigten und ihren ganzen Körper schüttelten. Ihr Bauch zuckte heftig, und sie ruderte mit den Armen herum, als würde sie in ihrem eigenen Swimmingpool schwimmen.

»Phantastisch!« sagte Christophe laut, während er ehrfürchtig die Auswirkungen seiner Zärtlichkeiten beobachtete.

Wie es zu vermuten war, blieb sie einige Zeit erschöpft und stumm liegen. Christophe saß ruhig neben ihr auf dem Boden. Er hatte die Hände auf seine Knie gelegt und wartete, bis sie sich etwas erholt hatte.

»Christophe, ich bete dich an!«

Natürlich hätte es der höfliche Anstand erfordert, ihr

mit den gleichen Worten zu antworten, aber Christophe war nicht bereit, so weit zu gehen. Sein Schweigen wurde jedoch offensichtlich nicht bemerkt, und die Vicomtesse sprach weiter, wobei ihre Stimme wieder etwas an Kraft gewann.

»Ich habe nicht gleich verstanden, was für ein außergewöhnlicher Mensch du bist, mein Lieber«, sagte sie. »Ich habe dich nur für einen jener gutaussehenden jungen Männer gehalten, die versuchen, mit ihrer Männlichkeit ein Vermögen zu machen. Du hattest recht, mich zu schlagen. Ich habe furchtbare Dinge zu dir gesagt. Vergib mir, ich flehe dich an!«

»Wir verstehen uns also doch noch«, antwortete er versöhnlich, »und ich bin froh darüber.«

Was für eine einfältige Frau sie doch war, dachte er im stillen. Schließlich hatte er nichts weiter getan, als auf ihr Hinterteil eingeschlagen, bis sie vor Schmerz weinen mußte, und ihr dann einen langsamen Genuß gegeben. Und deshalb verliebt sie sich in mich! Dank sei der göttlichen Vorsehung, die den Verstand dieser Frau zwischen ihre Beine statt in ihren Kopf gelegt hat!

Ohne vom Teppich aufzustehen, drehte sich die Vicomtesse um, wandte Christophe ihr Gesicht zu und ergriff seine beiden Hände.

»Sag, daß du mir verzeihst, sag meinen Namen.«

»Régine, ich hoffe, wir sind jetzt gute Freunde. Aber laß uns nicht von Verzeihung reden. Alles verstehen, heißt alles verzeihen.«

»Sag es noch einmal!« stöhnte sie und sah ihm mit unterwürfiger Hingabe in die Augen.

»Régine.«

Sie rückte etwas näher, bis ihr Kopf zwischen seinen Knien lag. Ihre Hände berührten zaghaft seine Hosenknöpfe, und in ihren braunen Augen lag ein flehender Blick.

»Nur, wenn ich darf«, murmelte sie, »aber es bedeutet mir jetzt so viel, mein lieber Christophe, so viel!«

Er erhob diesmal keine Einwände, als sie langsam seine Hose aufknöpfte und sein männliches Zepter herausholte. Es war natürlich wieder steif geworden. Kein Mann kann eine Frau so berühren, wie er es getan hatte, ohne selbst dabei erregt zu werden. Und Erregung fordert nun einmal Erlösung. Das war der Grund, warum er sie gewähren ließ, obwohl er keinen großen Wert darauf legte, ihr Liebhaber zu werden.

Régine nahm seinen Penis ehrfürchtig in beide Hände.

»Er ist sehr kräftig«, sagte sie mit gedämpfter Stimme, »und doch so hoheitsvoll! Ja, er ist ein König – ein König der Liebe!«

Zu seiner Überraschung nahm sie einen ihrer Diamantringe vom Finger und krönte ihn damit.

»Sieh nur!« rief sie aus. »Eine Krone für Seine Majestät!«

Christophe wäre über ihr groteskes Benehmen fast in Gelächter ausgebrochen, aber er schaffte es, sich zu beherrschen. Noch vor einer halben Stunde war seine Männlichkeit für Régine nur ein nützliches Objekt gewesen, das für ihr eigenes Vergnügen eingesetzt und so bezahlt wurde, wie sie es für richtig hielt. Und nun war daraus für sie ein königliches Zepter geworden, das mit Diamanten geschmückt wurde – das war immerhin ein Fortschritt! Bevor er noch eine passende Antwort finden konnte – die eigentlich nicht unbedingt notwendig war, denn Régine hörte selten auf das, was andere Leute sagten –, beugte sie huldigend den Kopf und stieß mit der Spitze ihrer Zunge den Diamantring von seinem Ehrenplatz. Ihre Lippen erwiesen dem purpurroten Kopf einer Majestät mit einem respektvollen Kup Reverenz. Nach diesem einleitenden Akt der Huldigung öffneten sich ihre roten Lippen, und seine Majestät verschwand tief in ihrem Mund.

Christophe stieß einen lustvollen Seufzer aus, als ihr heißer, feuchter Mund sich um sein Glied schloß. Er machte die Augen zu und malte sich in Gedanken Nicolette aus, wie er sie am Swimmingpool gesehen hatte. Die Knospen ihrer schönen Brüste zeichneten sich durch ihr Badekostüm deutlich ab, und voller Liebe und Begierde lächelte sie ihn verlockend an. Er streckte seine Hand nach ihr aus, und seine Finger spürten ihre nackte Haut. In Wirklichkeit waren es natürlich Régines Schultern, aber er verdrängte diesen Gedanken und stellte sich vor, daß es Nicolettes herrliche Schultern waren, die er berührte.

Seine Fantasie war so erfolgreich und Régines Liebkosung so leidenschaftlich, daß es nur ein paar Augenblicke zu dauern schien, bevor ihn seine Gefühle überwältigten und sich seine Leidenschaft in ihren heißen Mund ergoß. Seine Fingernägel gruben sich fest in ihre Schultern, während er von seiner Ekstase geschüttelt wurde, aber sie ertrug es geduldig.

Als es vorbei war, sah sie ihm fast schüchtern ins Gesicht.

»Danke, Christophe, vielen Dank!« sagte sie. »Hat es dir ein bißchen Spaß gemacht?«

Er nickte, überrascht von ihrem unterwürfigen Tonfall.

»Ich bin so froh«, sagte sie, »ich habe das erst einmal in meinem Leben für einen Mann gemacht, als ich noch sehr jung war, aber es schien mir der richtige Weg zu sein, um dir meine Zuneigung zu zeigen. Ich weiß, daß du mich nicht lieben kannst oder für mich auch nur ein Zehntel von dem empfinden kannst, was ich für dich fühle, aber ich bin mir sicher, daß wir sehr gute Freunde werden können.«

Der Diamantring, mit dem sie seinen männlichen Stolz gekrönt hatte, lag zwischen ihnen auf dem Teppich. Régine hob ihn auf, steckte ihn aber nicht auf ihren Finger zurück.

»Seine Majestät möchte seine Krone nicht mehr tragen«, sagte sie verspielt. »Sieh nur, er läßt seinen Kopf hängen! Nimm den Ring, Christophe, als eine Erinnerung an diesen Tag.«

»Nein!« erwiderte er scharf. »Ich bin nicht käuflich. Sie vergessen sich, Madame!«

In Wirklichkeit spekulierte er auf einen höheren Gewinn als einen Diamantring, wie wertvoll er auch immer sein mochte. Wenn er Régine einmal das Gefühl gab, daß sie seine Aufmerksamkeit käuflich erwerben könnte, wie sie dies zweifellos mit unzähligen jungen Männern vor ihm getan hatte, dann wäre er nicht mehr als ein Angestellter.

Ihr aufgedunsenes Gesicht verzog sich enttäuscht, und es sah so aus, als würde sie wieder anfangen zu weinen.

»Christophe – bitte!« stammelte sie. »Es sollte keine Beleidigung sein, das versichere ich dir! Nur ein kleines Geschenk unter Freunden, das ist alles.«

»Dann will ich Ihren Vorschlag so verstehen, wie er gemeint war«, antwortete er und nahm eine unnahbare Haltung ein. »Aber den Ring werde ich nicht annehmen. Stecken Sie ihn wieder an Ihren Finger.«

»Ja, Christophe«, sagte sie schnell. »Aber bitte, nenn mich nicht Madame! Es klingt so distanziert, und das kann ich nicht ertragen. Ich will dir nahe sein, mein Liebster.«

»Du mußt noch viel über mich lernen, Régine, wenn wir gute Freunde werden wollen.«

»Ja, Christophe«, sagte sie und lächelte, als sie ihn ihren Namen sagen hörte.

Nach dem Abendessen schlug Régine vor, gemeinsam ins Casino zu gehen. Diesmal fuhr Christophe nicht mit dem Cabriolet, sondern gemeinsam mit der Vicomtesse und zwei anderen Gästen in einer großen Luxuslimousine, die mit einem beweglichen Sprechrohr in der Glasscheibe ausgestattet war, durch das Régine dem Chauffeur vorne ihre Anweisungen geben konnte. Der Spielsaal war voll, als sie ankamen. Die Männer wirkten nobel in strahlend weißen Hemden und schwarzen Fräcken, und erst die Damen – wie elegant ihre Abendkleider waren und wie ihre Juwelen funkelten! Sehr zu Christophes Mißfallen schrieb die Mode leider seit ungefähr einem Jahr aus unerklärlichen Gründen immer längere Röcke vor, und in diesem Sommer wurden die Abendkleider knöchellang getragen. Christophe fand es traurig, daß schöne Frauen ihren Bewunderern den Anblick ihrer schlanken Beine in reinen Seidenstrümpfen vorenthielten – aber wer vermochte schon etwas gegen das Diktat der Mode? Aber er verschwendete nicht zu viele Gedanken daran und fühlte sich bald vertraut in dieser Gesellschaft, stolz auf sein schönes Gesicht und seine gute Figur. Régine sah großartig aus in ihrem enggeschnittenen, ärmellosen Kleid im napoleonischen Stil. Die Taille dieses Meisterwerks von Schiaparelli setzte direkt unter ihren Brüsten an, was bei Régines Körperbau sehr vorteilhaft wirkte. Und die Juwelen, die Hals, Handgelenke und Finger schmückten, lenkten den Blick überdies von den Unzulänglichkeiten ihrer körperlichen Erscheinung ab.

Während Régine sich an einem der Roulettetische beschäftigte und mit allen Anwesenden Höflichkeiten austauschte – denn sie kannte hier jeden und jeder kannte sie –, versuchte Christophe, sich Nicolette zu nähern, wurde daran aber von einem jungen Mann gehindert, der sich offensichtlich zu ihrem Begleiter für den Abend aufgeschwungen hatte. Christophe beschloß daher, seine Umgebung sorgfältig zu beobachten – das Spiel, die Leute, die Umgangsformen und vor allem die spielenden Frauen. Man mußte hier für alles die richtigen Formen beherrschen – mußte es verstehen, zu setzen, mit zurückgehaltener Begeisterung zu gewinnen und mit Noblesse zu verlieren.

Doch plötzlich verstummte das lebhafte Geplauder im Spielsalon. Selbst die Croupiers hielten in ihrem *rien ne va plus* inne, und nur das leise Klicken einer Kugel war noch zu hören, während sich alle Gesichter dem Eingang zuwandten. Auch Christophe reckte den Hals, um zu sehen, was auf die Anwesenden eine so große Wirkung haben könnte. Bestimmt handelte es sich um eine bedeutende Persönlichkeit, die das Casino besuchte.

Schließlich sah er einen Mann in mittleren Jahren in den Saal kommen. Er war zwar gut gekleidet und machte einen selbstsicheren Eindruck, aber Christophe konnte nichts Besonderes an ihm entdecken – abgesehen natürlich von den beiden kleinen, schönen Frauen an seiner Seite, die völlig identisch aussahen! Mit großen Augen bestaunte Christophe die beiden temperamentvollen Zwillingsschwestern. Sie hatten leuchtende dunkle Augen, sehr feine Gesichtszüge und fast schwarzes Haar, das über der Stirn zu Ponyfransen geschnitten war. Die Größe und Anzahl der Brillanten, die die beiden trugen, waren einfach sagenhaft. Dagegen wirkte Régine nahezu schmucklos.

Alle Anwesenden sahen stumm zu, wie die Neuankömmlinge den Spielsalon bis zum hintersten Tisch durchmaßen. Dann wandte man sich wieder der eigenen Unterhaltung zu, die Croupiers nahmen ihre höflichen Ermahnungen auf, und die Räder drehten sich weiter.

»Wer war das denn?« fragte Christophe Régine, die gerade einen großen Chip auf Rot setzte.

»Wen meinst du?« fragte sie scharf zurück, als hätte sie das Trio gar nicht bemerkt.

»Die Leute, die gerade hereingekommen sind.«

»Ach, die! Kennst du sie nicht? Sie nennen sich die Dolly-Zwillinge. Sie sind Tänzerinnen und schon in verschiedenen Musiklokalen in Paris aufgetreten. Natürlich kommen sie aus dem Ausland, ich glaube, aus Ungarn – wahrscheinlich Zigeunerinnen.«

»Ja, ich habe von ihnen gehört, aber ich habe sie noch nie auf der Bühne gesehen.«

»Dazu wirst du auch keine Gelegenheit mehr haben. Seitdem sie einen reichen Freund haben, der für sie sorgt, treten sie nicht mehr auf.«

»Du meinst den Herrn, der mit ihnen hereinkam? Wer ist er?«

»Ein Amerikaner natürlich, was sonst? Er heißt Gordon Selfridge. Soviel ich weiß hat er ein großes Unternehmen in London.«

»Wie ausgefallen!« sagte Christophe voller Bewunderung.

Régine machte keinen Hehl daraus, daß sie seine wohlwollende Meinung nicht teilte.

»Er bringt sie selten hierher mit«, sagte sie kühl. »Sie wohnen in Monte Carlo. Dort geht es ziemlich munter zu, mußt du wissen. Aber vielleicht wollte er heute abend mal das Rad wechseln, damit ihn das Glück nicht verläßt.«

Christophe fand, Monsieur Selfridge habe es mit diesen wunderschönen Zwillingsschwestern an seiner Seite eigentlich nicht nötig, sich mit solchen Banalitäten wie dem Spielglück herumzuplagen.

»Meinst du, sie sind beide seine Geliebten, die Mesdemoiselles Dolly?« fragte er neugierig weiter, obgleich er merkte, daß Régine nicht gerne über dieses Thema sprach. Er wußte nicht genau wieso, denn sie hatte offen zugegeben, daß sie die ›bürgerliche Moral‹ verachtete, und ihre Handlungsweise an diesem Tag schien das auch zu beweisen.

»Man sagt, daß Rosy – welche von den beiden das auch immer sein mag – seine Geliebte ist«, antwortete

Régine. »Die andere heißt Jenny. Aber in meinen Augen sind die beiden sowieso austauschbar.«

Großer Gott! dachte Christophe voller Bewunderung, indem er ihre Worte seinen eigenen Fantasien gemäß interpretierte: mit zwei schönen Frauen gleichzeitig im Bett zu liegen!

Die Vorstellung von einem so üppigen Angebot warmer Münder, weicher Brüste und seidiger Schenkel verwirrte seine Sinne. In seiner Hose regte sich das Zepter, dem Régine vor ein paar Stunden ihre Ehrerbietung erwiesen hatte. Sein Interesse am Roulette und an den Leuten im Spielsaal verschwand so schnell wie ein Morgennebel, wenn die Sonne aufgeht. Er hatte nur noch die beiden bezaubernden jungen Frauen im Sinn. Es dauerte nicht lange, bis Régine seinen Stimmungswechsel bemerkte. In der letzten Stunde hatte sie ein paar tausend Francs gewonnen und wieder verloren. Sie kam eigentlich nicht hierher, um zu spielen, sondern nur, um sich in der Öffentlichkeit sehen zu lassen.

»Du scheinst dich hier zu langweilen«, sagte sie und wies auf den Saal. »Mir geht es auch nicht anders. Aber es gibt ja auch sonst noch Möglichkeiten, sich zu amüsieren. Komm, wir fahren nach Hause und schicken den anderen den Wagen wieder zurück.«

Auf dem Hintersitz der schönen Limousine betrachtete Christophe die Perlen, die in Régines Haar glitzerten, die teure Pelzstola um ihre nackten Schultern und die dreireihige Perlenkette, die sie um den Hals trug. All dies war für ihn von viel größerem Interesse als ihre eigentliche Person.

Zwischen der Hinterbank des Wagens und dem Sitz des Chauffeurs vorne war eine dicke Glasscheibe angebracht, über die ein kleines Rollo aus hellbrauner Seide heruntergezogen war. Draußen war es dunkel, obgleich die Straßen noch belebt waren, und Christophe fühlte sich im Innern der Limousine zusammen mit der Vicomtesse wie in einer kleinen, abgeschlossenen Welt voll Luxus für sich. Wäre es doch bloß Nicolette gewesen, die er auf dieser Fahrt von der Stadt zur Villa begleitete!

»Wenn du willst, darfst du mich ein bißchen amüsieren«, sagte Régine und wandte sich zu ihm. »Aber sei vorsichtig. Ich möchte den Dienstboten keinen Anlaß zu Gelächter geben, wenn wir ankommen.«

Christophe nickte zustimmend, kniete auf dem dick mit Teppichen ausgelegten Boden der Limousine nieder und schob langsam ihren Rock hoch über ihre Knie. Ihre Beine waren mit den feinsten Seidenstrümpfen bekleidet, die er je gesehen hatte, und bei genauerer Betrachtung waren sie gar nicht so schlecht, wie er anfangs dachte. Ihre Knöchel und Waden waren im Grunde wohlgeformt, und erst oberhab der Knie wurden ihre Beine so dick, daß man sie nicht mehr als elegant bezeichnen konnte. Aber er spürte die Wärme ihrer Schenkel, als seine Hand höher unter das Kleid von Schiaparelli glitt – und warme Schenkel wirken auf einen Mann bekanntlich immer erregend.

Régine hob sich leicht vom Sitz, so daß er ihr Kleid ganz bis zur Taille hinaufschieben konnte. Die Halter ihrer Seidenstrümpfe waren an einem Korsett angebracht, das offensichtlich dazu diente, ihren fülligen Bauch zu kaschieren. Christophe hatte erwartet, mit seiner Hand auf einen spitzengesäumten Schlüpfer zu treffen, aber zu seiner Überraschung trug sie an jenem Abend keinerlei Unterwäsche, und als sich ihre Schenkel auf dem Sitz spreizten, lag das kleine braune Haarbüschel, das er schon am Nachmittag gesehen hatte, offen vor ihm. Er streichelte es vorsichtig und war sich dabei nicht ganz sicher, ob es sich um ihr eigenes, getöntes Haar handelte oder um eine kleine Perücke, die sie sich eigens hatte anfertigen lassen.

»Du darfst weitermachen«, sagte Régine sanft.

Er setzte sich neben sie und ließ seine Finger zart über

ihren Venushügel gleiten. Einige Zeit reizte er die schwellenden Lippen, dann versuchte er, darunter Einlaß zu finden. Sie war schon feucht innen, und als seine Finger ihre Lippen auseinanderschoben und die angeschwollene Knospe darunter berührten, seufzte sie lustvoll. Er ging ziemlich rasch vor, denn einerseits wollte er sie befriedigen, andererseits hoffte er, daß es sobald wie möglich vorüber war. Régine reagierte schnell auf seine Liebkosungen. Ihr Bauch und ihre Lenden preßten sich in rhythmischen Bewegungen gegen seine Finger, die inzwischen alle vier in ihrem großen Liebesportal verschwunden waren.

»Oh!« rief sie aus. »Gleich wird etwas unvorstellbar Schönes passieren!«

Christophe legte seine andere Hand flach auf ihren nackten Bauch, um ihn gleichzeitig mit seinen reibenden Liebkosungen sanft zu massieren. Schon nach wenigen Augenblicken begann Régine sich heftig hin und her zu winden und drückte ihre Beine so weit auseinander, wie es nur ging. Christophe blickte ihr ins Gesicht und konnte beobachten, wie ihre Augen plötzlich hervortraten und sich ihr Mund weit öffnete. Dann stöhnte sie laut über die Erlösung ihrer Ekstase.

Nachdem sie zum Höhepunkt gekommen war, ließ er sie eine Weile ausruhen. Seine Hand lag leicht auf ihrem entblößten Schenkel. Um sie zu beeindrucken, zog er das weiße Seidentuch aus seiner Brusttasche. »Wenn du erlaubst...« murmelte er, wischte sie sanft trocken und rückte ihr Kleid wieder zurecht.

Kurz darauf kamen sie bei der Villa an. Der durch nichts zu erschütternde Chauffeur öffnete ihnen die Tür der Limousine und half Régine aus dem Wagen. Ein aufmerksames Dienstmädchen empfing sie an der Haustür und ließ sie ein. Christophe bemerkte, daß Régine dies alles als ganz selbstverständlich hinnahm und für keinen der

Dienste, die ihr geleistet wurden, das kleinste Wort der Anerkennung übrig hatte – nicht einmal für den sehr persönlichen Dienst, den sie auf der Heimfahrt von Christophe in Anspruch genommen hatte.

»Wünschen Madame noch irgend etwas?« erkundigte sich das Mädchen.

»Ja, bring eine Flasche Champagner und zwei Gläser auf mein Zimmer«, erwiderte Régine. »Und sage Henri, er soll zum Casino zurückfahren und auf die anderen Gäste warten.«

Christophe hatte das deutliche Gefühl, daß es nun an der Zeit war, sich ihr gegenüber zu behaupten, bevor er ein für allemal in die Rolle eines Angestellten gedrängt wurde, der nur auf einer geringfügig höheren Ebene stand als das Dienstmädchen oder der Chauffeur.

»Bringen Sie den Champagner bitte zum Swimmingpool«, wies er das Mädchen an. »Wir wollen den Mondschein genießen.«

Das Mädchen starrte ihn an und war völlig sprachlos über seinen Versuch, den Anweisungen der Madame zu widersprechen. Régine selbst sah ihn auch erst etwas beunruhigt an, dann nickte sie zustimmend.

»Du magst recht haben, Christophe«, sagte sie, als das Mädchen gegangen war, »vielleicht habe ich mich schon zu sehr daran gewöhnt, anderen zu sagen, was sie tun sollen. Aber in all den Jahren, in denen ich allein gelebt habe, war ich gezwungen, alle Entscheidungen selbst zu treffen. Das ist nicht gut für eine Frau.«

Sie saßen auf der Terrasse neben dem Swimmingpool, als das Mädchen den angenehm kühlen Champagner servierte. Es war eine warme, klare Sommernacht und ein fast voller Mond stand hoch am Himmel und beleuchtete die Szenerie. Eine Nacht wie für Verliebte geschaffen – wenn sie nur verliebt gewesen wären! Schließlich nahm Christophe das Gespräch wieder auf.

»Wie lange hast du allein gelebt?« fragte er mitfühlend.

Allein war nicht gerade das Wort, das er selbst gewählt hätte, um ihren Lebensstil zu beschreiben, denn schließlich lebte ihre Nichte bei ihr, und das Haus war ständig voller Gäste. Aber sie selbst hatte dieses Wort gebraucht.

»Seit fast fünfzehn Jahren.«

»Dein Ehemann, der Vicomte, ist er im Krieg gefallen?«

»Ich wünschte, er wäre es, der herzlose Kerl!« antwortete sie wütend. »Aber nein, er hat mich verlassen. Er lebt im Ausland.«

Offensichtlich hatte Christophe seine Gastgeberin auf ein Thema gebracht, das ihr sehr unangenehm war. Um die Stimmung wieder zu heben, stand er – einer plötzlichen Laune folgend – auf und begann sich auszuziehen. Erst Frack und Fliege, dann seine Lacklederschuhe. Régine sah ihn verwundert an.

»Was hast du vor?«

»Ich will im Mondschein schwimmen, und du wirst dasselbe tun.«

»Aber ich habe keinen Badeanzug hier!«

»Ich auch nicht«, entgegnete er, zog auch seine Unterhose aus und stand nun völlig nackt vor ihr.

»Wie gut du aussiehst, Christophe! Komm näher und laß mich dich berühren.«

»Wir wollen schwimmen«, sagte er bestimmt.

»Du erwartest doch nicht von mir, daß ich mich hier ausziehe?«

»Warum nicht? Dies ist dein Haus.«

Er reichte ihr seine Hand, zog sie vom Stuhl hoch und öffnete ihr Kleid, unter dem sie ein Korsett aus schwarzem Moiré trug, das ihren Körper von den Brüsten bis zu den Hüften einschloß. Sie protestierte heftig und erhob immer neue Einwände.

»Aber das ist völlig verrückt!« rief sie aus, als er schließlich auch ihre Strumpfhalter löste.

»Was soll daran verrückt sein?«

Er streifte ihre beiden Strümpfe herunter und öffnete ihr Korsett. Nun war sie ebenso nackt wie er selbst – abgesehen natürlich von den Diamanten im Haar, um den Hals und an den Fingern. Christophe neigte seinen Kopf zur Seite und betrachtete einen Moment lang ihren nackten Körper. Jetzt, wo sie der Stütze des Korsetts beraubt waren, hingen ihre Brüste schlaff und schwer herunter und ihr Bauch wölbte sich so weit heraus, daß man ihn nicht gerade als attraktiv bezeichnen konnte. Aber die glitzernden Diamanten machten einen großen Eindruck, und für einen Mann, der große Brüste bevorzugt... Christophe nahm sie in beide Hände, als wolle er ihr Gewicht abwägen. Régine sah ihn flehend an.

»Christophe, verachte mich nicht«, flüsterte sie.

»Warum sollte ich dich verachten?«

»Weil ich nicht mehr jung und schön bin.«

»Mach dich nicht schlechter als du bist.«

Mit kleinen, ermutigenden Klapsen auf ihr nacktes Hinterteil drängte er sie zum Rand des Wasserbeckens.

»Man kann uns von jedem Fenster im Haus aus sehen«, seufzte sie.

Anstatt darauf eine Antwort zu geben, faßte Christophe mit einer Hand um ihre Taille, sprang ab und zog sie mit sich in das klare Wasser. Es spritzte gewaltig, als sie auf die Oberfläche des Wassers trafen und als ein wahres Knäuel von Armen und Beinen untertauchten. Sobald seine Füße den gekachelten Boden des Beckens berührten, ließ Christophe sie los, stieß sich nach oben ab, schüttelte das Wasser aus seinen Haaren und schwamm langsam im Kreis, bis Régine ebenfalls prustend und kichernd an der Oberfläche auftauchte.

»Du bist verrückt«, lachte sie, »aber gerade deshalb liebe ich dich.«

Verspielt wie ein junges Mädchen spritzte sie ihm mit

den Händen Wasser ins Gesicht, und er spritzte zurück. Mit diesem Spiel fuhren sie lachend und schreiend fort, bis ihnen langsam kalt wurde und Christophe meinte, daß sie sich etwas mehr bewegen sollten.

»Jetzt wird geschwommen«, rief er, »fünfmal durch das Becken und wieder zurück.«

»Das ist zuviel, ich werde ertrinken!«

»Das werde ich nicht zulassen. Komm, die Übung wird dir gut tun.«

Er schwamm in gemächlichem Tempo voran, und Régine kämpfte sich mühsam hinter ihm vorwärts. Schon nach der ersten Bahn schnaufte und stöhnte sie fürchterlich, und nach der vierten weigerte sie sich, weiter zu schwimmen und hing erschöpft am Beckenrand. Sie bot einen seltsamen Anblick. Wassertropfen liefen an ihren Brüsten herunter, und ihre Halskette schimmerte im Mondschein. Ihr zuvor so sorgfältig frisiertes Haar klebte eng an ihrem Kopf und die hineingeflochtene Diamantenkette hing ihr lose um die Ohren.

»Komm, ich helfe dir hinaus«, sagte Christophe, »und hole dann schnell Handtücher aus dem Umkleideraum, damit du wieder warm und trocken wirst.«

Das war leichter gesagt als getan. Régine war von der ungewohnten körperlichen Anstrengung so erschöpft, daß Christophe seine ganze Kraft aufbringen mußte, um ihren schweren Körper aus dem Wasser zu hieven. Doch schließlich hatten sie den Beckenrand erklommen. Christophe stützte sie an der Taille, und sie hatte einen Arm um seine Schultern gelegt, um ihre zitternden Beine zu entlasten.

Ausgerechnet in diesem Moment hörten sie plötzlich eine unerwartete Lachsalve und ein lautes Klatschen! Überrascht drehten sie sich um und sahen voller Entsetzen Régines Gäste auf der Terrasse stehen. Sie trugen alle noch ihre elegante Abendgarderobe und amüsierten sich köstlich über das komische Schauspiel, das sich ihnen hier bot.

»Mein Gott!« rief Régine völlig verzweifelt. Mit einem Schwung drehte sie sich herum, um den ungebetenen Zuschauern ihre Kehrseite zu präsentieren und so den Anblick ihrer übergroßen, nackten Brüste vor ihren neugierigen Augen zu verbergen. Doch unglücklicherweise waren die Kacheln unter ihren Füßen feucht und glitschig. In ihrer Eile, wenigstens den letzten Rest von Anstand zu wahren, verlor sie das Gleichgewicht und fiel kopfüber ins Becken. Natürlich riß sie dabei Christophe mit ins Wasser, und während sie fiel, strampelten ihre Beine in der Luft und enthüllten alles, was sie eigentlich verbergen wollte.

Vor Schreck über diesen Sturz und über die plötzliche Entdeckung in einer so peinlichen Situation war Régine ganz benommen. Wie ein großer Wal, der nach Luft schnappt, erschien sie kurz an der Oberfläche und tauchte dann wieder unter, ohne irgendwelche Anstrengungen zu machen, sich über Wasser zu halten. Christophe erkannte rechtzeitig die Gefahr und tauchte ihr sofort nach. Er fand sie auf dem Grund des Beckens, faßte sie fest am Nacken und zog sie wieder hinauf. So schnell er konnte zog er sie an den Beckenrand. Ihre Brüste und ihr Bauch ragten dabei aus dem Wasser wie die Aufbauten eines sinkenden Schiffs.

Die anwesenden Männer eilten herbei, um ihm zu helfen, konnten jedoch kaum ihr Lachen über diese komische Situation unterdrücken. Régine wurde aus dem Swimmingpool gezogen und mit dem Gesicht nach unten auf den Boden gelegt. Dort lag sie eine Weile und spuckte große Mengen Wasser aus. Auch Christophe wollte endlich aus dem Becken steigen, aber als er seine Hände auf den Rand legte, trat einer der Helfer zufällig darauf, und mit einem Schmerzensschrei sank er zurück ins Wasser. Als er das nächste Mal auftauchte, sah er, daß man Régine auf den Rücken gedreht und einer der Retter galanterweise Christophes abgelegten Frack über ihren nassen Körper gebreitet hatte. Das war natürlich aus Gründen des Anstands geschehen. In der allgemeinen Besorgnis um Régine hatte man Christophe völlig vergessen. Er wartete, bis sie sie aufhoben und ins Haus trugen, dann kletterte er endlich aus dem Wasser. Er saß eine Weile ruhig da und schlang die Arme um die Knie, bis sich sein Atem beruhigt hatte. Mit ziemlich beklommenen Gefühlen dachte er an das, was geschehen war.

»Sie werden sich erkälten, wenn Sie hier noch länger so sitzen bleiben«, sagte plötzlich eine Stimme neben ihm.

Er blickte auf und sah, daß Nicolette zu ihm getreten war.

»Hier scheinen alle verrückt zu sein«, stöhnte er. »Es muß an dem ständigen Sonnenschein liegen, der ihre Gehirne zum Kochen bringt.«

Er stand auf und ignorierte ihren Blick auf sein Geschlecht, das durch die Kälte des Wassers auf winzige Größe zusammengeschrumpft war. Ohne daran zu denken, sich abzutrocknen, zog er sein Hemd und seine Schuhe an. Seine Hand tat immer noch weh, aber es schien nichts gebrochen zu sein.

»Sollten Sie nicht ins Haus gehen und sich um Ihre Tante kümmern?« fragte er kühl.

»Sie ist im Bett und ihr Mädchen versorgt sie. Sie wird keinen großen Schaden davontragen. Dazu ist sie zu zäh.«

»Da stimme ich Ihnen von ganzem Herzen zu«, sagte Christophe verdrossen. »Gute Nacht, Mademoiselle.«

»Warten Sie einen Moment. Ich möchte mit Ihnen reden.«

»Und ich will ein heißes Bad nehmen und ein Glas Cognac trinken.«

»Beantworten Sie mir nur eine Frage.«

»Und die wäre?«

»Sind Sie ein Gigolo?«

»Ich finde diese Frage beleidigend.« Damit drehte er sich um und ging auf das Haus zu.

Nicolette folgte ihm.

»Sie haben keinen Grund, wütend zu sein«, sagte sie. »Die meisten von Régines jungen Männern sind Gigolos, wissen Sie. Was unterscheidet Sie von ihnen?«

»Ganz einfach die Tatsache, daß ich dieses Irrenhaus für immer verlassen werde, sobald ich gebadet und mich angezogen habe.«

»Warum sind Sie dann hierher eingeladen worden?«

Sie verfolgte ihn mit ihren Fragen durch das ganze Haus bis ins Badezimmer.

»Ich wüßte nicht, warum Sie das interessieren sollte«, sagte Christophe, »aber eine Tante von mir in Paris hat Régine offensichtlich erzählt, daß ich in Cannes im *Carlton* wohnte. Ich wußte nichts davon und habe auch Ihre Tante noch nie gesehen, bis heute morgen ihr Chauffeur mit einer Einladung zum Essen bei mir auftauchte.«

Er drehte die Wasserhähne auf und sah zu, wie das heiße Wasser in die Badewanne strömte. Sein nasses Haar klebte an seiner Haut, und er zitterte vor Kälte.

»Wenn Sie mich jetzt bitte entschuldigen wollen. Ich habe die Absicht, ein Bad zu nehmen.«

Sie zog einen Schmollmund und ging hinaus. Doch kaum hatte er sich in dem heißen, duftenden Wasser ausgestreckt und friedlich die Augen geschlossen, da kam Nicolette mit einer Flasche Cognac und zwei Gläsern zurück. Sie goß ihm viel, sich selbst sehr viel weniger ein und hockte sich dann auf die Ecke der riesigen Wanne, um an ihrem Drink zu nippen. Auch Christophe trank ein wenig von dem Cognac und fühlte wohlig, wie der Alkohol ihn innerlich aufwärmte. Er hatte keine Ahnung, warum sich Nicolette für seine Beziehungen zu ihrer Tante interessierte und warum sie hier im Badezimmer bei ihm saß, aber er hatte schon lange aufgehört, sich über die Verrücktheiten zu wundern, die in dieser Villa offenbar zur Tagesordnung gehörten.

»Das ist interessant«, unterbach sie das Schweigen.

»Was meinen Sie?«

»Als Sie aus dem Swimmingpool kamen, war er ganz klein, aber jetzt im heißen Badewasser ist er beachtlich gewachsen.«

Christophe wollte seinen Ohren nicht trauen und sah überrascht in Nicolettes schönes, ovales Gesicht. In ihren großen, leuchtenden Augen entdeckte er eine lebhafte Neugierde. Sie war nicht umsonst Régines Nichte, dachte er.

»Ich frage mich, ob Sie, wenn Sie an meiner Stelle nackt in diesem Bad liegen würden und ich dort säße und Sie beobachtete, meine Komplimente lustig finden würden oder mir sagen würden, ich sollte sofort den Raum verlassen«, sagte er schroff.

»Das ist schwer zu sagen«, erwiderte sie. »Ich glaube, es käme auf meine Laune an.«

»Und im Moment scheint es Ihrer Laune zu entsprechen, ein Körperteil von mir zu beobachten, das jungen Damen normalerweise nur unter besonderen Umständen gezeigt wird!«

»Ich glaube, er wird immer größer«, bemerkte sie.

»Wenn Sie noch länger dort sitzen bleiben, gewiß.«

»Wieso? Das kann ich mir nicht vorstellen. Schließlich bin ich völlig angezogen.«

»Aber Sie sind bei mir, und das allein genügt schon, daß er größer wird.«

»Sehr viel größer oder nur größer?« erkundigte sie sich.

»Das müssen Sie schon selbst beurteilen«, seufzte Christophe und sah zu, wie die Spitze seines schnell steifer werdenden Glieds an der Oberfläche des Badewassers erschien.

»Nicolette, was würde wohl Madame la Vicomtesse sagen, wenn sie wüßte, daß Sie mich auf diese Weise beobachten?«

»Ich weiß es nicht, und ehrlich gesagt interessiert es mich auch nicht. Haben Sie Angst vor ihr?«

»Warum sollte ich vor ihr Angst haben?« fragte er zurück. »Auf jeden Fall werde ich dieses Haus morgen in aller Frühe verlassen.«

»Sie sagten vorhin, Sie wollten schon heute abend gehen. Warum der plötzliche Aufschub?«

»Weil ich endlich mit dem einzigen Mitglied dieses verrückten Haushalts zusammen bin, für das ich wirklich etwas empfinde.«

»Natürlich! Als wir uns das erste Mal trafen, sagten Sie ja, daß Sie mich lieben. Das war im Swimmingpool. Sie scheinen dort eine Menge Abenteuer zuhaben.«

»Was ich sagte, war die Wahrheit.«

Christophe wurde jetzt sehr ernst.

»Sobald ich Sie sah, schlug mein Herz zum Zerspringen. Ich wußte sofort, daß dies die Liebe für ein ganzes Leben ist, eine große und dauerhafte Leidenschaft, obgleich ich noch nicht einmal Ihren Namen kannte.«

»Sie schmeicheln mir sehr. Aber ich bin mir gar nicht sicher, ob ich im Moment überhaupt noch einen weiteren Liebhaber brauche«, sagte sie.

»Ich biete mich nicht als *weiteren* Liebhaber an, Nicolette, sondern als jemand, der Sie wahnsinnig liebt und Ihnen völlig ergeben ist. Dazwischen liegt ein weltweiter Unterschied.«

»Ein Badezimmer ist ein ziemlich ungewöhnlicher Ort für Erklärungen ewiger Liebe. Aber andererseits habe ich noch nie viel auf äußere Formen gegeben. Doch einmal abgesehen von Ihrer großen Liebe, Christophe – was haben Sie noch zu bieten, um sich bei mir zu empfehlen?«

Für ihr junges Alter hat sie ganz schön hohe Ansprüche, dachte Christophe. Er beantwortete ihre Anspielung mit einem Augenzwinkern und dankte insgeheim dem Himmel für die gründliche Schulung in allen Herzensangelegenheiten, die er in Paris erhalten hatte.

»Nur das, was Sie sehen können«, räumte er ein. »Ich muß Ihnen offen sagen, daß ich weder viel Geld noch besondere Aussichten vorzuweisen habe.«

»Was ich sehe, ist nicht ohne Reiz. Er ist *sehr* viel größer geworden. Zeigt heißes Wasser bei Ihnen immer eine so große Wirkung?«

»Sie wissen genau, daß es nicht am Wasser liegt. Es ist allein Ihre Nähe, die diese Wirkung hervorruft und immer hervorrufen wird.«

»Immer ist eine lange Zeit. Sie sollten nicht übertreiben.«

»Und wahre Liebe ist etwas sehr Seltenes, Nicolette.«

»Das glaube ich auch, und Gott weiß, daß meine liebe Tante genug Geld ausgibt, um zu versuchen, Sie zu kaufen.

Ihre Blicke begegneten sich. Christophe sah ihr tief in die Augen und hoffte von ganzem Herzen, daß sie die Aufrichtigkeit seiner Gefühle in seinen eigenen Augen lesen könnte. Nach einer Weile sah sie ernst zur Seite.

»Ich gehe in mein Zimmer«, sagte sie kurz. »Wenn Sie fertig sind, kommen Sie zu mir und wir werden unsere Unterhaltung in einer angemesseneren Umgebung fortführen.«

Sie war kaum aus der Tür, als Christophe schon aus der Wanne stieg und sich rasch abtrocknete. Die schreckliche Szene mit Régine am Swimmingpool erschien ihm nun nicht länger als erniedrigende Farce, denn nur durch sie war Nicolette endlich auf ihn aufmerksam geworden. Es fiel ihm ein, daß er Nicolette unmöglich in einem klitschnassen Hemd und seiner zerknitterten schwarzen Hose gegenübertreten könnte. Er müßte zuerst in sein eigenes Zimmer gehen, um sich umzuziehen.

Doch solche Mühe hätte er sich gar nicht geben brauchen. Denn als er in ihr Zimmer trat, hatte sie sich schon ausgekleidet. Auf große, viereckige Satinkissen gestützt, lag sie auf ihrem Bett und wartete auf ihn. Sie trug ein kurzes Nachthemd aus Chantillyspitze, das ihre Oberschenkel halb bedeckte.

Am nächsten Morgen verließen Christophe und Nicolette in aller Frühe zusammen das Haus. Noch bevor Régine oder einer ihrer Gäste sich regten, luden sie sechs Gepäckstücke in das rotbraune Cabriolet. Einer der Koffer enthielt Christophes ganze Garderobe, in die anderen fünf hatte Nicolette eine kleine Auswahl ihrer Kleider gepackt. Sie ließen sich vom Chauffeur nach Cannes zum Bahnhof fahren. Schließlich gab es immer noch Mittel und Wege, um einen Fall wie den ihren zu lösen. Und so vernarrt vor Liebe er auch war, hörte Christophe auf der langen Fahrt nach Paris doch mit großer Erleichterung, daß Nicolette selbst eine Erbin und in keiner Weise von der Vicomtesse abhängig war.

EMMANUELLE ARSAN

Die Pyramide

»Morgen Besichtigung von Giseh«, verkündete Vanna, als Guido die Tür öffnete.

»Darf ich dich daran erinnern, daß ich mich für Siwa interessiere?«

»Du mußt die üblichen Etappen durchlaufen. Ich fungiere als Aufpasser. Seit gestern bin ich deine offizielle Führerin«

»Wer hat dir diese Funktion übertragen? Nesrin Adly? Um mich zu überwachen?«

»Stimmt genau. Und hoffe nicht, daß ich dich aus den Augen lasse. Nicht einmal im Schlaf.«

»Was muß ich für diesen Schutz tun?«

»Dich bilden. Du willst offenbar den Archäologen, den Historiker und den Sexologen zugleich spielen. Nun, dann lerne diese Berufe. Möchtest du mich als Lehrmeisterin?«

»Du weißt in all diesen Wissenschaften Bescheid?«

»Das Ziel der Wissenschaft besteht nicht im Wissen. Es besteht darin, Fragen zu stellen. Die richtigen Fragen.«

»Und die Antwort auf diese Fragen, interessiert sie dich nicht?«

»Eine Scherbe, ein behauener Stein, eine Bronze, eine Alabasterskulptur sind keine Antwort. Mich interessiert im übrigen nicht das Finden, sondern das Suchen.«

»Jene Artefakte informieren dich immerhin über eine verschwundene Zivilisation.«

»Bisher ist noch keine Zivilisation von dieser Erde verschwunden: die Zivilisation ist noch gar nicht erfunden worden.«

»Betrachtest du die Pyramiden, die du mir zeigen willst,

vielleicht nicht als Schöpfung einer Zivilisation? Hältst du die Menschen, die imstande waren, diese Wunderwerke der Technik zu ersinnen und zu errichten, etwa für Wilde?«

»Schlimmer als das: für Machtmenschen.«

»Wenn sie dir so monströs vorkommen, warum schaust du sie dir dann an und zeigst sie anderen?«

»Weil sie den Drang zu verstehen wecken können.«

»Was muß man verstehen?«

»Was ist deiner Ansicht nach wichtiger zu erhellen: die faktischen Methoden, mit denen gewaltige Steinblöcke transportiert und untadelig behauen werden konnten, oder die Religion und Politik, mit deren Hilfe es den Pharaonen, ihren Ministern und Priestern gelang, Millionen der von ihnen Verwalteten für diese Vollkommenheit in Leid und Tod zu treiben wie die Tiere?«

»Du glaubst nicht, daß der Glaube eine Rolle gespielt hat?«

»Wer verbreitete diesen Glauben? Sprechen wir von unserer Zeit: Was ist wissenschaftlicher, sich nach den – im übrigen imaginären – Beziehungen zwischen der heiligen Elle oder der Lage und den – im übrigen falsch gemessenen – Maßen der Pyramide einerseits und den Konstanten – in Wahrheit Variablen – des Sonnensystems andererseits zu fragen, oder nach den Gründen, weshalb die erzwungene Leichtgläubigkeit meiner Vorfahren zur Unterwerfung und zum Elend meiner Zeitgenossen geführt hat?«

»Und einer Frau wie dir überträgt die Regierung die Aufgabe, mir nachzuspionieren? Bei dir scheint die Gefahr, deine Tage in einem Arbeitshaus des Regimes zu beenden, größer zu sein als bei mir.«

»Ich habe nichts für Verrat übrig. Ich bin zu meinem Land genauso aufrichtig wie zu dir. Wenn ich noch frei bin, dann nur, weil ich keine Angst habe.«

»Vielleicht habe ich es doch nicht so schlecht getroffen, dich als Leibwächter bekommen zu haben!«

»Bildest du dir ein, Ägypten würde dich mir anvertrauen, wenn es dich nicht liebte?«

Er nahm sie in die Arme, aber sie entzog sich ihm, indem sie sich gewandt um sich selbst drehte.

»›Ein jegliches hat seine Zeit unter der Sonne‹«, wie der Prediger Salomo gesagt hat. Es gibt eine Zeit, um die Jahrhunderte zu überspringen, und eine Zeit, um seine Führerin zu bespringen. Erledige die Dinge in der richtigen Reihenfolge. So wirst du die Pyramiden von Giseh zum Beispiel besser verstehen, wenn du vorher die Stufenpyramide des Königs Djoser kennenlernst. Mit ihr werden wir deshalb beginnen. Und zwar heute.«

Er fragte nicht, woher die komfortable Limousine mit Klimaanlage und schwarzem, livriertem Chauffeur kam, die sie erwartete. Er vermutete es. Nach einer Stunde Fahrt waren sie in Sakkara, nahe der Stelle, wo einst Memphis gestanden hatte. Die Grabstätte des ersten Souveräns der dritten Dynastie beherrschte eine öde Wüstenlandschaft, die Guido deprimierend vorkam.

Sie betraten den einzigen Eingang, gingen den Säulengang entlang, dann durch den Haupthof, erreichten die Plattform der großen Feste.

»Der Baumeister hieß Imhotep«, rezitierte Vanna, den Ton der offiziellen Führer nachahmend. »Ehe der Oberpriester des Sonnenkultes in Heliopolis war, diente er dem König als Arzt, als Kanzler, als Vorsteher der Archive, als Siegelbewahrer und vor allem als Kassenwart! Schließlich wurde er selbst ein Gott.«

»Sehr gut für ihn«, befand Guido.

»Da der Glaube dich rührt, interessiert es dich vielleicht auch, daß die Entstehung der Architektur aus Stein, zu der dieser Herr entscheidend beigetragen hat, eng mit dem Begriff des Ka, des Verlangens nach ewigem Leben, verbunden ist.«

»Ganz normal«, urteilte Guido.

»Weniger normal ist der noch heute grassierende Glaube, der Ka des Djoser irre weiterhin hier umher, wohne in den unterirdischen Kammern, absolviere den zeremoniellen Lauf im großen Hof von Heb-Sed, schließe die offenen Türen hinter sich oder durchquere mühelos die in die äußere Mauer gehauenen falschen Ausgänge.«

Guido bestritt diese Dinge nicht. Er fand das, was er sah, interessant. Besonders gefiel ihm eine bestimmte Grabkammer, deren niedrige Wände mit leicht konvexen, kleinen türkisfarben glasierten Vierecken bedeckt waren. Die Farbe wirkte changierend wie die eines Schmetterlingsflügels. Das Ganze stellte von Pfeilern umrahmte Schilfmatten dar.

»Wir befinden uns hier im Privatgemach des Ka«, offenbarte Vanna.

Er knöpfte ihr leichtes Gewand aus indischem Bast der Länge nach auf und nahm sie, an antike Tafeln gelehnt, langsam und lange, an die Ewigkeit denkend, im Stehen.

Am nächsten Morgen, an der Schwelle zur Libyschen Wüste, die sich – dort, wo Siwa liegen mußte – bis zum Rand des Horizonts und darüber hinaus erstreckte, versuchte Guido, sich die Oase vorzustellen. Aber Vanna ließ ihm nicht die Zeit, vor sich hin zu träumen. Sie befahl dem Chauffeur, den Wagen vor einem Zelt zu parken, wo Kameltreiber ihren Tee oder ihr Coca-Cola schlürften.

»Du wirst jetzt eine weitere Wissenschaft erlernen«, teilte sie ihm mit. »Das Kamelreiten. Du wirst es später brauchen.«

Der Kameltreiber, den sie ausgewählt hatte, ließ sein Tier vorn in die Knie gehen und forderte die beiden mit einer Handbewegung auf, auf dem engen Holzsattel Platz zu nehmen.

»Wie? Ein Reittier für uns beide?« wunderte sich Guido.

»Ich bin eine Frau«, sagte Vanna, als ob ihr Geschlecht diese Sparmaßnahme erklärte.

Der Araber gab Guido ein Zeichen, sich hinter Vanna zu setzen. Als der Vierbeiner aufstand, begann der Sattel nach vorn und hinten zu schlingern, und der Italiener wurde von Panik ergriffen: er würde sich nicht lange hier oben halten können! Und von so hoch oben zu fallen, würde nicht ohne Schaden abgehen, von dem Spott ganz zu schweigen. Eine schöne Reitstunde!

»In ein paar Minuten wirst du dich schon besser fühlen«, versprach Vanna.

Tatsächlich fand er das Gleichgewicht schnell wieder. Aber eine zweite Sorge löste die erste ab: Die Schaukelbewegungen des Kamels hatten unerwartete Folgen – unerwartet für ihn, aber offensichtlich nicht für den Treiber, dem nichts anderes mehr einfiel, als ihm anzüglich zuzuzwinkern.

In dieser Position, die Scham an Vannas Gesäß gedrückt, hatte das rhythmische Schlingern auf sein Glied die Wirkung einer unerbittlichen Masturbation. Es bedurfte nur weniger Minuten, bis der Student des Kamelreitens eine kristallharte Erektion hatte.

Nun ließ der Treiber sein Tier traben, so daß die Massage schneller wurde.

»Ich hatte es dir gesagt«, kommentierte Vanna. »Hier müssen die Frauen zu etwas nütze sein.«

»Ich habe nicht die geringste Lust, mir auf diesem Hochsitz einen abzurubbeln«, konterte Guido.

»Du mußt es hinter dich bringen«, erklärte Vanna. »Es ist Sitte. Hast du mir nicht gesagt, daß du dich für die einheimischen Bräuche interessierst?«

»Das ist absurd! Es ist nicht mal angenehm.«

»Übertreiben wir nicht! Jede Folklore hat ihre guten Seiten.«

»Und wenn du nicht hier wärst?«

»Der Sohn des Kameltreibers hätte es als seine Pflicht und sein Vergnügen betrachtet, meinen Platz einzunehmen.«

»Da hätte ich nicht mitgemacht.«

»Aber ja, aber ja! Und es hätte dir gefallen.«

»Vanna...«

»Mein Liebling?«

»Ich kann es nicht mehr zurückhalten!«

»Ich weiß. Komm, mein Geliebter! Denk an nichts anderes als an deine Lust.«

»Wie werde ich aussehen, mit den Flecken in meiner Hose?«

»Was kann ich für dich tun? Würdest du deine Tugend länger behalten können, wenn ich das Einmaleins falsch aufsagte oder die *Summa* des Thomas von Aquin rückwärts rezitierte?«

»Der Zweifel würde mir zu spät kommen!« prophezeite er düster.

Sie spürte, daß er versuchte, ihren Rock hochzuheben. Sie stemmte sich ein wenig in die Höhe, damit er ihr Gesäß entblößen konnte. Gleichzeitig versuchte er mit der anderen Hand fieberhaft, seinen Hosenschlitz zu öffnen, um an Vannas Haut zu ejakulieren. Eine letzte Hüftdrehung des Kamels vereitelte seine Bemühungen.

Er schloß die Augen, während sein Reittier, als sei es sich seiner Macht bewußt, mit geschickten rotierenden Bewegungen den letzten Samentropfen aus ihm herauspumpte.

Kaum hatte es Guidos Reserven erschöpft, als sein Herr und Meister zu reden begann; natürlich auf arabisch.

»Was hat er gesagt?« fragte Guido in der Befürchtung, der Kameltreiber habe sich über ihn lustig gemacht.

»Er fragte, ob du den Ausritt fortsetzen möchtest, das heißt, ob du dich zu neuen Ergüssen imstande fühlst. Dann müßtest du selbstverständlich den doppelten Preis zahlen.«

»Sag ihm vielen Dank. Als Versuchsgalopp reicht es mir für heute.«

»Geizhals!« neckte Vanna ihn.

Vor der Cheops-Pyramide hatte Guido das mit Enttäuschung gemischte Gefühl, das die Regel ist. Zum Glück blieb ihnen die Heimsuchung der Touristenhorden erspart: Sie beide schienen an jenem Tag, zu jener Stunde die einzigen Besucher zu sein. Der Italiener bereitete sich gerade darauf vor, die Attacken der kleinen Andenkenhändler, zudringlichen und selbsternannten Führer durch Zurufe abzuwehren, die in jeder Sprache verständlich waren, als er zu seiner Verblüffung sah, daß Vanna einen von ihnen an der Hand ergriff, ihn zu sich zog, als wollte sie ihn umarmen oder küssen, ihn dann, sich zu Guido wendend, voll Stolz vorstellte.

Es war ein überraschend schöner Junge von ungefähr achtzehn Jahren. Seine strahlenden Augen blickten Guido mit glücklicher Gelassenheit an.

»Heute wird er unser Führer in die Ewigkeit sein«, scherzte Vanna.

Nach einigen Stufen gingen sie einen abschüssigen Gang hinunter. Eine trockene Hitze schnürte Guido die Kehle zu. Er mußte sich bücken, um dem jungen Führer zu folgen. Vanna ging hinter ihnen. Alle drei schwiegen.

Der Korridor machte eine Krümmung und mündete in einen anderen Gang, der jedoch anstieg. Guido fühlte, wie er von einem Schwindel gepackt wurde, der mit nichts zu vergleichen war, was er jemals empfunden hatte. Er war erleichtert, als er sich wieder aufrichten konnte, als sie die Pyramidenmitte erreicht hatten. Dem Brauch getreu, zeigte ihr Führer ihnen, daß weder eine Nadel noch auch nur ein Haar in die Fugen der Steine paßten.

Als sie diesen Saal durchquert hatten, gelangten sie

wieder in einen niedrigen Gang, dann in einen Vorraum, endlich in die granitverkleidete Grabkammer des Herrschers vierzig Meter über dem Boden.

In der nordöstlichen Ecke der Kammer stand, nach den Himmelsgegenden ausgerichtet, der schlichte, inschriftenlose Sarkophag des Pharao, geheimnisvoll wegen seines vor Zeiten leer wiedergefundenen unteren Sargteils und seines nicht existierenden Deckels. Vanna erläuterte die symbolischen Bedeutungen, die gewisse Zahlen- und Mythenkrämer den Ausmaßen dieser Grabstätte und des steinernen Sargs unterschoben.

»Außergewöhnlich, nicht wahr?« schloß sie.

»Es wäre außergewöhnlich, wenn es stimmte«, sagte Guido.

Sie betrachtete ihn wohlgefällig. Er musterte indessen den Jungen, der seit ihrer Begegnung kein Wort gesagt hatte und aufrecht und würdevoll, bewundernswert wie eine Statue, dastand.

Vanna lächelte, umfaßte die Taille des jungen Ägypters und zog ihn liebevoll an sich. Er ließ es mit einem unvermittelt zärtlichen Gesichtsausdruck, doch ohne mehr Bereitwilligkeit als Widerstreben zu zeigen, geschehen.

Guido fragte: »Warst du schon einmal verheiratet, Vanna?«

Sie platzte vor Lachen los.

»Glaubst du, dieser Ephebe könnte mein Sohn sein? Findest du, daß er mir ähnlich sieht?«

»Ja, aber dann hättest du ihn zur Welt bringen müssen, als du zehn warst. Du scheinst ihn zu kennen.«

»Wir kennen uns sehr gut, aber wie Bruder und Schwester.«

»Willst du mir einreden, du wärst nicht zum Inzest fähig?«

»Ich habe darauf gewartet, daß du ihn zusammen mit uns begehen kannst«, bekannte sie.

Sie küßte den Jungen auf den Mund. Er ließ es einen langen Augenblick lang ohne Gegenwehr geschehen. Dann öffnete er mit einer schnellen Handbewegung seine Djellaba und holte ein langes braunes, bereits erigiertes Glied heraus, an dem er zu ziehen begann, als wollte er es noch länger machen. Die Eichel sprang nackt und spitz hervor.

Vanna nahm es in eine Hand, ohne daß sie aufhörte, den jungen Mann zu küssen. Sie liebkoste den Phallus, bis er so hart geworden war, daß er beinahe senkrecht stand.

Da löste sie sich von den Lippen des Jungen und beugte die Knie, um seinen Penis in den Mund zu nehmen. Er sagte jedoch einen Satz auf arabisch, mit befehlender und drängender Stimme. Sie hielt in ihrer Bewegung inne, knöpfte sich den Rock bis zur Taille auf, lehnte sich an den leeren Sarkophag und half dem dunklen Glied, in ihre Scheide einzudringen. Der Junge holte aus, bohrte sich mit wilder Hast in sie ein. Sie stieß einen Schmerzensschrei aus, doch er achtete nicht darauf und begann, als sein Phallus zur Gänze in ihr steckte, sie mit einer Brutalität zu stoßen, wie Guido sie noch nie zuvor beobachtet hatte.

Der Italiener fragte sich, ob er seiner Freundin zu Hilfe kommen sollte oder ob sie sich an diese Behandlung gewöhnen würde. Er entschied sich für das Laisser-faire, da das Schauspiel ihn so heftig erigieren ließ, als wäre er kurz vorher auf dem Kamelrücken nicht genötigt gewesen, sich völlig zu verausgaben.

Er hörte, wie Vanna seinen Namen rief. Er näherte sich ihr.

»Bitte, Guido«, keuchte sie. »Bitte! Erinnerst du dich an die Darstellung, die ich dir gezeigt habe? Die aus den *Vitae Caesarum*? Mach das, bitte! Bums ihn von hinten, während er mich vögelt! Ich werde solche Lust empfinden! Solche Lust!«

Der Junge achtete nicht im geringsten auf Guido, als

dieser seine Djellaba hochschlug und sich bemühte, ihn zu penetrieren. Trotz seiner Anstrengungen gelang es dem Italiener nicht, den Schließmuskel zu passieren. Er befeuchtete seine Eichel, versuchte es erneut. Er war bereits drauf und dran aufzugeben, als er spürte, wie sein Geschlecht unvermittelt einige Zentimeter weit eindrang. Er packte den Jungen an den Hüften und schaffte es, noch ein Stückchen weiter zu kommen. Er registrierte bei diesem Anus keineswegs die gleichen Vorzüge wie bei dem Vannas. Er war jedoch aus Prinzip entschlossen, weiterzumachen.

Der Kehle des jungen Ägypters entfuhr ein dumpfes Röcheln. Fast gleichzeitig löste er sich ejakulierend aus Vanna. Guido wurde aus dem kaum erkundeten Anus vertrieben. Er stieß den Jungen beiseite. Sein Penis löste den ab, der Vannas Geschlecht soeben verlassen hatte.

»Bums ihn!« stöhnte sie. »Warum bumst du ihn nicht? Ich möchte es so sehr! Und ich will, daß er mich bumst.«

»Ich habe ihn doch gebumst«, versicherte Guido ihr. »Und er hat dich gebumst. Jetzt bin ich es, der dich bumst.«

Sie schrie vor Lust. Guido betastete die Spitzen ihrer Brüste, zuerst durch das Kleid hindurch, dann nachdem er so heftig an dem Stoff gezerrt hatte, daß die Knöpfe abgesprungen waren. Mit einer Hand fuhr er fort, sie zu entkleiden, indem er das Kleid zerriß und sich an der Vorstellung berauschte, alle Leute würden sie in diesem Aufzug und geschändet sehen, wenn sie das Monument verließen.

Wenn sie es verließen. Während er sie mit seinem beinahe schmerzenden Geschlecht nahm, kam es ihm in den Sinn, sie würden vielleicht alle drei dort eingeschlossen bleiben und dies sei ihre letzte Umarmung.

»Wie gut du meine Brüste streichelst!« keuchte Vanna begeistert und kam abermals.

Dann flehte sie: »Ich habe Durst! Möchtest du mich in den Mund bumsen?«

Er zog sich aus ihr zurück. Sie ging in die Knie. Guido machte die Beine breit, hielt sie am Nacken fest und bohrte ihr dann sein Geschlecht in den Mund. Er versuchte gar nicht erst, die Liebkosung ihrer Lippen auszukosten, er wollte gleich zum Grund ihrer Kehle vordringen, sie tränken, sie füllen, bis sie überlief.

Der Junge stellte sich wieder neben sie. Guido hatte ihn beinahe vergessen. Er sah, daß er mit weit ausholenden Handbewegungen masturbierte und schon wieder eine Erektion bekam.

Guidos Hand gesellte sich zu der seinen. Der Ägypter räumte sicher stillschweigend ein, daß Guido mehr von der Sache verstand als er, denn er gab sein Geschlecht frei und überließ es dem Gutdünken des Fremden. Als dieser zu dem Schluß gekommen war, das Organ sei hart genug, hob er Vanna am Gesäß hoch, ohne ihren Mund freizugeben, und führte den Phallus des jungen Mannes zu den Pobacken, die durch das Tal der Lenden wundervoll unterstrichen wurden.

Der Ägypter lächelte ein unwiderstehliches Lächeln, das Guidos Erektion steigerte, als hätte ihn plötzlich ein Stromstoß durchfahren. Dann spie er sich in die Handflächen und befeuchtete seine Eichel. Mit einem einzigen Ruck penetrierte er Vanna von hinten.

Sie heulte und biß Guido ins Glied, so daß er sich von ihr zu lösen versuchte. Aber da blies sie ihn schon wieder inbrünstig. Als der erste Schmerz verklungen war, beschäftigte Guido sich damit, den Gipfel der Lust, auf dem er gewesen war, als er gesehen hatte, wie der Phallus des Jünglings in Vannas Anus drang, wieder zu erreichen.

Jetzt schienen die beiden Männer den Rhythmus gefunden zu haben, der nötig war, damit ihre Bewegungen in Vannas doppelt gepfähltem Körper miteinander harmonierten. Guido sagte sich, zuletzt würden sie einander vielleicht im Herzen der Frau treffen, die sie sich teilten: buchstäblich in ihrem Herzen, in der Mitte des Körpers, das sie, um es höhlen zu können, so weit öffnen würden, daß keine fleischerne Membran, kein Hindernis sie mehr trennte.

Die wilden Stöße des jungen Ägypters wurden noch schneller. Guido versuchte, sich auf den neuen Takt einzustellen, damit sie beide gleichzeitig kamen. Doch der Junge löste sich mit einem beinahe jammernden Keuchen aus Vannas Anus und überschwemmte ihn zugleich mit seinem Samen, wie vorhin, als er außerhalb ihrer Vagina ejakuliert hatte.

Er entfernte sich fast augenblicklich danach von ihr und baute sich kerzengerade, starr, unergründlich an einer Ecke des leeren Sarkophags auf.

Guido ging um Vanna herum, hockte sich an die Stelle, die der Ägypter geräumt hatte, leckte die Gesäßbacken seiner Geliebten, trank die Flüssigkeit, die ihre Furche herunterlief, während in eben diesem Augenblick sein eigener Samen in seine Hand schoß und von dort auf die vieltausendjährigen Bodenplatten rann.

ANAÏS NIN

Der Baske und Bijou

Es war eine Regennacht, die Straßen glänzten wie nasse Spiegel, die alles reflektierten. Der Baske hatte dreißig Francs in der Tasche und fühlte sich reich. Man hatte ihm versichert, daß er auf seine naive, grobe Art ein vorzüglicher Maler sei. Die Leute hatten nicht gemerkt, daß er seine Bilder von Postkarten kopierte. Für sein letztes Bild hatte man ihm dreißig Francs bezahlt. Deshalb war er in gehobener Stimmung und wollte feiern. Er begab sich auf die Suche nach einer bestimmten dieser kleinen roten Laternen, die Vergnügen verhießen.

Eine mütterlich aussehende Frau machte ihm auf. Sie war von jener Mütterlichkeit, die kalten Blickes sofort zu den Schuhen des Mannes ging, denn sie pflegte an ihnen abzulesen, wieviel ihr Besitzer für sein Vergnügen zahlen konnte. Danach jedoch, und um auf ihre eigenen Kosten zu kommen, wanderte ihr Blick aufwärts zu seinem Hosenschlitz. Gesichter interessierten sie nicht. Ihr ganzes Leben bestand nur aus der Beschäftigung mit der unteren männlichen Anatomie. Mit ihren großen und immer noch lebendigen Augen schien sie die Hosen der Männer zu durchleuchten, als könnte sie Umfang und Gewicht der in ihnen versteckten männlichen Reize abschätzen. Es war ein professioneller Blick. Sie verstand sich besser darauf, ihren Kunden die richtige Partnerin zu verschaffen, als die anderen Puffmütter, sie schlug jedesmal ganz bestimmte Kombinationen vor. Sie hatte darin die Übung einer Handschuhverkäuferin. Selbst durch die Hose hindurch konnte sie einem Freier das Maß nehmen, um ihm dann den perfekt sitzenden und genau passenden Handschuh zu beschaffen. War dieser zu geräumig, machte es keinen Spaß, war er zu eng, ebenfalls nicht. Madame war der Ansicht, daß die Menschen heutzutage einfach nicht wußten, wie wichtig eine genaue Paßform war. Sie hätte gerne ihr Wissen weitergegeben, aber sie war zu der Überzeugung gekommen, die Menschen scherten sich nicht darum und stellten eben keine so hohen Ansprüche mehr. Wenn sich heutzutage ein Mann in einem Handschuh befand, der ein paar Nummern zu groß war, ruderte er darin herum wie in einer leeren Wohnung und versuchte verzweifelt, das beste herauszuholen. Er ließ den Schwanz herumflattern wie eine Flagge und nahm ihn dann wieder heraus, ohne den wahrhaft umfassenden Griff verspürt zu haben, der ihm die Eingeweide wärmte. Oder aber er mußte den Schwanz erst einmal mit Speichel benetzen, ehe er ihn einführte, und schieben, als wollte er unter dem Türspalt hindurch in ein verschlossenes Zimmer gelangen. Die allzu beengende Umgebung kniff ihn, und er schrumpfte, um überhaupt drinzubleiben. Und wenn das Mädchen etwa vor Vergnügen – oder gespieltem Vergnügen – herzhaft lachte, flog er sofort wieder heraus, denn das aufsteigende Gelächter machte alles nur noch enger.

Nachdem Madame dem Basken auf die Hose gestarrt hatte, erkannte sie ihn wieder und lächelte. Es traf sich nämlich, daß der Baske genauso ein Perfektionist war wie Madame. Sie wußte, daß er nicht einfach so zu bedienen war. Er hatte einen kapriziösen Schwanz, der rebellierte, wenn man ihm eine Briefkastenschlitzmöse bot. Er zog sich zurück, wenn er sich einem allzu engen Rohr gegenüber fand. Der Baske war ein Feinschmecker, ein Kenner weiblicher Schmuckkästchen. Sie mußten samtausgeschlagen und bequem, liebevoll und anschmiegsam sein. Madame blickte ihn lange an, länger als die meisten ihrer Kunden. Ihr gefiel der Baske, und zwar nicht wegen seines kurznasigen, fast klassischen Profils, seiner mandelförmigen Augen, seines glänzenden Ganges, seiner ungezwungenen Gesten. Er gefiel ihr nicht etwa wegen des roten Halstuches oder der keck und schief auf seinem Kopf sitzenden Mütze. Sie machte sich auch nichts aus der Erfahrung, die er offenbar mit Frauen hatte. Nein: Es ging ihr einzig und allein um sein königliches Gehänge, um dessen edle Ausmaße, dessen empfindliche, stets wache Reaktionsfähigkeit, dessen Freundlichkeit, dessen Herzlichkeit, dessen Großzügigkeit. Niemals hatte sie einen solchen Apparat gesehen. Manchmal legte er einfach seinen Schwanz auf den Tisch, als wäre er ein Geldbeutel, und klopfte damit, um ihre Aufmerksamkeit zu erregen. Er nahm ihn so selbstverständlich heraus, wie andere Männer den Mantel ausziehen, wenn ihnen warm geworden ist. Es sah jedesmal so aus, als fühlte sich sein Schwanz einfach nicht wohl, als behagte es ihm nicht, eingeschlossen zu sein, als müßte er ihn auslüften, als brauche der Schwanz sein Publikum.

Madames Schwäche war eben das Brunzzeug der Männer. Kamen sie zum Beispiel gerade aus dem *urinoir* und knöpften sich wieder zu, war ihr oft das Glück beschieden, den letzten Schimmer eines goldfarbenen oder dunkelbraunen oder am liebsten eines zugespitzten Schwanzes zu erhaschen. Auf den Boulevards wurde sie nicht selten mit dem Anblick nachlässig zugeknöpfter Männerhosen belohnt. Ihre scharfsichtigen Augen durchdrangen die dunkle Öffnung. Noch lieber hatte sie es, wenn sie einen Stadtstreicher beobachten konnte, wie er sich gegen eine Hauswand erleichterte und nachdenklich den Schwanz in der Hand wog, als sei es sein allerletztes Silberstück.

Man könnte meinen, Madame wäre vielleicht nicht in den intimeren Genuß dieses männlichen Anhängsels gekommen, aber dem war nicht so. Im Gegenteil: Wer ihr Haus frequentierte, fand sie durchaus appetitlich und wußte um ihre Vorzüge, verglichen mit denen der anderen Frauen, denn Madame konnte in der Tat einen wahrhaft köstlichen Saft für Liebesmahlzeiten produzieren, den andere Frauen meist nur durch Kunstkniffe aller Art zustandebrachten. Madame war befähigt, einem Mann die Illusion einer raffiniert bereiteten Mahlzeit zu vermitteln, etwas, in das sich gut beißen ließ und das doch feucht genug war, um jeden Mannes Durst zu löschen.

Wenn die Männer unter sich waren, redeten sie oft über die delikaten Soßen, in denen sie ihre muschelrosa Häppchen anrichtete und sie dann dicht verpackt anbot. Man brauchte nur ein paarmal bei dieser runden Muschel anzuklopfen, und schon erschien Madames einmalige Gewürzmischung. Ihre Mädchen konnten das nur ganz selten produzieren – einen Honig, der nach Muscheln duftete und der beim Eintritt in den weiblichen Alkoven jeden männlichen Besucher in Entzücken versetzte.

Der Baske fühlte sich wohl bei ihr. Es war lindernd, sättigend, warm, dankbar – ein Festmahl. Und für Madame war es ein Festtag, an dem sie ihr Bestes gab.

Der Baske wußte auch, daß es bei ihr kein langes Vorspiel brauchte. Den ganzen Tag lang hatte sie sich nämlich durch ihre forschenden, überallhin wandernden Augen vorbereitet und aufgeheizt, denn ihr Blick war niemals über oder unter die Mitte eines Manneskörpers gegangen. Er ruhte stets auf dem Niveau des Hosenschlitzes. Sie registrierte zerknitterte, allzu hastig nach einem Schnellschuß wieder zugeknöpfte oder sorgfältig gebügelte, noch nicht zerdrückte. Und dann die Flecke, oh, die Liebesflecke! Merkwürdige Spuren, die sie finden konnte, als suchte sie sie mit der Lupe. Dort zum Beispiel, wo der Mann die Hosen nicht ganz heruntergelassen hatte, oder aber dort, wo sein Schwanz in der Hitze des Gefechts im falschen Augenblick an seinen angestammten Platz zurückgekehrt war. Dann lag dort ein juwelenbesetzter

Fleck mit winzigen, glimmernden Partikeln wie geschmolzenes Mineral, der etwas Zuckriges hatte, das den Stoff verklebte. Ein schöner Fleck war das jedesmal, der Fleck der Lust: Er war entweder wie ein Parfüm, aus dem Springbrunnen des Mannes dort hingesprüht, oder aber von einer allzu leidenschaftlichen, sich krampfhaft festhaltenden Frau angeklebt worden. Madame hätte gerne dort begonnen, wo der Akt bereits vorüber war. Sie ließ sich leicht anstecken. Dieser kleine Fleck regte sie zwischen den Beinen auf. Bereits ein abgerissener Knopf gab ihr das Gefühl, sie hätte den Mann in ihrer Gewalt. Manchmal brachte sie, wenn sie sich in einer Menschenmenge befand, den Mut auf, die Hand auszustrecken und hinzulangen, zuzufassen. Dann stahl sich ihre Hand vor wie die eines versierten Taschendiebes. Sie war unglaublich geschickt dabei, sie fummelte nie herum, berührte nie eine falsche Stelle, sie ging schnurstracks unter die Gürtellinie, wo der Beutel mit seinen Billardkugeln und manchmal sogar noch einem aufrührerischen Stock lagen.

In Straßenunterführungen, wenn es dunkel und regnerisch war, oder auf den geschäftigen Boulevards oder aber bei Tanzfesten hatte Madame es sich zur Gewohnheit gemacht, Vermutungen anzustellen und zu den Waffen zu rufen. Wie oft wurde ihr Ruf beantwortet, wurden die Waffen ihrer vorbeistreichenden Hand präsentiert! Sie hätte es wahrhaft genossen, wenn ein ganzes Regiment aufmarschiert wäre, um ihr die einzigen Waffen zu präsentieren, mit denen es sie hätte erobern können. In ihren Träumereien sah sie das Regiment, sie war der General, der die Parade abnahm, sie dekorierte die langen, die schönen Waffen und stellte sich bewundernd vor jeden so Ausgezeichneten. Hätte sie doch nur Katharina die Große sein können, um diesen Anblick mit einem Kuß ihres gierigen Mundes – nur auf die Spitze – belohnen zu dürfen, nur um die erste Träne der Lust hervorzuzaubern!

Madames größtes Vergnügen war die Parade eines schottischen Regiments gewesen, die an einem lauen Frühlingsvormittag stattgefunden hatte. Sie befand sich gerade in einem *bistro*, um einen Apéritif zu nehmen, als sie hörte, wie von den schottischen Soldaten die Rede war. Ein Mann hatte gesagt: »Sie üben ihn von Jugend an, diesen ganz speziellen Gang. Sehr schwierig, sehr schwierig. Dazu gehört ein *coup de fesse*, ein Arschschwenk, damit der *sporran*, die an entscheidender Stelle getragene, verzierte Ledertasche, genau richtig schwingt. Schwingt er nicht richtig, hat der Mann versagt. Diese Gangart ist schwerer zu erlernen als der *pas* eines Ballettänzers.«

Madame nahm es in sich auf und überlegte: Jedesmal, wenn der *sporran* schwingt und der Schottenrock schwingt, nun, dann müssen die übrigen Anhängsel mitschwingen, oder? Ihr altes Herz war gerührt. Schwing. Schwing. Und alles aufeinander abgestimmt. Ein perfektes Regiment. Wie gerne wäre sie einer solchen Truppe gefolgt, ganz gleich, in welcher Eigenschaft. Eins, zwei, drei. Der bloße Gedanke hatte sie erregt. Und dann fügte der Mann an der Bar auch noch hinzu: »Und wissen Sie auch, daß sie nichts darunter tragen?«

Sie trugen also nichts darunter! Diese stämmigen, aufrechten, wackeren Männer! Erhobenen Hauptes marschierten sie, den Blick geradeaus, sie warfen die nackten, muskulösen Beine voran, sie trugen Röcke – das machte sie in der Tat so anfällig wie eine Frau. Wackere Männer, und doch verführerisch wie eine Frau und dazu noch nackt unter ihren Röcken. Madame wünschte, sie wäre ein Pflasterstein, auf den man treten konnte, sie wünschte, ihr würde ein Blick unter den kurzen Rock auf den verborgenen *sporran* gewährt, der mit jedem Schritt mitschwang. Madame fühlte sich beengt. Im *bistro* war es zu warm geworden. Sie mußte an die frische Luft.

Sie stellte sich an den Straßenrand und wartete auf den

Vorbeimarsch. Jeder Schritt des Schottenregiments war wie ein Schritt in ihren eigenen Körper, so schwang sie mit. Eins, zwei, drei. Ein Tanz auf ihrem Bauch, wild und rhythmisch, der pelzbesetzte *sporran* schwang auch mit wie ein Busch. In Madame war eine Julihitze aufgestiegen. Nur ein Gedanke beseelte sie jetzt: Sie mußte sich einen Weg bahnen, in die vorderste Reihe. Dort sank sie in die Knie und fingierte eine Ohnmacht. Aber alles, was sie aus dieser Stellung erkennen konnte, waren Beine, die unter den karierten Faltenröcken verschwanden. Später, am Knie des Polizisten lehnend, verdrehte sie die Augen, als bekäme sie einen Anfall. Wenn doch der Zug kehrtmachen und über sie hinwegmarschieren würde!

So trocknete Madames Honigseim nie aus. Er wurde regelmäßig erneuert. Am Abend war dann ihr Fleisch so zart, als wäre es den ganzen Tag über auf kleiner Flamme geköchelt worden.

Ihr Blick wanderte von den Freiern zu den Frauen, die für sie arbeiteten. Auch deren Gesichter interessierten sie nicht, sondern nur ihre Figuren unterhalb der Taille. Sie gebot ihnen, sich umzudrehen, sie gab ihnen einen kleinen Klaps auf den Popo, um die Konsistenz des Fleisches zu erproben; dann erst durften sie ihre kurzen Hemdchen anziehen.

Sie wußte, daß Mélie sich wie ein Seidenband um einen Mann rollen und ihm das Gefühl geben konnte, als liebkosten ihn mehrere Frauen. Sie wußte, daß die Träge, die so tat, als schliefe sie, schüchternen Freiern Dinge gestattete, die sie sich bei keiner anderen Frau herausgenommen hätten, denn sie ließ sich betasten, manipulieren, untersuchen, als wäre nichts dabei. In den Falten ihres üppigen Körpers lagen all ihre Geheimnisse versteckt. Nichtsdestoweniger gestattete es ihre Trägheit, daß sie von wißbegierigen Fingern enthüllt wurden.

Madame wußte auch, daß die Schlanke, Feurige Männer angriff und ihnen das Gefühl vermittelte, ihre Opfer zu sein. Männer, die sich schuldig fühlten, kamen zu ihr. Sie ließen sich von ihr vergewaltigen, denn das besänftigte ihr schlechtes Gewissen. Sie konnten nachher ihren Ehefrauen beichten und berichten: Sie hat sich über mich geworfen, hat sich mir aufgedrängt, oder so ähnlich. Sie legten sich einfach zurück, und nun setzte die Schlanke sich auf sie wie ein Pferd und gab ihnen die Sporen durch den Druck ihrer Schenkel; dann galoppierte sie über die steifen Schweife oder aber verfiel in einen gemächlichen Trab oder aber machte ausladende Schritte. Sie drückte dabei ihre kräftigen Knie in die Flanken ihrer gebändigten Opfer. Wie ein Herrenreiter hob sie sich elegant im Sattel, um sich dann wieder fallen zu lassen. Sie konzentrierte ihr ganzes Gewicht auf die Körpermitte und versetzte dabei, von Zeit zu Zeit, dem Mann mit der flachen Hand einen Klaps, wie um sein Tempo zu steigern und um zwischen ihren Schenkeln mehr Pferdestärke zu spüren. Wie sie dieses Tier zu reiten verstand, wie ihre Beine ihm die Sporen gaben, wie sie ihr Pferd mit ihrem hochgebogenen Körper anfeuerte, bis ihm Schaum vor dem Mund stand! Zum Schluß peitschte sie es mit wilden Rufen und Schlägen, um es immer schneller ins Ziel zu treiben.

Madame wußte, welche Reize Viviane, die Südfranzösin, hatte. Ihr Fleisch schwelte wie glühende Asche, so daß selbst die kühlste Haut sich an ihr erwärmte. Sie verstand die Kunst, den Fick hinauszuzögern. Zuerst setzte sie sich auf ihr Bidet, für die Waschzeremonie. Mit gespreizten Beinen thronte sie auf dem kleinen Sitz, ihre üppigen Hinterbacken quollen über den Rand. Sie besaß zwei riesige Grübchen am Steißbein, ein paar goldbraune Hüften, breit und fest wie die Kruppe eines Zirkuspferdes. Wenn sie so dasaß, schwollen die Kurven. Hatte der Mann genug von ihrer Rückansicht, durfte er sie von vorne betrachten und zusehen, wie sie ihren Busch und ihre Oberschenkel mit Wasser bespritzte, wie sie sorgfältig die Lippen teilte und sie dann mit Seife beschäumte. Überall war weiße Seifensahne; dann wurde sie sorgfältigst abgespült. Die Lippen erschienen rosig glänzend. Manchmal untersuchte sie sie in aller Ruhe. Hatte sie tagsüber allzu viele Freier gehabt, waren sie leicht geschwollen. Der Baske mochte das sehr. Sie tupfte sich dann ein wenig behutsamer ab, um die Schwellung nicht unnötig zu reizen.

An einem solchen Tag war der Baske gekommen, weil er dachte, er könnte von diesem Umstand profitieren. Meist war Viviane lethargisch, träge, gleichgültig. Sie bot ihren Körper an wie ein Rubensmodell, das seine überwältigenden Kurven, seinen Festpopo malen ließ. Sie legte sich auf die Seite und bettete den Kopf auf den Oberarm. Es schien, als dehnte sich ihr Fleisch mit seinen Kupfertönen aus, als wäre es gepeinigt von einer unterschwelligen Lust, als reagierte es auf eine unsichtbare Liebkosung. Solcherart bot sie sich an: üppig, wollüstig, aber ganz verhalten. Sie reagierte nicht, und die meisten Männer versuchten auch nicht, sie zu erregen. Voller Verachtung wandte sie den Mund ab von ihnen. Gleichzeitig aber bot sie den Körper um so freimütiger an. Aber sie blieb bei allem ganz unbeteiligt. Die Männer durften ihre Schenkel spreizen und sie nach Herzenslust anstarren. Aber sie konnten ihr keinen Saft entlocken. Befand sich jedoch ein Mann erst einmal in ihr, tat sie, als flösse ein siedendheißer Lavastrahl in sie. Sie wand sich viel heftiger als Frauen, die Lust empfinden, sie übertrieb, um Echtes vorzutäuschen. Sie schlängelte sich wie eine Python und zappelte, als würde sie angesengt oder verprügelt. Ihre kräftige Muskulatur gab ihren Bewegungen eine Stärke, die die tierischsten Instinkte wachrief. Die Männer rangen mit ihr, um sie festzunageln, um den orgiastischen Tanz, den sie aufführte, zu beenden. Dann lag sie, plötzlich und ganz unerwartet, still. Die Wirkung davon war, daß es die Männer abkühlte und den Höhepunkt hinauszögerte. Sie war wieder zu einem Bündel passiven Fleisches geworden. Wenn dieses Stadium erreicht war, nahm sie den Schwengel in den Mund, als nuckelte sie sanft am Daumen, ehe sie einschlief. Das reizte die Männer wieder, die sie nun streichelten und erregen wollten. Sie ließ es geschehen, blieb aber unbeteiligt.

Der Baske nahm sich Zeit und verfolgte Vivianes zeremonielles Waschen. Heute waren es viele Freier gewesen, ihre Möse war gerötet. Aber einerlei, wie gering die Geldsumme war, die man für sie auf den Tisch legte, niemals, so hieß es, wäre Viviane nicht bereit gewesen, einem Mann Befriedigung zu verschaffen.

Nun waren die großen, üppigen Lippen, an denen sich allzu viele gerieben hatten, geschwollen. Viviane hatte leichte Temperatur. Der Baske war sehr zuvorkommend. Er legte sein kleines Geschenk auf den Tisch und zog sich aus. Er versprach, ihr Balsam, ihr Verband, ihr Polster zu sein. Soviel Zartgefühl verführte sie, und sie wurde unachtsam. Der Baske behandelte sie so wissend, als wäre er eine Frau. Ein kleiner Tupfer hier, um die Schwellung zu lindern, das Fieber zu senken. Ihre Haut war dunkel wie die einer Zigeunerin, glatt und makellos. Seine Finger waren sanft. Er legte ihr den Schwanz wie ein Spielzeug auf den Bauch, damit sie ihn bewunderte. Er antwortete, dieser Schwanz, wenn man ihn ansprach. Ihr Bauch vibrierte unter seinem Gewicht, hob sich ein wenig, um ihn besser zu spüren. Da der Baske sich aber nicht anschickte, sein Spielzeug dorthin zu bewegen, wo es geschützt und geborgen wäre, wurde Viviane leichtsinnig.

Der Egoismus anderer Männer, ihr rücksichtsloses Begehren, die Lust, nur sich selbst zu befriedigen, hatten sie mißtrauisch gemacht. Dagegen war der Baske ein Kavalier. Er verglich ihre Haut mit Seide, ihr Haar mit Moos, ihren Geruch mit dem Duft erlesener Hölzer. Dann legte er seinen Schwanz an die Öffnung ihrer Möse und fragte besorgt: »Tut es noch weh? Ich werde ihn draußenlassen, wenn es dir weh tut.«

Soviel Besorgnis rührte Viviane. Sie antwortete: »Es tut zwar noch ein bißchen weh, aber versuch's mal.«

Er ging behutsam, zentimeterweise vor. Jedesmal erkundigte er sich: »Tut es dir weh?« und bot ihr an, ihn zurückzuziehen. Nun war Viviane diejenige, die ihn drängte. »Nur mit der Spitze, bitte. Versuch's nochmal.«

Also schlüpfte die Spitze ein wenig tiefer hinein und blieb dort. Dieses gab Viviane genug Zeit, sich mit seiner Anwesenheit in ihr vertraut zu machen, Zeit, welche ihr die anderen Männer noch nie gelassen hatten. Zwischen jedem Zentimeter des Eindringens hatte sie genug Zeit, sich zu vergewissern, wie heilend und wohltuend es war, diesen Schwanz zwischen den fleischigweichen Wänden ihrer Möse zu spüren, wie gut er hineinpaßte, wie es weder zu eng noch locker war. Und wieder hielt er inne, wartete, schob ein wenig vor. Viviane hatte Zeit, sich ganz darauf zu konzentrieren, wie schön es war, randvoll ausgefüllt zu sein, zu fühlen, wie ausgezeichnet dieser weibliche Ofen fürs Festhalten, ja fürs Behalten geschaffen war. Wie gut war es doch, dort etwas zu bergen, sich gegenseitig zu wärmen, die Säfte zu vermischen. Wieder bewegte er sich. Oh, diese Spannung, dieses Gefühl der Leere, wenn er zurückzog – ihr Fleisch welkte jedesmal. Sie machte die Augen zu. Sein behutsames Hineingleiten erzeugte in ihr einen Strahlenkranz. Unsichtbare Ströme kündeten eine Explosion in den Tiefen ihres Schoßes an. Es war, als ob etwas modelliert wurde, um sich dem weichwandigen Tunnel anzupassen und um dann von seinen hungrigen Tiefen und Taschen ganz und gar verschlungen zu werden, dort, wo rastlos vibrierende Nervenenden lauerten. Ihr Fleisch wurde immer nachgiebiger. Er drang weiter vor.

»Tut es weh?« Er nahm ihn naßglänzend heraus. Sie war enttäuscht, wollte ihm aber nicht gestehen, daß sie dann jedesmal nahezu trocken wurde.

Nun aber bettelte sie: »Bitte, steck ihn wieder rein. Es war so süß.«

Er schob ihn halbwegs hinein. Sie konnte ihn spüren, aber noch nicht umklammern, festhalten. Es hatte den Anschein, als wollte er ihn eine Ewigkeit auf halbem Wege lassen. Instinktiv wollte sie sich ihm entgegenbäumen, doch sie hielt sich zurück. Das von ihm nicht berührte Fleisch brannte, wenn er in seine Nähe kam. In der Tiefe ihres Schoßes war Fleisch, das nach Durchbohrung lechzte. Es stülpte sich einwärts, es öffnete sich wieder. Die schmelzenden, fleischigen Wände bewegten sich wie die Fangarme von Seeanemonen: Sie wollten den Stengel wie fleischfressende Pflanzen einsaugen, aber er kam nur nahe genug, um Stöße peinigender Begierde durch sie zu jagen. Wieder bewegte sich der Baske und beobachtete derweil ihr Gesicht. Dann sah er, wie sich ihr Mund öffnete. Sie wollte sich ihm entgegenbäumen, um ihn in sich zu begraben, aber sie zögerte. Diese langsame stetige Reizung hatte sie fertiggemacht, sie war fast hysterisch. Noch einmal öffnete sie den Mund, als wäre er Abbild ihrer offenen Möse. Und jetzt erst stieß er ganz tief in sie hinein und spürte ihr orgastisches Pulsieren.

Und so hatte der Baske Bijou entdeckt: Eines Tages, als er wieder einen Besuch in dem Bordell machte, begrüßte ihn eine fast hinschmelzende Madame und teilte ihm mit, daß Viviane zu tun hätte. Sie bot sich selbst als Trostpreis an, es war beinahe, als sei er ein betrogener Ehemann. Aber der Baske wollte lieber warten. Madame ließ nicht ab von ihm, sie streichelte und liebkoste ihn. Schließlich sagte der Baske: »Kann ich zusehen?«

Jedes Zimmer war so beschaffen, daß Voyeure durch eine verborgene Öffnung alles mit ansehen konnten. Hin und wieder amüsierte es den Basken, Viviane bei der Arbeit zuzusehen. Madame nahm ihn mit und versteckte ihn hinter einem Vorhang.

Im Zimmer waren vier Personen: ein gut gekleideter Ausländer, seine Begleiterin und zwei Frauen, die auf einem breiten Bett lagen.

Viviane, groß und brünett, hatte sich mit gespreizten Beinen auf dem Bett ausgestreckt. Über ihr, auf Händen und Knien, war ein herrliches Wesen mit elfenbeinfarbener Haut und langem, dichtgelocktem Haar. Ihre Brüste waren straff, ihre Taille außergewöhnlich schmal und die Hüften darunter ausladend üppig. Sie war gebaut, als hätte ein Korsett sie modelliert. Ihr Körper war fest und von einer marmornen Glätte. Es gab nichts Schlaffes oder Loses, nur geballte Kraft, wie die Kraft eines Pumas. Ihre Gesten äußerten sich vehement, wie die Gebärden einer Spanierin. Das war Bijou.

Die beiden Frauen paßten wunderbar zueinander; sie hielten sich nicht zurück, noch taten sie sentimental. Beide waren aktiv, beide lächelten ironisch, verdorben.

Der Baske war nicht sicher, ob sie Theater spielten oder ob sie tatsächlich Spaß hatten, so überzeugend war ihre Vorstellung. Die Besucher waren wohl gekommen, um einen Mann und eine Frau beim Liebesspiel zu sehen. Dies war Madames Kompromiß: Bijou hatte sich einen Godemiché umgeschnallt, der den Vorzug besaß, niemals zu erschlaffen. Einerlei, was sie tat, der Gummipeter stak hervor aus ihrem Busch, als hätte ihn eine immerwährende Erektion dort festgenagelt.

Über Viviane kauernd ließ Bijou den künstlichen Schwanz nicht etwa der anderen in die Fotze gleiten, sondern hatte ihn zwischen die Beine ihrer Partnerin gesteckt und bewegte ihn, als butterte sie Milch. Viviane zuckte mit den Beinen, wie wenn ein richtiger Mann sie ritt. Aber das war nur der Anfang von Bijous Spiel; es hatte den Anschein, als ob sie Viviane den künstlichen Ständer nur äußerlich spüren lassen wollte. Sie gebrauchte ihn wie einen Türklopfer und pochte sanft damit an Vivianes Pforte. Dann fuhr sie ihr mit ihm durchs Schamhaar und kitzelte ihr den Kitzler, der inzwischen leicht hervorgetreten war. Wenn dies geschah, zuckte Viviane merkbar zusammen; Bijou tat es noch einmal. Und wieder zuckte Viviane. Die fremde Frau hatte sich vornüber gebeugt, als wäre sie kurzsichtig, als wollte sie das Geheimnis dieser empfindlichen Reaktionen ergründen. Viviane strampelte vor Ungeduld, spreizte ihre Beine und hielt Bijou ihre Fotze entgegen.

Hinter dem Vorhang stand der Baske und mußte über Vivianes Verstellungskünste lächeln. Der Mann und die Frau waren wie hypnotisiert. Sie hatten sich mit aufgerissenen Augen neben das Bett gestellt. Bijou drehte sich zu ihnen um und fragte: »Wollen Sie zusehen, wie wir uns lieben, ohne uns dabei anzustrengen?«

»Dreh dich um«, befahl sie Viviane. Viviane legte sich auf ihre rechte Seite. Bijou streckte sich hinter ihr aus und hakte ihre Füße um Viviane. Viviane schloß die Augen. Dann machte sich Bijou mit beiden Händen Platz für ihren Eintritt, spreizte das dunkle Fleisch von Vivianes Arschbacken, um den Gummipeter hineinzuschieben. Viviane rührte sich nicht und ließ Bijou zustoßen. Dann aber schlug sie aus wie ein Pferd. Bijou gab vor, sie dafür zu bestrafen, und zog zurück. Der Baske konnte erkennen, daß der Gummipeter fast wie ein echter Schwanz glänzte.

Wieder reizte Bijou. Sie spielte mit der Spitze des Gummigliedes an Vivianes Lippen, kitzelte ihre Ohren, ihren Hals, legte ihn ihr zwischen die Brüste. Viviane preßte ihre Titten zusammen, um ihn dort festzuhalten. Sie stemmte sich Bijous Körper entgegen, wollte sich an ihm reiben, aber Bijou wich zurück, denn es hatte den Anschein, als würde Viviane die Beherrschung verlieren. Auch der Mann, der sich über die beiden gebeugt hatte, war nun so geil, daß er sich augenscheinlich auf die beiden Frauen werfen wollte. Seine Begleiterin hielt ihn zurück, obwohl auch ihr Gesicht lustvoll verzerrt war.

Dann kam der Baske aus seinem Versteck heraus. Er verbeugte sich und sagte: »Sie wollten einen Mann sehen... gut, hier ist er.« Er zog sich aus. Viviane blickte dankbar zu ihm auf. Dem Basken war nicht verborgen geblieben, wie scharf sie war. Zwei potente Männer würden sie eher befriedigen als diese spielerische, flüchtige, künstliche Männlichkeit. Er warf sich zwischen die beiden Frauen. Nun bot sich dem Besucherpaar überall etwas Aufregendes. Ein Hintern wurde gespreizt, ein neugieriger Finger fuhr ins Loch; ein Lippenpaar schloß sich um einen steifen, gebieterischen Ständer. Ein anderer Mund hatte sich an einer Brustwarze festgesaugt. Gesichter wurden unter Brüsten begraben oder wühlten in einem Busch. Ein glänzendnasser Schwanz kam zutage und stieß wieder in Fleisch. Elfenbeinfarbene und Zigeunerhautglieder flochten sich um den muskulösen Männerkörper.

Dann passierte etwas Seltsames: Bijou lag ausgestreckt unter dem Basken. Viviane schien vergessen. Der Baske kauerte sich über die Frau, die unter ihm aufgeblüht war wie eine Treibhauspflanze: duftend, feucht, mit Schlafzimmeraugen und nassen Lippen, ein Prachtweib, reif und sinnlich. Aber der Gummischwanz ragte immer noch steif zwischen ihnen hoch. Der Baske hatte ein seltsames Gefühl, als das Ding gegen seinen Schwanz stieß und Vivianes Loch verteidigte wie ein Speer. Darum sagte er ein wenig irritiert: »Schnall ihn ab.« Sie ließ ihre Hände nach hinten gleiten, öffnete den Gürtel und nahm den Godemiché ab. Der Baske warf sich auf sie, aber sie hatte den Gummipeter nicht losgelassen und hielt ihn über den Arsch des Mannes, als sie ihn packte; der Baske hatte sich in sie hineingegraben. Aber als er sich aufbäumte, um erneut in sie zu fahren, hieb sie ihm den Godemiché zwischen die Arschbacken. Er zuckte hoch wie ein wildes Tier und stieß um so heftiger in sie. Jedesmal, wenn er sich bäumte, erhielt er einen Stoß von hinten. Er spürte die Brüste der unter ihm liegenden Frau, fühlte, wie sie sich unter ihm wand, spürte, wie ihr elfenbeinerner Bauch sich unter ihm hob, wie sie ihr Becken gegen seines drückte, wie ihre feuchte Möse ihn ganz und gar aufsog. Jedesmal, wenn sie den Gummikerl in ihn hineinstieß, fühlte er nicht nur seine eigene, sondern auch ihre Erregung. Zuweilen dachte er, die doppelte Reizung müßte ihm den Verstand rauben. Viviane lag daneben und sah sich alles mit an. Der Besucher und seine Frau warfen sich angezogen über sie. Wie Wahnsinnige rieben sie sich an ihr; sie waren viel zu verzückt, um eine Öffnung zu finden.

Der Baske glitt hinein und hinaus. Das Bett schwankte. Sie wollten darüber, klammerten sich aneinander, bogen sich, füllten alle Kurven aus. Die Liebesmaschine, genannt Bijou, verströmte Honig. Wellen der Lust rollten von ihren Haarwurzeln bis hinunter zu ihren Fußspitzen. Die Zehen suchten die des anderen, Zungen traten hervor wie Blütenstempel. Bijous Lustschreie stiegen in nicht endenwollenden Spiralen empor, aih, ah, aiih, ah. Sie dehnten sich, wurden noch unbändiger. Auf jeden Schrei reagierte der Baske mit einem neuen Stoß. Sie bemerkten die neben ihnen verknäuelten Körper nicht mehr. Er mußte sie einfach bis zum Gehtnichtmehr, bis zum Auslöschen besitzen – Bijou, die Hure, das Weib mit den tausend Fangarmen und Tentakeln auf seinem Körper, erst unter ihm liegend, dann über ihm und gleichzeitig in ihm mit ihren allgegenwärtigen Fingern, mit ihren Brüsten in seinem Mund.

Zum Schluß schrie sie hemmungslos auf, als würde er sie ermorden. Sie sank zurück. Der Baske hatte sich erhoben. Er war berauscht, er brannte. Seine Lanze war immer noch hart, wie entzündet. Die unordentlichen Kleider der fremden Frau erregten ihn. Er konnte ihr Gesicht nicht sehen, das sie unter ihren hochgehobenen Röcken verborgen hatte. Der Mann hatte sich auf Viviane geworfen und bearbeitete sie. Die Frau lag über beiden und strampelte mit den Beinen. Der Baske ergriff die Beine und wollte die Frau nehmen. Sie schrie auf, wälzte sich vom Bett und keuchte: »Ich wollte doch nur zusehen.« Sie strich sich ihre Röcke glatt, der Mann ließ von Viviane ab. Zerzaust und unordentlich wie sie waren, verbeugten sie sich irritiert und gingen.

Bijou setzte sich auf und lachte, ihre Mandelaugen waren verschleiert. Der Baske sagte: »Haben wir ihnen nicht eine gute Vorstellung geliefert? Zieh dich an und komm mit mir. Ich nehme dich mit zu mir. Ich will dich malen. Und Madame bezahle ich, was immer sie verlangt.«

Und er nahm sie zu sich in seine Wohnung.

Falls Bijou aber glaubte, der Baske hätte sie zu sich genommen, um sie ganz ausschließlich zu besitzen, dann hatte sie sich geirrt. Es dauerte nicht lange, bis sie erkannt hatte, daß er sie eigentlich nur als Modell gebrauchte. Meistens kamen abends seine Künstlerkollegen zum Essen, und Bijou mußte für sie kochen. Nach dem Abendessen hatte sie sich auf den Diwan im Atelier zu legen, während seine Freunde herumsaßen und miteinander plauderten. Er setzte sich neben Bijou und streichelte sie. Seine Freunde konnten nicht umhin, es zu beobachten. Automatisch fuhr er mit der Hand um ihre üppigen Brüste. Bijou hielt still, wie in einer Art Trance. Der Baske berührte den Stoff ihres Kleides, als wäre es ihre Haut. Sie trug immer enganliegende Sachen. Seine Hand registrierte alles, teilte kleine Klapse aus, liebkoste, umkreiste ihren Schoß. Plötzlich kitzelte er sie, daß sie zusammenzuckte. Dann knöpfte er ihr das Kleid auf, holte eine Brust heraus und sagte zu seinen Freunden: »Habt ihr schon mal ein solches Prachtexemplar gesehen? Schaut her!« Sie taten es. Der eine rauchte, der zweite skizzierte Bijou, der dritte sagte gerade etwas – aber alle sahen hin. Die prachtvoll geformte Brust lag auf dem schwarzen Kleid, als sei sie aus altem, elfenbeinfarbenem Marmor. Der Baske kniff sie in die Brustwarze, daß sie rot wurde. Dann schloß er ihr Kleid wieder. Nun strich er ihr die Beine entlang und fuhr ihr mit der Hand unter den Rock bis hinauf zu den straffen Strumpfbändern. »Sind sie nicht ein wenig zu straff, zu eng für dich? Sehen wir doch nach. Haben sie einen roten Streifen gelassen?« Er hob den Rock hoch und entfernte das Strumpfband. Als Bijou dazu das Bein hob, zeigte sie den Männern die ebenmäßigen Linien ihrer Schenkel oberhalb des Strumpfbandes. Dann schob sie den Rock wieder herunter. Der Baske liebkoste sie. Bijous Augen verschleierten sich, als sei sie betrunken. Weil sie sich aber nun für die Ehefrau des Basken hielt, die sich in Gegenwart seiner Freunde befand, glaubte sie, es wäre schicklich, sich jedesmal, wenn er sie entblößt hatte, wieder zu bedecken. Sie versteckte also jedes neue Geheimnis, das er enthüllt hatte, wieder unter den schwarzen Falten ihres Kleides.

Sie streckte die Beine aus und streifte die Schuhe ab. Die erotischen Signale, die ihre Augen aussandten, das Licht, das ihre dichten Wimpern nicht ganz abschirmen konnte – sie fuhren über die Körper der anwesenden Männer wie ein Waldbrand.

An Abenden wie diesem wußte Bijou, daß der Baske ihr nicht etwa Freude bereiten, sondern sie nur quälen wollte.

Er gab sich erst dann zufrieden, wenn er eine Veränderung, ja ein Abwenden in den Zügen seiner Freunde bewirkt hatte. Er zog an dem seitlichen Reißverschluß ihres Kleides und ließ die Hand hineingleiten. »Du trägst ja heut kein Höschen, Bijou.« Dann folgten die Blicke der Männer der Hand unter dem Kleid; wie sie den Bauch streichelte und tiefer glitt in Richtung der Schenkel. Er hielt inne und zog die Hand zurück. Sie sahen zu, wie die Hand wieder aus dem schwarzen Kleid hervorkam und den Reißverschluß hochzog...

Bijou sann auf Rache, sie hielt sich für berechtigt auszugehen, wann sie es wollte. Der Baske hatte durch seine grausam-lüsternen Spielchen ein Übermaß an sexueller Spannung in ihr erzeugt. Er gab sich nicht immer die Mühe, Bijou zu befriedigen. Aus dieser Zeit stammten ihre Seitensprünge; sie waren jedoch so geschickt eingefädelt und so diskret arrangiert, daß der Baske niemals dahinterkommen konnte. Bijou holte sich ihre Freunde in der *Grande Chaumière,* wo sie als Aktmodell arbeitete. An kalten Tagen zog sie sich nicht etwa hastig und verstohlen aus, wie die anderen Modelle, dicht bei dem Ofen, der nahe des Podests stand, sondern sie hatte daraus eine Art Striptease gemacht.

Als erstes löste sie ihr wildes Haar und schüttelte es wie eine Mähne. Dann knöpfte sie den Mantel auf. Sie tat es langsam und zärtlich. Dabei ging sie nicht etwa sachlich vor, sondern sie tat es wie eine Frau, deren Hände der Körperkontur nachfuhren und sie, dankbar für ihre Vollkommenheit, abtasteten. Das unvermeidliche schwarze Kleid klebte an ihr wie eine zweite Haut. Es ließ sich auf verblüffende Weise ausziehen. Eine Geste ließ es von den Schultern auf Bijous Brüste fallen. Weiter ging es nicht. Der Augenblick war gekommen, da Bijou ihren Taschenspiegel herausnahm und ihr Gesicht und ihre Wimpern prüfte. Dann zog sie an dem Reißverschluß, so daß das Kleid ihren Oberkörper enthüllte und die beginnende Kurve ihres Bauchs freigab. Inzwischen hatten die Studenten sie verstohlen hinter ihren Staffeleien beobachtet. Auch die Studentinnen konnten die Augen nicht von Bijous sinnlichem Kőrper wenden, der jetzt aus dem Kleid hervortrat – makellose Haut, sanfte Konturen, straffes Fleisch – es hypnotisierte alle. Und dann hatte Bijou eine Art, sich zu lockern, ihre Muskeln zu entspannen; es war, als ob eine Katze zum Sprung ansetzte. Dieses Schütteln, das durch ihren ganzen Körper ging, ließ die Brüste tanzen, als täte man ihnen Gewalt an. Dann faßte sie den Saum ihres Kleides und hob ihn langsam über die Schultern. Jedesmal gab es einen spannenden Moment, wo es den Anschein hatte, als hätte sich irgend etwas in ihrem langen Haarschopf verfangen. Niemand kam ihr zu Hilfe, alle saßen da, wie erstarrt vor Erwartung. Der Körper, der nun offenbart wurde, war haarlos und völlig nackt. Sie stand vor der Klasse, die Beine gespreizt, um nicht das Gleichgewicht zu verlieren. Sie wußte, welche Wirkung ihr sinnlicher, üppiger, überwältigend weiblicher Körper hatte. Die breiten schwarzen Strumpfbänder saßen sehr hoch. Sie trug schwarze Strümpfe und, wenn es regnete, hohe Lederstiefel – Männerstiefel. Dann bückte sie sich, um die Stiefel abzustreifen. In dieser Stellung war sie jedem, der sich näherte, ausgeliefert. Natürlich war das für die Studenten eine große Versuchung. Manchmal machte einer eine Bewegung, als wollte er ihr zu Hilfe kommen, aber sie stieß mit den Füßen nach ihm, sie hatte ihn durchschaut. Sie schüttelte sich wie beim Liebesspiel. Schließlich war sie fertig. Die Studenten hatten sich satt gesehen. Sie hob ihre üppigen Brüste, lockerte ihr wirres Haar. Manchmal wurde sie gebeten, die Stiefel anzubehalten, aus denen ihr elfenbeinerner Kőrper wie eine

Blume zu wachsen schien. Eine Welle der Begierde überrollte die gesamte Malklasse.

Stand sie erst einmal auf dem Podest, wurde sie zum Modell, und die Schüler wieder zu angehenden Malern. Fand sie jemanden, der ihr gefiel, fixierte sie ihn mit ihrem Blick. Sie hatte keine andere Gelegenheit, ein Rendezvous einzuleiten, denn der Baske holte sie meist jeden Nachmittag am Schluß der Sitzung ab. Der ausgewählte Student verstand jedoch ihren Blick. Er bedeutete: Ja, sie würde sich in dem nahe gelegenen Café mit ihm treffen, ja, er könnte sie zu einem Drink einladen. Diejenigen, die Bescheid wußten, wußten auch, daß dieses Café zweistöckig war. Abends wurde die obere Etage von Kartenspielern frequentiert, nachmittags aber war dort niemand. Nur Liebespaare kannten die Gelegenheit. Der jeweilige Student und Bijou gingen die paar Stufen hinauf und folgten dem Hinweisschild *lavabos*. Sie kamen in einen halb im Dunkel liegenden Raum voll von Spiegeln, Tischen und Stühlen.

Bijou bestellte die Drinks und räkelte sich auf der mit Leder bezogenen, engen Sitzbank. Der junge Student, den sie auserkoren hatte, zitterte vor Nervosität. Ihr Körper verströmte eine Hitze, wie er sie noch nie vorher verspürt hatte. Er ließ sich über ihren Mund fallen. Sein klarer Teint und seine schönen Zähne gefielen ihr sehr. Sie öffnete den Mund und gab ihm die Zunge. Sie kämpften miteinander auf der langen, schmalen Bank, denn er wollte so viel als möglich von ihrem Körper mit den Händen spüren. Zur gleichen Zeit hatte er Angst, sie könnte sagen: »Halt! Jemand könnte die Treppe heraufkommen.«

Die vielen Spiegel warfen zurück, was sich auf der Bank abspielte: Ihr Gerangel, Bijous hochgerutschtes Kleid, das zerzauste Haar. Die Hände des Studenten waren überall, wurden immer kühner. Dann hockte er sich unter den Tisch und hob ihren Rock hoch. Prompt sagte sie: »Halt!

Jemand könnte die Treppe heraufkommen.« Er erwiderte: »Laß sie doch. Man kann mich ja nicht sehen.« Gewiß, dort, wo er war, unter dem Tisch, war er verborgen. Sie rutschte vorwärts und stützte das Gesicht in die Hände, als träumte sie. Der junge Student lag auf den Knien und hatte den Kopf unter ihrem Rock vergraben.

Sie schien willenlos und überließ sich seinen Küssen und Liebkosungen. Wo sie den Rasierpinsel des Basken gespürt hatte, fühlte sie nun die Zunge des jungen Mannes. Sie fiel vorwärts, als hätte Entzücken sie überwältigt. Dann aber hörten sie tatsächlich Schritte, der Student kam auf die Füße und setzte sich schnell neben sie. Um seine Verwirrung zu tarnen, küßte er sie. Der Kellner fand sie in dieser Umarmung, stellte die Gläser auf den Tisch und ging schleunigst wieder. Bijous Hände hatten sich inzwischen in die Kleidung des Studenten gewühlt, der sie mit solcher Leidenschaft küßte, daß sie seitwärts auf die Bank fiel und er auf ihr lag. »Komm doch auf mein Zimmer«, flüsterte er. »Es ist nicht weit von hier. Bitte komm.«

»Es geht nicht«, antwortete Bijou. »Ich werde bald abgeholt.«

Danach ergriff jeder des anderen Hand und legte sie dorthin, wo sich ihre Lust pochend konzentriert hatte. Sie saßen vor ihren Getränken, als unterhielten sie sich, aber in Wirklichkeit streichelten sie sich unterhalb der Tischplatte. In den Spiegeln sah es so aus, als wollten sie gerade in Tränen ausbrechen; ihre Gesichter verzerrt, ihre Lippen bebten, sie blinkten mit den Augen. Ihre Gesichtszüge reflektierten die Handbewegungen. Zeitweise sah es aus, als täte man dem jungen Mann sehr weh, als ränge er nach Luft.

Dann aber kam ein zweites Pärchen die Treppe herauf und störte sie. Sie mußten sich wieder küssen wie ein schlichtes romantisches Liebespaar.

Der junge Student war außerstande, seinen Zustand

länger zu verbergen, und ging weg, um sich irgendwo zu erleichtern. Bijou kam in das Klassenzimmer zurück. Ihr Körper brannte, aber als der Baske sie dann abholte, hatte sie sich wieder beruhigt.

Bijou hatte von einem Hellseher gehört und konsultierte ihn. Er war ein mächtiger schwarzer Mann aus Westafrika. Alle Frauen der Nachbarschaft gingen zu ihm. Im Warteraum hing ein großer chinesischer Vorhang aus schwarzer, goldbestickter Seide. Der Hellseher erschien vor dem Vorhang. Trotz seines Straßenanzugs machte er in der Tat den Eindruck eines Magiers. Er starrte Bijou lange aus seinen melancholischen Augen an, verschwand dann wieder hinter dem Vorhang mit einer Frau, die vor Bijou dran war, und kam eine halbe Stunde später wieder heraus. Er geleitete die Frau höflich zur Tür.

Nun war Bijou, als letzte im Wartezimmer, an der Reihe. Er ließ ihr den Vortritt. Sie trat in einen engen, dunklen Raum mit chinesischen Wandteppichen und einer Kristallkugel, unter der ein Licht stand. Es warf seinen Schein auf Gesicht und Hände des Hellsehers. Alles andere blieb im Dunkel. Seine Augen wirkten tatsächlich hypnotisch.

Aber Bijou hatte sich vorgenommen, nicht in Trance zu verfallen, sondern wach zu bleiben, um alles genau zu beobachten. Er befahl ihr, sich auf den Diwan zu legen und einen Augenblick ganz still zu sein. Er setzte sich neben sie und stellte sich auf sie ein. Dazu schloß er die Augen. Bijou tat dasselbe. Eine volle Minute lang verharrte er in diesem scheinbar geistesabwesenden Zustand. Dann legte er ihr die Hand auf die Stirn. Die Hand war warm, trocken, schwer, elektrisierend.

Er sprach nun, und es klang wie im Traum. »Sie sind mit einem Manne verheiratet, unter dem Sie leiden.«

»Stimmt«, sagte Bijou und dachte dabei an den Basken, der sie zum Schau-Objekt für seine Freunde machte.

»Er hat merkwürdige Gewohnheiten.«

»Stimmt«, sagte Bijou wieder. Sie war verblüfft. Sie hatte die Augen nicht aufgemacht und stellte sich die Szene vor. Der Hellseher sah sie wohl auch. Jedenfalls fügte er hinzu: »Sie sind unglücklich, und deshalb kompensieren Sie es, indem Sie ihn so oft wie möglich betrügen.«

»Stimmt«, sagte sie wieder.

Dann aber schlug sie die Augen auf und begegnete dem bohrenden Blick des Schwarzen. Sie schloß sie wieder.

»Nun sollten Sie einschlafen.« Er legte ihr die Hand auf die Schulter.

Seine Stimme, seine Worte taten ihr gut. Sie vermeinte, in ihnen so etwas wie Mitempfinden entdeckt zu haben. Aber sie konnte sich nicht entspannen, konnte nicht einschlafen. Ihr Körper war erregt. Sie wußte jedoch, daß der Atem sich beim Schlafen verändert und daß sich dabei die Brust gleichmäßig hob und senkte. So gab sie vor, eingeschlafen zu sein. Die ganze Zeit über spürte sie seine Hand auf ihrer Schulter, eine Hand, die so warm war, daß sie die Hitze ihre Kleider durchdrang. Jetzt streichelte er ihre Schulter. Er tat dies aber so behutsam, daß sie befürchtete, sie würde tatsächlich einschlafen. Sie wollte aber das wohlige Gefühl, das ihr bei seiner Berührung den Rücken hinunterlief, nicht missen. Sie entspannte sich.

Er berührte ihre Kehle und wartete, denn er wollte sichergehen, daß sie wirklich eingeschlafen war. Er berührte ihre Brüste. Bijou blieb reglos liegen.

Behutsam und geschickt liebkoste er nun ihren Bauch. Mit ausgestrecktem Zeigefinger spannte er die schwarze Seide ihres Kleides, damit die Umrisse ihrer Beine und die Linie zwischen den Schenkeln hervortraten. Nachdem er das Delta sichtbar gemacht hatte, streichelte er ihre Beine.

Er hatte sie noch nicht unter ihrem Kleid berührt. Er stand leise auf, ging zum Fußende des Diwans und kniete nieder. Bijou wußte, daß er ihr nun unter den Rock sehen konnte, unter dem sie, wie immer, nackt war. Er betrachtete sie sehr lange.

Dann fühlte sie, wie er den Rocksaum ein wenig anhob, denn er wollte mehr sehen. Bijou lag auf dem Diwan, die Beine ein wenig geöffnet. Seine Berührungen, sein geahnter Blick ließen sie schmelzen. War es nicht wunderbar, so betrachtet zu werden, wie schön war es, wenn sich der Mann, der sie schlafend wähnte, ganz ungezwungen benehmen konnte? Sie spürte, wie der Stoff des Kleides angehoben wurde, spürte, wie die Luft ihre Beine berührte. Er starrte sie an.

Mit einer Hand strich er sanft über sie; langsam, genießerisch formte er ihre schwellenden Kurven nach und streichelte den langen, seidenen Weg, der unter ihr Kleid führte. Bijou fand es immer schwieriger, unbewegt zu bleiben. Sie wollte ihre Beine ein wenig weiter öffnen. Wie bedächtig seine Hand über ihre Schenkel strich. Sie spürte, wie er den Konturen folgte, bei den Kurven verweilte, wie seine Hand anhielt, wie sie weitermachte.

Nun war er nahe an ihre Fotze herangekommen. Aber er hielt an, er wollte sie nicht berühren, ohne erst an ihrem Gesicht abgelesen zu haben, daß sie tatsächlich hypnotisiert war. Dann nahm er zwei Finger und griff nach ihren rasierten Lippen und begann sie knetend zu massieren. Als er den Saft spürte, der heraustrat, steckte er den Kopf unter ihren Rock und zwischen ihre Beine. Er küßte sie. Seine Zunge war lang, behende, bohrend. Sie mußte sich unglaublich beherrschen, um sich nicht seinem gierigen Mund entgegenzustemmen.

Die kleine Lampe verbreitete ein so schwaches Licht, daß sie es wagte, die Augen ein wenig zu öffnen. Durch den Schlitz sah sie, daß er sich langsam auszog. Dann stand er neben ihr, vollkommen gewachsen, groß und majestätisch wie ein Stammesfürst, mit funkelnden Augen, blendend weißen Zähnen, feuchten Lippen.

Ich darf mich nicht bewegen, dachte sie, ich darf es nicht, ich will doch, daß er alles mit mir tut. Was würde ein Mann mit einer sich in Trance befindlichen Frau anstellen? Er muß sie nicht fürchten, er braucht ihr in keiner Weise zu gefallen.

Nackt und groß stand er über ihr. Dann nahm er sie behutsam in die Arme und drehte sie um. Bijou bot ihm ihren üppigen Hintern. Er schob das Kleid weiter hoch und spreizte die beiden Backen. Er verhielt so, um den Anblick zu genießen. Die Finger, mit denen er das Fleisch trennte, waren kräftig und warm. Dann beugte er sich vor, um den Spalt zu küssen. Seine Hände glitten um ihre Taille und hoben den Körper leicht an, damit er von hinten in sie hineinkonnte. Zuerst fand er nur das Loch. Es war zu eng und klein für ihn. Dann aber fand er die größere, erwartungsvolle Öffnung. Er ließ seinen ebenholzschwarzen Schaft hinein- und dann wieder hinausgleiten, das war alles.

Er drehte sie wieder um, denn er wollte offenbar sehen, wie er sie auch von vorne nahm. Seine Hände suchten und fanden ihre Brüste unter dem Kleid. Er preßte sie, streichelte sie, liebkoste sie. Sein Schwanz war groß und füllte sie ganz aus. Er stieß ihn mit solcher Wucht in sie hinein, daß sie fürchtete, sie könnte kommen und sich verraten. Sie wollte auf ihre Kosten kommen, ohne daß er es merkte. Aber er erregte sie derart durch seinen ungestümen Rhythmus, daß es ihr einmal, als er ihn herausgezogen hatte, um sie mit ihm zu streicheln, doch kam.

Deshalb konzentrierte sie sich nun darauf, alles noch einmal zu erleben. Er wollte seinen Schaft in ihren halbgeöffneten Mund schieben. Sie stellte sich schlafend, aber sie öffnete den Mund ein wenig. Sie brauchte all ihre Willenskraft, um ihre Hände nicht zu bewegen. Sie wollte noch einmal die gewaltige Wollust verspüren, die in diesem »gestohlenen« Orgasmus lag; schließlich stahl er auch seine Liebkosungen.

Ihre Passivität hatte ihn fast zum Wahnsinn getrieben. Er hatte ihren Körper überall betastet, hatte sie in jeder nur denkbaren Weise durchbohrt. Jetzt kauerte er sich über ihren Bauch, legte den Schwanz zwischen ihre Brüste und preßte sie gegeneinander. Er bewegte sich. Sie fühlte, wie sein drahtiger Busch sie streifte. Bijou verlor die Beherrschung und öffnete gleichzeitig Mund und Augen. Der Mann stöhnte vor Wonne, preßte seinen Mund auf ihren und rieb sich mit seinem ganzen Körper an ihr. Bijous Zunge traf seinen Mund, er biß sie in die Lippen.

Dann hielt er plötzlich an und fragte: »Willst du etwas für mich tun?«

Sie nickte.

Er streckte sich auf dem Boden aus. Sie kauerte sich über sein Gesicht und hielt das Kleid so, daß es über seinen Kopf fiel und ihn zudeckte. Mit beiden Händen hatte er ihre Hinterbacken gepackt wie eine reife Frucht und fuhr nun immer wieder mit der Zunge zwischen den Hügeln der vorderen und der hinteren Öffnung hin und her. Dann leckte er ihren Kitzler. Bijou bewegte sich vorwärts und rückwärts. Seine Zunge registrierte jede Reaktion, jedes Pulsieren. Während sie über ihm kauerte, konnte sie sehen, wie sein polierter Ständer bei jedem Wonneseufzer, den er ausstieß, bebte.

Auf einmal wurde geklopft. Bijou sprang auf. Ihre Lippen waren naß von seinen Küssen, ihre Fotze stand in Flammen, ihr Haar war zerzaust. Der Hellseher antwortete gelassen: »Ich bin noch nicht fertig.« Dann drehte er sich ihr zu und lächelte. Sie lächelte zurück. Er zog sich rasch wieder an. In Sekundenschnelle war alles wieder in Ordnung. Sie beschlossen, sich wiederzutreffen. Bijou versprach, ihre Freundinnen Leila und Elena mitzubringen. Wäre er einverstanden? Aber gewiß doch. »Die meisten Frauen, die mich konsultieren, interessieren mich nicht, denn sie sind nicht schön. Aber du, du kannst kommen, wann immer du willst. Für dich und deine Freundinnen werde ich tanzen.«

Sein Tanz fand eines Abends statt, als er keine Kunden mehr hatte. Er zog sich nackt aus und zeigte sich den drei Frauen in all seiner glänzend-braunen, urwüchsigen Vollkommenheit. Dann schnallte er sich einen Gummischwanz um, in derselben Größe und Farbe wie sein eigener.

Er erklärte: »Das ist ein Tanz aus meiner Heimat, ein Festtanz für die Frauen.« In dem kaum erleuchteten Raum, wo das Licht wie ein kleines Feuer auf seiner Haut glänzte, begann er mit dem Bauch zu kreisen und auf eine höchst obszöne Art mit dem Schwanz zu wackeln. Er zuckte mit dem Körper, als stieße er in eine Frau und fingierte den Spasmus eines Mannes, der sich in den verschiedenen Stadien des Ergusses befindet. Eins, zwei, drei. Das letzte Zucken war wild, wie das Aufbäumen eines Mannes, der sein Leben dem Glücksmoment der Ekstase opfert.

Die drei Frauen sahen zu. Zuerst beherrschte nur der Gummipenis die Szene. Dann aber, als der Tanz immer aufreizender wurde, beteiligte sich der echte, wurde zusehends länger und gewichtiger. Jetzt paßten sich beide Glieder dem Rhythmus seiner Gesten an. Er schloß die Augen, als brauchte er die Frauen nicht mehr. Die Wirkung auf Bijou war umwerfend, sie zog ihr Kleid aus und tanzte nun herausfordernd um den Mann herum. Aber er berührte sie nur dann und wann mit der Schwanzspitze, wenn er sie streifte. Er drehte sich im Kreise, er warf sich herum wie ein Wilder, der mit einem unsichtbaren Partner tanzt. Auch Elena war erregt. Sie zog ebenfalls ihr Kleid aus und kniete auf dem Boden, denn sie wollte an dem Dunstkreis des erotischen Tanzes teilhaben. Es überkam sie die Begierde, bis zum Bluten von diesem mächtigen, harten Schwanz, der vor ihr schlenkerte, durchbohrt zu werden. Inzwischen vollführte der Mann einen Bauchtanz mit all seinen verführerischen Bewegungen.

Auch Leila, die eigentlich nichts für Männer übrig hatte, war von der allgemeinen Atmosphäre angesteckt und wollte Bijou umarmen. Aber Bijou weigerte sich: Die beiden Schwänze hatten sie hypnotisiert.

Leila versuchte es bei Elena. Sie rieb ihre Brüste an den beiden Frauen, sie wollte sie ablenken. Dann preßte sie sich an Bijou, um etwas von ihrer Erregung auf sich zu übertragen. Doch Bijou hatte nur Augen für die beiden Glieder, die vor ihr hin und her schwangen. Ihr Mund stand offen, und sie stellte sich vor, von einem doppeltgeschlechtigen Ungeheuer vergewaltigt zu werden, das ihre beiden Lustzentren gleichzeitig befriedigen konnte.

Als der Afrikaner sich erschöpft zu Boden fallen ließ, warfen sich Elena und Bijou über ihn. Aber Bijou war schneller und steckte sich je einen der Schwänze in ihren Anus und in ihre Möse. Sie wand sich wie besessen auf seinem Unterleib, bis sie mit einem gedehnten Schrei der Lust kam. Elena stieß sie weg und nahm dieselbe Stellung ein. Allerdings war der Afrikaner nun wirklich erschöpft, und das hatte Elena erkannt. Sie hielt still und wartete ab, bis seine Kräfte zurückkehrten.

Die ganze Zeit über war sein Ständer in ihr nicht erschlafft. Während sie wartete, zog sie vorsichtig und langsam den Muskelring ihrer Vagina zusammen. Sie hatte Angst, sie könnte allzu schnell kommen, und alles wäre vorbei. Nach einer Weile packte er sie bei den Hinterbakken und hob sie an, damit sie dem schnellen Pulsschlag seines Blutes folgen konnte. Er wand und bog sie, stieß sie von sich und zog sie wieder an sich, um sie in seinen Rhythmus zu zwingen. Dann schrie er auf. Sie bewegte sich im Kreis um seinen geschwollenen Schwanz, bis er spritzte.

Als nächstes ließ er Leila über sich kauern, wie er es anfangs mit Bijou gemacht hatte, und steckte sein Gesicht zwischen ihre Beine. Leila hatte zwar noch niemals einen Mann begehrt, aber nun spürte sie einen Kitzel, der ihr neu war. Die Zunge des Afrikaners leckte sie eifrig. Sie wollte von hinten genommen werden. Sie stieg von ihm herunter und verlangte von ihm, daß er den Gummipenis benützte. Sie ließ sich auf allen vieren nieder, und er tat, wie ihm befohlen.

Elena und Bijou waren verblüfft, als sie sahen, wie Leila mit offenbarem Entzücken dem Afrikaner ihren Hintern hinhielt, wie er sich seinerseits in sie festkrallte, in sie hineinbiß und gleichzeitig den Gummipimmel in Leilas Arsch bewegte. Schmerz und Lust schüttelten sie, denn der Schwanz war groß. Aber sie blieb auf Händen und Knien, der Afrikaner war wie angeschweißt. Konvulsiv kroch sie herum, bis ihr Höhepunkt kam und sie erlöste.

Bijou ging nun regelmäßig zu dem Afrikaner. Eines Tages lagen sie auf dem Diwan, und er hatte das Gesicht in ihrer Achselhöhle vergraben. Begierig zog er ihren Körpergeruch ein. Dann beschnupperte er sie überall wie ein Tier, anstatt sie zu küssen – erst unter den Armen, dann ihr Haar, dann zwischen den Beinen. Offenbar regte ihn das auf.

Statt in sie einzudringen, sagte er: »Bijou, ich könnte dich noch mehr lieben, wenn du dich nicht so oft baden würdest. Ich bin wild nach deinem Geruch, aber er ist zu schwach. Wenn du dich allzu oft wäschst, verschwindet er ganz. Ich liebe den starken, weiblichen Geruch. Versprich mir, dich weniger oft zu waschen.«

Ihm zu Liebe wusch sich Bijou seltener. Es war ihm ein besonderer Genuß, an ihr zu riechen, wenn sie sich nicht zwischen den Beinen gewaschen hatte, denn er liebte den Muschelgeruch. Er bat sie, ihre Unterwäsche für ihn aufzuheben. Sie sollte sie ein paar Tage tragen und ihm dann mitbringen.

Zuerst brachte sie ihm ein oft getragenes Nachthemd. Es war aus schwarzem Chiffon mit Spitzenbesatz. Bijou hatte sich neben ihm ausgestreckt. Der Afrikaner legte sich das Nachthemd übers Gesicht und sog den Duft ein. Bijou sah, wie er in seinen Hosen einen Steifen bekam. Behutsam beugte sie sich über ihn und öffnete erst einen, dann zwei, dann schließlich drei Knöpfe. Nun war die Hose ganz auf. Bijou suchte den Ständer, der jedoch nach unten gedrückt war, weil die Unterhosen sehr knapp anlagen. Wieder mußte sie Knöpfe aufmachen.

Endlich schimmerte der Schwanz durch: Wie braun und glatt er doch war! Ganz behutsam griff sie mit der Hand hinein, als wollte sie ihn stehlen. Der Afrikaner, dessen Gesicht noch immer mit dem Nachthemd bedeckt war, sah sie nicht. Sie zog den Ständer langsam nach oben und befreite ihn aus seiner beengten Lage. Er schnellte hoch, gerade, glatt, hart. Aber kaum hatte sie ihn in die Hand genommen, als der Afrikaner ihn wegzog. Er nahm jetzt das Nachthemd, das inzwischen ganz zerdrückt war, hoch, legte es auf den Diwan und warf sich mit seiner ganzen Länge darauf. Er vergrub den Schwanz in den Seidenstoff und bewegte sich hin und her, als läge Bijou unter ihm.

Sie sah ihm wie hypnotisiert zu, denn offenbar liebte er nur noch das Hemd und schien sie vergessen zu haben. Seine Bewegungen reizten sie. Er war in einem solchen Zustand, daß er schwitzte und sein ganzer Körper einen berauschend animalischen Geruch ausströmte. Sie warf sich auf ihn, klammerte sich an seinen Rücken, aber er machte einfach weiter.

Sie spürte, wie er sein Tempo steigerte. Dann aber hielt

er an, drehte sich um und begann sie auszuziehen. Bijou dachte, sein Interesse an dem Nachthemd sei erlahmt und er würde sich ganz ihr widmen. Er rollte ihre Strümpfe hinunter, ließ die Strumpfbänder aber auf ihrem nackten Fleisch. Dann zog er ihr das Kleid, das immer noch ihre Körperwärme hatte, aus. Um ihm zu gefallen, hatte Bijou ein schwarzes Höschen angezogen. Auch dieses streifte er langsam hinunter, hielt aber halbwegs an und betrachtete genüßlich das elfenbeinfarbene Fleisch, ihren halbentblößten Hintern und das beginnende, grübchengekrönte Tal. Dort küßte er sie und fuhr mit der Zunge die köstliche Spalte entlang. Dann streifte er das Höschen ganz hinunter und ließ dabei keinen Quadratzentimeter ihrer Schenkel ungeküßt. Die Seide fühlte sich an wie eine liebkosende Hand.

Als sie ein Bein anhob, um das Höschen ganz abzustreifen, konnte er genau in ihre Möse sehen. Er küßte sie dort. Dann hob er das andere Bein hoch und legte sich ihre beiden Beine auf die Schultern. Er hielt dabei das Höschen in der Hand und fuhr fort, Bijou zu küssen. Sie war ganz feucht und atemlos. Dann aber drehte er sich weg von ihr und vergrub das Gesicht in dem Höschen, im Nachthemd, wickelte sich die Strümpfe um seinen Ständer und legte sich das schwarze Seidenkleid über den Bauch. Die Sachen hatten anscheinend dieselbe Wirkung auf ihn wie eine streichelnde Hand. Spasmen durchfuhren seinen Körper.

Wieder wollte Bijou seinen Schwanz in den Mund nehmen, wieder entzog er sich ihr. Nackt und hungrig lag sie neben ihm und mußte zusehen, wie er sich immer mehr aufgeilte. Es war quälend, es war grausam. Sie wollte ihn überall küssen, aber er bemerkte es nicht.

Er streichelte und küßte nur ihre Kleider, ihre Wäsche, er schnupperte daran, bis sein ganzer Körper zitterte. Er legte sich zurück, das bebende Glied frei in der Luft. Lust schüttelte ihn von Kopf bis zu den Füßen, er grub die Zähne in das Höschen, er kaute es. Die ganze Zeit über befand sich sein steifer Schwanz ganz nahe an Bijous Mund. Trotzdem konnte sie ihn nicht erreichen. Schließlich zuckte er heftig, und als der weiße Schaum an der Spitze erschien, warf sich Bijou darüber, um die letzten Stöße einzufangen.

Eines Abends, als Bijou und der Afrikaner zusammen waren und Bijou ihn nicht dazu bewegen konnte, sein Begehren auf ihren Körper zu konzentrieren, sagte sie voller Verzweiflung: »Schau, meine Fotze ist ganz geschwollen, weil du sie andauernd küßt und beißt. Du zerrst an ihren Lippen, als seien sie Brustwarzen. Sie sind schon länger geworden.«

Er nahm die Schamlippen zwischen Daumen und Zeigefinger und besah sie sich. Dann teilte er sie wie die Blütenblätter einer Knospe und sagte: »Du hast recht. Man könnte sie durchbohren und einen Ohrring hindurchziehen, wie wir es bei uns zuhause tun. Das möchte ich auch bei dir tun.«

Er spielte weiter an ihrer Vagina herum. Unter seinen Fingern wurde sie härter. Er sah, daß an ihrem Rande eine weißliche Flüssigkeit erschienen war, wie der zarte Schaum einer kleinen Welle. Das entflammte ihn. Er berührte die Stelle mit seiner Schwanzspitze, aber er drang nicht ein. Er war auf einmal wie besessen von dem Gedanken, die Schamlippen zu durchbohren, als seien sie Ohrläppchen, und einen kleinen goldenen Ring daran zu hängen, wie man es bei den Frauen seines Stammes zu tun pflegte. Bijou hatte nicht geglaubt, daß er es ernst meinte. Sie genoß seine Aufmerksamkeit. Aber als er aufstand, um eine Nadel zu holen, bekam sie es mit der Angst zu tun und rannte weg…

Leila und Bijou ritten im Bois. Zu Pferd war Leila eine wunderbare Erscheinung: schlank, maskulin, arrogant. Bijou sah üppiger aus, aber weniger selbstbewußt.

Dieser Ausflug im Bois de Boulogne war ein Genuß. Zuerst ritten sie an eleganten Leuten vorbei, dann auf entlegenen, kaum bevölkerten und baumbestandenen Parkwegen. Irgendwann kamen sie zu einem Café, wo sie sich stärken konnten.

Es war Frühling. Bijou hatte Reitstunden genommen, und dies war ihr erster Ausritt ohne ihren Lehrer. Sie ritten langsam und plauderten miteinander. Dann ließ Leila ihr Pferd im Galopp laufen. Bijou ritt hinterher. Etwas später verlangsamten sie ihr Tempo. Ihre Gesichter waren gerötet.

Bijou fühlte eine angenehme Reizung zwischen den Beinen; ihr Hintern war warm geworden. Fühlte Leila dasselbe? Nach einer weiteren halben Stunde war ihre Erregung gestiegen: Ihre Augen glänzten, ihre Lippen waren feucht. Leila sah sie voller Bewunderung an.

»Reiten steht dir gut«, sagte sie.

In der einen Hand hielt sie nonchalant eine Reitpeitsche. Ihre Finger steckten in engen Handschuhen. Sie trug ein Männerhemd mit Manschettenknöpfen. Ihr Reitkostüm akzentuierte die schmale Taille, die wohlgeformte Brust, das feste kleine Gesäß. Bijous üppigere Figur wurde von einem engen Kostüm umschlossen, das die vollen hoch angesetzten und keck nach oben weisenden Brüste hervorhob. Ihr Haar flatterte lose im Wind.

Wie warm war ihr Hintern, wie heiß war ihr zwischen den Beinen geworden! Es war fast so, als hätte eine geschickte Masseuse sie erst mit Franzbranntwein abgerieben und ihr dann leichte Schläge versetzt. Jedesmal, wenn sie sich im Sattel hob und wieder fallen ließ, verspürte sie dieses wunderbare Kribbeln. Leila ritt hinter ihr und genoß den Anblick von Bijous Figur auf dem Pferd. Bijou, eine Anfängerin, lehnte sich im Sattel vornüber und streckte den von engen Reithosen umspannten Hintern heraus; sie zeigte ihre formvollendeten Beine.

Die Pferde schwitzten und schäumten. Ein starker Geruch stieg von ihnen auf und durchdrang die Kleidung der beiden Reiterinnen. Leilas Körper schien immer leichter zu werden. Nervös fingerte sie an der Peitsche. Mit halb offenen Mündern galoppierten sie nun Seite an Seite, den Wind in ihren Gesichtern. Als Bijou ihre Oberschenkel an die Flanken des Pferdes drückte, erinnerte es sie daran, wie sie einmal auf dem Bauch des Basken gesessen hatte. Hinterher war sie aufgestanden und hatte sich auf seinen Brustkasten gestellt. Dabei war ihre Fotze genau im Blickfeld des Basken gewesen. Er hatte sie festgehalten und sich an dem Anblick geweidet. Ein anderes Mal war er auf allen vieren auf dem Boden gekrochen, und sie hatte sich rittlings auf ihn gesetzt und versucht, ihm durch den Druck ihrer Knie in seine Flanken Schmerz zuzufügen. Er hatte nervös gelacht und sie angefeuert, weiterzumachen. Ihre Knie waren so kräftig wie die eines Mannes, der ein Pferd reitet. Es hatte den Basken in eine derartige Erregung versetzt, daß er mit einem Riesenständer im ganzen Zimmer herumgekrochen war.

Von Zeit zu Zeit hob Leilas Pferd während des Galopps den Schweif, peitschte sich die Flanken und enthüllte dabei goldflimmernde Härchen. Im einsamsten Teil des Waldes hielten die beiden Frauen und stiegen ab. Sie führten die Pferde zu einer moosüberwachsenen Lichtung und setzten sich auf den Waldboden, um sich auszuruhen. Dann rauchten sie. Leilas Hand hielt noch immer die Reitpeitsche.

Bijou sagte: »Mein Hintern steht in Flammen vom Reiten.«

»Zeig doch mal«, entgegnete Leila. »Wir hätten das erstemal nicht so lange reiten sollen. Zeig mal, wie du aussiehst.«

Langsam öffnete Bijou ihren Gürtel, knöpfte sich die Hose auf und zog sie ein wenig herunter, damit Leila es sehen konnte. Leila nahm Bijou übers Knie und sagte wieder: »Zeig doch mal.« Dann streifte sie ihr die Hose herunter und entblößte die geröteten Pobacken. Sie berührte sie.

»Tut's weh?« wollte sie wissen.

»Es tut nicht weh. Es brennt nur, es ist warm.«

Leilas Hand umschloß beide Rundungen. »Arme kleine Dinger!« flüsterte sie zärtlich. »Tut es hier weh?« Und dabei fuhr sie mit der Hand tiefer in die Hose, tiefer zwischen Bijous Beine.

»Es brennt, es ist warm«, sagte Bijou.

»Dann zieh doch die Hose ganz aus, damit sich die Haut abkühlen kann«, schlug Leila vor und streifte die Hosen noch ein wenig weiter herunter. Bijou lag über ihren Knien, ihren Po in die Luft gereckt.

»Was hast du doch für eine herrliche Haut, Bijou. Wie sie das Licht einfängt, wie sie schimmert! Laß die Luft dich dort abkühlen.«

Und sie fuhr fort, Bijous Haut zwischen den Beinen zu streicheln, als sei sie ein Kätzchen. Jedesmal, wenn die Hose wieder heraufrutschte, um alles zuzudecken, schob sie sie aus dem Weg.

»Es brennt aber noch immer«, sagte Bijou und bewegte sich nicht.

»Wenn das nicht aufhört«, erwiderte Leila, »müssen wir zu anderen Mitteln greifen.«

»Du kannst tun, was du willst«, sagte Bijou.

Leila hob die Hand mit der Reitpeitsche und versetzte dem wohlgerundeten Hintern einen ganz sanften Schlag.

Bijou sagte: »Das macht mich noch wärmer.«

»Ich möchte, daß dir wärmer wird, Bijou, ich will dich

dort unten ganz heiß haben, so heiß, wie du es ertragen kannst.«

Bijou hielt still. Wieder sauste die Peitsche herunter. Diesmal ließ der Hieb einen roten Striemen zurück. »Wie warm es ist, Leila«, sagte Bijou.

»Ich will, daß du da unten brennst«, erwiderte Leila, »bis zu nicht heißer brennen kannst, bis du es nicht mehr aushältst.« Sie machte eine Pause. »Dann möchte ich dich dort küssen.« Wieder sauste ein Hieb herunter, wieder hielt Bijou ganz still. Dann kamen noch kräftigere Schläge. Bijou flüsterte: »Es ist so heiß, Leila. Bitte küß mich.«

Leila beugte sich vor und gab ihr einen langen Kuß, dort, wo die Kurven der Backen abwärts liefen und im feuchten Dickicht zwischen den Beinen mündeten. Dann schlug sie abermals zu. Und wieder. Bijou zuckte mit dem Hintern, als täte er ihr weh, aber sie spürte nur eine brennende Lust.

»Hau ruhig fest zu«, sagte sie.

Leila gehorchte. Dann sagte sie: »Willst du es auch bei mir machen?«

»Ja«, erwiderte Bijou und stand auf, zog sich aber nicht die Hose hoch. Statt dessen setzte sie sich ins kühle Moos, nahm Leila übers Knie, knöpfte ihr die Hose auf und schlug sie zuerst ganz sanft. Dann aber wurden die Hiebe kräftiger, bis Leila sich bei jedem Schlag krümmte. Ihre Arschbacken waren rot und brennend heiß geworden.

Sie ächzte: »Ziehen wir uns ganz aus und steigen wir zusammen auf ein Pferd.«

Sie zogen sich aus und bestiegen eines der Pferde. Der Sattel war warm. Sie kuschelten sich eng aneinander. Leila, die hinten saß, schlang ihre Arme um Bijous Brüste und küßte sie auf die Schulter. So ritten sie eine Weile. Bei jeder Bewegung rieb sich der Sattel an ihrer Scham. Leila biß Bijou in die Schulter. Bijou drehte sich um und biß Leila in die Brustwarze.

Dann ritten sie zurück zu ihrer moosigen Lichtung, wo ihre Kleider lagen, und zogen sich wieder an. Aber ehe Bijou ihre Reithose ganz hochziehen konnte, hielt Leila sie fest und küßte Bijous Kitzler. Bijou spürte aber nur ihre brennenden Hinterbacken und flehte Leila an, etwas dagegen zu unternehmen.

Leila liebkoste die geröteten Hügel, nahm die Peitsche wieder hoch und ließ sie mit voller Wucht heruntersausen. Bijou krümmte sich unter den Hieben. Dann spreizte Leila Bijous Hintern mit einer Hand, damit die Peitschenschnur genau zwischen die Backen traf, dort, wo sich die empfindliche Öffnung befand. Bijou schrie auf. Wieder und wieder schlug Leila zu, bis Bijou sich in Zuckungen wand.

Dann aber drehte Bijou sich um und verpaßte Leila Schläge mit der Peitsche. Sie war wütend, denn die Hiebe hatten sie zwar scharf gemacht, aber nicht befriedigt. Sie brannte weiter, die Reizung hörte nicht auf. Jedesmal, wenn sie zuschlug, spürte sie ein Pochen zwischen den Beinen, als würde Leila sie vergewaltigen. Zum Schluß waren beide ganz rot und wild vor lauter Schlägen. Mit Händen und Zungen fielen sie übereinander her, bis sie schließlich ihr tobendes Verlangen gestillt hatten.

Das nächste war ein gemeinsames Picknick, an dem Elena und ihr Geliebter, Pierre, Bijou und der Baske, Leila und der Afrikaner teilnahmen.

Das Ziel war ein Wald in der Nähe von Paris. Unterwegs kehrten sie in ein Restaurant am Ufer der Seine ein. Dann ließen sie den Wagen im Schatten stehen und machten sich zu Fuß auf in den Wald. Anfangs gingen sie nebeneinander, dann aber blieben Elena und der Afrikaner zurück. Elena hatte plötzlich die Idee, auf einen Baum zu klettern. Der Afrikaner lachte sie aus, denn er traute es ihr nicht zu.

Aber Elena konnte gut klettern. Zuerst setzte sie einen Fuß auf einen der unteren Äste. Dann zog sie den anderen nach und kletterte geschickt hinauf. Der Afrikaner stand am Fuß des Baumes und sah ihr zu. Er konnte ihr dabei unter den Rock sehen. Sie trug enganliegende, zart-rosa Unterwäsche. Der Afrikaner stand unten, lachte und neckte sie. Dann bekam er einen Steifen.

Elena hatte sich inzwischen oben in eine Astgabel gesetzt. Der Afrikaner konnte ihr nicht folgen, denn er war zu schwer. Es blieb ihm deshalb nichts übrig, als sich ins Gras zu setzen, sie mit den Augen zu verfolgen und dabei zu spüren, wie sein Steifer immer härter wurde.

Er fragte: »Was schenkst du mir heute?«

»Das da«, entgegnete Elena und warf ein paar Kastanien herunter. Sie saß jetzt auf einem Ast und baumelte mit den Beinen.

Bijou und der Baske waren inzwischen zurückgekommen. Bijou war ein wenig eifersüchtig, als sie die beiden Männer den Baum hinaufstarren sah. Sie warf sich ins Gras und rief: »Mir ist etwas unter die Kleider gekrochen! Es ist ekelhaft.«

Die beiden Männer kamen näher. Zuerst zeigte Bijou auf ihren Rücken. Der Baske fuhr ihr mit der Hand unters Kleid. Dann sagte sie, jetzt sei es vorne: der Afrikaner langte ihr in den Ausschnitt und gab vor, unter ihren Brüsten nach dem Eindringling zu fahnden. Dann behauptete Bijou, etwas krabbele ihr über den Bauch. Sie schüttelte sich und rollte im Gras herum. Die beiden Männer wollten ihr beistehen. Sie hoben ihr den Rock hoch, wollten weitersuchen. Bijou trug seidene Unterwäsche, die sie vollständig bedeckte. Sie öffnete die Haken am Seitenverschluß ihres Schlüpfers. Das war für den Basken gedacht, der ja das größere Recht hatte, an verborgenen Stellen zu suchen. Dies wiederum machte den Afrikaner scharf. Er drehte Bijou herum und fing an, ihr leichte Klapse zu versetzen. Er tat so, als wollte er das Insekt töten. Inzwischen hatte der Baske Bijous Körper überall mit seinen Händen abgetastet.

»Du mußt dich ausziehen«, sagte er schließlich. »Es bleibt dir nichts anderes übrig.«

Beide halfen ihr dabei. Von ihrem Baum aus beobachtete Elena sie. Ihr war warm und kribbelig geworden, und sie wünschte, sie wäre an Bijous Statt dort unten im Gras. Als Bijou nackt war, suchte sie zwischen ihren Beinen nach dem Insekt. Sie teilte ihren Pelz und fand schließlich – nichts. Also wollte sie ihre Unterwäsche wieder anziehen. Aber das gefiel dem Afrikaner nicht, und darum nahm er einen Käfer vom Waldboden und setzte ihn Bijou auf die Haut. Er krabbelte ihr das Bein hoch. Bijou zappelte, um das Insekt abzuschütteln. Es war ihr zuwider, es mit der Hand zu berühren. »Nimm es weg, nimm es weg!„ rief sie und rollte ihren schönen Körper im Gras. Dabei bot sie den beiden jeweils an, worüber der Käfer gerade krabbelte. Aber keiner der beiden Männer wollte ihr zu Hilfe kommen. Der Baske hatte sich einen Zweig gegriffen und schlug nach dem Insekt. Der Afrikaner war seinem Beispiel gefolgt. Die Hiebe waren nicht schmerzhaft, sie kitzelten nur und brannten.

Dann fiel dem Afrikaner Elena ein, die noch immer auf dem Baum saß. Er ging zu ihr.

»Komm herunter«, rief er. »Ich helfe dir. Du kannst deinen Fuß auf meine Schulter stellen.«

»Ich will aber nicht herunterkommen«, sagte Elena.

Der Afrikaner bat sie inständig. Schließlich kam sie langsam herunter und war gerade dabei, sich auf den untersten Ast zu stellen, als der Afrikaner ihr Bein festhielt und es über seine Schulter legte. Sie rutschte und fiel vom Baum. Mit beiden Beinen umklammerte sie den Hals des Afrikaners, ihre Möse lag auf seinem Gesicht. Entzückt atmete er ihren Geruch ein und hielt sie fest umklammert.

Durch ihre Wäsche hindurch konnte er ihre Muschel riechen und fühlen. Deshalb ließ er sie nicht los, sondern vergrub seine Zähne im Stoff ihres Höschens. Sie wollte sich freimachen, sie strampelte, sie hämmerte mit den Fäusten auf seinen Rücken.

Dann kam Pierre und wurde Zeuge dieser Szene. Er war wütend, sein Haar stand ihm wirr um den Kopf. Vergeblich versuchte Elena, ihm zu erklären, daß der Neger sie nur aufgefangen hätte, als sie den Halt verlor. Aber Pierre genügte das nicht. Er wollte sich an Elena rächen. Er entdeckte das Paar im Gras, er wollte mitmachen. Aber der Baske ließ es nicht zu. Nur er besaß das Recht, Bijou anzufassen. Er schlug immer noch mit dem Zweig auf sie ein.

Inzwischen war ein großer Hund aufgetaucht und zu Bijou gelaufen. Zuerst beschnupperte er sie, offenbar machte es ihm Spaß. Bijou schrie und zappelte und wollte sich aufsetzen. Aber der riesige Hund hatte seine Vorderpfoten auf ihre Brust gestemmt und versuchte nun, seine Schnauze zwischen ihre Beine zu stecken.

Da gab der Baske, der auf einmal einen grausamen Gesichtsausdruck bekommen hatte, Elenas Freund ein Zeichen. Pierre begriff sofort. Gemeinsam hielten sie Bijou an den Armen und Beinen fest und ließen den Hund weiterschnuppern, bis seine Nase dorthin gelangt war, wo der Geruch am stärksten war. Er begann, das seidene Hemd abzuschlecken. Es war genau die Stelle, auf die auch jeder Mann losgegangen wäre. Der Baske streifte ihr das Höschen herunter und ließ den Hund lecken. Seine Zunge war rauh, viel rauher als eine Männerzunge, lang und kräftig. Hingegeben leckte er weiter. Die drei Männer sahen gebannt zu.

Elena und Leila kamen sich vor, als schleckte auch sie ein Hund. Sie waren scharf geworden. Ob Bijou wohl Lust dabei verspürte?

Zuerst hatte sie Angst, sie zappelte und strampelte.

Dann sah sie ein, daß Widerstand zwecklos war. Es tat ihr nur an den Handgelenken und Fußknöcheln weh, wo die beiden Männer sie festhielten. Und der Hund war sehr schön, mit einem großen, struppigen Kopf und einer sauberen Zunge.

Die Sonne fiel auf Bijous Busch, der wie Brokat flimmerte. Ihre Fotze war naß, aber niemand konnte sagen, ob von der Hundezunge oder vom eigenen Blütenhonig. Als ihr Widerstand nachließ, wurde der Baske eifersüchtig, versetzte dem Hund einen Tritt und befreite sie.

Dann kam die Zeit, da der Baske genug von Bijou hatte und sie verließ. Inzwischen aber hatte sich Bijou derart an seine Exzentrizitäten und raffiniert grausamen Späße gewöhnt, besonders an seine Art, sie so zu fesseln, bis sie ganz wehrlos war und alles mit sich geschehen lassen mußte, daß sie ihre neugewonnene Freiheit monatelang nicht recht genießen und auch keinen anderen Mann lieben mochte. Auch mit Frauen konnte sie nicht glücklich werden.

Sie versuchte es mit Modellstehen, aber es langweilte sie, ihren Körper zu zeigen und sich von hungrigen Malschülern anstarren zu lassen. Allein und ziellos durchstreifte sie die Straßen; in der Tat ging sie wieder auf den Strich.

Der Baske aber hatte sich wieder seiner fixen Idee zugewandt.

Als er siebzehn war, hatten seine wohlhabenden Eltern für seine jüngere Schwester eine französische Gouvernante engagiert. Diese Frau war klein, hatte eine üppige Figur und kleidete sich kokett. Mit Vorliebe trug sie schwarze Lackstiefeletten und schwarze Strümpfe. Ihre Füße waren zierlich und hatten einen ungewöhnlich hohen Spann.

Der Baske war ein hübscher Junge, was der Gouvernante nicht entgangen war. Zusammen mit der Schwester unternahmen sie längere Spaziergänge, und da sich in Gegenwart des Mädchens nicht viel abspielen konnte, beschränkten sie sich auf lange glühende Blicke, die sie einander zuwarfen.

Die Gouvernante hatte einen kleinen Leberfleck nahe dem Mundwinkel. Der Baske war fasziniert. Eines Tages wagte er es, ihr deshalb ein Kompliment zu machen.

Sie entgegnete: »Ich habe noch einen, aber der ist dort, wo du ihn niemals vermuten würdest und wo du ihn auch niemals sehen wirst.«

Der Junge quälte sich, er stellte sich die Gouvernante nackt vor. Wo war nur der Leberfleck? Er kannte nackte Frauen nur von Bildern. So hatte er zum Beispiel eine Postkarte, auf der eine Tänzerin in einem kurzen Federrock abgebildet war. Blies man auf die Karte, so hob sich der Rock und zeigte die Frau. Eines ihrer Beine war in der Luft, wie das Bein einer Ballerina; man sah dann, wie sie unter dem Rock gebaut war. Wieder zu Hause holte er sich die Postkarte und blies das Röckchen hoch. Dabei stellte er sich vor, er hätte den Körper der Gouvernante und ihre üppigen vollen Brüste vor sich. Er nahm einen Bleistift und malte den winzigen Leberfleck zwischen ihre Beine. Dabei wurde er so aufgeregt, daß er die Gouvernante um jeden Preis nackt sehen wollte. Aber sie waren niemals allein, immer war irgend jemand in der Nähe.

Als sie am nächsten Tag wieder spazierengingen, gab ihm die Gouvernante ein Taschentuch. Er ging auf sein Zimmer, warf sich aufs Bett und legte sich das Tuch über den Mund. Es hatte noch ihren Körpergeruch. Sie hatte es in der Hand gehalten, es war heiß gewesen, und das Taschentuch roch nach ihrem Schweiß. Der Duft war so stark und wirkte derart auf ihn, daß zwischen seinen Beinen der Teufel los war! Er bekam einen Steifen. Bisher hatte er das nur im Traum erlebt.

Am folgenden Tag gab sie ihm etwas, das in Papier eingewickelt war. Er ließ es in der Tasche verschwinden. Nach ihrem Spaziergang eilte er auf sein Zimmer und wikkelte das Päckchen aus. Es enthielt ein fleischfarbenes, mit Spitzen besetztes Höschen. Sie hatte es getragen, denn er roch ihren Duft. Der Junge vergrub sein Gesicht darin und verging fast vor Lust. Er stellte sich vor, daß er ihr das Höschen auszog. Wieder war das Gefühl so stark, daß er einen Steifen bekam. Er streichelte sich, er fuhr fort, das Höschen zu küssen. Dann rieb er seinen Schwanz daran. Die Berührung mit der Seide entzückte ihn, es schien ihm, als faßte er ihr Fleisch an, als berührte er womöglich genau die Stelle, wo sie den kleinen Leberfleck hatte. Plötzlich spritze er. Es war das erstemal, daß es ihm gekommen war. Seine Wonne war so übermächtig, daß er fast vom Bett rollte.

Am folgenden Tag gab sie ihm wieder ein Päckchen. Diesmal war es ein Büstenhalter. Er wiederholte das Spiel. Was würde sie ihm wohl als nächstes geben, um ihn wieder zu bezaubern? Diesmal war das Päckchen größer. Seine Schwester war neugierig geworden.

»Es sind nur Bücher«, sagte die Gouvernante. »Sie würden dich nicht interessieren.«

Der Baske eilte auf sein Zimmer. Dort wickelte er ein schwarzes, spitzenbesetztes Korselett aus, das ihren Körper modellierte. Die Schnüre waren abgewetzt, so oft hatte sie daran gezogen. Das Mieder erregte den Basken. Diesmal zog er sich ganz nackt aus und legte das Korselett an. Er zog an den Schnüren, wie er es bei seiner Mutter beobachtet hatte. Er fühlte sich beengt, es tat ihm weh, aber der Schmerz war köstlich. Er stellte sich vor, die Gouvernante hielt ihn fest und hätte ihre Arme derart eng um ihn geschlungen, daß er keine Luft mehr bekam. Als er die Schnüre wieder lockerte, malte er sich aus, er hätte ihren Körper aus der Umklammerung des Korseletts befreit, und sie stünde nun nackt vor ihm. Er war wie im Fieber. Alle möglichen Bilder quälten ihn – die Taille der Gouvernante, ihre Hüften, ihre Schenkel.

In der Nacht holte er sich ihre Sachen und nahm sie zu sich ins Bett. Er schlief auf ihnen ein. Er hatte sein Glied in den Wäschestücken vergraben, als wäre es ihr Körper. Er träumte von ihr, die Spitze seines Schwanzes war dauernd feucht. Frühmorgens, als er erwachte, lagen Schatten unter seinen Augen.

Dann gab sie ihm ein Paar Strümpfe, dann wieder ein Paar ihrer schwarzen Lackstiefeletten. Er stellte sie auf sein Bett und legte sich nackt zwischen all ihre Sachen; er wollte ihr Bild heraufbeschwören. Er sehnte sich nach der Gouvernante. Die Stiefel sahen so lebendig aus, es war, als wäre sie in sein Zimmer gekommen und spazierte nun über sein Bett. Er stellte sich die Stiefel zwischen die Beine und sah auf sie herab. Nun schien es, als spazierte sie mit ihren zierlichen Füßen über seinen Körper und zertrampelte ihn. Die Vorstellung machte ihn wild, er bebte. Er preßte die Stiefel an seinen Körper. Den einen davon berührte er mit der Schwanzspitze. Ein derartiges Lustgefühl überwältigte ihn, daß er seinen Samen über das glänzende Leder verspritzte.

All das war zu einer Tortur für ihn geworden. Er schrieb der Gouvernante Briefe, in denen er sie beschwor, nachts in sein Zimmer zu kommen. Sie las sie mit Vergnügen und in seiner Gegenwart. Ihre dunklen Augen funkelten. Aber sie wollte ihre Stellung nicht aufs Spiel setzen.

Eines Tages mußte sie abreisen: Ihr Vater war krank geworden. Der Junge sah sie nie wieder. Aber ein verzehrender Hunger war in ihm zurückgeblieben. Ihre Kleider peinigten ihn. Eines Tages machte er aus ihnen ein Paket und ging damit in ein Bordell. Dort suchte er sich eine Frau aus, die der Gouvernante ein wenig ähnelte. Er sah zu, wie sie sich in das Korselett schnürte, sah, wie es ihre

Brüste hochpreßte und ihre Hinterbacken hervortreten ließ. Er sah zu, wie sie den Büstenhalter zuknöpfte, wie sie das Höschen überstreifte. Dann bat er sie, die Strümpfe und die Stiefeletten anzuziehen. Seine Erregung war unbeschreiblich. Er rieb sich an der Frau. Er legte sich vor ihr auf den Boden und beschwor sie, ihn mit der Spitze ihres Stiefels zu berühren. Zuerst berührte sie seine Brust, dann seinen Bauch, dann die Spitze seines Schwanzes. Er sprang auf, besessen vor Lust. Er stellte sich vor, die Gouvernante hätte ihn berührt.

Er küßte die Unterwäsche, er wollte die Frau besteigen, aber sobald sie die Beine öffnete, um ihn reinzulassen, erstarb seine Begierde, denn wo war der kleine Leberfleck?

COLETTE

Minnie

»Ich werde mit Minnie schlafen!«

Der kleine Baron Couderc verkündete diesen Entschluß mit deutlicher und fester Stimme, wurde hierauf brennend rot im Gesicht und klappte seinen Pelzkragen hoch. Den Spazierstock geschultert, schien er die weite, düstere Steppe erobern zu wollen, in deren nebelhaften Schatten man beim Herauskommen aus der lichtblendenden Rue Royale tritt. Man sah nicht mehr von ihm als ein Stück seines kurzgeschorenen blonden Nackens und die kecke Nase des vornehmen Bummlers. Unter den Bäumen der Avenue Gabriel wagte er es und wiederholte, ohne auf den fröstelnden Rücken eines Polizisten zu achten: »Ich werde mit Minnie schlafen!... Komisch, abgesehen von der Engländerin meines jüngeren Bruders, die von allen die erste war, hat nie eine Frau einen derartigen Eindruck auf mich gemacht... Minnie ist keine Frau wie die anderen...«

Als er sich der Rue Christophe-Colomb näherte, dachte er an nichts anderes mehr als an die Kuchen, die er besorgen mußte, den elektrischen Kocher, vor allem aber an den Umzug, von dem er sich wünschte, daß er rasch vonstatten gehen möge, ja, den er am liebsten übersprungen hätte. Seine große Jugend begann ihn in Verlegenheit zu setzen. Man ist der kleine Baron Couderc, den die Damen vom »Maxim« zärtlich als »kleinen Champagnerquirl« behandeln. Man hat eine Nase, die zur Keckheit verpflichtet, blaue, spottlustige, kurzsichtige Augen, einen unternehmungslustigen, frischen Mund; aber man kann nicht immer vergessen, daß man erst zweiundzwanzig ist!

»Herr Baron, die bewußte Dame ist da«, flüsterte ihm sein Kammerdiener zu.

»Allmächtiger! Sie ist schon da! Und die Kuchen! Und die Blumen! Und alles... So gut wie zum Fenster hinausgeschmissen... Hoffentlich brennt wenigstens das Kaminfeuer!«

Sie hatte es sich bequem wie bei sich zu Hause gemacht, den Hut abgenommen und sich vors Feuer gesetzt. Ihr einfaches Kleid bedeckte ihre Füße. Ihr helmförmig hochgekämmtes blondes Haar, elektrisiert vom Frost, umgab sie mit einem silbernen Heiligenschein: ein junges Mädchen, wie man es auf englischen Stichen sieht, die Hände auf den Knien übereinandergelegt... Und welcher kindliche Ernst auf diesen fast allzu untadelig fein geschnittenen Gesichtszügen! Antoine, ihr Mann, sagte oft zu ihr: »Minnie, warum siehst du so klein aus, wenn du traurig bist?«

Sie hob die Augen zu dem eintretenden blonden jungen Mann auf und lächelte ihn an. Ihr Lächeln verwandelte ihr Antlitz in das einer Frau. Sie lächelte mit einem gleichzeitig hoheitsvollen und zu allem bereiten Ausdruck, der den Männern Lust machte, alles nur Mögliche zu wagen...

»Ach, Minnie! Wie kann ich mich entschuldigen? Habe ich mich wirklich verspätet?«

Minnie stand auf und reichte ihm ihre schmale Hand, von der schon der Handschuh abgestreift war:

»Nein, vielmehr habe ich mich verfrüht.«

Sie sprachen beinahe in der gleichen Art und Weise, er in einer Pariser Manier mit einem Heben der Stimme, sie mit einem gewählten schleppenden Sopran...

Er setzte sich neben sie, eingeschüchtert durch ihr Alleinsein. Keine Galerie lästernder Freunde, kein Ehemann mehr – unachtsam, der Ehemann, das stimmt wohl, aber man konnte sich wenigstens in seiner Gegenwart listige Schülerfreunden gönnen: die Hände, die man am Teetisch unter der Untertasse flüchtig streichelt, daß Kußmündchen, das man sich gegenseitig hinter dem Rücken Antoines macht...

Noch gestern konnte... Noch gestern konnte der kleine Baron Jacques sich sagen: »Ich wickle sie ein, daß ihnen allen die Sterne vor den Augen tanzen!« Heute ist er allein mit Minnie, dieser Minnie, die in aller Gelassenheit zu früh zum ersten Stelldichein kommt!

Er küßte ihr die Hände, wobei er sie verstohlen anblickte. Sie neigte den Kopf und lächelte ihr hochmütiges, zweideutiges Lächeln... Dann stürzte er sich gierig auf Minnies Mund und trank sich halb kniend wortlos daran fest, plötzlich so leidenschaftlich, daß eines seiner Knie in unwillkürlichem Tanz schlottert...

Ihr war ein wenig die Luft ausgegangen, mit ihrem zurückgebogenen Kopf. Ihr blonder Helm drückte auf die Haarnadeln, bereit, sich als offene Flut zu ergießen...

»Gedulden Sie sich!« murmelte sie.

Seine Arme gaben sie frei, und er stand auf. Die Lampe beleuchtete von unten her sein verwandeltes Gesicht, die weiß gewordenen Nasenflügel, die wundgebissenen, belebten Lippen, das frische, zitternde Kinn, die ganzen noch kindlichen Gesichtszüge, die unter dem zerrüttenden und verschönenden Verlangen gereift sind.

Minnie, die sitzen geblieben war, beobachtete ihn fügsam und ängstlich... Als sie ihren Haarknoten richtete, ergriff ihr Freund sie an den Handgelenken:

»Ach, richte dir nicht erst wieder die Frisur, Minnie!«

Unter dem »Du« errötete sie ein wenig, gekränkt und doch zufrieden schlug sie ihre Wimpern nieder, die dunkler als ihre Haare sind.

»Vielleicht liebe ich ihn?« dachte sie insgeheim.

Er kniete nieder, die Hände nach dem Mieder Minnies, der offensichtlichen Kompliziertheit ihrer Spangen, den doppelten Knopflöchern ihres steifgestärkten glatten Kragens ausgestreckt. Sie sah, in gleicher Höhe mit ihren Lippen, den leichtgeöffneten Mund Jacques', einen vom Verlangen nach einem Kuß ausgetrockneten Kindermund. Die Arme um den Hals ihres hingeknieten Freundes gelegt, küßte sie diesen Mund herzhaft, zärtlich wie eine liebevolle Schwester, wie eine von ihrer Harmlosigkeit ermutigte Braut. Er seufzte und stieß sie mit fiebernden, ungeschickten Händen zurück.

»Gedulden Sie sich«, wiederholte sie.

Stehend begann sie bedachtsam den steifen Kragen abzulegen, die Seidenbluse und danach den plissierten Rock. Sie lächelte, halb Jacques zugewandt:

»Glauben Sie mir, diese plissierten Röcke haben ein elendes Gewicht!«

Er beeilte sich, das Kleidungsstück aufzuheben.

»Nein, lassen Sie! Ich streife Rock und Unterrock zugleich ab, eins im anderen: So läßt sich's leichter wieder anziehen, verstehen Sie?«

Er machte mit dem Kopf ein Zeichen, daß er in der Tat verstand. Er sah Minnie, die in aller Ruhe mit dem Ausziehen fortfuhr, im Höschen dastehen. Nicht genug hintenrum, um an die kleinen Frauen von La Villette denken zu lassen, auch vorne nicht genügend drauf. Sondern sie wirkte ganz wie ein junges Mädchen infolge der Einfachheit ihrer Bewegungen, ihrer eleganten Steifheit, und auch durch das Höschen mit seinem Bund, das aller Mode spottete, ein enges Höschen, das ein blankes, feines Knie sehen ließ.

»Pagenbeine! Wahre Wunder!« stieß er hervor, und das heftige Pochen seines Herzens ließ seine Adern groß und schmerzvoll ausschwellen.

Minnie zog ein Gesicht, dann lächelte sie. Eine plötzliche Scham schien sie zu überkommen, während sie ihre vier Strumpfhalter aufklinken mußte. Aber erst einmal im Hemd, fand sie ihre Ruhe wieder und legte sachlich ihre zwei Ringe und die Rubinnadel, die ihren Kragen an der Bluse festgehalten hatten, auf die Decke des Kaminsimses.

Sie sah sich – bleich, jung, nackt unter dem durchsichtigen Hemd – im Spiegel, und da ihr silberner Haarhelm mit den goldenen Reflexen von einem Ohr zum anderen rutschte, zog sie ihre Schildpattkämme heraus und machte sich eine andere Frisur. Jetzt standen lockere Haarlöckchen wie ein hochgeklapptes Visier über ihrer Stirn, und sie sagte:

»Als ich klein war, hat Mama mich immer so frisiert...«

Ihr Freund hörte sie kaum, überwältigend davon, Minnie so gut wie nackt zu sehen, überbrandet von einer riesigen, schmerzenden Woge der Liebe, echter, wütender, eifersüchtiger, zerstörerischer Liebe.

»Minnie!«

Betroffen von dem neuen Ton der Stimme kam sie näher, eingehüllt in ihr blondes Haar, die gewölbten Hände um ihre kleinen Brüste gelegt.

»Was denn?«

Sie stand an ihn geschmiegt, warm, nun sie aus ihrem schweren Kleid geschlüpft war, und ihr sattes Parfüm von zitronenversetztem Verveine weckte den Gedanken an Sommer, Durst, kühlen Schatten...

»O Minnie, schwör es mir!« stöhnte er. »Nie, für niemanden...«

»Für niemanden?«

»Für niemand, vor niemand hast du so deine Haarnadeln und deine Ringe abgelegt, hast nie gesagt, daß deine Mutter dich so frisiert hat, kurzum, du hast nie, hast nie...«

Er hielt sie so fest in seinen Armen, daß sie sich nach hinten bog wie eine zu fest an die Brust gepreßte Garbe, und ihr Haar fegte über den Teppich.

»Dir schwören, ich hätte nie... Ach, was bist du töricht!«

Er preßte sie an sich, entzückt von ihren Worten. Ganz über seinen Arm zurückgebogen, betrachtete er sie aus nächster Nähe, neugierig auf das Muster ihrer Haut, die Äderchen an den Schläfen, die grün wie Flüsse waren, die schwarzen Augen, in denen das Licht tanzte. Er entsann sich, mit gleicher Hingerissenheit die blaue Perlmutter, die fedrigen Fühler, die ganzen Wunder eines schönen zitternden Schmetterlings betrachtet zu haben, den er an einem Ferientag fing... aber Minnie ließ sich ansehen, ohne mit den Flügeln zu schlagen...

Eine Standuhr schlug, und gemeinsam schreckten sie hoch.

»Schon fünf Uhr!« seufzte Minnie. »Wir müssen uns beeilen.«

Jacques' beide Arme glitten nach unten, liebkosten die sich verjüngenden Hüften Minnies, und die eitle Selbstsucht seines Alters verriet sich ganz in einem einzigen Wort:

»Ich, oh, ich...«

Als prahlerischer junger Hahn hatte er sagen wollen: »Ich hab' immer Zeit!« Aber er sprach den Satz nicht zu Ende, eingeschüchtert durch dieses Kind, das ihn in ein paar Minuten gleichzeitig die Eifersucht, den Zweifel am eigenen Selbst, ein unbekanntes kleines Zucken des Herzens und jene zarte Väterlichkeit lehrte, die bei einem zwanzigjährigen Mann angesichts der vertrauensvollen Nacktheit eines zarten Wesens, das bei der Umarmung vielleicht zu weinen anfängt, plötzlich hervorbrechen kann...

Minnie weinte nicht. Jacques sah unter seinen Lippen nur das seltsam reine Gesicht einer Erleuchteten, schwarze geweitete Augen, die weit, weiter als die Scham, weiter als er selbst, mit einem glühenden und enttäuschten Ausdruck blickten. Minnie, aufs Bett geworfen, ließ die Umarmungen ihres Liebhabers als ein durch die Folter verschärftes Martyrium über sich ergehen und versuchte als verführerisches Weib durch ein häufiges und rhythmisches Entgegenwerfen ihres Leibes den Höhepunkt seiner Verzückung aufzufangen... Aber sie schrie nicht, weder aus Schmerz noch aus Lust, und als er mit geschlossenen Augen, geblähten, blassen Nasenflügeln und einem schluchzenden Seufzer neben ihr hinsank, beugte sie nur, um besser sehen zu können, den Kopf über ihn, von dem eine sanfte, silberne Flut blonden Haares sich über den Bettrand ergoß...

...Sie mußten sich trennen, während Jacques sie noch immer mit der Närrischkeit eines Liebenden, der zu sterben droht, liebkoste und ohne Unterlaß diesen schmalbeinigen Leib, den sie kaum verteidigte, mit Küssen bedeckte. Bald zog er verwundert mit einem vorsichtig zeichnenden Zeigefinger den Umriß nach, dann wieder drückte er bis zum Schmerzen Minnies schlanke Knie zwischen den seinen. Oder auch gab er sich grausam und hingerissen dem Spiel hin, unter seinen flachen Händen die sanfte Rundung ihrer Brüste zu zerpressen... Während er sich wieder ankleidete, biß er sie in die Schulter. Sie ließ ein dumpfes Brummen hören und wandte sich mit einer wilden Bewegung zu ihm um... Dann lachte sie plötzlich und rief:

»Ach, diese Augen! Was für komische Augen du machst!«

Im Spiegel sah er, daß er wirklich ein komisches Gesicht hatte, die tiefen Augenhöhlen, den rotgeschwollenen Mund, die in Strähnen über die Brauen hängenden Haare – kurzum, das Gesicht nach einer traurigen Liebesnacht, bei dem noch etwas Glühendes und Zerstörtes dazukam, etwas, für das es keinen Namen gab...

»Du Böse, laß mich die deinigen anschauen!«

Er ergriff sie an den Handgelenken; aber sie machte sich los und drohte ihm mit einem streng ausgestreckten zierlichen Finger:

»Wenn du mich nicht fortläßt, komm' ich nicht wieder! Mein Gott, es wird draußen scheußlich sein nach dem warmen Bettchen, dem Feuer und der Lampe mit ihrem rosa Licht...«

»Und ich, Minnie? Hast du auch ein wenig Mitleid mit mir und denkst an mich unter der rosa Lampe?«

»Das kommt darauf an!« erwiderte sie, während sie ihren schmalkrempigen, mit weißen Kamelien garnierten Samthut aufsetzte. »Ja, wenn du mir gleich eine Droschke besorgst.«

»Der Standplatz ist ganz in der Nähe«, seufzte Jacques und bürstete auf gut Glück seine Haare. »Teufel, es ist kein warmes Wasser da!«

»Es kommt höchst selten vor, daß genug warmes Wasser da ist...«, murmelte Minnie zerstreut.

Er sah sie mit hochgezogenen Augenbrauen an, und langsam, während er seine Kleider anlegte, wurde sein Gesicht wieder das des »kleinen Barons Couderc«:

»Meine Verehrteste, Sie sagen manchmal Dinge... daß ich an Ihnen oder an meinen Ohren – zweifeln möchte!«

Minnie hielt es nicht für notwendig, darauf zu antworten. Sie stand auf der Schwelle, gepflegt und bescheiden in ihrem dunklen Kleid, mit abwesenden Augen – schon fort.

»Einer mehr!« denkt Minnie schonungslos.

Wütend lehnt sie sich mit der Schulter in die verblichene Polsterung der Droschke und beugt den Kopf zurück, nicht aus Angst, gesehen zu werden, sondern aus Abscheu vor allem, was dort draußen vor sich geht.

»Fertig, da haben wir's... Wieder einer! Der dritte – und erfolglos. Man möchte es am liebsten aufgeben. Hätte mir mein erster Geliebter, ein Internist an verschiedenen Krankenhäusern, nicht versichert, daß ich für die Liebe durchaus normal gebaut bin, dann würde ich einen großen Spezialisten konsultieren...«

Sie ruft sich wieder alle Einzelheiten ihres Stelldicheins ins Gedächtnis zurück und ballt die Fäuste in ihrem Muff.

»Genau besehen ist der Kleine so nett wie nur möglich! Er beißt mich aus Wonne in die Arme – und ich, ja, ich behalte einen kühlen Kopf und sage zu mir: Nicht übel... aber jetzt möchte ich's mal genau wissen! Es ist das gleiche wie bei meinem zweiten, dem Italiener, dem Antoine bei Pleyel kennengelernt hat... dem, dessen gesundes Gebiß bis unter die Augen hinauf reichte... Diligenti!... Als ich ihn daheim bei ihm bat, mich das zu lehren, was in den Büchern als ›Raffinessen der Liebe‹ bezeichnet wird, hat er gelacht und noch einmal dasselbe getrieben wie vorher!... So sieht mein Vergnügen aus, so mein Leben, bis ich genug davon habe!«

Sie denkt in dieser Minute nicht an Antoine, außer, um ihm einen unbestimmten und zwecklosen Vorwurf zu machen: »Ich wette, er ist schuld daran, wenn ich dabei so viel Vergnügen empfinde wie... wie dieser Klappsitz da. Er muß wohl etwas Empfindliches in mir verpfuscht haben.«

»Arme Minnie!« seufzt sie. Die Droschke kommt jetzt zur Place de l'Etoile. In ein paar Minuten wird sie bei sich daheim in der Avenue de Villiers, unweit der Place Pereire, sein... Sie wird den trockenen, frostglatten Gehsteig überschreiten, das überheizte Treppenhaus, das nach frischem Zement und Kitt riecht, hinaufsteigen – und dann kommen die großen Arme Antoines, seine hündische Freude... Resigniert läßt sie den Kopf hängen. Für heute besteht keine Hoffnung mehr.

Zwei Jahre Ehe und drei Geliebte... Geliebte? Kann sie in der Erinnerung sie so nennen? Sie denkt an sie nur mit einer leisen rachsüchtigen Gleichgültigkeit – an sie, die bei ihr das krampfartige, kurze Glück gefunden haben, das sie mit einer schon entmutigten Beharrlichkeit sucht. Sie vergißt, verbannt sie in einen grauen Winkel ihres Gedächtnisses, wo ihre Gesichtszüge, ja, sogar ihre Namen in nichts zerrinnen... Eine einzige deutliche Erinnerung von einer neuen, frischen Färbung: ihre Hochzeitsnacht.

Minnie könnte noch mit dem Finger auf der Wand ihres Zimmers den Schatten nachzeichnen, der dort in jener Nacht Antoine karikierte: einen vor Anstrengung gekrümmten Rücken, wie Hörner abstehenden Haare, einen kurzen Satyrbart – das ganze phantastische Bild eines eine Nymphe begattenden Pans. Auf Minnies spitzen Schmerzensschrei hatte Antoine mit einer idiotischen Äußerung dankbarer Freude, gerührter Sorgfalt und brüderlichem Verhätscheln geantwortet – es war weiß Gott höchste Zeit! Sie biß heimlich die Zähne aufeinander und weinte nicht. Sie atmete verwundert diesen Geruch eines nackten Mannes ein. Nichts vermochte sie mitzureißen, nicht einmal der Schmerz, den sie empfand – es gibt Brandwunden mit der Brennschere, die ganz anders weh tun –, aber sie hoffte, das Bewußtsein zu verlieren, ohne allzusehr daran zu glauben... Nachdem ihr niegelnagelneuer Mann, ihr glühender und ungeschickter Mann, eingeschlafen war, hatte Minnie vorsichtig versucht, sich den Armen zu entziehen, die sie noch umklammerten. Aber ihre weichen, seidigen Haare, die durch Antoines Finger verwirrt waren, machten sie zur Gefangenen. Die ganze übrige Nacht hindurch hatte Minnie, den Kopf zurückgezerrt, regungslos und geduldig über das nachgedacht, was ihr da widerfahren war, wie sie die Dinge in Ordnung bringen könnte, und über den riesigen Irrtum, diese Art von Bruder geheiratet zu haben...

»Wenn man's genau überlegt, ist Mama daran schuld... Die arme Mama, sie war überzeugt, daß mir auf der Stirn geschrieben stand: ›Ein Mädchen, das einen Fehltritt begangen hat!‹ Einen Fehltritt! Was hatte ich schon Großes getan! Es war ganz zwecklos, ihr zu sagen, daß ich bei meiner Eskapade nur zwei Frauen, einem alten Mann und einem dicken Rheumatiker begegnet bin... Onkel Paul läßt mich links liegen, seitdem Mama gestorben ist, so, als sei ich an ihrem Tode schuld... Arme Mama, sie wußte mir vor dem Auseinandergehen nichts Besseres zu sagen als: ›Heirate Antoine, mein Liebling. Er liebt dich, und du wirst kaum einen anderen finden...‹ Was denn, ich hätte sechsunddreißigtausend andere heiraten können, gleichviel welchen anderen, nur nicht den!«

Minnie lebt seit ihrer Verheiratung in Gedanken an ihre Vergangenheit, ohne sich bewußt zu werden, daß es bei einer fast noch kindlichen Frau nicht normal ist, ihre Überlegungen mit »Damals... zu beginnen.

Sie scheint aus dem Traum, der ihr einstmals die Zukunft, den Schicken Bruno, die anrüchige Welt, die nachts im Schatten der Befestigungswerke ihr Unwesen treibt, so verlockend vorgaukelte, verstört, ohne genaue Erinnerung, erwacht zu sein. Sie hat ihre Gewohnheit beibehalten, die Augen auf das Abenteuerliche gerichtet, zu sinnen... Aber getäuscht, gedemütigt, resigniert, beginnt sie zu erraten, daß Abenteuer nichts anderes ist als Liebe, und daß es das andere nicht gibt. »Ach!« fleht Minnie innerlich. »Laßt mich eine Liebe finden, gleichviel welche, eine Liebe wie alle Welt, aber eine echte – und mit ihr werde ich sehr wohl verstehen, mir ein Abenteuer zu schaffen, das allein meiner würdig ist!«

»Oh, ich wußte wohl, daß dieses Läuten meine Minnie war! Ich wette, du bist böse auf mich, weil du dich verspätet hast!«

Sie lächelt, obwohl ihr nicht zum Lachen zumute ist, ihre ungerechte Laune so richtig erraten und so geduldig hingenommen zu sehen. Im Grunde findet sie diesen großen Jungen mit seinem Pferdegesicht, der, wenn man will, schön ist und seinem jungen Gesicht durch einen Bart Ernst verleiht, nicht ungern wieder. »Wenigstens«, sagt sie sich, während sie ablegt, »kenne ich ihn genau: Ich erwarte mir nichts mehr von ihm. Das ist schon etwas, wenn man erst einmal an dem Punkt angelangt ist wie ich.«

»Wieso verspätet? Ich denke, wir essen daheim?«

Antoine wirft empört die Arme hoch, die fast die Decke berühren:

»Ah! Und die Chaulieux?«

»Ach so«, erwidert Minnie.

Und sie steht da, ihren Hutschleier in ihren schmalen Händen, so liebreizend mit ihrem Gesicht eines gescholtenen Kindes, daß Antoine auf sie zustürzt, sie vom Boden hochhebt und sie küssen will. Aber sie macht sich rasch mit erkaltenden Augen los:

»So ist's recht! Halt mich nur noch auf! Außerdem ißt man dort bei ihnen sehr spät – wir werden längst nicht die letzten sein!«

Sie geht auf ihre Zimmertür zu, dreht sich um und sagt mit schmollend geschürzten Lippen: »Legst du Wert auf diese Einladung?«

Antoine öffnet den Mund, schließt ihn wieder, öffnet ihn erneut: Offenbar hat er eine solche Flut von Einwänden parat, daß Minnie die Geduld verliert und, bevor er ein Wort gesagt hat, schreit:

»Ja, ja, ich weiß! Deine Verbindungen mit Pleyel! Und die Zeitungsreklame durch Chaulieux! Und Lugné-Poe, der für das Auftreten Isadora Duncans eine Harfe bestellen will! Ich weiß alles, alles, sag' ich dir. In zehn Minuten bin ich fertig!«

»Wenn sie alles das weiß«, sagt sich Antoine, der allein mitten im Salon stehengeblieben ist, »warum fragt sie mich dann, ob mir etwas an dieser Einladung liegt?«

Antoines Liebe kennt so wenig die List wie die Mäßigung. Seine Zärtlichkeit macht ihn zu zärtlich, seine Lustigkeit zu lustig, seine Besorgnis zu besorgt. Vielleicht stehen keine anderen Schranken zwischen ihnen als dieses Bedürfnis – »diese Manie«, wie Minnie sagt –, ernst und ohne Umschweife zu sein?... Eines Tages hat Onkel Paul, der Vater Antoines, vor Minnie zu seinem Sohn gesagt: »Man muß sich vor seiner ersten Gefühlsregung hüten!« – »Ach, das ist sehr richtig«, hat Minnie fügsam geantwortet, dabei innerlich hinzugefügt: »... vor allem solche Menschen, die nicht spontan lügen. Das sind Faulpelze, die sich nicht einmal die Mühe nehmen, die Wahrheit ein wenig zu frisieren, sei es aus Höflichkeit oder Schläue...«

Antoine ist einer dieser Unverbesserlichen. Er ruft Minnie bei jeder Gelegenheit zu: »Ich liebe dich!« Und das ist wahr. Es ist absolut, ohne Einschränkung, ein für allemal wahr. »Wohin kämen wir«, philosophiert Minnie, »wenn ich mit gleicher Unverblümtheit und derselben Offenheit wie er ausrufen würde: Ich liebe dich nicht!«

Auch diesmal wieder, wie er so in dem weißen Salon dasteht, rechnet er gerecht mit der abwesenden Minnie: »Warum hat sie mich gefragt, wenn sie es doch weiß?« Er stößt im Vorbeigehen an die Harfe, die er bei Pleyel hat bauen lassen. Die große Lyra seufzt in hohen, harmonischen Klagetönen. Um Gottes willen, mein Modell 8! Er betastet sie mit liebevoller Sorgfalt und lächelt im Spiegel seinem Bild eines bärtigen Rhapsoden zu.

Antoine ist kein Adler, aber er ist vernünftig genug, das einzusehen. Getrieben von dem Bedürfnis, sich in den Augen Minnies zu erhöhen, zwackt er mit Einwilligung seines Chefs Gustave Lyon einige Stunden, die er eigentlich über den Rechnungsbüchern der Firma Pleyel verbringen sollte, von seiner Arbeitszeit ab, um sie der Rekonstruktion griechischer oder ägyptischer Musikinstrumente zu widmen. »Ich hätte mich ebensogut der Konstruktion von Automobilen zuwenden können«, gesteht er sich ein, »aber die Rekonstruktion der *Barbytos* bringt mir vielleicht das rote Bändchen der Ehrenlegion ein...« Die Tür zum Schlafzimmer öffnet sich wieder, und Antoine zuckt zusammen. »Ich habe zehn Minuten gesagt«, wirft eine kleine triumphierende Stimme hin. »Schau auf deine Uhr!«

»Fabelhaft!« gesteht dieses Muster eines Ehemanns zu. »Wie schön du bist, Minnie!«

Schön – darüber läßt sich streiten, aber eigenartig und reizend. Wie sie es immer war. Sie ist mit einem grünen, grünblauen, blaugrünen Tüll, einem Kleid von der Farbe des Aquamarins gekleidet. Ein silberner Gürtel, eine silberne Rose am dezenten Ausschnitt – das ist alles. Aber da sind die zarten Schultern Minnies, die schimmernden Haare und ihre schwarzen Augen, die verblüffen, die nicht mit dem übrigen zusammenpassen, und unter ihrer Halskette aus Perlen, die nicht größer als Reiskörner sind, zwei ganz kleine, rührende Salzfäßchen...

»Komm, mach rasch, meine Puppe!...

Bei den Chaulieux kommt jeder mit streitbarer Seele, geballten Fäusten und mit abwehrbereit zusammengebissenen Zähnen an. Die Stärksten tragen eine Miene vorgetäuschter Unbefangenheit und Munterkeit zur Schau, das Gesicht eines guten Freundes, der zu seinen guten Freunden kommt, um einen ruhigen Abend zu verleben. Aber ihrer sind wenige. Im allgemeinen wenden sich jemandem, der im Laufe eines Abends sagt: »Ich speise heute abend bei den Chaulieux«, die Gesichter mit einem ironischen Interesse zu. Man sagt: »So, so!« Und das bedeutet:

»Viel Glück! Fühlen Sie sich in Form? Ist der Bizeps in Ordnung?«

Aller Legende entkleidet, hat der Salon der Chaulieux nichts, was die empfindlichsten Seelen beunruhigen könnte. Madame Chaulieu ist wohl ein böses Weib, zugegeben. Aber es gibt immerhin noch friedfertige Leute, auf die diese Entdeckung keine andere Wirkung hervorbringt, als daß sie etwa sagen: »Madame Chaulieu ist ein wenig buckelig.« Diese gezeichnete Kreatur schmückt sich mit ihrer Bosheit, wie sich andere mit einem Laster schmücken. Praktisch hat sie sich erst einmal bekannt gemacht, indem sie von sich, von sich und noch einmal von sich sprach. Mit Ausdauer hat sie fünf oder sechs Jahre hindurch jeden ihrer Sätze angefangen mit« »Ich, die ich die böseste Frau von Paris bin...« Und Paris sagt heute mit einer rührenden Einmütigkeit nach: »Madame Chaulieu, diese böseste Frau von Paris...« Vielleicht ist es bei ihr ungenutzte Energie, die Energie einer Buckligen, deren Buckel innen sitzt; denn ihr schmächtiger Körper trägt majestätisch den großen, prächtigen Kopf einer orientalischen Jüdin.

Chaulieu, ihr Mann, ist ein schweigsamer, entmutigter, hart arbeitender Mensch, der in ewiger Furcht vor seiner Gefährtin lebt. Wenn man von ihm spricht, sagt man gewöhnlich: »Dieser arme Chaulieu«; denn auf seinem Gesicht eines kleinen plattnasigen Hidalgo trägt er die Melancholie der unheilbar Kranken, die resigniert haben, zur Schau. Er findet sich stolz mit dem Unglück ab, der Ehemann seiner Frau zu sein, und sein Schweigen bedeutet: »Laßt mich zufrieden mit eurem Mitleid. Wenn ich ihr Mann bin, so darum, weil ich es gewollt habe!«

Irene Chaulieu kleidet sich kostspielig, sie trägt weiße Spitzen- und Tüllkleider, die gewinnen würden, wenn man sie öfter zur chemischen Reinigung und Entfernung von Fettflecken schicken würde, als Gelegenheitskauf erstandene Zobelpelze und weiße Handschuhe, die immer ein wenig aufgeplatzt sind infolge der nervösen Unrast ihrer kleinen Hände – feuchter Spielerhände, die den Staub von antiquarischem Krimskrams, den Zuckerguß der Kuchen, die Butter der belegten Brote und die oxidierten Spuren einer Halskette, an der sie unablässig herumfingern, aufweisen. Daheim sitzt Irene Chaulieu, um größer zu erscheinen, auf dem äußersten Rand eines Sessels im Hintergrund eines riesigen rechteckigen Salons, das Gesicht zur Tür, um ihre Freunde sofort bei ihrem Eintreten ins Auge zu fassen und ihnen, während sie das wie eine Wasserlache spiegelnde Parkett überschreiten, mit ihrem schönen, brutalen, übelwollenden Blick zu folgen.

So sieht die seltsame Freundin aus, die der Zufall Minnie gegeben hat. Irene hat sich mit dem Sammeleifer, der sie Neuankömmlingen so angenehm macht, auf die junge Frau gestürzt, ganz Feuer und Flamme, kennenzulernen, zu zerpflücken und zu zerstören. Und außerdem, mein Gott, Antoine ist nicht so übel... groß und mit einem Bart, das Abbild des ehrenhaften Brasilianers. Die vorbauende Sinnlichkeit Irenes versteht für die Zukunft zu planen.

»Ah, endlich sind Sie da!«

Antoine, hinter Minnie, die wie eine Schlittschuhläuferin über das glatte Parkett gleitet, murmelt Entschuldigungen und beugt sich über die ausgestreckte Hand von Madame Chaulieu. Aber sie sieht ihn nicht einmal an, beschäftigt mit den Einzelheiten von Minnies Toilette, wie sie ist...

»Ist dieses schöne Kleid daran schuld, meine Liebe, daß Sie so spät kommen?«

Ihr Ton klingt mehr strafend als fragend, aber Minnie scheint davon unberührt. Sie zählt mit einem ernsten Blick ihrer schwarzen Augen die männlichen Gäste und vergißt, Chaulieu guten Abend zu sagen, der, selbst noch in der Begeisterung erschöpft, verbindlich ausruft:

»Wie sehr Sie doch heute abend der herben Tochter Siegfrieds und Brünhildes gleichen!«

»Haben Sie sie gekannt?« scherzt Minnie geschmeichelt.

»Weder ich noch sonstwer, mein liebes Kind: Bedauerliche Vorfälle in ihrer Familie haben verhindert, daß sie das Licht der Welt erblickte.«

Irene unterbricht dieses tragödien-satyrspielhafte Zwiegespräch, als diktierte sie eine Aufgabe:

»Minnie, unser Freund Maschaing möchte Sie gerne kennenlernen.«

Diesmal scheint Minnie aus ihrer Gleichgültigkeit zu erwachen: Maschaing, der Akademiker, der Maschaing vom *Spiegel des Orients* und der *Enthüllungen*, Maschaing persönlich! … »Endlich einer, der sich in den Wollüsten auskennen muß!« sagt sich Minnie … Mit gespannter Aufmerksamkeit neigt sie sich einem kleinen, gewandten Herrn zu, der sie begrüßt …« Ach, ich hätte ihn mir jünger vorgestellt! Und außerdem sieht er mich nicht genau genug an … das ist schade!«

Irene Chaulieu erhebt sich, schleppt zwei Meter verstaubte, seidenübersponnene Spitze hinter sich her und bemächtigt sich des Armes von Maschaing. Ihr königlicher, ungestümer Kopf, ihr kleiner, auf gefährlich hohen Absätzen gereckter Körper verraten den Stolz einer erfolgreichen Jagd: »Endlich habe ich ihn, diesen Akademiker!«

»Maugis«, wirft sie über die Schulter weg hin, »reichen Sie Minnie den Arm …«

Minnie folgt, ihre behandschuhte Hand auf den Ärmel Maugis' gelegt, den sie noch nie aus solcher Nähe gesehen hat. »Er ist komisch, mein Tischherr. Er hat die Stielaugen einer Schnecke. Aber dieser militärische Schnurrbart gefällt mir nicht übel. Außerdem hat er eine zu kurze Nase, die mich belustigt. Das also ist einer, von dem es heißt, er verstehe zu leben, wie man so sagt? Irene Chaulieu behauptet, man könne sich durchaus auf die Männer von der vorhergehenden Generation verlassen. Genaugenommen, ohne seinen flachen schwarzen Filzhut fehlt ihm das charakteristische Merkmal seiner Physiognomik... Ich habe Kreuzschmerzen, wieso wohl?... Sie an, ich dachte nicht mehr daran: Aber das kommt von dem kleinen Couderc heute...« Sie lächelt kühl bei ihrer Erinnerung und lehnt dankend die Suppe ab.

Links von ihr trinkt Chaulieu vernünftig und resigniert Vichywasser, denn: »Es gibt kein Haus«, sagt er, »in dem man schlechter ißt als in meinem.« Rechts von ihr hält Maugis den Blick seines vorquellenden Auges auf sie gerichtet. Ihr gegenüber löffelt Irene Chaulieu, prächtig und sehr groß, sobald sie sitzt, ihre Bouillon, taucht ein Ende ihrer Schärpe, die auch sonst schon allerhand mitgemacht hat, hinein und plaudert mit Maschaing mit jener Unverblümtheit der Sprache und jenem Zynismus der Bewunderung, die manchmal ihr Opfer überwältigen und es, passiv und glücklich, an die dürstenden, schön geschnittenen Lippen Irenes, in ihre muskulösen Tierbändigerinnenarme taumeln lassen...

Antoine lächelt seiner Frau zu. Sie gibt ihm dieses Lächeln zurück, indem sie den Kopf in den Nacken biegt, so daß Maugis der Halslinie folgen und das Blitzen der Augen zwischen den blonden Wimpern wahrnehmen kann...

»Man weiß nie«, sagt sie sich.

An den beiden Tischenden sitzen unbedeutende Gäste, arme Kusinen Irenes, junge Literaturwunder, die noch nicht den niedrigsten akademischen Grad erlangt haben, aber Mallarmé als »Reaktionär« abtun. Eine Amerikanerin, die man als »die schöne Suzie« betitelt, ohne sie näher zu bezeichnen, und ihr derzeitiger Wochenflirt, ein jüdischer Edelsteinhändler, an den die Gastgeberin, die hinter einem lupenreinen Saphir her ist, gleich darauf vergeblich ihre vielversprechendsten Blicke und ihren anbiedernden Zynismus verschwendet: »Wir beiden – wir sind richtig ausgekocht!« Ein blonder Pianist mit Beethovenmähne ist für elf Uhr angesagt...

Minnie betrachtet alle diese Leutchen und lächelt: »Der arme Antoine hat wieder einmal die Tante Rachel erwischt! Es ist immer dasselbe. Da es hier außer ihm kaum jemand Höflichen gibt, hängt man ihm alle alten Verwandten an...«

»Trinken Sie nichts, gnädige Frau?«

»Aha! Er entschließt sich, der dicke Maugis? Was für ein Schnurrbart, sapperlot! Ich kann mich nicht daran gewöhnen, aus diesem martialischen Gestrüpp seine ein wenig erkältete Jungmädchenstimme hervorkommen zu hören...«

»Doch ja, ich nehme Champagner und Wasser.«

»Wie sehr recht Sie haben! Der Champagner ist der einzig trinkbare Alkohol in diesem Haus. Chaulieu macht die Reklame für Pommery – zum Glück für Sie!«

»Das wußte ich nicht. Wenn Irene Sie hören würde!«

»Keine Gefahr! Sie zerreißt sich schier, um Eindruck auf Maschaing zu machen...«

»Da täuschen Sie sich, mein kleiner Maugis, ich höre immer alles!«

Blick und Zurechtweisung prasseln auf den Unklugen herab, der den Rücken krümmt und flehend die Hände hebt.

»Verzeihung! Ich tu's nicht mehr!« stöhnt er.

Aber man entwaffnet Irene Chaulieu nicht so schnell:

»Stellen Sie sich nicht schlecht mit mir, mein kleiner Maugis: Es könnte Sie teuer zu stehen kommen!«

Verletzt, in Gegenwart von Minnie bedroht zu werden, wird der Mann mit dem mächtigen Schnurrbart ausfällig: »Teuer? Meine arme Freundin, da bin ich ganz beruhigt: Die Frauen haben mich noch nie etwas gekostet, und ich werde nicht ausgerechnet Ihretwegen meine Gewohnheiten ändern!«

Irene Chaulieu schnuppert wie ein Schlachtroß, das Blut wittert, und will antworten. Schon sind alle Tischgäste verstummt und beugen sich vor wie im Theater, als die sanfte, müde Stimme Chaulieus – wie schade! – den Sturm ablenkt: »Hab' ich's nicht gesagt, daß die Pastete verunglücken wird?«

Obwohl die Feststellung durchaus zutrifft, werfen die Tischgenossen wütende Blicke auf den Märtyrer: Chaulieu beraubt sie einer jener sorgfältig eingefädelten Hecheleien – die Spezialität des Hauses –, und außerdem hätte man, wie Maugis sagt, während der Zeit nicht an das gedacht, was man ißt! Das hindert nicht, daß Minnie ihrem tapferen Tischnachbarn einen äußerst schmeichelhaften Seitenblick zuwirft. »Sein Schnurrbart lügt nicht: Er ist ein Held!« Der Held fühlt zwischen ihr und sich diese zweitrangige Zuneigung entstehen, die eine kleine Frau von Welt dem Ringkämpfer entgegenbringt, der soeben seinen Gegner »geworfen« hat... Er ist durchaus gewillt, sich das zunutze zu machen, verführt durch Minnies beunruhigende Schönheit, ihren Liebreiz einer nicht käuflichen kleinen Nippsache...

Der Ton bei der Abendtafel wird lebhafter. Irene Chaulieu flammt vor Lebendigkeit, berauscht durch ihr erstes Scharmützel. Sie hört auf zu essen, spricht wie im Delirium und flüstert in das aufmerksame Ohr des Akademikers, der sich Notizen macht, unerhörte Verleumdungen. Antoine hört sie verblüfft eine Freundin neuen Datums verteidigen:

»Nein, mein verehrter Meister, machen Sie sich nicht zum Echo derartiger Gemeinheiten! Madame Barnery ist eine anständige Frau, die nie mit Claude die Beziehungen gehabt hat, die man behauptet – Madame Barnery hat wohl Liebhaber...«

»Wie, was? Sie hat Liebhaber?«

»Ganz recht, sie hat Liebhaber! Und das ist ihr gutes Recht, Liebhaber zu haben! Das ist das Recht jeder vom Leben enttäuschten Frau. Und ich werde nie dulden, daß man in meiner Gegenwart auch nur in andeutenden Worten schlecht von ihr spricht!«

»Guter Gott!« seufzte Antoine zerschmettert. »Wenn diese Megäre jemals Minnie aufs Korn nimmt, sind wir geliefert! Meine kleine, so reine Minnie! Wie sie über die faulen Witze dieses dicken Journalisten lacht! Nichts von alledem kommt wirklich an sie heran...«

Minnie lacht jetzt wahrhaftig mit zurückgeworfenem Kopf, und man sieht das Lachen in Wellen unter der perlmutternen Haut des Halses bis zu den zwei rührenden Salzfäßchen hinuntersteigen... Sie sagt, um sich in besseres Licht zu setzen und um dem von ihr bezauberten Maugis nicht antworten zu müssen, der ihr seinen Seelenzustand mit den glühenden Worten schildert:

»...und Sie werden sehen, was für ein Liebesnest, mit was für Diwans...«

»Diwans?« unterbricht ihn Minnie, plötzlich sehr reserviert. »Hören Sie, Herr Chaulieu, was mein Nachbar da zu mir sagt?«

»Ich höre wohl«, gibt Chaulieu zur Antwort, »aber ich schauspielere aus Diskretion den Herrn, der mit seinem Salat beschäftigt ist. Guter Gott, wie schlecht er schmeckt! Woraus mag man nur bei uns im Haus Olivenöl machen?«

Minnie zieht ihn spitzbübisch am Ärmel:

»Aber Herr Chaulieu, verteidigen Sie mich doch! Er hat mir schreckliche Dinge gesagt!«

Chaulieu wendet Minnie sein plattnasiges Gesicht zu:

»Was denn, Sie armes Kind, sind Sie so weit, daß Sie um Hilfe bitten müssen? In diesem Fall gibt es dort...«

»Gibt es was?« will Minnie sehr kokett wissen.

Chaulieu deutet mit dem Kinn auf Antoine:

»Nun, den dort, bei dem mir der Bizeps ein Wörtchen mitzusprechen zu haben scheint... Heda, Maugis, was meinst du dazu?«

Maugis, im Grunde verärgert, stößt eine höhnische Lache aus, stützt schwer die Ellbogen auf den Tisch und überbetont die Wucht seines breiten Rückens:

»Mein Lieber, vorausgesetzt, daß eine Frau ihre Schwächen hat, pfeife ich auf die Stärke ihres Gatten!«

»Das ist Ansichtssache.«

»Sagen Sie mal, kleine blonde Frau, er scheint recht beschäftigt zu sein, Ihr Mann?«

Sehr beschäftigt! Sobald Irene Chaulieu das Spiel Maugis' durchschaute, hat sie dem Unsterblichen entschlossen den Rücken zugekehrt und sich auf Antoine, den Ehemann, den Feind, gestürzt. Sie verbirgt ihm mit ihrer breiten, lockeren Frisur, ihrem aufgeklappten Fächer und ihrer aus dem Brustpanzer geglittenen Schulter eine ganze Hälfte des Tisches... Sie überschüttet ihn mit Worten, heuchelt ein neuerwachtes und leidenschaftliches Interesse für die Harfe.

»Aber, mein Lieber, das bedeutet eine Revolution in der Musik!«

»Na, das ist viel gesagt!« gibt Antoine gerechterweise zu bedenken.

»Nicht doch, nicht doch, Sie sind zu bescheiden! Ach, wenn ich ein Mann wäre! Wir beide, wir würden die Welt auf den Kopf stellen!... Wenn man Ihre Kraft hat, Ihre Jugend, Ihre...«

Der schöne orientalische Blick Irenes senkt sich in den Antoines. Ihre maskenhaft schweren Wimpern schlagen träge wie der Flügel eines ruhenden Schmetterlings... Er blinzelt verlegen, zudem ermüdet durch das grelle elektrische Licht, das auf das Tischtuch prallt und seinen fahlen Widerschein auf die Gesichter wirft. Ein Läuten auf dem Gang beendet seine Marter, und Chaulieu macht seine Frau durch ein kleines Zungenschnalzen aufmerksam:

»He, Irene!«

Sie erhebt sich zögernd, hüllt sich in ihren Schal, streift dabei Bananenschalen vom Tisch und schleift sie mit, wobei sie laut sagt:

»Schon die ersten Nachtischgäste! Da kann ich nichts machen! Jeder möchte gern mitessen... Minnie, Sie machen die Honneurs im Salon beim Kaffee und den Likören.«

Minnie hat nichts gegen diese delikate Aufgabe, die darin besteht, in einem von zerbrechlichen Tassen, einer Kaffeekanne und einer Zuckerschale vollgehäuften Salon die Dame des Hauses zu spielen... Sie bringt dazu geschickte Hände mit, die Beflissenheit einer unechten Naiven, welche die satt gegessenen Gäste rührt.

»Was für ein Schatz, mein Lieber, ist doch eine solche kleine Frau! Sie hat ein Gesichtchen, daß es einem kalt über den Rücken läuft, findest du nicht?«

Maugis' Begeisterung kennt keine Grenzen mehr. Er hat sich einem jungen Dichter anvertraut, der zu jung ist, um der Schönheit von Frauen gegenüber nicht blasiert zu sein...

»Was für ein zum Erdrosseln süßer Hals! Und diese Haare, diese Augen, diese...«

Irene Chaulieu gesellt sich boshaft und aufgeregt hinzu.

»Na, na Maugis, nur die Ruhe! Geben Sie wenigstens zu, daß ich eine gute Freundin bin. Bei Tisch habe ich, um Ihnen freie Hand zu lassen, den Ehemann beschäftigt!«

»Das stimmt, ich werde es Ihnen nicht vergessen. Sie ist wirklich reizend, das Kind. Ich verwette meinen Kopf, wenn ich ihr auf einer einsamen Insel begegnen würde... oder gar in meinem Schlafzimmer...«

»Armer Maugis, Sie tun mir leid! Es ist nichts zu machen mit Minnie.«

Der Zeitungsmann zuckt seine schweren Schultern:
»Sie ist anständig? Desto besser! Eine Frau, die noch nichts mitgemacht hat, ist weniger auf der Hut.«
»Das kommt drauf an«, wendet Irene obenhin ein, die Wimpern als Schutzschild niedergeschlagen. »Es gibt auch solche, denen Männer nichts bedeuten...«
Maugis wirft, um aufmerksamer zuhören zu können, seine Zigarette in eine Vase voll Rosen.
»Nein? Wirklich? Sie?... Erzählen Sie mir alles! Wir sind alte Kameraden, wir zwei, nicht wahr, Irene?«
»Ja, im Augenblick!« wirft sie spöttisch ein. »Sie sind mir ein zu großer Spötter, mein Dickerchen, Ihnen sage ich nichts.«
Beruhigt, in der Gewißheit, den guten Samen der Lüge gesät zu haben, geht sie den ankommenden Paaren entgegen. Selten sind es Paare: der Junggeselle und der allein gekommene Ehemann sind in der Überzahl. Sie lächelt, reicht ihre Hände mit den polierten Nägeln und den schmutzigen Innenflächen. Der große, eisige Salon bevölkert sich endlich, verliert seine Kälte eines zu vermietenden Raumes. Irene reicht Zigaretten, und Minnie gießt, so gesetzt in ihrem blauen Kleid, die Schnäpse ein.
»Ein Gläschen Curaçao?«
Sie sagt das mit einer vornehmen Stimme – eine Stimme, die sich in höflicher Weise langweilt...
»Ein Gläschen Curaçao?«
Keine Antwort. Minnie blickt auf und sieht sich dem kleinen Baron Couderc gegenüber, der soeben hereingekommen ist... Er kann es gar nicht fassen. Warum hat sie ihm nicht gesagt, daß er sie heute abend sehen würde? Den schließlich ist es kaum fünf Stunden her, daß sie dort in der Rue Christophe-Colomb mit einer so charmanten und drollig fehl angebrachten Schamhaftigkeit ihre Strumpfbänder aufhakte... Bei dieser Erinne-

rung stockt ihm ein wenig der Atem, und seine kindliche Gesichtsfarbe wird jäh purpurn übergossen.

»Aber«, murmelte er, »Sie sind also da?«

»Kann man wohl behaupten...«, macht sie sich über ihn lustig und lächelt ihn aus den Augen an.

Sie läßt ihn mit einem vollen Glas in den Händen sitzen und geht, eine gleichgültige Göttin der Jugend, weiter, um Antoine zu bedienen.

Irene Chaulieu hat es beobachtet, Maugis ebenfalls.

»Großer Gott, Irene, was für eine er aufs Dach bekommen hat, der Bengel!« schnauft Maugis, heftig interessiert.

»Haben Sie gesehen, was er hat einstecken müssen?«

»Wundert Sie das? Mich nicht! Wissen Sie denn nicht? Dieser kleine Couderc ist verrückt nach ihr, aber sie will nichts von ihm wissen. Sie hat ihn noch einmal abfahren lassen müssen, und zwar glatt. Er wird gut daran tun, sich nicht mehr von ihr sehen zu lassen!«

»Er kann sich gar nicht darüber beruhigen: Schauen Sie ihn nur an: armer Kerl! Er tut mir leid!«

»Er tut Ihnen leid? Sie sind gut, mein Lieber, Sie wollen, alle Frauen sollen ihr Leben in den Junggesellenbuden verbringen! Es geschieht dem kleinen Couderc recht! Mir gefallen Frauen, die Haltung bewahren!«

Es stimmt, daß Jacques Couderc leidet. Er erträgt seinen neuen Zustand eines glücklichen Liebhabers mit Ungeduld und Unbehagen. Vorige Woche versetzte ihn sein Flirt mit Minnie in eine köstliche Unruhe, in einen Zustand der Überspanntheit wie leichter Wein, der den Kopf schwindelig macht, ohne in die Beine zu fahren. Er hätte sich vor ihr schlagen, aller Welt ins Gesicht springen, eine andere Frau entführen mögen, auf daß Minnie davon erfuhr und ihn bewunderte. Damals empfand er noch nicht diese düstere, glühende Liebe, welche die erste Stunde der Besitzergreifung aus dunklen Untergründen hatte hervorbrechen lassen, wo sie waffenstarrend geschlummert hatte...

Jacques leidet an Eifersucht, weil er liebt, und sein Leid verleiht ihm ein leise demütiges und linkisches Gehaben, das Aussehen eines frühzeitig Rheumakranken.

Ohne Rücksicht auf den Pianisten, der einen stürmischen Schlußsatz von Liszt spielt, hat sich Maugis wieder zu Minnie gesellt, und Jacques Couderc beobachtet sie, wie sie girrt und lacht.

»Sie hat heute nur ein einziges Mal gelacht«, denkt er, »nämlich, als sie mir sagte, ich sei dumm. Guter Gott! Ich bin es weit mehr, als sie glaubt... Was für einen häßlichen Schädel er aufhat, dieser Maugis! Er ähnelt dem Froschkönig der Zeichnungen von Walter Crane... Nun schön! Ich werde gehen und dem Ehemann einen Floh ins Ohr setzen!«

Jacques Couderc reckt seine Straßenjungen-Nase hoch, setzt im Mundwinkel ein Lächeln auf und geht verwegen Antoine »die Augen öffnen«, der friedlich beim Tisch der Pokerspieler im Kreis der reifen Männer raucht, denn sein Bart und sein ernstes Pferdegesicht haben ihm über sein Alter hinausgehende Beziehungen geschaffen. Außerdem schäkert der Erneuerer der *Barbytos* nicht mit Gigolos!

»Hallo...«

»Mein Lieber...«

Sie wechseln einen Händedruck, und Antoine lächelt väterlich.

»Haben Sie schon meine Frau begrüßt?«

»Ja... das heißt, sie unterhielt sich gerade mit Herrn Maugis: Da glaubte ich, nicht stören zu sollen.«

»Sie kennen Maugis nicht?«

»Kaum... Ist er einer von Ihren persönlichen Freunden?«

»Nein, keineswegs. Ich sehe ihn hier oder sonstwo. Minnie unterhält sich gut mit ihm.«

Jacques wirft einen wütenden Blick auf Antoine:

»Netter Junge, soweit. Ein bißchen Boheme, aber wenn man Junggeselle ist, nicht wahr?«

»Das würde ich an Ihrer Stelle nicht sagen!«

»Ich sag's auch nicht!« verwehrt sich Jacques unklug, rot von verräterischer Scham. »Ich weiß sehr wohl, daß man die Frechheit besitzt zu behaupten, ich führe ein mehr als lockeres Leben, aber das ist sehr, sehr übertrieben. Jedenfalls stehe ich nicht wie Maugis in dem peinlichen Ruf, es mit alten Damen zu treiben! Ich jedenfalls nicht!«

Antoine zieht die Augenbrauen hoch und wirft einen Blick zu Maugis hinüber, der noch immer neben Minnie sitzt.

»Wie das? Er treibt's mit alten Damen?«

»Alten Damen – das ist ein wenig zuviel gesagt... mit einer alten Dame, einer gefärbten Blondine, die über das Alter hinaus ist... und Gott weiß, warum! Denn in Wahrheit ist er mehr auf die kleinen, ganz jungen Frauen eingestellt...«

»Wirklich? Fabelhaft!« erklärt Antoine.

Sein Ton verrät eine so ehrliche Bewunderung, daß Couderc ungehalten wird.

»Widert Sie das eine nicht genauso an wie das andere?«

»Mich? Aber ich finde das wunderbar, mein Lieber! Sie könnten mich mit einer betagten Frau sieben Jahre lang ins Bett stecken... ich bliebe wie... wie... ich kann nicht sagen, was!«

Der Baron Couderc erhebt sich. Er ist enttäuscht.

»Sie gestatten? Ich glaube, Frau Minnie macht mir ein Zeichen...«

Es ist kein Zeichen, sondern ein trotziges Runzeln der Augenbrauen. Minnie sieht, Minnie fühlt das Entstehen einer Gefahr, gegen die sich ihre tapfere und listenreiche Seele zur Wehr setzt. Sie sieht mißtrauisch Jacques herankommen... Er ist doch recht nett, der Junge, und so gut angezogen!

»Die Hose von Maugis sitzt prall wie eine Röhre«, denkt sie, »und außerdem mag ich diese glänzenden Jackenaufschläge nicht... Aber Jacques ist entschieden zu jung. Dieses Überraschtsein, dieses Erröten, als er mich hier vorfand... Ich hätte nicht damit rechnen sollen, daß mich ein so junger Mensch zu einer Frau wie alle anderen machen könnte... Wenn ich daran denke, was unlängst Marthe Payet sagte: ›Ich bin wie Bilitis; wenn ich mit meinem Geliebten zusammen bin, könnte der Plafond einstürzen, ohne daß ich es merken würde.‹ Jacques ist auch so wie Bilitis... Ich könnte ihn prügeln!«

Sie wendet sich ein wenig zu Maugis, dessen Atem ihre Schulter streichelt: »Dem da kann man nicht den Vorwurf machen, zu jung zu sein – im Gegenteil. Er ist nicht schön... Aber seine Sicherheit, seine Jungmädchenstimme, seine aufreizende Gelassenheit und dieses gewisse Etwas... Ach ja«, unterbricht sie sich resigniert, »das gewisse Etwas der Männer, die man nicht zu genau kennt!«

Jacques ist auf Minnie zugegangen, die ihm ihre Hand reicht, von der sie den Handschuh abgestreift hat. Er berührt sie mit den Lippen und wartet, Maugis vorgestellt zu werden, was nicht geschieht. Maugis raucht genießerisch und unbeteiligt, den Blick zur rauchblauen Decke gerichtet... Schließlich steht Minnie auf, streicht ihr Kleid glatt und geht zu dem Tisch mit den Erfrischungen, damit ihr Geliebter ihr folgen kann...

»Ein Glas Orangeade, gnädige Frau?... Minnie!« beschwört er sie ganz leise, »Sie wußten, daß Sie heute abend hierher kämen, und haben mir nichts davon gesagt...«

»Das ist wahr«, gibt sie zu. »Ich dachte nicht daran.«

Sie hat ihm beim Sprechen das Profil zugewandt, ein

Champagnerglas in der Hand, steht sie ganz übergossen von dem hellen Licht da. Ihre aufgebogenen Wimpern sind Pfeile, die ihre Augen in Abwehr schleudern. Der Schluck Champagner, den sie getrunken hat, färbt ihr kompliziertes Ohr rosig...

»Minnie«, fährt er fort, von Sinnen angesichts von soviel Liebreiz, »schwöre mir, daß du nicht deinen Flirt mit diesem üblen Kerl hast decken wollen.«

Sie zittert, wendet sich aber Jacques nicht zu.

»Kenne ich üble Kerle? Und Sie wagen es, heute – *heute* so zu mir zu sprechen?«

Er schleudert sein angebissenes Brötchen über den Tisch, wo es in ein dort stehendes Körbchen mit Kirschen fällt.

»Ach, ich bringe es nur heute fertig, so zu dir zu sprechen, denn heute leide ich, heute liebe ich dich!«

Minnie hat sich ihm brüsk zugewandt, sie richtet ihren ernsten Blick in die mißtrauischen, traurigen Augen ihres Liebhabers.

»Nur heute? Weil Sie mich gehabt haben? Wirklich?... Oh! Erklären Sie mir, wie es möglich ist, daß die Liebe durch derlei entsteht?... Sagen Sie mir: Sie lieben mich mehr, weil heute nachmittag...?«

Er glaubt zu verstehen – und irrt sich. Er glaubt, Minnie wolle seine Erinnerung an einem kaum erloschenen Feuer anfachen, wolle vor allem den raffinierten Kitzel einer deutlichen Wiederheraufbeschwörung auskosten... Seine Gesichtsfarbe eines vollblütigen Kindes wird abwechselnd glühend rot und blaß: Schon ist er wieder wehrlos in den verwandelt, als den sie ihn noch vor kurzem in der Rue Christophe-Colomb gesehen hat...

«Ach, Minnie, als du dich so heruntergebeugt hast, um deine Strumpfbänder aufzuhaken...«

Er spricht wie im Fieber und schwankt, sein linkes Knie hüpft, so wie dort... Sie hört ihn an, sehr ernst, ohne den

Blick niederzuschlagen, ohne bei diesen glühenden Worten zu beben, und als er beschämt und berauscht schweigt, kommt von ihren Lippen nur ein einziger, kaum hörbarer Aufschrei der Entmutigung:

»Es ist mir unbegreiflich!«

JENNY DISKI

Der Charmeur

Vor drei Jahren, kurz nachdem Michael ausgezogen war, hatten Rachel und Joshua sich auf einer Dinnerparty kennengelernt. Zu eben diesem Zweck waren sie eingeladen worden. Molly Cassel, eine alte Schulfreundin von Rachel, liebte es, Leute zusammenzubringen, und als sie erfuhr, daß Rachel und Michael sich getrennt hatten, war sie augenblicklich am Telefon.

»Rachel«, hatte Molly beschwärmt, »du mußt unbedingt meinen Freund Joshua kennenlernen.«

»Warum? Ich bin wirklich nicht in der Stimmung, Männerbekanntschaften zu machen. Was ist so besonders an ihm?«

»Na ja, er ist ein komischer Kauz. Ungemein clever, aber etwas skurril. Nicht für 'ne Beziehung geeignet, aber interessant.«

»Hört sich bis jetzt so an, als könnt ich ganz gut ohne ihn leben. Warum ist er nicht für 'ne Beziehung geeignet? Nicht«, fügte sie rasch hinzu, »daß ich eine Kandidatin für 'ne feste Bindung wäre.«

»Ach, er bumst ziemlich in der Gegend rum, doch nie mehr als einmal mit derselben. Er verkorkst die Leute regelrecht. Er ist geschieden und hat zwei Kinder, um die er sich rührend kümmert, aber in puncto Frauen ist er ein bißchen komisch.«

»Keine gute Werbung, die du da machst, Molly. Ich brauche keine One-night-stands; ich brauch zur Zeit überhaupt nichts. Und nebenbei, was ist sein Problem mit Frauen?« Sie fragte nicht aus Neugier, sondern einfach nur so.

»Keine Ahnung. Eigentlich ist er mehr ein Freund von Tom. Ich nehme an, er langweilt sich.«

»Ganz ehrlich, Molly, ich habe schon lange keine weniger verlockende Einladung bekommen. Trotzdem vielen Dank, doch ich laß es lieber. Wahrscheinlich kriegt er ihn nicht mehr als einmal hoch. Ein Frauenhasser. Total undersexed.«

»Hm... Sicher hast du recht – mit dem Nicht-mehr-als-einmal-Hochkriegen, mein ich. Aber er ist wirklich ungemein clever, du würdest dich prima mit ihm unterhalten.«

»Nein.«

Drei Wochen später – das besagte Telefongespräch war längst vergessen – hatte Molly sie zum Essen eingeladen. Rachel, die eben ihren derzeitigen Liebhaber, und damit den Rest ihres Gesellschaftslebens, in die Wüste geschickt hatte, nahm die Einladung wenig begeistert an. Sie traf mit Verspätung ein; Molly, Tom und Joshua saßen bereits am Eßtisch und tunkten ihr Brot in den Houmous. Sie warf Molly einen kurzen Seitenblick zu, als sie Joshua vorgestellt wurde, nahm Platz und war gefaßt darauf, wieder mal einen sinnlosen Abend durchstehen zu müssen. Sie grübelte finster darüber nach, was für eine Zeitverschwendung solche Parties doch waren und wieviel lieber sie ihre Abende alleine in ihrer Wohnung verbrachte. Sie sehnte sich geradezu danach, zu Hause zu sein.

Joshua lächelte sie an. Er richtete einen Strahl blendend weißer Zähne und komplizenhafter Belustigung auf sie; er strahlte sich ihr gleichsam entgegen.

O verdammt, dachte sie, das kennen wir doch. Der Charmeur.

Joshua widmete ihr seine ganze und ungeteilte Aufmerksamkeit und lächelte ständig. Seine Fragen kamen Schlag auf Schlag, waren unverschämt persönlich, doch sein blendend weißes Grinsen nahm ihnen die Schärfe. Die Nummer war exzellent inszeniert, doch es war eine, die sie kannte; trotzdem beobachtete sie seine Technik mit einiger Bewunderung. Sie beantwortete seine Fragen so offen, wie sie gestellt wurden, als würde sie interviewt.

Sie hatte sich also von ihrem Mann getrennt? Nun ja, sie hätten nie recht gewußt, wie sie sich auf Parties vorstellen sollten – mein Mann, meine Frau hätten sie nur schwer über die Lippen gebracht, und da wären sie zu dem Schluß gekommen, daß mein Ex-Mann usw. einfacher sei. Ihre Beziehung sei sehr herzlich, fügte sie hinzu. Aber weshalb sei es dann zur Trennung gekommen? Nun, sie wären mit der Zeit getrennte Wege gegangen, deshalb wäre es immer schwerer geworden, ein Leben unter einem Dach zu führen, und deshalb hätte Michael eine Wohnung gleich um die Ecke gekauft. Waren sie nicht eifersüchtig auf die Affären des anderen gewesen? Ja und nein, aber meistens nein.

Und so ging es weiter. Immer lächelnd und höflich. Ihre Lebensgeschichte wurde verlangt und bis auf ein paar wesentliche Auslassungen vorgetragen. Sie war adoptiert worden? Und sie kannte Molly schon lange? Lehrerin war sie? Und was waren eigentlich ihre Lieblingsbeschäftigungen?

»Tanzen, lesen und bumsen«, erwiderte Rachel mit einem höflichen, artigen Lächeln.

Molly verschluckte sich an ihrem Obstsalat, während Tom, ein mürrischer Zeitgenosse, sorgfältig seinen Löffel prüfte, um sich zu vergewissern, daß von seinem letzten Bissen auch nichts darauf zurückgeblieben war. Joshuas Grinsen verdoppelte sich, wenn das noch möglich war. Während des ganzen Abends hatte zwischen ihm und Rachel ein heimliches Einverständnis bestanden; sie sahen einander im Gespräch offen in die Augen, jeder wußte, daß der andere wußte, was gespielt wurde. Die Vorstellung war gut, totale Aufmerksamkeit mit einem Hauch von Arroganz; genug, um Rachel zu schmeicheln und sie gleichzeitig leicht zu verunsichern, als würde sie attakkiert. Sie sollte von seinen dunklen stechenden Augen und seinem sonderbar bezaubernden, ungezwungenen Lächeln hypnotisiert werden. Sie sollte aus dem Gleichgewicht gebracht werden und doch spüren, daß er irgendwie wirklich an ihr, nur ihr, interessiert war. Ein faszinierte Kaninchen, das schmachtend darauf wartet, verzehrt zu werden.

Nur leider, dachte sie, durchschaue ich dich, Sunnyboy. Du bist ein kleines bißchen zu berechnend oder ich ein kleines bißchen zu clever.

Gegen Ende des Abends erhob er sich und bot ihr an, sie nach Hause zu fahren. Sie musterte ihn, wie er da stand in seinem Tweedanzug: Seine Kleidung war gut, nicht zu chic. Er war kräftig gebaut, plump eigentlich, aber groß genug, um nicht lächerlich zu wirken. Sie mochte kräftige – dicke – Männer; kleine, dünne ließen sie buchstäblich kalt. Er sah reif, selbstsicher aus, sein rundes, fleischiges Gesicht wirkte noch massiver durch die Falten, die sich tief um seine Mundpartie und in seine breite Stirn eingruben; sein Bart war einer von denen, die wohl einen heftigen Widerwillen gegen das Rasieren andeuten sollten, die in Wirklichkeit aber ein ständig das Gesicht veränderndes Merkmal darstellten; sein kurzes graues Haar war untermischt mit seinem ursprünglichen Schwarz. Er wirkte alles andere als sexuell verklemmt, doch man konnte nie wissen. Oft war die Selbstsicherheit nur äußerer Schein, und kaum waren die Hüllen gefallen, fiel auch das Selbstwertgefühl in sich zusammen, um wieder einmal nichts anderes als einen kleinen Jungen zutage zu fördern. Doch es könnte interessant sein, in Erfahrung zu bringen, was sich unter *dieser* Hülle verbarg. Sie war nicht versessen drauf, so oder so, und schlimmstenfalls, wenn Molly recht behalten sollte, stand ihr eine langweilige Nacht bevor. Sie fühlte sich von diesem Mann nicht bedroht, sondern glaubte im Gegenteil, die Situation im Griff zu haben. Und da Michael, der Carrie über Nacht bei sich hatte, ihren Wagen ausgeliehen hatte, nahm sie das Angebot an.

Sie war erleichtert, wieder in ihrem eigenen Territorium zu sein, als sie das Wohnzimmerlicht anknipste. Joshua schlenderte herum, las die Buchtitel in ihren Regalen und warf einen Blick in die Küche, die vom Wohnzimmer ausging. Es war ein hübsches, gemütliches Zimmer: ein altes Sofa, mit einem Berber bedeckt, ein Armsessel, Holzkisten, die als Stellflächen für Steine und Muscheln von diversen Stränden dienten, und Bücherregale in den verschiedenen Nischen. Überall, wo Platz und Licht es erlaubten, wucherten Grünpflanzen und Blumen, ein kleiner Ersatz für Rachels Sehnsucht nach dem Landleben. Sie knipste das Küchenlicht an, um Kaffee zu kochen; Joshua machte es gleich wieder aus.

»Ich will nichts. Leg Musik auf.«

O weh, dachte Rachel, und begann ziemlich schwarz zu sehen. Schon eine einzige fade Nacht war eigentlich zuviel. Während sie eine Platte vom guten alten Frank Sinatra auflegte, stellte sie sich vor, wie sie wach neben einem schlafenden postkoitalen Mann lag und die Stunden sich dahinschleppten. Sicher würde er schnarchen, und sie läge da, würde ins Dunkel starren, wünschen, daß er fort wäre, wünschen, er wäre erst gar nicht gekommen, würde das Bett für sich allein haben wollen und wieder mal zu der Erkenntnis kommen, daß mittelmäßiger Sex nicht besser als gar keiner war.

Vielleicht, überlegte sie, schick ich ihn besser gleich nach Hause, so attraktiv ist er nun auch wieder nicht. Sie hatte nicht dieses tiefe, zwingende Verlangen in ihrem Bauch, das ihn ihr unentbehrlich machte. Doch er hielt sie jetzt in seinen Armen und bewegte sich langsam mit ihr im Rhythmus der Musik. Er hatte alle Lichter ausgeschaltet, so daß der Raum jetzt im Dunkel lag, und als sie sich nun sanft zusammen wiegten, wußte sie, daß es zu spät war, ihn nach Hause zu schicken. Sie beschloß, sich ganz einfach mit den Dingen, die da kamen, abzufinden; sie wollte keine Szene, und außerdem war es nicht unangenehm, im Dunkeln zu tanzen. Joshua küßte sie langsam und führte sie dann bei der Hand nebenan in das unbeleuchtete Schlafzimmer. Er zog sie geschickt aus, während sie passiv dastand und sein Gesicht beobachtete, als seine Finger ihr T-Shirt aufknöpften, das sie gewöhnlich einfach über den Kopf streifte. Als sie nackt war, strichen seine Hände ihren Rücken hinab zu ihren Hinterbacken; dann legte er sie aufs Bett und zog seine eigenen Kleider sorgfältig und ohne Eile aus. Sie lag da und beobachtete ihn, spürte seine erstaunliche Gelassenheit und das, was sie beim Abendessen hatte empfinden sollen – Verunsicherung und Erregung zugleich. Jetzt wollte sie ihn.

Joshua legte sich zu ihr aufs Bett, auf seine Seite, und stützte sich auf den Ellenbogen. Seine Hand glitt über ihren Bauch, streichelte ihre beiden Brüste, dann, als sie zu ihrer Vulva glitt, tauchte er seinen Kopf hinab und saugte eine Weile an beiden Brustwarzen. Schließlich hob er den Kopf und musterte sie; ein langer kalter Blick. Er hielt seine Augen die ganze Zeit auf sie gerichtet, sein Gesicht ausdruckslos, beobachtend, als seine Finger ihre Vulva fanden. Er teilte ihre Schamlippen und begann fachmännisch ihre Klitoris zu reiben, ließ ihr Gesicht nicht aus den Augen und beobachtete ihre Reaktionen, wie ein Techniker bei der Prüfung eines neuen Modells einer Maschine, die er ein Leben lang gewartet hatte. Das langsame Streicheln ging, als sie feuchter wurde, über in eine Kreisbewegung, und sie begann tiefer und schneller zu atmen, während er Druck und Tempo erhöhte. Ihr Blick wurde verschwommen und fern und konzentrierte sich auf die Wellen, die von ihrer nassen, erregten Fotze aufstiegen, und auf das plötzliche überwältigende Bedürfnis, penetriert, gefüllt zu werden. Er drang mit einem Finger tief in sie ein, und sie rang nach Luft, atmete schwer, begann sanft zu stöhnen, als sein Daumen ihre Klitoris rieb und der Finger sich langsam in ihr bewegte. Joshua beobachtete sie nach wie vor ungerührt, als sie jetzt ihr Becken auf und ab bewegte, um den Druck seiner Hand zu verstärken, und ihre Knie gegen das Bett preßte, um weit geöffnet zu sein. Sie kam in kleinen schrillen Schreien, hob ihre Hüften vom Bett, bog ihren Rücken und griff nach dem Arm, der noch immer zwischen ihren Schenkeln arbeitete, preßte sich gegen seinen Handballen im Rhythmus der Kontraktionen, die in ihr pulsierten.

»Bitte... bitte...«, schluchzte sie und hielt eine lange Weile den Atem an, entspannte sich neben ihm, ließ die Luft aus ihren Lungen und spürte ihr Herz hämmern. Joshua zog sie auf ihn, und sie sah sein Gesicht unter ihr, seine Augen, noch immer beobachtend, kalt, doch eisig glitzernd vor Erregung. Er legte ihre Hand auf seinen Penis, damit sie ihn einführen konnte, und begann, die Hände auf ihren Hüften, sich langsam auf und ab zu bewegen. Als sie wieder zu kommen begann, fühlte und hörte sie, wie er sie schlug, erst sanft, fast zaghaft, dann, als er sah, daß sie sich weiter bewegte, etwas fester, nicht so, daß es weh tat, doch stark genug, daß jeder Schlag im Zimmer hallte.

Himmel, dachte sie, das ist neu. Was ist das?

Dann ließen sie das Gefühl seines Penis tief in ihr, das Geräusch und der Schmerz auf ihrem Hintern in langen tiefen Seufzern kommen, und sie hörte und fühlte, wie auch er in stöhnenden Zuckungen kam.

Sie lag eine lange Weile auf seiner Brust ausgestreckt, rang nach Atem und spürte, wie ihr Körper allmählich zur Ruhe kam. Sie fragte sich im stillen, was es mit den Schlägen auf sich haben mochte. Sie war noch keinem begegnet, der auf Schlagen stand – und das war es, so dachte sie, wohl gewesen. Sie war neugierig und ein wenig verwirrt, aber auch erregt.

»Wie wär's mit 'nem Fick?« sagte Joshua lässig, in breitem Oxbridge in ihr Ohr.

»Wie war noch mal Ihr Name? Egal, tun wir's!«

Er wälzte sich herum, so daß sie jetzt unter ihm lag, fickte sie diesmal hart und fest und flüsterte ihr zu: »Kannst du mich spüren, ganz tief in dir? Saug mich in dich ein.«

Seine Augen blieben die ganze Zeit geöffnet, starrten sie wütend an, und als sie beide gekommen waren, zog er sich so schnell aus ihr zurück, daß Rachel nach Luft schnappen mußte. Dann lag er ruhig da, den Arm um sie geschlungen, die Augen geschlossen.

Rachel lag im Dunkel neben dem schlafenden, schwer atmenden Mann.

Nun, dachte sie, das war nicht gerade, was ich erwartet hatte. Auf jeden Fall war es, alles in allem, eine schlaflose Nacht wert gewesen. Sie dämmerte hin und wieder ein und fuhr mehrmals zuckend aus dem Schlaf. Einmal wachte Joshua davon auf und flüsterte ihr zu: »Ist gut, Liebling, ich bin's, Joshua, hab keine Angst.«

Beide wachten früh auf, sie kurz vor ihm, und als er die Augen öffnete und sich orientierte, spürte sie, wie er sie kalt anstarrte, bis er merkte, daß auch sie wach war. Er war im Nu aus dem Bett.

»Ich muß gehen. Fahr heute mit den Kindern aufs Land. Nein, ich will keinen Tee. Danke.«

Er war in Sekunden angezogen, nickte ihr ein knappes, unverbindliches ›Ciao‹ zu, und verließ das Haus kaum fünf Minuten, nachdem er aufgewacht war.

Als Joshua gegangen war, empfand Rachel zunächst mal gar nichts. Sie war müde, und der Tag wurde ganz von Carrie in Anspruch genommen. Michael brachte sie und den Wagen zurück, und sie gingen alle drei auswärts essen. Sie begleitete Carrie zu ihrer Klavierstunde und vertrieb sich die Stunden auf halbwegs angenehme Weise, bis es Zeit war für Carries Gutenachtgeschichte. Dann ließ sich Rachel in ihrem Wohnzimmer nieder, sog die Stille in sich ein und dachte an die vergangene Nacht. Es stimmte nicht ganz, daß sie gar nichts empfand; sie fühlte sich taub, benommen von Joshuas plötzlichem Aufbruch. Sie erwartete nicht, ihn wiederzusehen, es war der eindeutigste One-night-stand, an den sie sich erinnern konnte. Es war also überflüssig und sinnlos, auch nur einen Gedanken an ihn zu verschwenden.

Und trotzdem, sie wollte mehr, weil es gut gewesen war, und warum sollte nicht auch er mehr wollen? Mehr mußte ja nicht ein Mehr an Intensität bedeuten, das wollte sie sowieso nicht, es konnte einfach nur *mehr* bedeuten. Nach den Geschehnissen der letzten Nacht glaubte sie nicht länger, was Molly ihr erzählt hatte. Wenn er Frauen kein zweites Mal sah, dann sicher nur aus Angst vor Intimität und nicht wegen technischer Probleme. Sie stellte sich Schallwellen vor, die um den Erdball gingen und die Botschaft der Männerwelt, das unvermeidliche männliche Wehgeschrei ins All hinaustrugen: *»Ich kann keine Menschen ertragen, die mich vereinnahmen wollen!«*

Sie stellte sich *den* Mann auf dem Sofa liegend vor, den Handrücken dramatisch an die Stirn gelegt. Sie stellte sich *die* Frau vor, hilflos lachend über die Absurdität all dessen.

Wie viele Männer hatten ihr schon die eine oder andere Version davon vorgejammert, bevor sie erklären konnte, daß sie keine Intimität, keine Häuslichkeit, keine Tisch/Bettaffäre wollte? Alle, so oder so. Und wenn sie es schließlich gesagt hatte, hatten alle ungläubig aus der Wäsche geschaut: Sie sagt es, aber sie meint es nicht wirklich; sie ist nun mal eine Frau, und sie sagen es alle mit den Augen.

Irgendwo, dachte sie, mußte es doch einen Mann geben, der sie nicht mit ihrer Mutter verwechselte. Zum Teufel mit den kleinen Jungen, wo sind die reifen Männer? Es stimmte zwar, daß die meisten Frauen ein Heim gründen und Kinder mit jemandem haben wollten; die meisten Männer wohl auch, denn sie heirateten die Frauen ja. Warum tat sie es nicht? Nun, sie hatte es natürlich getan, doch nicht mit Überzeugung. Michael und sie hatten vereinbart, so lange zusammenzuleben, bis Carrie aus dem Säuglingsalter heraus war, den Rest hatten sie offengelassen. Sie hatte sich nie vorstellen können, langfristig mit jemandem zusammenzuleben. Nicht einmal als junges Mädchen hatte sie vom Märchenprinzen und vom ewigen Glück geträumt. Die glücklose Ehe ihrer eigenen Eltern war sicher ein Grund dafür gewesen, doch auch all die anderen prägenden Faktoren, wie Märchen, Jungmädchenromane, Schlager, schienen bei ihr kaum Spuren hinterlassen zu haben. War das wirklich so? Machte sie sich da nichts vor? Man konnte nie ganz sicher sein, ob man restlos ehrlich zu sich selbst war, aber sie schien tatsächlich besser mit dem Single-Dasein zurechtzukommen als jeder andere, den sie kannte. Sie wollte Sex und Freundschaft, beides brauchte nicht zusammenzukommen.

Doch da saß sie nun nach dieser Nacht und fühlte sich miserabel. Ihr war wirklich hundeelend zumute. One-night-stands... Sie hatte von Frauen gehört, die, wenn sie mit einem fremden Mann ins Bett gegangen waren, am folgenden Tag keinen Gedanken mehr an ihn verschwendeten. Bei ihr war das nie so gewesen, und sie war auch noch keiner Frau begegnet, die das konnte – hatte nur von welchen gehört. Manchmal, schlimmstenfalls, empfand sie nachträglich Ekel oder Reue; manchmal wünschte sie, der Mann würde anrufen, sie noch mal sehen wollen; oder sie träumte, verlor sich in erotischen Erinnerungen. Wie auch immer, das Erlebnis selbst, ganz gleich, ob es gut oder schlecht war, fiel nie einfach von ihr ab, als wäre es nicht geschehen, wenn der Mann die Tür hinter sich zuschlug.

Männer, so nahm sie an, waren dazu in der Lage. Männer gaben zumindest vor, es zu sein, und das faszinierte sie. Sie konnte sich nicht vorstellen, nicht an jemanden zu denken, mit dem sie gerade, ganz gleich wie beiläufig, geschlafen hatte. Wenn es stimmte, daß manche es konnten, so fand sie es beneidenswert. Vielleicht war es auch nur Bluff. Vielleicht aber wollte sie es nur deshalb nicht glauben, weil es sie so viel verletzlicher machte als den Mann. Nichts war demütigender als die Vorstellung, an jemanden zu denken, von dem man genau wußte, daß er nicht an einen dachte.

Sie konnte die beiden Gedanken nicht zusammenfügen. Sie wußte, *sie selbst* bluffte, gab vor, knallhart und unabhängig zu sein. Nahm man ihr das ab? So und nicht anders *wollte* sie sein. Ein Bedürfnis befriedigen, und es dann vergessen. So wie man nicht länger ans Essen denkt, sobald man es verzehrt hat. War das bei Männern so? Ein heftiges Verlangen in den Hoden, das, kaum daß es gestillt ist, sie nicht länger beschäftigt? Biologie – in ihren Augen ein finsteres Kapitel. Das amorphe Bedürfnis der weiblichen Sexualität: Wie viele Orgasmen waren genug? Männer ejakulieren; Frauen eskalieren. Nicht für Männer kochen wollen, war eine Sache, mehr vom selben wollen eine andere. Und mehr. Unersättliche Bestie. Verdammt durch Gier und Biologie.

Was sie brauchte, war eine völlig emotionslose (ha!) sexuelle Affäre. Fick and Fun. Sie konnte mit Freunden ins Kino gehen, sie brauchte kein Verhältnis im herkömmlichen Sinne, nur zwei gleichberechtigte Erwachsene, die zu freundschaftlichem Sex *zusammen kamen* (oh!). Nichts Schwerwiegendes. War das die reine Wahrheit? Ja, ja, doch es schien da ein Problem zwischen Körper und Verstand zu geben. Nicht unüberwindlich, versuchte sie sich einzureden.

Doch, Himmel, wie elend sie sich fühlte.

Zwei Wochen später rief Joshua an.

»Bist du frei heute abend?«

»Nein, tut mir leid. Doch wie wär's, wenn du morgen abend zum Essen kämst? Gegen acht.«

Sie hatte an jenem Abend nichts vor, doch sie wollte Zeit zum Nachdenken haben.

»Okay. Dann bis morgen.«

Also. Das war nicht gerade ein schneller Return, doch es war mehr als einmal; Molly schien schlecht informiert zu sein, und sie, Rachel, hatte ihre gemeinsame Nacht richtig eingeschätzt. Sie war gut genug gewesen, um eine Fortsetzung zu garantieren. Er wollte mehr von ihr, hatte genug Spaß mit ihr gehabt, um sich einen zweiten Nachschlag – im wahrsten Sinne des Wortes – zu holen. Sie war mit sich zufrieden, obwohl es da eine kleine höhnische Stimme in ihrem Kopf gab, die ihr zuflüsterte: Sei bloß nicht so verdammt dankbar. Warum bist du immer erstaunt, wenn ein Mann dich wiedersehen will?

Sei's drum, auf jeden Fall morgen abend. Sie lächelte bei dem Gedanken. Abendessen. Sie sah sich vor ihrem geistigen Auge mit ihm am Wohnzimmertisch sitzen, essen – was? –, am Weinglas nippen, in freudiger Erwartung einer aufregenden Sexnacht. Es würde griechisches Lamm und frischen Obstsalat geben. Nichts Kompliziertes, und dazu eine Flasche wirklich guten Wein. Sie verbrachte den Rest des Abends damit, sich die kommende Nacht auszumalen.

Sie mußte plötzlich daran denken, wie er sie geschlagen hatte, und fragte sich, was sie empfinden würde, wenn es wieder passierte. Sie wußte es selbst nicht genau: Es war, daran führte kein Weg vorbei, aggressiv. Man schlägt jemanden, wenn man wütend auf ihn ist, und sie erinnerte sich an seine Augen, als er mit ihr schlief. Falls Joshua ein Frauenfeind war, hatte er seinen Gegner gewiß eingehend studiert. Ihre Vorstellung von einem ›Schlägertyp‹ – falls sie überhaupt je darüber nachgedacht hatte – war die vom verklemmten Ex-Public-School-Englishman, der seine Angst vor echtem Sex durch Fetische ersetzt. Der verdrängte Schwule, der seine Mami straft, eine Hure zu sein. Der kinnlose degenerierte Vertreter der Upper Classes, dünn und blaß, der gelegentlich Schlagzeilen macht und die Nation zum Lachen bringt. Die Englische Krankheit. Was ging damit einher? Schwarze Strümpfe und Strapse: Utensilien kleiner Hausmädchen. Peinlich.

Nichts, aber auch gar nichts davon paßte in ihr Bild von Joshua. Was sie bei ihm erlebt hatte, waren Zorn und Autorität, er war kein verklemmter Upper-Class Typ. De Sade, *Justine, Die Geschichte der O.*, dachte sie, das paßte schon besser; doch er hatte ihr schließlich nur leichte Klapse gegeben, sehr sanft dazu. Es konnte natürlich sein, daß er sie nur prüfen, vorher ihre Reaktionen testen wollte... Vor was? Sie hörte auf, in diese Richtung zu denken. Das mit den Schlägen war albern gewesen, eine kleine Entgleisung eines ansonsten fabelhaften Liebhabers, keine große Sache. Vergiß es. Sie würde mit ihm zu Abend essen und bumsen, genauso wie sonst mit anderen Männern. Sie hatte einen großartigen Liebhaber gefunden, der keine enge Bindung suchte. Bravo, Rachel!

Joshua kam mit einer sehr guten Flasche Wein. Der Korkenzieher lag schon auf dem Wohnzimmertisch bereit. Er öffnete die Flasche, schenkte beiden ein, sie nippten an ihren Gläsern, Joshua im Sessel, Rachel aufs Sofa geflätzt, der Duft von Thymian, Knoblauch und Lammfleisch hing im Raum.

»Wir können gleich essen«, sagte sie.

»Ich bin heute nicht sehr hungrig. Es hält sich doch, oder?«

Rachel war sauer, als sie den Herd kleiner drehte. Ihre Pläne für den Abend wurden durchkreuzt; dann würden sie's also *vor* dem Essen treiben? Es sah ganz so aus; ihr wär's nach dem Essen lieber gewesen. Sie fühlte sich merkwürdig irritiert und aus dem Gleichgewicht gebracht. Es war ihre Wohnung, ihr Essen, er war ihr Gast; und er setzte sich einfach darüber hinweg, die köstlichen Düfte interessierten ihn nicht. Wenn jemand, verflucht noch mal, zum Essen eingeladen ist, hat er sich gefälligst nach den Regeln des Hauses zu richten. Sie wollte jetzt noch nicht, sie wollte essen und trinken und mit ihm flirten. Sie war nicht bereit. Sie nahm wieder auf dem Sofa Platz und nippte an ihrem Glas. Dabei sah er gar nicht so aus, als wollte er sie gleich aufs Kreuz legen. Er hatte die Beine übereinander geschlagen, sein Weinglas in der Hand, und blickte sie ruhig und fest an.

»Erzähl mir von deinen Fantasien«, sagte er und lächelte durch sein Weinglas hindurch.

Sie konnte nicht, es war zu schwierig. Vielleicht wenn sie beschwipst oder erregter gewesen wäre, doch selbst dann wär's ihr schwergefallen.

»Nein. Erzähl mir erst von deinen, vielleicht inspiriert's mich.«

Sie würde nicht auf sein Spiel eingehen, zumindest nicht nach seinen Regeln. Sie dachte noch immer besorgt an ihr Essen.

»Nicht gut, wenn du die Sachen verfälschst. Ich will wissen, was du nachts im Bett denkst, wenn du dich berührst. Also gut... ich stell mir vor, ein kleines, unschuldiges Mädchen zu verführen. Ich bin der erste Mann, der sie erregt, und langsam, ganz langsam beginnt sie zu kommen.«

Rachel war fast ein wenig enttäuscht; das war nicht gerade originell.

»Das ist aber ganz schön disqualifizierend.«

»Disqualifizierend für wen?« fragte er ein wenig überrascht.

»Für mich«, entgegnete sie lächelnd. »Ich bin einunddreißig und keine Jungfrau.«

Joshua lachte, ein ungekünsteltes Lachen, bei dem sich seine Augen vor Belustigung verengten.

»Jetzt bist du dran«, meinte er.

»Na ja, die übliche Vergewaltigungsgeschichte.«

Joshuas Gesicht nahm unvermittelt einen teilnahmslosen Ausdruck an, seine Augen waren wieder ernst.

»Das reicht nicht. Ich will Einzelheiten«, sagte er unwirsch. Es fiel ihr schwer, sich an die Szenen zu erinnern, die sie sich ausgemalt hatte; sie schienen sich ihr entziehen zu wollen, je angestrengter sie nach ihnen suchte. Warum sollte sie ihm überhaupt ihre wahren Fantasien preisgeben, warum nicht einfach etwas erfinden? Doch sie fühlte sich fast genötigt, ihm so etwas wie die Wahrheit zu sagen.

»Hm... jemand, ein Mann, kommt zum Fenster herein, während ich schlafe. Er, na ja, er fesselt mich ans Bett, er ist sehr stark, und er vergewaltigt mich. Ach, ich weiß nicht. Irgendwas in der Art.«

Er schaute sie sehr ruhig an.

»Hat dich im wirklichen Leben schon jemand gefesselt?«

Sie lachte.

»Einer hat es tatsächlich versucht. Nur kam es mir so lächerlich vor, daß ich anfing zu lachen. Das hat natürlich alles vermasselt.«

Sie erinnerte sich, wie unnatürlich, wie absurd alles gewesen war, wie der Mann sich mit todernster Miene auf seine Aufgabe konzentrierte.

»Er wußte offensichtlich nicht, was er tat.« Joshua teilte ihre Belustigung nicht, sondern blickte sehr ernst drein. *Ich* weiß, schien er zu sagen, wenn ich es getan hätte, wär dir das Lachen vergangen.

Rachels Lächeln erstarb, und sie erwiderte seinen Blick, bevor sie das Gesicht zur Küche abwandte und sich erhob.

»Sollen wir essen? Ich mach schnell die Salatsoße.«

Sie ging in die Küche und nahm eine kleine Schüssel aus dem Schrank. Eine halbhohe Wand, mit Pflanzen beladen, trennte die Küche vom Wohnzimmer. An der Küchenseite der Wand stand der Tisch, an dem sie das Essen zurechtmachte und mit Carrie frühstückte. Jetzt rührte sie, die Schüssel an den Bauch gepreßt, Öl und Essig für eine Vinaigrette an und schaute zu Joshua über die Wand, die ihr nur etwa bis zur Taille reichte. Joshua erhob sich und kam in die Küche geschlendert.

»Ich bin immer noch nicht hungrig.«

»Heißt das etwa, du willst überhaupt nicht essen? Ich dachte, deshalb wärst du gekommen.«

Sie hatte den Satz noch nicht ausgesprochen, da merkte sie schon, wie albern er war.

»Nein, ich will nicht essen. Vielleicht krieg ich später noch Appetit. Was für ein konventionelles Mädchen du bist. Ich bin nicht zum Essen gekommen. Deine Kochkünste interessieren mich nicht die Bohne.«

Als er jetzt, sein Glas in der Hand, näher kam, fühlte sich Rachel nervös wie ein Schulmädchen, das nicht wußte, wie es sich verhalten sollte. Sie kam sich so lächerlich vor, wie sie dastand, die Schüssel in der einen, die Gabel in der anderen Hand; so absolut albern und unbeholfen, während sie eifrig weiter rührte.

»Der Braten wird ganz trocken. Ich weiß nicht, was ein gutes Essen mit Konventionen zu tun haben soll. Es ist keine politische Handlung, es ist ein Abendessen.«

Sie plapperte drauflos, geriet in Panik, spürte, wie er

näher kam, den Blick auf ihre geschäftigen Hände gerichtet. Er stand jetzt dicht hinter ihr und ließ seine Hand unter ihr Kleid gleiten.

Sie trug, was einmal ein teures und elegantes Seidenchiffonkleid, Stil der vierziger Jahre, gewesen war. Ein früherer Mann in ihrem Leben hatte es lachend ihren ›Caritas-Fummel‹ genannt. Jetzt war es ein verblichenes Hellblau, an einigen Nähten zerschlissen, mit einem weiten, schwingenden Rock. An Rachel sah es witzig aus – neu wär es viel zu schön gewesen –, ein amüsanter Kontrast zu ihrem interessanten, aber unschönen Gesicht und dem wirren Haar. Es widersprach ihrer nüchternen Herbheit; ein kokettes Kleid an einer unkoketten Frau. Sie trug es besonders gern, weil sich der Stoff so angenehm auf der Haut anfühlte.

Joshuas Handgelenk trug das Gewicht ihres Rocks, während seine Finger über die Innenseite ihres nackten Schenkels glitten, immer höher bis zu ihrem Slip. Rachel arbeitete weiter an dem schon gut verrührten Dressing. Gar nichts passierte. Dicht hinter ihr stand ein Mann, seine Hand unter ihrem Rock, und Rachel verhielt sich so, als geschähe nichts. Sie war nervös und stellte sich dumm. Warum, dachte sie, bin ich so? Sie wollte es nie zugeben und verhielt sich stets, als wäre der Mann aus einem ganz anderen Grunde da. Sex? Das Letzte, was sie im Sinn hatte. Wozu, zum Teufel, waren sie sonst hier? Sie wollte eine rein sexuelle Beziehung, nichts weiter. Also bitte, dann benimm dich auch so, und spiel nicht die Unschuld vom Lande. Hör auf, es mit konventionellem Getue zu bemänteln. Wußte sie selbst nicht, was sie wollte? Doch. Herrgott noch mal, sagte sie zu sich selbst, du *bist* einunddreißig und alles andere als eine Jungfrau. Trotzdem reagierte sie nicht.

»Beug dich über den Tisch«, sagte Joshua.

Seine Stimme war ruhig, aber fest, er erteilte ihr einen

Befehl. Sie wandte sich um und schaute ihn an, stellte dann langsam die Schüssel ab, beugte sich über den Tisch und stützte sich auf die Unterarme, Joshua hob ihren Rock höher und legte ihn sorgfältig auf ihren Rücken, so daß ihre nackten Beine jetzt freilagen. Mit Daumen und Zeigefinger zog er langsam, sehr behutsam, ihren Slip herunter, und sie hob beide Füße, damit er ihn abstreifen konnte. Dann betrachtete er sie einen Augenblick. Er strich sanft über ihre Hinterbacken, glitt mit dem Finger zwischen ihre Schenkel und rieb ihre Klitoris, bis sie feucht war. Plötzlich begann er sie zu schlagen, knappe, feste Klapse, mit kurzen Intervallen dazwischen. Sechs, acht Schläge, so fest, daß sie nach Atem ringen mußte.

Rachel sah sich vor ihrem geistigen Auge, über den Tisch gebeugt mit nacktem Hintern, geschlagen von einem voll bekleideten Mann. Das war lächerlich, geradewegs aus den Seiten eines Pornohefts. Was tu ich hier, dachte sie, warum laß ich das mit mir geschehen? Doch der Teil ihrer selbst, der nicht zuschaute, beugte den Rükken, hob den Hintern, um jeden Schlag in Empfang zu nehmen.

»So ist's gut. Braves Mädchen«, sagte er besänftigend und doch in strengem Ton. »Jetzt beug dich noch tiefer. Den Arsch noch höher. So ist's gut.«

Weitere Schläge folgten, diesmal sehr hart, so daß Rachel jedesmal leicht aufschrie. Dann öffnete er seinen Reißverschluß und drückte seinen erregten Penis zwischen ihre Arschbacken.

»Wohin willst du ihn?« fragte er.

Panik. Wohin will ich ihn? Ich weiß, wohin er ihn will. Ich will es nicht sagen. Ich will nicht darum bitten müssen.

»Egal wohin«, keuchte sie.

»Wohin?« wiederholte er zornig.

»Tu, was du willst.« Sie wollte nur genommen werden. Sie wollte ihn.

»Ich fragte wohin. Willst du meinen Schwanz in deine Fotze oder in deinen Arsch?«

Sehr zornig. Eiskalt.

»O bitte... in meinen Arsch... in meinen Arsch.«

Er stand hinter ihr, hielt sie an den Hüften, zog sie zu sich und begann vorsichtig, ganz behutsam in sie einzudringen. Sie schrie auf vor Schmerz, es tat weh, wirklich weh, als er tiefer und tiefer in sie drang. Sie fühlte das plötzliche Bedürfnis zu scheißen und schrie dagegen an, und dann war er ganz in ihr, und ihre Muskeln begannen sich zu entspannen, ließen ihn tief in ihr sich bewegen. Sie stöhnte weit hinten aus ihrer Kehle und hörte ihn keuchen.

»Ist es gut? Fühlt es sich gut an?«

»Ja«, antwortete ihre Stimme, tief und heiser, mit Stöhnen untermischt. Sie preßte sich gegen ihn und fühlte seinen weichen Bauch auf ihren Hinterbacken. Er hielt sie noch fester umfaßt, bewegte sich langsam in ihr und lauschte auf die tiefen, gurrenden Geräusche, die sie von sich gab. Sie fühlte sich vergewaltigt, befreit, heftig und geheimnisvoll erregt, alles zugleich. Sie wollte ihn ganz in sich. Sie war wütend und hilflos, wollte dies mehr als alles andere. Sie spürte seine Erregung, seine immense Lust und sonderbare Erleichterung; es war, als wäre er heimgekehrt, endlich dort, wohin er gehörte. Ihr Zorn wurde durch seine Lust gedämpft und durch ihre eigene Erregung, die sie empfand, während er weiter in sie drang. Als sie heftiger zu stöhnen begann, berührte er ihre Klitoris, und sie kam in langen gebrochenen Seufzern, immer und immer wieder, bis sie plötzlich zwischen zusammengepreßten Kiefern hervorstieß:

»Bastard!«

Und noch mal.

»Bastard!«

Dann kam er, wie überrumpelt, stemmte und preßte

sich gegen sie, bis sich alles aus ihm entleert zu haben schien.

Einen Augenblick war er ganz ruhig, dann zog er sich aus ihr zurück, während sie über dem Tisch lehnte, den Kopf auf ihre Arme gelegt und schnell und heftig atmete.

Joshua strich seine Kleider zurecht, und Rachel richtete sich auf, so daß ihr Rock wieder runterfiel. Sie wußte nicht, wie sie das Schweigen brechen sollte, wartete, daß er etwas sagen würde. Sie wollte getröstet, in den Arm genommen werden.

»Laß uns essen«, sagte Joshua gelassen, seine Stimme war kühl und belustigt, ein ironisches Lächeln spielte um seinen Mund.

Sie nahm den Braten aus dem Backofen, und sie aßen am Küchentisch, direkt vom Backblech, rissen sich Stücke von Fleisch und Gemüse ab, die sie direkt in den Mund steckten. Scheiß auf den Salat, dachte Rachel und starrte finster auf die Schüssel mit dem Dressing.

Joshua aß geräuschvoll und ohne ein Wort, er war hungrig, es schien ihm zu schmecken. Rachel stocherte lustlos herum. Sie fühlte sich feucht und wund – und gut. Sie hatte ihren Slip nicht wieder angezogen, war drübergestiegen, als sie das Essen aus dem Backofen holte, er lag noch immer am Boden. Das Kleid unter ihr fühlte sich naß an.

»Noch etwas Wein?« fragte sie.

»Hmm, schmeckt gut. Du bist eine fabelhafte Köchin, doch ich wette, du kannst solche Komplimente nicht ausstehen«, meinte er grinsend zwischen zwei Bissen.

»Richtig geraten.« Sie schenkte ihm nach, sich auch ein wenig. Sie aßen den Obstsalat, der köstlich war, gerade richtig und frisch.

»Ich mag Granatäpfel«, gurrte Joshua. »Woher wußtest du das?«

»Wußt ich eben nicht«, entgegnete sie in einem Ton, der

andeuten sollte, daß er, wenn sie's gewußt hätte, mit Sicherheit keine bekommen hätte. »Die tu ich immer in meinen Obstsalat.«

Er schaute sie an und verzog den Mund zu einem breiten Grinsen, das seine Zähne entblößte. Sie grinste zurück. Sie waren wieder zwei Erwachsene.

SUSANNA KUBELKA

Das Naturtalent

Das Hotel Méridien gehört *nicht* zum amerikanischen Trampelpfad. Der seelenlose Neubau mit der protzigen Halle aus Marmor und Glas ist den Amerikanern zu amerikanisch. Dafür zieht er Franzosen magisch an. Hierher strömen Männer mit Geld (die international sein wollen), um *du Jazz* zu hören. Außerdem ist der Club hinten in der Halle erstaunlich bequem. Elegante Polstersessel, Teppiche, angenehme Beleuchtung, gute Lüftung, so daß man am Rauch nicht erstickt. Leider ist er heute zum Bersten voll. Kein Tisch ist mehr frei. An der Bar drängen sich die Leute, ich sehe kein einziges bekanntes Gesicht. Die vielen Scheinwerfer verbreiten Hitze. Mühsam dränge ich mich zu einem Kellner durch.

»Könnten Sie mich irgendwo dazusetzen?« frage ich und sehe so hilflos wie möglich drein (das wirkt in Frankreich immer). »Vielleicht ist hinten noch ein Platz frei?«

»Aber sicher, Madame! Warten Sie hier.« Er marschiert hinaus in die Halle, holt einen Stuhl, balanciert ihn hoch über seinem Kopf, zwängt sich geschickt durch die vielen Menschen, winkt mir, ihm zu folgen, und stellt ihn direkt vor die Bühne. Einen besseren Platz gibt es nicht.

Gott segne die Franzosen!

Ich setze mich vorsichtig, um mein Kleid nicht zu zerdrücken (immerhin habe ich es vor dem Anziehen stundenlang gebügelt), und werfe dann den ersten Blick hinauf zu den Musikern. Sofort durchzuckt es mich wie der Blitz. Was ist das für ein Schnucki auf der Bühne? Großer Gott. Das ist der schönste Mann, den ich je in meinem Leben zu Gesicht bekam. Ein dunkler Mann, fast zwei Meter groß. Eine stattliche Erscheinung mit europäischen Gesichtszügen, hellbrauner Haut (*Café au lait*, wie die Franzosen sagen) und stark gekrausten, kurzgeschnittenen Haaren.

Ich verstehe die Welt nicht mehr. Noch nie hat mich ein schwarzer Mann fasziniert. Ich fand immer nur Weiße attraktiv. Unter meinen dreiundvierzig Liebhabern waren zwar die verschiedensten Nationalitäten, doch sie hatten alle meine Hautfarbe. Nie hat es mich gereizt, mit einem Farbigen ins Bett zu gehn. Doch gebannt starre ich auf den schönen dunklen Musiker auf der Bühne, unfähig, die Augen abzuwenden. Er spielt Baß. Und wie er spielt! Er gibt sein Bestes. Und die andern ebenfalls. Sie alle musizieren, daß es uns den Atem raubt. Die Luft ist elektrisch geladen, so eine Stimmung habe ich hier noch nie erlebt.

Unbekannte nicken einander zu, lachen sich an, wiegen sich im Takt, wippen mit den Füßen, schreien und klatschen nach jedem Solo. Gleich von der ersten Nummer werde ich verzaubert, schließe die Augen und lächle, lächle, bis meine Wangenmuskeln schmerzen. Die nächste Nummer ist schnell, frivol, Gillespie setzt sein Instrument ab und singt die erste Strophe: »Oh, Schatz! Bin ich nicht gut zu dir?« Dazu tanzt er mit kleinen drolligen Schritten. Die Leute toben, springen auf, der Applaus droht mein Trommelfell zu sprengen. Die nächste Nummer hat er selbst komponiert: *Night in Tunesia.* Eine der schönsten Melodien, die je geschrieben wurden. Ich lehne mich zurück, genieße jeden Ton. Mein Blick schweift ab, bleibt wieder an dem Bassisten hängen. Diese Hände. Diese Augen. Der Mund. Die Bewegungen beim Spielen. Der Mann zieht mich magisch an. Jetzt spielt er alleine. Es wird ganz still im Saal. Brausender Applaus nach dem Solo. Er verneigt sich, lächelt, und ich verspüre den brennenden Wunsch, auf die Bühne zu springen, um ihm den Schweiß von der Stirn zu wischen.

Der Mann ist genau mein Typ. Großer starker Körper mit weicher Seele. Mit dem zu schlafen wäre ein Erlebnis. Der hält die ganze Nacht lang durch, wetten? Plötzlich wird mir siedend heiß. Ich *muß* ihn kennenlernen. Aber wie?

Um zwei Uhr früh ist das Konzert zu Ende.

Die Leute toben, weigern sich heimzugehen. Männer und Frauen stürzen nach vorn, brüllen Komplimente, verlangen Autogramme und küssen die Musiker ab, die von der Bühne herunterkommen. Ich bleibe, wo ich bin, stelle mich jedoch auf die Zehenspitzen, um besser sehen zu können. Soeben wirft sich eine Schwarzhaarige dem Bassisten an den Hals und küßt ihn auf den Mund. Dabei zieht sie geschickt sein weißes Stecktuch aus der Brusttasche. Das ist doch die Höhe! Die Person stiehlt glatt sein Stecktuch, und keiner außer mir hat es bemerkt. Schon kommt die nächste. Eine Blonde mit rotem Turban. Sie küßt ihn viermal auf beide Wangen und hat noch immer nicht genug.

Angewidert wende ich mich ab. Was soll ich tun? Nach Hause fahren? Morgen wiederkommen und hoffen, daß weniger Leute erscheinen? Nein! Unmöglich. Die Musiker sind nur eine Woche in Paris, ich habe keine Zeit zu verlieren.

Während sich also die andern nach vorne drängen, kämpfe ich mich nach hinten durch, in Richtung Bar. Dort angelangt, setze ich mich auf einen freien Hocker, bestelle ein Glas Orangensaft und seufze. Ich habe eine lange, lange Nacht vor mir.

Wie schon erwähnt, spreche ich nicht gerne Männer an. Doch ich kenne die besten Tricks, um angesprochen zu *werden!* Eine Frau allein an der Bar ist perfekt. Doch man braucht unendliche Geduld, denn was man will, ergibt sich immer erst kurz vor der Sperrstunde. Erst wenn man denkt: Der Abend war verloren, ich habe umsonst meine

Zeit versessen, erst dann passiert's, keine Sekunde früher, es scheint ein Naturgesetz zu sein.

Warten ist nicht leicht! Anfangs wird man nämlich immer von Männern angesprochen, die einem nicht im mindesten sympathisch sind. Da muß man fest bleiben. Als ich jünger war, konnte ich das nicht und verließ oft fluchtartig das Lokal. Dann stand ich allein auf der Straße und ärgerte mich. Heute vertreibt mich keiner mehr. Heute, mit einundvierzig, sehe ich dem Mann kühl ins Auge, schüttle bedauernd den Kopf und sage höflich: »Tut mir leid, ich warte auf jemanden.«

Wie gesagt, man muß warten können, und es hilft, wenn man den Mann hinter der Bar zum Freund gewinnt. Am besten man zahlt sofort, gibt großzügigst Trinkgeld und beginnt ein Gespräch, indem man fragt, wie die Geschäfte gehn. Schon hat man jemanden zum Reden, gehört dazu, und das Warten ist nicht mehr peinlich.

Tut man das nicht, denkt man zuviel. Warum kommt keiner? fragt man sich nervös. Bin ich zu groß? Zu klein? Zu hager? Zu mager? Zu häßlich? Nicht genug charmant? Zu arrogant? Und so weiter und so fort. Dabei quält man sich umsonst, denn so seltsam das auch klingt, die weniger Schönen haben bessere Chancen.

»Sitzen zwei Frauen bei mir«, erklärte mir ein Kellner zuhause in Kanada, »die eine bildschön, die zweite ganz nett, welche, glauben Sie, findet zuerst einen Mann? Immer die weniger attraktive! Das ist so sicher wie das Amen in der Kirche.«

Ja, meine Lieben, Männer haben Angst vor zuviel Glanz. Wenn eine Frau zu sehr glitzert, denken sie gleich, für die bin ich nicht gut genug. Lang habe ich gebraucht, um das zu begreifen. Als Frau ist man überzeugt davon, daß man nie schön genug sein *kann!* Daß man *zu schön* ist, um angesprochen zu werden, will einem nur schwer in den Kopf. Doch Ovid riet schon vor zweitausend Jahren den Römerinnen zur Vorsicht. »Protzt nicht zu sehr mit Schmuck und teuren Kleidern«, schrieb er in seiner weltberühmten Liebeskunst, »das verschreckt nur die Männer, die ihr anziehen wollt.« (Der hatte auch den Überblick!)

So gesehen bin ich falsch gekleidet, das heißt, zu auffallend für einen Durchschnittsmann. Für einen Künstler aber bin ich gerade richtig. Ein Musiker, der erfolgreich von der Bühne steigt, Paris zu Füßen, von Verehrern fast erdrückt, für den gelten andere Regeln.

Er ist in Hochstimmung. Das Beste ist für ihn gerade gut genug. Ich schlage die Beine übereinander und sehe mich um. Soweit ich das überblicke, bin ich das Beste im ganzen Saal! Jawohl! Der Spiegel an der Bar gibt mir recht. In meinem weiß-goldenen Kleid wirke ich wie von einem anderen Stern. In den Goldfäden bricht sich das Licht, das Stirnband sprüht Feuer. Daß ich müde bin, sieht man nicht. Ich sitze und harre aus. Es ist zwanzig Minuten nach zwei, und der Wirbel um die Künstler verlegt sich langsam von der Bühne hierher. Die Helden sind durstig. Kein Wunder, haben sie doch stundenlang im Schweiße ihres Angesichts gespielt.

Da ist der Bassist, von Anbetern umringt. Ich kenne inzwischen seinen Namen, er steht in dicken schwarzen Lettern auf dem Plakat neben dem Eingang. Prosper Davis heißt er und ist aus der Nähe noch schöner als auf der Bühne. Unwahrscheinlich groß. Massiv! Ein Riese! Jetzt lacht er. Noch nie habe ich derart strahlend weiße Zähne gesehen!

In dem Moment entdeckt er mich, schließt abrupt den Mund und starrt mich an wie vom Donner gerührt. Doch sofort wird er von zwei blonden Frauen in Beschlag genommen und auf die andere Seite der Bar abgedrängt. Schon ist er außer Sichtweite. Doch ich verliere nicht den Mut. Der Funke ist übergesprungen, und ich weiß mit absoluter Sicherheit, daß er zu mir zurückkommen wird. Ist er ohne Frau oder Freundin in Paris, wird er versuchen, mich kennenzulernen.

Genauso ist es. Nach eineinhalb langen Stunden taucht er auf, keine Sekunde früher. Jede andere hätte resigniert und wäre heimgefahren. Ich aber kenne das Milieu. Nicht umsonst habe ich zwei Monate lang meine Nächte in Jazzlokalen verbracht. Ich weiß, daß sich auch die hartnäckigsten Verehrer verlaufen und die Musiker fast immer allein (und enttäuscht) zurückbleiben. Die beiden Blondinen verschwanden kurz vor drei Uhr (offensichtlich müssen sie früh aufstehen). Die, die das Stecktuch stahl, ist nirgends mehr zu sehn. Tatsache ist: Wer sich nach dem Konzert am aufdringlichsten gebärdet, gehört *nicht* zu den Künstlern. Die stille, leicht verhärmte Frau jedoch, die unbeachtet allein in einer Ecke sitzt, die ist gefährlich! Sie ist hundertprozentig mit einem der Musiker verheiratet. Doch ich sehe keine im Saal, auf die diese Beschreibung paßt.

Es ist vier Uhr früh, als sich Prosper Davis neben mich stellt. Der Club ist fast leer, nur noch der harte Kern ist übrig: Musiker, Manager, ein paar wirklich gute Freunde und einige Nachtvögel an der Bar, die mich bereits seit Stunden ungeniert mustern. Die Bühne ist dunkel, die Stimmung angenehm entspannt. Prosper bestellt ein Glas mit Eiswürfeln und eine Flasche Mineralwasser. Dann dreht er sich um und lächelt mich an. Er sagt nichts. Offensichtlich ist er schüchtern. Jetzt muß ich handeln. Jetzt oder nie. Nur Mut, Ophelia! »Großartig habt ihr gespielt«, sage ich auf englisch und versuche das Zittern in meiner Stimme zu unterdrücken (der Mann ist so schön, daß mir der Satz fast im Hals steckenbleibt), »gratuliere!«

»Danke.« Es klingt nicht überrascht. Offensichtlich hat er auf ein Wort von mir gewartet. »Freut mich, daß es dir gefallen hat. Ich habe dich vorhin von der Bühne aus gesehen. Bist du Amerikanerin?«

»Nein, Kanadierin. Aber ich lebe in Paris.«

Mehr brauche ich nicht zu sagen. Schon läuft die Sache. Prosper Davis räuspert sich. »Wartest du auf jemand?«

»Nein.«

»Darf ich mich zu dir setzen? Nach dem Konzert muß ich mit jemand reden.« Er läßt sich auf dem Hocker neben mir nieder, streckt seine langen Beine aus. »Langsam wird es kritisch. Wir sind seit sechs Wochen auf Tournee. Soll ich dir was sagen? Ich habe Heimweh nach New York!« Er hält mir ein Päckchen Zigaretten hin. »Rauchst du?«

»Nein, danke!«

Er lächelt, bedient sich selbst. »Gewöhne es dir nicht an. Es ist ungesund.«

»Keine Angst. Es schmeckt mir nicht.«

Ich beobachte ihn verstohlen, während er genießerisch blauen Rauch zur Decke bläst. Seine Haut ist samtig mit goldenem Schimmer, die Augen sind haselnußbraun, die Wimpern lang und glänzend. Seine Lippen sind üppig, breit, großzügig geschwungen. Er ist eine perfekte Mischung. Haare, Augen und Mund sind Afrika. Die gerade Nase, die hohe Stirn eindeutig Europa. Doch am meisten beeindruckt mich seine Stimme. Sie ist dunkel, schwer, langsam, eine Spur heiser. Es ist die erotischste Stimme, die ich je gehört habe. Es ist die Stimme eines Mannes, der sich Zeit nimmt für alles, was er tut. Der etwas ordentlich macht oder gar nicht. Der nichts beginnt, was er nicht zu Ende führen kann. Wie er musiziert, habe ich gehört. Wenn er ebensogut liebt, wie er spielt, großer Gott, ich darf nicht daran denken, sonst verliere ich sofort das Gleichgewicht.

»Du sitzt nicht bequem«, stellt Prosper Davis fest, »diese hohen Hocker sind gefährlich. Komm, wir gehen hinüber an einen Tisch.«

Verwirrt folge ich ihm, ganz so, als ob ich keinen eigenen Willen mehr hätte. Dann höre ich zu, wie er von der Tournee erzählt. Rom, Madrid, London, Stockholm, Oslo, Wien, Berlin und jetzt Paris. Acht Länder in sechs Wochen. Fast jeden Abend ein Konzert. Doch Frankreich ist die letzte Etappe, dann geht's endlich zurück nach Hause.

Es wird später und später, doch ich merke es kaum. Meine Müdigkeit ist verschwunden. Der schöne dunkle Mann erzählt gut, wird nicht anzüglich, sein Englisch ist gebildet, offensichtlich hat er Kinderstube. Heimlich betrachte ich seine Hände. Sie sind schmal, sensibel, mit langen Fingern. Hat er einen verkrüppelten Daumennagel? (Dann hätte ich sofort die Flucht ergriffen.) Doch es ist alles in Ordnung, die Nägel sind hell, wohlgeformt, gepflegt. Die Handflächen schimmern rosa, viel heller als seine Haut. Auch die Zunge ist heller als seine Lippen.

Er ist mir plötzlich völlig vertraut, obwohl ich ihn kaum kenne. Und während ich seiner erotischen Stimme lausche, beginne ich innerlich zu vibrieren. Der Mann hat eine Ausstrahlung, die meine Sinne verwirrt. Trotzdem stehe ich kurz nach fünf Uhr auf und verabschiede mich.

»Du gehst schon?« fragt Prosper mit unverhohlener Panik. »Wartet dein Mann auf dich?«

»Nein. Aber morgen habe ich viel Arbeit. Außerdem bist du sicher müde.«

»Wenn ich spiele, schlafe ich nie vor sieben Uhr ein.« Er sieht mir tief in die Augen. »Kannst du nicht noch eine halbe Stunde bleiben? Wir trinken zusammen noch ein Glas Champagner.«

»Ich muß wirklich gehen.«

Prosper erhebt sich ebenfalls und blickt lange schweigend zu mir herab. »Sehe ich dich wieder?« fragt er endlich.

»Natürlich. Morgen abend.«

»Ich weiß nicht einmal, wie du heißt.«

Ich sage es ihm und verabschiede mich.

»Wann kommst du morgen, Ophelia? Auch so spät wie heute?«

»Nein. Früher. Um zehn Uhr bin ich da.«

»Gut.« Er begleitet mich hinaus, durch die Marmorhalle und die Drehtür, bis zum Taxistand. »Ich warte auf dich!«

Er hilft mir beim Einsteigen, hebt dann zum Gruß die Hand und sieht mir nach, bis der Wagen um die Ecke biegt.

Den ganzen nächsten Tag habe ich das Bild vor mir: der mächtige dunkle Mann in einem eleganten hellen Anzug, allein vor dem Hoteleingang. Ein starkes Bild, geradezu unwiderstehlich. Es gibt mir Kraft, während ich vierzehn gute neue Seiten schreibe, es verläßt mich nicht, während ich esse, dusche und mich für den Abend umkleide.

Den ganzen Tag bin ich voll wilder Freude.

Prosper Davis wird mein erster schwarzer Liebhaber, daran besteht kein Zweifel. Das Schicksal hat ihn mir zugeführt, um wiedergutzumachen, was vier andere Schwarze in der Metro an mir verbrochen haben. Oder bilde ich mir das nur ein? Will ich nur deshalb einen dunklen Mann, damit ich nicht jedesmal vor Angst zu beben beginne, wenn ich auf der Straße ein dunkles Gesicht sehe? Ich weiß es nicht. Doch eines ist klar: Ich werde wahnsinnig, wenn ich nicht bald mit jemandem schlafe.

Er trägt zwar einen Ehering, doch das stört mich kaum. ich habe nicht vor, ihn zu heiraten. Jawohl, meine Lieben. Jetzt mit einundvierzig ist es soweit. Ich kann endlich, was die Männer von Natur aus können: mich mit dem Körper verlieben, ohne mit der Seele dafür zu zahlen. Das heißt, ich hoffe, daß ich es kann, denn genau das habe ich vor.

Punkt zehn bin ich im Hotel Méridien. Das Konzert ist hervorragend, Prosper Davis spielt nur für mich, und nachher bleibe ich wieder bis fünf Uhr früh bei ihm. Diesmal aber sitzen wir so nahe beisammen, daß sich unsere Schenkel berühren. Ab und zu nimmt er meine Hand. Wir sprechen weniger, blicken uns lange schweigend an.

Wieder fahre ich allein nach Hause, als es draußen bereits hell ist. Wieder winkt er mir zum Abschied nach. Doch ehe ich in den Wagen steige, küssen wir uns. Ich stelle mich auf die Zehenspitzen, lege beide Arme um seinen Hals, küsse ihn auf den Mund und werde dabei fast ohnmächtig vor Wonne. Er hält mich ganz fest, ich fühle sein Herzklopfen. »Mußt du wirklich gehen?« fragt er traurig. Ich nicke. Doch ich gebe ihm meine Telefonnummer. Kaum bin ich zuhause, ruft er an.

»Kann ich zu dir kommen?«

Seine Stimme klingt noch dunkler als sonst.

»Wo bist du?«

»Oben in meinem Zimmer. Ich kann nicht schlafen. Oh, Baby! Ich muß dich sehen.« Er spricht langsam, schwer, mit diesem erotisch heiseren Timbre, das mir die Sinne raubt. Warum, zum Teufel, bin ich nicht bei ihm geblieben? Kann mir das bitte jemand erklären? Ich *weiß*, daß dieser Mann gut für mich ist. Mein Instinkt sagt das klar und deutlich. Warum spiele ich die unnahbare weiße Göttin? Weil er nicht meine Hautfarbe hat?

Ich liege lang ausgestreckt im Salon auf der Méridienne, den Hörer ans Ohr gepreßt.

»Bist du allein?« fragt Prosper mit mühsam unterdrücktem Zittern in der Stimme.

»Ja. Ganz allein.« Tränen steigen in meine Augen. Ich bin so allein, unbefriedigt, frustriert, irritiert wie noch nie in meinem Leben. Ich bin der einsamste Mensch auf Gottes Erdboden. Drei Monate ohne Liebe! Dicke Tränen rollen über meine Wangen.

»Weinst du, Ophelia?«

»Nein«, schluchze ich.

»Bist du müde? Willst du schlafen?«

»Nein! Nein!«

»Gut. In zehn Minuten bin ich bei dir. Wo wohnst du?« Eine kurze Sekunde zögere ich. Noch nie hat ein Mann diese Wohnung betreten, seit ich hier bin. Soll ich ihn wirklich hierher einladen?

»Ophelia! Hörst du mich? Ich habe was zum Schreiben. Du kannst anfangen. Wie heißt deine Straße?«

Da atme ich tief auf und verrate ihm meine Adresse.

Es wird die schönste Nacht meines Lebens.

Sie ragt aus dem Meer anderer Nächte wie ein sonnenbestrahlter Berggipfel aus einem Wolkenfeld. Eigentlich meinte ich alles zu wissen über Liebe und Leidenschaft, ja mit meinen einundvierzig Jahren und dreiundvierzig Liebhabern (Paris nicht inbegriffen) hielt ich mich für eine Expertin. Doch man lernt nie aus.

Die Begegnung mit Tristram an meinem dreißigsten Geburtstag war bahnbrechend. Nichts, so dachte ich lange Zeit, kann diese Erfahrung übertreffen. Prosper Davis aber schenkte mir eine weitere Sternstunde, führte mich um eine ganze Stufe höher. Mit ihm erreichte ich die Spitze dessen, was Mann und Frau einander geben können: absolute Ekstase! Doch ich will nicht vorgreifen, alles der Reihe nach.

Als ich den Hörer auflege, weiß ich, daß mir nicht viel Zeit bleibt. Um sechs Uhr früh ist Paris menschenleer. Höchstens zwanzig Minuten braucht man von der Porte Maillot zum Panthéon. Es ist zu spät, ein Bad zu nehmen oder große Toilette zu machen. Also wasche ich mich schnell an den taktisch wichtigen Stellen (zwischen den Zehen, den Beinen, und unter den Armen), lege flauschige Handtücher und neue, nach Nelken duftende Seife auf und kann gerade noch mein Bett frisch beziehen, mit der schönsten Wäsche, die ich in den Schränken meines Operndirektors finde. Sie ist blaßrosa, aus weichfließendem, glänzendem Seidensatin. Die Kissen haben breite, plissierte Ränder, die Laken bestickte Borten.

Als ich fertig bin, streiche ich die Decke glatt und blicke kurz hinauf in den prachtvollen Baldachin aus indischen Stoffen, der vom Plafond aus das Bett umhüllt. Als ich zum erstenmal hier schlief, träumte ich von romantischen Abenteuern. Und was geschah? Nichts. Heute erst, nach drei ganzen Monaten, wird das Grand Lit eingeweiht! Wer hätte gedacht, daß es so lange dauert?

Ich ziehe die schweren, gefütterten Vorhänge zu (draußen ist bereits Tag), tupfe etwas Rosenöl hinter die Ohren und gehe barfuß zurück in den Salon. Kaum bin ich dort, höre ich die Türglocke. Prosper! Er ist da! Mein Herz beginnt wie rasend zu klopfen, ich fühle einen Stich im Magen, alle Kraft verläßt mich, ich bin unfähig, einen einzigen Schritt zu tun. Wieder läutet es, lang, eindringlich, zweimal hintereinander. »Ophelia«, höre ich seine dunkle, schwere Stimme, »ich bin's. Mach auf!«

Die Stimme ruft mich ins Leben zurück. Ich laufe zur Tür, öffne, schon steht er vor mir, ein dunkler Hüne, ein bißchen verlegen. Noch schöner, als ich ihn in Erinnerung habe, noch eleganter als nach dem Konzert. Er hat sich umgezogen, trägt einen hellen Leinenanzug, ein frisches Hemd mit roten Streifen und ein rotes Halstuch anstelle einer Krawatte. Ich dagegen bin nur in einen weißen Bademantel gehüllt. Was soll's, dachte ich mir, ich werde ohnehin bald ausgezogen!

»Entschuldige«, sagt Prosper, »es hat doch länger gedauert als zehn Minuten.«

»Das macht nichts. Komm herein!«

»Ist das deine Wohnung?« fragt er erstaunt. »Das ist großartig!« Er geht quer durch den Salon, öffnet den Konzertflügel, klimpert ein paar Töne. »Gutes Klavier. Spielst du?«

»Leider nicht.« Ich stehe noch immer an der Tür und beobachte ihn verzaubert. Er ist wirklich der schönste Mann, der mir je begegnet ist. Da dreht er sich um, ist mit ein paar schnellen Schritten bei mir.

»O Baby!« Er nimmt mein Gesicht in seine Hände, blickt mich zärtlich an, legt kurz seine Stirn auf meine, sucht dann meinen Mund. Ein langer, heißer Kuß, der kein Ende nimmt.

Seine Lippen sind weich, voll, fast kindlich-zärtlich.

»Ophelia«, er nimmt meine beiden Hände und sieht mich an, »bist du böse, daß ich gekommen bin?«

»Nein! Froh! Hast du Hunger?« Dumme Frage. »Oder willst du was trinken?«

»Nein danke« – er sieht an mir hinunter – »*das* genügt mir.« Mein Bademantel hat sich durch den wilden Kuß geöffnet und meine Brust entblößt. Ich lasse den Mantel zu Boden fallen. Diesmal stimmt alles. Ich geniere mich nicht im mindesten. Nackt stehe ich vor ihm. »Wenn dir das genügt«, sage ich lächelnd, »zeige ich dir jetzt mein Schlafzimmer.«

Sekunden später liegen wir auf dem breiten, frischgemachten Bett. Prosper hat einen herrlichen Körper. Stark, fest, muskulös, doch mit samtweicher Haut. Er hält mich umschlungen; lange liegen wir bewegungslos nebeneinander. Mir gefallen seine kraftvollen Arme, seine dichtbehaarte Brust. Nur sein Kopfhaar schreckt mich anfangs. Es ist hart, drahtig, fremd. Ich streiche mit der Hand darüber, zögere. Er spürt es sofort.

»Hast du schon einen schwarzen Liebhaber gehabt?« fragt er und sieht mich forschend an.

»Nein. Noch nie. Und du? Kennst du viele weiße Frauen?«

»*Nur* weiße. Meine Mutter ist weiß. Sie kommt aus Dänemark. Ich habe zwei Cousinen in Kopenhagen, die sind genauso weiß wie du.«

»Was macht deine Mutter?«

»Sie ist Fotografin. Sehr erfolgreich.«

»Und dein Vater?«

»Religionslehrer. Methodist. Aber sie leben getrennt. Er in Philadelphia, sie in Boston.«

»Magst du sie?«

»Sehr. Wir sehen uns oft.« Er lächelt mich an, beginnt mich sanft zu streicheln. »So ein schöner, fester Busen«, meint er dann und legt seinen Kopf auf meine Brust. »O Baby, du bist meine Rettung, weißt du das? Ich war wochenlang allein. Ich war so einsam, ich habe geglaubt, ich muß sterben!«

Wir halten uns eng umschlungen. Meine helle Haut schimmert wie Elfenbein an seinem mächtigen goldbraunen Körper. Eine Lilie bin ich, und er ein prächtiger tropischer Baum. Die Wandgemälde Kretas fallen mir ein, die lieblichen weißen Frauen und ihre stolzen braunen Männer.

»Du gehst nie in die Sonne«, stellt Prosper fest, »das ist gut.« Und nach einer Weile: »Hast du eine Kerze? Kerzen sind so romantisch.«

Lächelnd stehe ich auf, hole einen großen Silberleuchter aus dem Eßzimmer. Fünf blaue Kerzen stecken oben, aus duftendem Bienenwachs. Ich zünde sie an und stelle sie neben das Bett.

»Schön«, meint Prosper aus tiefster Seele. *»O Baby! Baby! Let's make love!«* Dann streichelt er meine Haare und kommt zur Sache.

Prosper Davis ist ein Naturtalent. Er nimmt mich langsam in Besitz, Stück für Stück, Zentimeter für Zentimeter. Er stützt sich auf, bewundert mich lächelnd, neigt sich vor und küßt mich dann bedächtig vom Hals abwärts. Ich fühle seine Lippen, seine Zunge, seinen Atem. Ich vergehe vor Begehren! Mir wird heiß und kalt, ich *will diesen Mann!*

Doch er hat es nicht eilig. In aller Ruhe nimmt er meine

Füße in die Hand, küßt die Zehen. Ich werde wahnsinnig! Ich will ihn *in mir* spüren! »Küß mich hier«, sage ich und zeige auf meinen Mund.

Da lacht er und zieht mich an sich, sucht meine Lippen, bedeckt mich mit Küssen. Ich kann kaum mehr atmen, mein Herzschlag stockt. Ich habe sein Glied gesehen, es erscheint mir riesig. Viel zu groß für mich, auf jeden Fall zu groß für die Verhütungsmittel, die ich (um nichts zu verschweigen) gestern gekauft habe. Oder soll ich einen Versuch wagen? Warum eigentlich nicht?

»Darling«, sage ich zögernd, »ich weiß nicht, ob du das magst, aber wenn es dir nichts ausmacht, könnten wir vielleicht...«

»Natürlich!« Er versteht sofort. »Gib her.« Er streckt die Hand aus, nimmt den kleinen gerollten Schutz in Empfang. Er geniert sich nicht vor mir. Zwischen uns ist alles klar. Doch was ich befürchtet habe, tritt ein. Prosper ist zu groß gebaut. Er ist lang, dick, gebogen, natürlich auch beschnitten, wie die meisten Amerikaner, die nach dem Zweiten Weltkrieg geboren wurden. Und so sehr wir uns auch bemühen (zuerst er, dann ich, dann beide zusammen), das Ding läßt sich nicht verhüllen! Die Hütchen sind zu klein. Zwei zerreißen sofort, das dritte will und will nicht halten, angewidert werfe ich es schließlich zu Boden.

»Weißt du was?« meint Prosper und küßt mich auf den Mund. »Ich bin gesund, ich kann aufpassen. Sorge dich nicht!« Dann legt er sich hinter mich und dringt sanft in mich ein. Es ist phantastisch! Langsam und vorsichtig, um mir mit seinem großen Glied nicht weh zu tun, drängt er sich in meinen Körper. Nicht zu tief, gerade richtig, um innen meine empfindlichste Stelle zu treffen.

»Ohhhhh...« Er stöhnt lustvoll auf, umschlingt mich mit beiden Armen, preßt mich an sich, und ich öffne mich seinem Willen, versinke in seiner Wärme, fühle seinen großen dunklen Körper um mich herum. Es ist anders. Neu. Doch ich habe mein Leben lang darauf gewartet. Wir lieben uns zwei volle Stunden.

Und das Beste: Der hünenhafte Mann ist zärtlich wie ein Kind. Er bewegt sich leicht, sanft, regelmäßig. Er ist geschmeidig. Nicht einmal Tristram ging derart auf mich ein. Er liebt so gut, wie er spielt. Mein Instinkt hatte recht. Das ist ein Mann, der etwas ordentlich macht oder gar nicht. Der sich Zeit nimmt für das, was er tut. Das ist *mein* Mann!

Welche Lust! Ich werde unten ganz eng. Was passiert jetzt? Verliert er die Beherrschung? Nein! Er wird nicht schneller. Doch sein heißer Atem ist an meinem Ohr. »Komm, Baby! Komm!« Ich werde einen Höhepunkt haben. Ich weiß es ganz sicher, und Prosper weiß es auch.

Schon beginnt er mich zu streicheln. Sanft, langsam, genau an der richtigen Stelle. Und plötzlich sehe ich bunte Lichter, höre Töne, die es sonst nicht gibt. Manchmal, kurz vor Schluß, laufen ganze Farbfilme hinter meinen Augen ab. Diesmal habe ich eine seltsame Vision. Wir lieben uns in einer lauten, grellen Spielhalle. Mein Körper verwandelt sich in eine weiße Flippermaschine. Prosper hat die Hebel in der Hand. Jeder Stoß ein Treffer! Die silberne Kugel schießt nach oben, bringt Lämpchen zum Leuchten, rollt ab, wird von neuem hochgeschleudert.

Jeder Stoß ein Treffer! Ständig flammen neue Lichter auf. Ich zittere vor Lust. Ich flimmere unter der gläsernen Scheibe. Ich zucke und strahle. Die Zahlen blitzen rot, gelb, blau. Jeder Stoß ein Treffer! Schon sind die wichtigsten Punkte erleuchtet. Ich bestehe aus gleißendem Licht. Jetzt ist es soweit. Noch ein einziger Stoß. Die letzte Silberkugel fliegt nach oben! Das Ziel ist erreicht!

Jetzt! Jetzt! Jetzt! *O darling!* Ich löse mich auf in ein Feuerwerk. Farben explodieren, Funken stieben durch meine Adern, prickeln in den Fingerspitzen, es klingt in meinen

Ohren. Halb ohnmächtig tauche ich in ein Meer von Wollust.

»Sweetheart, did you come?«

»Ja! Ja! Ja!«

»Muß ich aufpassen?« stöhnt Prosper mit versagender Stimme.

»Nein! Komm, Liebster, komm!«

Die blauen Kerzen sind tief heruntergebrannt, duften nach Wachs. Prosper dreht sich auf den Rücken, ohne sich von mir zu lösen, hebt mich mit sich hoch. Ich liege auf seinem Bauch, meine Schultern an seiner Brust, er hält mich eng umschlungen.

Jetzt kommt das Beste. Die Belohnung!

Ich liebe diese letzten Momente vor dem Höhepunkt eines Mannes. Da sind die Bewegungen anders. Ehrlicher! Intensiver! Jetzt, da er sich nicht mehr zu beherrschen braucht, da er an sich denken kann, nur an *seine* Lust, offenbart sich die Naturgewalt.

Zum erstenmal dringt er ganz tief in mich ein. Dieses riesige dunkle Glied, das mir anfangs angst machte, erfüllt plötzlich mein Innerstes. Doch es tut nicht weh! Ich bin offen, gelöst, nehme es auf in seiner ganzen Größe, es dringt bis zu meinem Herzen, öffnet die letzte, verborgene Tür. Noch ein Stoß! Jetzt hebt er von der Erde ab. Noch ein Stoß! Der letzte! Schönste!

»I love you, Baby!« Schon ist er am Ziel!

Der mächtige dunkle Mann bäumt sich auf, stöhnt, beginnt in mir zu zucken. Es ist fantastisch! Wahnsinn! Es ist so aufregend wie meine eigene Geburt. Dann liegen wir lange still; glücklich, entspannt, erlöst, erschöpft.

Prosper preßt seine Nase in meinen Hals, küßt mich zart am Ohr. Noch miteinander verbunden, schlafen wir ein.

Kurz nach Mittag wachen wir auf. Es ist dunkel im Raum.

»Wie spät ist es?« Prosper sucht seine Uhr. »Um Gottes

Himmels willen. Ich muß zurück ins Hotel. Um zwei werden wir abgeholt. Wir fahren in ein Studio, irgendwo in einem Vorort. Plattenaufnahmen.« Er springt aus dem Bett. »Was machst du heute abend?«

»Nichts.« Ich gähne, strecke mich wohlig.

»Wir haben heute frei. Gehn wir essen? Ich hol dich ab. Soll ich um acht bei dir sein? Gut. Um acht bin ich da. Falls es später wird, rufe ich an. Aber ich komme auf jeden Fall. Warte auf mich, mein schönes Mädchen.«

»Was soll ich anziehn? Hast du Sonderwünsche?«

»Irgendwas Enges. Du hast so eine hübsche Figur!«

»Nicht zu kurvig?«

»Zu kurvig?« Er lacht. »Nie im Leben. Von mir aus kannst du zehn Kilo zunehmen. Je mehr Kurven, desto besser!«

Nackt begleite ich Prosper zur Tür, dann schlafe ich weiter. Um fünf erst stehe ich auf, mache mir eine herrliche Tasse Tee und trinke sie mit Genuß vor dem offenen Fenster in meiner großen, holzgetäfelten Küche. Ich verspüre nicht die geringste Lust, aus dem Haus zu gehen, um unter Menschen zu sein. Die Unruhe, die mich seit dem Überfall quälte, ist von mir abgefallen. Für immer. Ich bin genesen.

Ich wasche meine Haare, bade lange, und während ich im warmen Wasser liege, gehe ich frohlockend die letzte Nacht noch einmal durch. Gott segne alle Musiker, sie bewahren einen vor dem Untergang. Schon in Kanada hat mir einmal ein Hornist unschätzbare Dienste erwiesen, obwohl die Bläser im allgemeinen Streichern nicht das Wasser reichen können.

Bläser produzieren laute, hohe Töne. Sie schmettern, preschen, stechen in die Luft, und das geht aufs Gemüt! Geiger, Cellisten, Bassisten aber schmeicheln, streicheln, schwirren und flirren. Zärtlich ertasten sie ihre Noten. Ein Millimeter zu hoch oder zu tief gegriffen – schon klingt alles falsch. Nicht umsonst hängt für Verliebte der Himmel voller Geigen und nicht voll Trompeten. Ja, Streicher sind die Krone! Wärmstens zu empfehlen!

Doch Bassisten sind unübertrefflich. Der Baß, meine Lieben, bestimmt die Musik. Er ist das Fundament, auf das die andern ihr Klanggebäude stellen. Er ist weich, voll, dunkel, warm, er steht nicht im Vordergrund, nein, er läßt die andern brillieren. Und sieht er nicht aus wie ein Frauenleib? Absolut! Ein Mann, der dieses Riesending bändigt, der den dicken Stahlsaiten süße, vibrierende Töne entlockt, der sie mit einem feinen Bogen streicht und nicht zum Kratzen, sondern zum Klingen und Schwingen bringt, dieser Mann – doch was rede ich, es ist ohnehin schon alles gesagt.

Prosper steht um neun vor der Tür, mit einem großen bunten Rosenstrauß und zwei Flaschen Champagner. Wir essen gut (und teuer) in einem hübschen französischen Lokal gleich um die Ecke. Mir zuliebe verzichtet er auf Fleisch, bestellt Gemüsepastete, Käsesoufflé, Salat und Birnen in Rotwein. Er zahlt für uns beide, klagt nicht über die hohe Rechnung, hinterläßt ein ordentliches Trinkgeld.

Dann wandern wir Hand in Hand durch die warme Sommernacht die Rue Mouffetard hinunter. In einem kleinen Club namens Jazz ò Brasil trinken wir Kokosmilch mit Rum und hören eine ausgezeichnete Sängerin aus Rio. Wir sitzen ganz vorne, im Bereich der Scheinwerfer, eng aneinandergeschmiegt.

Ich trage meine schwarzen, glänzenden Satinhosen, dazu ein knappes rotes Oberteil. Es sieht aus wie ein Stück Strumpf (ist auch nur ein gestrickter Schlauch, um genau zu sein), klebt eng am Leib, unterstreicht die Figur. Für Unterwäsche ist kein Platz, dafür trage ich ein Stirnband aus schwarzem Samt, um meine frischgewaschenen Haare zu bändigen. Prosper ist ganz in Weiß und so schön, daß ihn sämtliche Frauen unverschämt mustern.

Jawohl, wir beide sind der Mittelpunkt. Ich kann mir vorstellen, wie wir auf die andern wirken: Eine weiße Frau, hingegossen an einen schwarzen Hünen, Kopf an seiner Brust, enge Glanzhosen, nackte Schultern, von wilden roten Locken umflossen – ehrlich, meine Mutter träfe der Schlag! (Nelly würde mir zu meinem guten Geschmack gratulieren!)

Ein Ehepaar hinten in der Ecke mustert uns auch ausgesprochen feindlich. Sie ist schwarzhaarig, braungebrannt, er ein typischer Sportler, mit Tennishemd und ledriger Haut. Sie stecken sogar die Köpfe zusammen, flüstern über uns – doch mich kann nichts erschüttern. Sportler sind miserable Liebhaber. Jawohl! Ihre ganze Kraft geht in die Muskeln, zieht sich nach oben in die Schultern, und für die unteren Regionen (auf die es schließlich ankommt) bleibt nichts übrig. Männer mit den härtesten Muskeln haben oft die kümmerlichsten Luststummel (Pardon!). Es muß einmal gesagt werden: Ein gestählter Körper taugt nichts im Bett. Die Frau dort drüben tut mir leid.

Nach einer Stunde hat Prosper genug. »Ich bin müde«, sagt er leise mit seiner dunklen, heiseren Stimme und streichelt sanft meinen Arm. »Weißt du was? Wir schlafen ein bißchen, dann machen wir einen Nachtbummel durch Paris!«

Um halb zwölf sind wir zuhause, öffnen eine Champagnerflasche und ziehen uns zurück in das breite französische Doppelbett, ohne zu ahnen, was auf uns zukommt.

»Das ist der schönste Raum, den ich je gesehen habe«, meint Prosper mit Überzeugung. Er sitzt nackt neben mir, einen Arm um meine Schultern gelegt, Champagnerglas in der freien Hand, Bewunderung im Blick. Mein Schlafzimmer ist in der Tat eine Pracht. Sechseckig, mit handbemalten indischen Tapeten, die wie Gemälde wirken: Paradiesvögel sitzen auf schlanken Zweigen, tropische Blüten ranken sich um Bambusgitter, man könnte stundenlang im Bett liegen und sich daran ergötzen. Doch das ist nicht alles.

Der rosa Spannteppich ist mit herrlichen Perserbrücken bedeckt, ein kostbares Spinett aus dem 18. Jahrhundert steht mitten im Raum, daneben eine niedrige Ottomane, kirschrot, bedeckt mit bunten Kissen aus Samt. Das Grand Lit thront in einem Erker (auf einem Podest, wie schon erwähnt), rechts und links davon führen breite Fenstertüren auf den Balkon mit den zwei Lorbeerbäumen.

Auch einen Kamin gibt es, er ist weiß, aus Marmor, und daneben steht eine schwarze, gedrechselte Säule mit der Statue einer schönen indischen Tänzerin. Es ist ein wunderbarer Raum. Und das Beste: Hier herrscht die Neue Romantik! Hier kann man wieder träumen. Hier ereignen sich Wunder.

»In diesem Bett komme ich mir vor wie ein orientalischer Prinz«, meint Prosper nach einer Weile.

»So siehst du auch aus«, sage ich und küsse ihn auf den Mund. Da stellt er sein Glas zu Boden und zieht mich an sich.

»Gefühle kommen und gehen«, sagt er langsam und bedächtig. »Aber jetzt, in diesem Moment, liebe ich dich. Ich liebe dich, Ophelia. Ich will in dir sein.«

Auf diesen Augenblick habe ich den ganzen Tag gewartet.

»Ich liebe dich auch«, sage ich. Und dann verlieren wir jede Beherrschung. Wir dringen ineinander ein, und von Anfang an bin ich ganz oben. Die Erregung der letzten Nacht ist noch nicht verklungen, im Gegenteil, die kleinste Liebkosung, und sie bricht hervor. Feuer! Ich brenne! Ich habe das noch nie erlebt. Jedes Haar, jeder Nerv, jeder Zoll meiner Haut ist elektrisch geladen. Prosper und ich!

Je länger es dauert, desto stärker werden die Sensationen. Und plötzlich geschieht das Unglaubliche. Prosper drängt sich in mich, und jeder Stoß ist wie ein Höhenflug.

Jeder Stoß ein Orgasmus, nur daß das Gefühl nicht verebbt, sondern bleibt. Die Wollust nimmt kein Ende. Kann es das geben?

Das ist Ekstase! Ich weiß es plötzlich ohne jeden Zweifel. Was ich in den Armen dieses dunklen Mannes empfinde, ist mit nichts zu vergleichen, was früher war. *Das ist Ekstase!* Diese Lust hat andere Dimensionen. Ein Blinder wird sehend. Ein Tauber hört zum erstenmal Musik. Wie soll ich das beschreiben? Ich bin ein wohlklingendes Piano, auf dem bisher Etüden gespielt wurden, Kinderlieder, ab und zu Sonaten.

Plötzlich aber erscheint ein Könner, setzt sich vor die Tasten und spielt ein ganzes Klavierkonzert. Großartige Harmonien, wilde, brausende Läufe, himmlische Akkorde. Ein Universum der Lust. Wer hätte das in mir vermutet?

Verglichen mit Prosper Davis sind meine früheren Männer aus Stein. Sie sind hart, eckig, steif, starr, verkrampft. Prosper ist weich, geschmeidig, zärtlich, verspielt. Nie tut er mir weh, auch nicht im wildesten Rausch. In dieser Nacht gibt es keine blauen Flecken, keine Kratzspuren, keine ausgerissenen Haare. Wir lieben uns stundenlang, doch wir lieben uns nicht wund. Wenn das schwarze Liebe ist, könnte ich ihr verfallen!

Doch halt! Vorsicht! Das ist nicht ›schwarze Liebe‹, sondern Prosper Davis. Nur nicht verallgemeinern. Es gibt überall Gute und Schlechte, Talente und Versager. Es gibt keine schwarze Liebe, so wie es keine weiße Liebe gibt.

Ah, meine Lieben, das sind Überlegungen hier in meinem grandiosen Grand Lit, zwischen Laken aus Seidensatin, liebkost vom schönsten Mann, der mir je unterkam. Doch ich *will* nicht überlegen. Ich *will* nicht immer grübeln, analysieren, Schlüsse ziehen, philosophieren, mir das Hirn zermartern über Weiße und Schwarze, Liebe und Betrug, die Zukunft der Menschheit und die Rettung der

Welt. Wirf den Krempel über Bord! Denken kann ich später, wenn ich wieder alleine bin. Jetzt will ich fühlen, genießen, schmiegen, küssen.

Wir knien auf dem Bett, ich habe die Arme aufgestützt, Prosper ist hinter mir, gräbt sich tief in meinen Körper. Diese Stellung mag ich am liebsten, da fühle ich am meisten. Da ist nämlich die Bahn gerade, führt direkt nach innen, tiefer als sonst. Prosper hält meine Hüften mit beiden Händen, ab und zu liebkost er meine Brust. Welche Lust! Mein Hirn setzt aus, ich denke nicht mehr. Er kann ewig. Seine Selbstbeherrschung grenzt ans Unheimliche. Ich verliere jedes Zeitgefühl, weiß nicht mehr, wo ich bin. »Komm, Liebste, komm«, flüstert er heiser und preßt mich an sich. Draußen wird es hell, die Vögel beginnen verschlafen zu zwitschern. »Kannst du kommen?«

»Nein!« Ich will nicht, mag nicht, es soll immer so weitergehn. Da schlüpft er aus mir heraus, dreht mich um, kniet sich ans Fußende des Bettes und legt meine Beine über seine Schultern. Ich bin kaum bei Sinnen, lasse es geschehen.

Prosper beginnt mich zu küssen, ich fühle seine Zunge, seit Stunden bin ich am Rande einer Explosion. Zehn Sekunden, und es ist soweit. Das süße Gefühl bricht über mich herein wie eine gewaltige Woge. Es verschlingt mich. Ich ertrinke in Genuß.

Irgendwann erhebt sich Prosper, richtet sich auf in seiner ganzen Größe, sieht mich an mit seinen dunklen Augen. Riesig erscheint er mir, massiv, gewaltig! Stehend dringt er in mich ein, bewegt sich wie in Trance. Er umklammert meine Hüften. Jetzt! Jetzt! Jetzt! Ich fühle seinen Höhepunkt wie meinen eigenen. Er beginnt in mir zu zukken, lacht dann laut und befreit und läßt sich sichtlich zufrieden neben mich auf das Bett fallen. Er tastet nach dem Champagnerglas, trinkt es leer. »Den Stadtbummel haben wir versäumt«, sagt er selbstbewußt, »das war vorauszusehen.« Dann schmiegt er sich an mich, schließt die Augen und schlummert ruhig ein.

Es gibt Männer, die sind großartige Liebhaber, doch zum Schlafen sind sie ungeeignet. Kaum ist die Euphorie vorbei, wälzen sie sich weg, schlagen sich in Laken, vergraben sich unter Decken. Hände weg, heißt das. Ich gehöre wieder *mir!* Mein deutscher Einwanderer war von dieser Sorte, aber auch ein Österreicher, Schweizer und Holländer. Es dürfte ein Merkmal der Germanen sein. Gott sei Dank sind die Angelsachsen weiter. Sie wollen Wärme, die ganze Nacht. Zurück zur Mutterbrust, wohin sonst? Sie wollen spüren, drücken, kosen, halten, die Liebe darf nicht erkalten. Das mag ich. Was immer gegen Engländer, Amerikaner, Kanadier vorgebracht werden kann, eines steht fest: Beim Schlafen sind sie unübertroffen! Nach der Liebe wird geschmiegt – und wenn die Welt untergeht. Prosper Davis ist keine Ausnahme.

Wir schlummern eng aneinandergedrückt, lückenlos, wie zwei Silberlöffel. Dreht sich einer von uns um, geht der andere automatisch mit. Nie ist ein Ellbogen im Weg oder ein Bein. Nein! Kein Arm schläft ein, kein Knie stört die Harmonie. Die Paßform ist perfekt, sogar Herzschlag und Atem scheinen aufeinander abgestimmt. Ich schlafe in absoluter Geborgenheit.

Kurz vor elf wache ich auf. Es geht mir blendend.

Prosper! Ich strecke die Hand aus, streichle seinen Rükken. Sofort zieht er mich an sich, seufzt wohlig, murmelt etwas Unverständliches mit seiner tiefen, langsamen Stimme. Im Halbschlaf beginnen wir uns wieder zu lieben, gleiten sanft ineinander, nicht lang, nur ein bißchen, um den neuen Tag gut einzuleiten. Es ist leicht, lieb, verträumt, verspielt, dauert höchstens eine Viertelstunde. Zärtlichkeit ist das. Keine Leidenschaft. Und als es vorüber ist, sind wir beide hellwach. Wir haben genug geliebt. Es ist Zeit aufzustehn.

Gemeinsam springen wir aus dem Bett, laufen zum Fenster. Erwartungsvoll öffne ich die schweren Vorhänge. In Paris weiß man nie. Hat das Wetter umgeschlagen? Nein. Es ist so schön wie gestern. Strahlende Sonne, tiefblauer Himmel. Es ist heiß und windstill. Wir baden zusammen, seifen uns gegenseitig ab, prusten, planschen, lachen, spritzen, sind fröhlich wie zwei Kinder. Prosper trocknet meinen Rücken, reibt mich anschließend mit Lotion ein. »Du hast keine einzige rauhe Stelle am Leib«, meint er dann bewundernd, »deine Haut ist weich wie ein Kinderpopo!« Anschließend gehen wir meine Garderobe durch.

»Das ist aber hübsch«, sagt er, als ich in meine weiß-rosa getupfte *salopette* schlüpfe, »das steht dir gut. Du siehst aus wie eine echte Pariserin.« Dann umarmt er mich von hinten, drückt seine Wange in meine Haare, seufzt tief – und läßt mich plötzlich los, ja er stößt mich fast von sich, als ob ihn irgend etwas erschreckt hätte.

»Was ist?« Erstaunt drehe ich mich um.

Er schüttelt verwirrt den Kopf, legt dann seine Hände auf meine Schultern. »Nichts, Baby. Nichts. Es ist alles in Ordnung!«

Wir frühstücken auf der Terrasse, mit Blick auf das Panthéon. Und das Beste: Es ist heiß genug für das Sonnendach, was in Paris nicht oft vorkommt. Die gelbe Markise mit den breiten weißen Streifen entrollt sich auf Knopfdruck. Wie an der Riviera fühlt man sich darunter. Auch die weißen Korbmöbel mit den roten Leinenkissen verbreiten südliche Stimmung.

Prosper sitzt mir gegenüber, weiße Hose, weißes, offenes Hemd, die Beine hochgelegt. Es gibt Toast, Butter, Eier, echte englische Orangenmarmelade, bittersüß, mit dicken Schalenstücken, wie ich sie gerne mag. Dazu Kaffee, Orangensaft und Champagner. Ich habe das rustikale blaue Geschirr aus der Küche geholt, dicke, irdene, bauchige Tassen, gelbe Servietten dazugelegt und den bunten Rosenstrauß auf den Tisch gestellt. Von der Straße dringt kaum Lärm herauf. Der Großteil der Pariser befindet sich bereits auf Urlaub. Es ist ruhig hier oben, friedlich, schattig, entspannend, wie auf dem Land.

Prosper dehnt sich, schenkt sich dann ein weiteres Glas Champagner ein. Wir haben die zweite Flasche angebrochen, sie ist bereits halb leer. Er ist schweigsam heute morgen, irgend etwas hat er auf dem Herzen. Seine Frau, wenn mich nicht alles täuscht. Ich kenne die Männer. In Kürze wird er mir schonend beibringen, daß er verheiratet ist.

»Magst du noch was essen?« unterbreche ich die Stille. »Wenn du willst, laufe ich schnell zum Bäcker und hole Mandelcroissants.«

»Nein danke.« Er seufzt und blickt sinnend in sein Glas. »Das wäre schön, nicht wahr? Jeden Tag zusammen aufwachen und frühstücken. Über den Dächern von Paris. Aber es geht nicht. Ich muß nach New York zurück.«

»Das weiß ich.«

Er hebt den Kopf, blickt mich mit seinen sanften braunen Augen eindringlich an. »Und ich bin verheiratet.«

»Natürlich. Dein Ehering ist nicht zu übersehen.«

»Stört es dich?«

»Nein.«

Er fixiert den Ring an seiner Hand. »Wir sind seit fünfzehn Jahren zusammen. Wir haben auch zwei Kinder. Ich will ihnen nicht weh tun, weißt du.«

»Bist du glücklich?«

»Nein!« Er sagt es, ohne auch nur eine Sekunde zu zögern. »Wir schlafen nicht mehr zusammen. Oder kaum. Höchstens einmal im Monat.«

»Seit wann?«

»Seit die Kinder da sind.« Er sieht wieder auf den Ring.

Höchstens einmal im Monat? Und sonst? Ein derart guter Liebhaber liegt sicher nicht brach.

»Betrügst du deine Frau?«

»Ich habe eine Freundin«, sagt er geradeheraus.

»Seit wann?«

»Seit einem Jahr. Sie will, daß ich mich scheiden lasse. Sie ist sehr schön. Fast so schön wie du. Aber anders. Schwarze Haare und ganz helle Haut. Sie hat zwei erwachsene Söhne aus erster Ehe. Sie ist älter als ich, weißt du? Zehn Jahre. Meine Frau ist auch älter. Ich habe mich immer in ältere Frauen verliebt. Du bist die erste Ausnahme.«

»Wie alt bist du?«

»Vierunddreißig. Und du?«

»Einundvierzig.«

Prosper beginnt zu lachen und kann nicht aufhören. Er wirft den Kopf zurück, seine weißen Zähne blitzen, er beugt sich vor, schlägt sich auf die Knie. Es schüttelt ihn geradezu vor Heiterkeit. »Alles klar«, stöhnt er, als er wieder sprechen kann, »sag nichts! Das ist Schicksal.« Er kichert vor sich hin. »Aber ich muß dir noch was beichten« – das klingt wieder ernst – »hoffentlich kränkt es dich nicht. Das will ich nicht. Absolut nicht. Glaub mir bitte. Ich will dir nicht weh tun, Ophelia. Aber ich habe nicht gewußt, daß ich dich kennenlerne...« Er stockt plötzlich, senkt die Augen.

»Und? Sag es nur.«

»Rachel kommt nach Paris.« Seine Stimme klingt ganz heiser.

»Deine Frau?«

»Meine Freundin. Sie war noch nie in Europa. Ich habe ihr ein billiges Flugticket verschafft. In drei Tagen kommt sie.« Er sieht mich an, wartet.

Ich warte ebenfalls.

»Wir wollen ein Auto mieten. An die Côte d'Azur fahren. Für zehn Tage. Ich will ihr Frankreich zeigen. Hab ich versprochen. Anschließend fliegen wir gemeinsam nach New York zurück. Aber wenn du willst« – er greift nach meiner Hand, drückt sie – »wenn du willst, Ophelia, dann rufe ich an und sage alles ab. Heute nach dem Konzert kann ich telefonieren und sagen, daß sie nicht kommen soll.«

»Freut sie sich schon sehr?« frage ich nach einer längeren Denkpause. »Ich meine, wenn das alles ins Wasser fällt, ist sie sehr enttäuscht?«

»Wahrscheinlich!« Er zögert ein bißchen. »Die Sache ist die. Noch nie haben wir eine Nacht zusammen verbracht. Wir kennen uns fast ein Jahr, aber ich bin immer heimgegangen. Manchmal um vier, manchmal um fünf Uhr früh. Immer spät. Aber wir waren nie eine ganze Nacht beisammen. Das wollen wir in Paris nachholen. Darauf freut sie sich am meisten.«

Ich seufze. »Liebt sie dich?«

»Sehr!«

»Und du?«

Er sieht mich lange schweigend an. »Ich sage ihr ab, wenn du willst!«

»Hat sie einen Beruf?«

»Sie ist Sekretärin bei einer Werbefirma.«

Ich greife über den Tisch nach der Kaffeekanne und schenke mir eine Tasse voll. »Laß alles, wie es ist«, sage ich dann. »Wir haben noch drei Tage. Im Herbst bin ich wieder in Kanada, da sehen wir uns sicher. Vielleicht spielst du in Montreal? Oder ich besuche dich in New York.«

Prosper steht auf. Mein Gott, ist er groß. Und schön. Es ist kaum zu ertragen. »Wir reden noch darüber«, sagt er mit seiner tiefen, langsamen Stimme. »O. K., Baby? Heute nach dem Konzert besprechen wir das Ganze in Ruhe.« Er kommt zu mir, nimmt meine Hände und zieht mich zu sich hoch. Ganz fest umarmt er mich. Seine Wange liegt auf meinem Scheitel. »Es fällt mir schwer, Leuten weh zu tun. Ich will dich auf keinen Fall verlieren. Ophelia, Liebste, glaubst du mir?«

»Natürlich!«

Wir küssen uns. »So«, meint Prosper, erleichtert, daß er die Beichte gut überstanden hat, »ich schlage vor, wir gehen spazieren. Zeigst du mir den berühmten Luxembourg? Und zum Eiffelturm will ich auch.«

Den ganzen Nachmittag wandern wir durch Paris. Die Zeit vergeht rasend schnell. Prosper muß um sieben im Hotel sein. Wir schaffen den Eiffelturm nicht mehr, trennen uns bei den Hallen, jeder nimmt ein Taxi in eine andere Richtung. Der Abschied wird uns leicht, wir treffen uns um halb zehn im Méridien an der Bar.

Als ich nach Hause komme, scheint die Sonne noch immer. Barfuß gehe ich auf die Terrasse, setze mich unter die gelbe Markise und trinke den Rest des kalten Kaffees. Ich lege die Beine hoch, genieße den Blick über die Stadt, nicke dem Sacré-Cœur in der Ferne verschwörerisch zu. *Voilà!* Es ist soweit! Ich habe mich tatsächlich mit dem Körper verliebt, ohne mit der Seele dafür zu büßen.

Prosper hat seine Frau erwähnt, und es tat nicht weh. Er sprach von seiner Freundin – kein Schwert bohrte sich mir ins Herz. Die Freundin soll nur kommen. Sie stört mich nicht. Im Gegenteil! Wenn sie auftaucht, nimmt die Sache ein zeitgerechtes Ende. Ich werde der Versuchung enthoben, mich ernsthaft zu verlieben und eine gute Ehe auseinanderzureißen. Ich will keine Ehe zerstören. Schrecklicher Gedanke.

Früher hatte ich weniger Skrupel. Aber jetzt bin ich weiter. Ich weiß, daß Leidenschaft vergeht. Nach ein paar Jahren (oft schon viel früher) ist nichts mehr davon da. Soll ich deswegen eine Frau, die mir nichts getan hat, und zwei Kinder ins Unglück stürzen? Niemals. Das ist nicht mein Stil.

Außerdem ist eines sonnenklar: Ein Mann, der *nie* eine ganze Nacht von zuhause fortbleibt, der nimmt seine Ehe ernst. Er kann seine Frau betrügen, beschimpfen, belügen und tagelang über ihre Fehler klagen, wenn er jede Nacht brav nach Hause kommt, denkt er nicht im Traum daran, sich scheiden zu lassen. Das weiß ich aus Erfahrung. Und ich hoffe nur, die arme Rachel aus New York weiß es auch.

Ich schließe die Augen. Herrlich ist das, hier zu sitzen, mit meinem durchgeliebten Körper. Mein Herz pocht leicht und angenehm, ich fühle mich wie eine satte zufriedene Katze. Doch plötzlich schrecke ich hoch. Die wildesten Gedanken füllen meinen Kopf. Das kann doch nicht wahr sein. Ich setze mich kerzengerade auf. Oder doch?

Die letzten drei Monate (um nichts zu verschweigen) las ich nämlich öfter erotische Bücher. Mein Operndirektor hat vorgesorgt, ein ganzes Regal im Salon ist voll davon. Er besitzt schöne Sachen. Keine Pornographie mit Mord und Totschlag, Sadismus und Frauenhaß, sondern klassische Werke, verfaßt von Menschen, die die Liebe liebten. Und zum erstenmal in meinem Leben öffnete ich die Seiten des ›Kama Sutra‹.

Dieses alte indische Liebeslehrbuch (verfaßt ein halbes Jahrtausend vor Christi Geburt) tat neue Welten für mich auf. Ach, meine Lieben! Was waren das für Zeiten!

Von blühenden Gärten, duftenden Lauben, klaren Quellen wird da berichtet, von schönen sanften Menschen, die einander mit Blumen bekränzten, die sich auf weichen, duftenden Lagern liebten, in schattigen, kostbar geschmückten Gemächern. Und im Gegensatz zu heute waren Frauen ein offenes Buch:

Eine Frau, schreibt der Verfasser, kommt äußerst langsam in Schwung. Manchmal erst nach Stunden, manchmal erst beim dritten oder vierten Mal. Und er erklärt, wie man um sie werben, wo man sie streicheln und wie man sie lieben soll, um ekstatische Wonnen aus ihr herauszulocken.

Und deshalb durchzuckt es mich jetzt wie der Blitz. Heute Nacht bin *ich* in Schwung gekommen. Zum erstenmal in meinem Leben, sieh an! Und diese Ekstase, die Millionen weißer Frauen mit ihren gestreßten Ehemännern niemals kennenlernen werden, war diesen Inderinnen *selbstverständlich!* Das trifft mich wie ein Schlag! Sollten andere besser lieben?

Die Bibliothek meines Operndirektors hat auch noch andere Beweise: Ein Reisebericht aus Java, geschrieben von einem Deutschen nach dem Ersten Weltkrieg. Darin las ich mit Staunen über die Ansprüche der Indonesierinnen, die es unmöglich fanden, einem Weißen treu zu sein. Anfangs sind sie zwar von seiner Glut entzückt, schreibt der Autor Richard Katz, doch ehe *sie* sich erwärmen, ist *er* schon erkaltet. Der Weiße liebt wie ein Rennauto: mit viel Lärm möglichst rasant ans Ziel. Dafür aber ruht er sich dann lange in der Garage aus. Resultat: Die Frau wechselt zum Hauspersonal. Der braune Gärtner nämlich läßt sich Zeit. Was sein Herr in zehn Minuten erledigt, beschäftigt ihn die ganze Nacht. Jedenfalls versteht er die Frauen besser. Er hat ihren Rhythmus. Also bitte, was soll man davon halten? Dabei sind weiße Männer durchaus nicht zu verachten. Unter den dreiundvierzig Exemplaren, die ich näher kannte, waren etliche Talente, die könnte man schon hinkriegen. Das Problem liegt ganz woanders. Die Weißen haben eine andere *Einstellung*. Eine *fortschrittlichere!* Und da liegt der Hund begraben.

Man muß das wieder einmal umgekehrt betrachten.

Unsere Männer *können* nicht die ganze Nacht lang schmiegen. Der Fortschritt ruft. Sie müssen früh aus dem Bett und die Wirtschaft expandieren. Sie müssen Autobahnen, Straßen, Betonsilos, Lagerhallen, Atomkraftwerke und Fabriken in die Landschaft stellen.

Schmiegen bringt kein Geld. Wenn man aber Bäume rodet, Felder zementiert, Waffen produziert und schöne alte Häuser demoliert, verdient sich irgend jemand blöd dabei. *Time ist money!* Wir wissen, was zählt: mehr Bomben, Chemie und Beton! Jawohl! Wir wissen auch, woher der Wind weht (nämlich aus Tschernobyl!). Das ist zwar nicht gesund, doch Fortschritt fordert Opfer!

Ahhhh, wie Schuppen fällt's mir von den Augen. Das kommt davon, wenn man nächtelang leidenschaftlich liebt. Dann ist das System gereinigt! Man sieht wieder klar und sagt es auch noch frei heraus.

Verschrottet die Preßlufthämmer! Schüttet die Baugruben zu und pflanzt Bäume! Werft die Terminkalender aus dem Fenster! Schenkt euren Frauen Ekstase zum Geburtstag, dann nörgeln sie das ganze Jahr nicht mehr! Verkauft den Fernseher! Leistet euch ein französisches Doppelbett!

Doch ich will nicht ungerecht sein. Hier auf meiner Terrasse, unter der gelben Markise, hoch über den Dächern von Pairs, gestehe ich, daß seit Masters und Co. vieles schöner wurde. Sie *geben* sich mehr Mühe, unsere Männer. Es wird bereits viel besser geliebt als unter Napoleon!

Ich stehe auf, beginne den Tisch abzuräumen. Noch eine Stunde, und ich fahre ins Méridien. Ich freue mich wie ein Kind. Doch wohin wird das führen? Zu einem schrecklichen Abschied, kein Zweifel. Nur noch drei Tage Gnadenfrist! Heute, morgen, übermorgen. Dann ist Samstag. *Merde!*

Der Abschied *ist* furchtbar. Schwerer, als ich dachte. Doch am Sonntag, als ich traurig allein in meinem prunkvollen Doppelbett liege, ruft Prosper an. Aus Nizza. Er hat sich mit Rachel zerstritten. Sie ist abgereist. Er nimmt den Nachtzug zurück nach Paris. Hurra!

Am nächsten Morgen kommt er an. Ich hole ihn ab,

vom Gare de Lyon. Drei weitere Tage und Nächte zusammen (fast wird es mir zuviel!). Als er am Mittwoch zurück nach New York fliegt, bin ich nicht traurig (aber reif für eine Woche Erholung!). Schön war's. Wunderschön.

Ich begleite ihn nach Roissy zum Flughafen.

Wir werden uns anrufen, schreiben, wiedersehn. Alles andere steht in den Sternen.

Und da steht es gut!

ALICIA STEIMBERG

Der Ausflug

»Ist alles vorbereitet für den Ausflug, Doktor?«

»Ja, Señora.«

»Sehr elegant sehen Sie in Ihrer Sportkleidung aus.«

»Und Sie, Señora, Sie sehen in Ihrer weißen Bluse und in Ihrem bedruckten Faltenrock zum Anbeißen aus.«

»Sie wissen ja, warum wir diesen Ausflug nach Tigre unternehmen, Doktor.«

»Ja, Señora. Sie werden mir in dieser Umgebung von einer weiteren Begegnung Pierres und Amatistas erzählen.«

»So ist es.«

»Señora...«

»Ja, Doktor?«

»Mein Penis ist schon erigiert, Señora.«

»Nun, Doktor, das wird Ihnen während der Bahnfahrt und während der Überfahrt mit dem Boot ein wenig lästig werden. Winken Sie bitte einem Taxi. Sagen Sie dem Fahrer, er möchte uns nach Retiro, Station Mitre bringen.«

»Ja, Señora.«

»Zum Glück ist der Zug fast leer. Wenn wir uns hierher setzen, weg von den übrigen Reisenden, und wenn bei den Zwischenhalten keiner mehr zusteigt, können Sie zuweilen den Blitzverschluß der Jeans öffnen und sich streicheln. Mittlerweile wissen Sie ja, daß diese unvollendeten Masturbationen die beste Vorbereitung auf einen phantastischen Höhepunkt sind.«

»Ich weiß, Señora, heute beim Aufwachen habe ich mir schon einen runtergeholt.«

»Ich merke, Sie verstehen, aus meinen Lektionen eine Lehre zu ziehen, Doktor.«

»Während ich masturbierte, dachte ich an das, was Sie mir versprochen haben, Señora.«

»Ich werde mein Versprechen halten, Doktor. Sie dürfen ihn mir zu einem ausgedehnten, intensiven Koitus um neunzehn Uhr hineinstecken.«

»Ja, Señora.«

»Gefällt Ihnen dieses alte Taxi-Boot, Doktor?«

»Es ist wunderbar, Señora. Daß man hier hinten so sitzen kann, in Liegestühlen, ohne daß uns der Bootsführer von seiner Holzkabine aus sehen kann... Durch diese stillen Flüsse und Bäche dahinzugleiten, die dichte Vegetation der Insel, die von Rosen und Glyzinien überwucherten Stege und die Häuser auf Pfählen zu genießen, dem Gesang der Vögel zu lauschen, gelegentlich ein Ruderboot zu kreuzen, dessen Insassen uns nicht zu sehen scheinen, und die ganze Zeit über diese süße Qual, mich sanft bis an den Rand des Höhepunktes zu masturbieren und dann die Hand wegzunehmen, und Sie, die Sie mir gegenübersitzen, ab und zu Ihre Bluse öffnen und mich eine Ihrer herrlichen Brüste sehen lassen...«

»Doktor, Sie wissen, daß wir die Spielregeln einhalten müssen.«

»Ich weiß, Señora, aber ich kann der Versuchung nicht widerstehen, Ihnen zu sagen, daß ich Ihre Brüste mit beiden Händen kneten und dann die Brustwarzen mit der leichten Berührung meiner gewölbten Hand liebkosen möchte.«

»Ich weiß, Doktor. Auch ich würde gerne Ihr erigiertes Glied mit meiner Hand umschließen und seine seidige Haut auf und ab bewegen. Aber diese Übung ist erst an der Reihe, wenn es Abend wird.«

»Ja, Señora.«

»So, das Mittagessen in der Gaststätte war köstlich. Ist Ihr Penis jetzt erigiert?«

»Nein, Señora, er ist schlaff, und ich sehne mich nach diesem Spaziergang.«

»Einverstanden, Doktor. Wir werden den Pfad unter den Pinien am Ufer entlanggehen. Die Inhaberin der Gaststätte hat mir gesagt, dreihundert Meter von hier befände sich ein verlassener Steg. Man braucht keine Angst zu haben, daß irgendein Schiff anlegt, denn die Treppe ist kaputt.«

»Da ist der Steg. Hier stehen die bequemen Rohrstühle, die die Inhaberin der Gastwirtschaft für uns aufstellen ließ. Machen Sie ruhig Ihren Reißverschluß auf, und ich fange an. Wieder erigiert?«

»Ich fürchte, ja, Señora.«

»Sie haben ja schon eingesehen, daß man nicht ständig ejakulieren muß. Im Gegenteil. Das Organ wird gekräftigt und funktioniert besser, wenn man versteht, abzuwarten.

Amatista und Pierre waren, wie ich schon sagte, Mitglieder in einem Ruderclub, und sie ruderten oft auf dem Tigre. Im Sommer holten sie sich frühmorgens ein Boot, ruderten abwechselnd und nutzten die Einsamkeit, um sich voreinander zur Schau zu stellen. Wenn Pierre ruderte, zeigte ihm Amatista, die ihm gegenübersaß, erst die eine Brust, dann die andere, auch beide, und dabei liebkoste sie ihre Brustwarzen.

Unter dem weiten Rock konnte sie sich leicht den Schlüpfer ausziehen und Pierre, wenn sie den Rock hob, das seidige Dickicht zeigen. Zuweilen legte sie ihre Hand auf den Venushügel, bevor sie die Beine noch weiter spreizte, um das Innere der Rose sichtbar werden zu lassen und sich langsam, mit kreisförmigen Bewegungen zu massieren.«

»Hätte es da nicht leicht einen Unfall geben können, Señora?«

»Nein, Doktor, die beiden waren erfahrene Ruderer und kannten Flüsse und Bäche in- und auswendig. Auch das zweite Unfallrisiko, der vorzeitige Erguß Pierres nämlich, war gering. Dafür garantierten Pierres ausgedehnte Übungen mit den Frauen im Hangar und mit Amatista selbst. Was Amatista betrifft, so habe ich Ihnen ja bereits erklärt, Doktor, daß Frauen sich naturgemäß besser zurückhalten können als Männer. Wie ich schon sagte, rieb sich Amatista ihren Venushügel mit dem gepolsterten Teil der Handfläche unmittelbar über dem Handgelenk, unterhalb der Vertiefung im Handteller. Verstehen Sie, welchen Teil der Hand ich meine?«

»Ja, Señora, es ist der Teil der Hand, den wir benutzen, um Druck auszuüben, wenn wir zum Beispiel die Kleberänder eines Briefumschlages festdrücken wollen. Masturbieren sich Frauen äußerlich so, Señora, ich meine, ohne die Blütenblätter zu öffnen, noch die Knospe zu berühren?«

»Nicht ausschließlich auf diese Art. Sie können auch die Hand über die ganze Scham legen und reiben; um zusätzlich Druck auszuüben, können sie die andere Hand auf den Rücken der reibenden Hand legen.«

»Hat diese Art der Masturbation Vorteile gegenüber der, die man an der, sagen wir, geöffneten Rose vornimmt?«

»Ich würde nicht von Vorteilen oder Nachteilen reden, Doktor. Mit diesen äußerlichen Reibungen der Klitoris kann man manchmal, nach einem Höhepunkt, der durch die Massage der Klitoris oder durch die Kombination dieser Massage mit der Reizung der Schamlippen und der vaginalen Penetration zustande kam, fast unmittelbar danach einen zweiten Höhepunkt erreichen. Deutlich verstärkt sich der Effekt dieses Reibens – und das gleiche gilt für die Liebkosungen, die die Fingerkuppe im Inneren der Rose ausführt – noch durch die Kontraktion. Frauen können das gesamte Organ zusammenziehen und selbstverständlich auch wieder entspannen. Manchmal praktizieren sie diese Kontraktionen ohne vorausgegangene manuelle Reizung, erst nach einigen Kontraktionen und der folgenden Entspannung eilt die Hand herbei, um mitzuspielen; sie liebkost, reibt, zieht sich zurück, streichelt und reibt von neuem. Jedoch können auch die Kontraktionen alleine zum Höhepunkt führen, wenn z. B. die Sitzfläche gegen eine Unterlage gepresst wird, wie Mädchen das gelegentlich tun, wenn sie noch nicht gelernt haben, sich zu masturbieren. Alle diese Dinge tat Amatista, während Pierre ruderte, und als sie dann ruderte, war Pierre an der Reihe, seine Masturbationstechniken vorzuführen sowie sein ausgeprägtes Geschick, rechtzeitig an sich zu halten, und seinen Saft nicht zu vergießen.«

»Wenn ich noch einmal auf diese Vaginalkontraktionen zurückkommen darf, die Sie eben erwähnten, Señora...«

»Ja, Doktor.«

»Ich habe sie während des Koitus gespürt, Señora. Sie üben einen wonnevollen Druck auf meinen Penis aus.«

»Natürlich, Doktor.«

»Machten Amatista und Pierre das Boot an irgendeinem Steg fest, um sich in die Arme nehmen zu können, Señora?«

»Nein, Doktor, nicht tagsüber. Sie machten das Boot fest, um in irgendeinem Gasthaus einzukehren oder im klaren Wasser eines Baches zu schwimmen oder einfach nur, um auszuruhen. Die Befriedigung ihrer Begierden hoben sie sich für die Nacht auf. Später kehrten sie zum Club zurück, gaben das Boot ab und duschten, jeder in seinem Ankleideraum. Anschließend trafen sie sich im Garten, wo Tische und Stühle standen und tranken ihren Cocktail.«

»Amatista bestellte ihren Alexander.«

»So ist es, Doktor, Amatista trank ihren Lieblingscocktail. Sie sah blendend aus in ihrem weißen Strandkleid, das die Bräune der samtenen Haut noch betonte.«

»Und was trank Pierre?«

»Im allgemeinen einen halbtrockenen San Martín.«

»Ich nehme an, in dem Garten wurde getanzt, Señora.«

»Das will ich meinen. Amatista und Pierre, frisch, ausgeruht und entspannt nach der Dusche, hatten ihren Spaß daran, sich im Rhythmus von Foxtrott und Bolero zu bewegen. Und jetzt schlage ich vor, Doktor, daß wir zum Gasthaus zurückkehren und Tee trinken.

Sind diese Schweizer Torten nicht köstlich? Wir können uns jetzt auf die Veranda setzen, Doktor, und auf die malerische Abenddämmerung über den Inseln warten. Die Sonne wird bei der Insel gegenüber, hinter den Eukalyptusbäumen, untergehen.«

»Ja, Señora, und Sie können mir erzählen, was Amatista und Pierre taten, nachdem sie ihren Cocktail getrunken und getanzt hatten.«

»Machen Sie es sich bequem, Doktor. Außer uns wird niemand auf diese Veranda kommen; ich habe mit der Chefin des Hauses abgesprochen, daß die Veranda in den nächsten zwei Stunden nur uns beiden zur Verfügung steht.«

»Wird unser Koitus hier stattfinden, Señora?«

»Nein, nein. Die Gastwirtin hat uns ein Zimmer reserviert. Ich liege lieber in einem bequemen Bett mit Laken, die nach Lavendel duften als in diesen Rohrstühlen.«

»Sie haben recht, Señora.«

»Nachdem sie ihre Gläser geleert und getanzt hatten, brachen Pierre und Amatista zu einem Spaziergang auf der Insel auf. Da, wo das Clubgelände endete, stand ein kleines Pinienwäldchen. Pierre, der sich zu der Zeit im Ruderclub bereits zu einem weltgewandten jungen Mann entwickelt hatte, kannte den Wert eines schönen, romantischen Augenblicks. Hand in Hand schritten Amatista und er durch das Gehölz, wie zwei junge Verliebte, die sich körperlich nur bei der Umarmung im Tanz nähergekommen waren. Als sie im Herzen des Waldes ankamen, blickte Pierre im Dämmerschein des Mondlichts und im Schatten der Pinienzweige Amatista tief in die Augen, umarmte sie und küßte sie auf den Mund. Amatista öffnete leicht ihre Lippen, um Pierres Zunge einzulassen, und ihre Zunge erwiderte seine Liebkosungen. Der lange Kuß ließ ihren Körper erbeben, die Rose wurde feucht, sie sehnte sich nach dem Besuch von Pierres Penis in dem engen Loch. Es ist wirklich bedauerlich, daß ich hier das Wort ›Loch‹ benutzen muß; sie werden bemerkt haben, Doktor, daß ich bisher immer ›Eingang‹ gesagt habe. Der heimliche Tunnel der Liebe ist ja nicht eigentlich ein Loch, wie Sie sicher selbst schon bemerkt haben, Doktor. Wenn der Penis eindringt, bahnt er sich seinen Weg durch zarte, fleischige Falten, die ihn umhüllen und zärtlich umfangen. Als Amatista und Pierre sich in dem Wäldchen küßten, wünschte sie sich sehnlichst diesen Besuch, und Pierre sehnte sich danach, zu ihr zu kommen. Vorläufig aber spielte Pierres Zunge weiter mit ihrer Zunge, und Amatista war es, als liebkose er auch ihre Knospe.

Der Kuß dauerte lange, und die Hand Pierres begann ihre Wanderung über Amatistas Körper, sie schob sich in den tiefen Ausschnitt des Sommerkleides und massierte eine Brust; sie glitt vom Gürtel abwärts, um eine Pobacke zu umfangen, und dann weiter hinab, um die Rückseite der Oberschenkel zu streicheln, bis sie an der Kniekehle ankam. Der intimste und erregendste Augenblick nahte, als Pierre sich noch ein wenig bückte, Amatistas Rock hob und seine Hände tastend und streichelnd über Amatistas Schenkel fuhren, über die warmen, nackten Schenkel. Dann glitten Pierres Hände wieder hinab, er legte die Handflächen seitlich an Amatistas Knie und ließ sie an den Seiten der Oberschenkel langsam hinaufwandern, bis sie am Rand der Beinöffnung des Schlüpfers zur Ruhe kamen. Das Spiel der Zungen wurde immer schneller und intensiver. Pierres Hände suchten neue Wege, seine Handflächen glitten über die Vorderseite der Schenkel hinauf bis an den Schlüpfer und streiften wie zufällig den Venusberg unter dem glatten Atlasstoff der Wäsche. Amatista preßte sich heftig an Pierre, sie keuchte und küßte seinen Hals. Sekunden später fanden sich die Münder wieder, und jetzt schob sich ein Finger Pierres unter den Rand des Schlüpfers. Doktor, stellen Sie sich vor, was passiert, als Pierres Finger in das Heiligtum eingedrungen ist, und masturbieren Sie dabei entspannt weiter.

Amatista schmiegt sich noch immer an Pierre und spürt die Berührung seiner Hand, die unter den Schlüpfer geglitten ist und jetzt auf dem Venushügel liegt. Pierres Finger liebkost das Vlies zu beiden Seiten der Öffnung. Und plötzlich, ohne daß sie weiß, wie ihr geschieht, spürt Amatista die Berührung von Pierres Finger auf der Knospe.«

»Pierre masturbiert Amatista?«

»Ja, diesmal liegt ihm nichts daran, den Augenblick des Höhepunkts hinauszuschieben. Amatista ist heiß, ihr Becken schiebt sich vor und zurück, und endlich steht sie still. Auch Pierre stellt sein Reiben ein, als er das Beben der geöffneten Rose spürt.«

»Und dann?«

»Amatista löst sich aus der Umarmung, streift den Rock herunter und streicht ihr Kleid glatt. Pierre schlingt seine Arme um ihre Taille, sie legt ihre Arme um Pierres Hals. Als sie sich an ihn preßt, entdeckt sie, daß sie immer noch heiß ist. Aber jetzt will sie nur eins: sich an Pierre pressen.

Ja, Doktor, sie preßt sich an ihn, ihr Venushügel schmiegt sich an den erigierten Penis. Dann löst sie sich wieder. Sie wechselt ab zwischen Anschmiegen und Loslösen. Wenn sie sich anschmiegt, zieht sie die Vagina zusammen, wenn sie sich loslöst, entspannt sie.«

»Kommt sie so zu einem zweiten Orgasmus?«

»Ja, Doktor, sie bekommt einen sehr intensiven Orgasmus. Pierre wartet, bis Amatistas Atem wieder ruhiger geht, dann knöpft er seine Hose auf und führt Amatistas Hand an seinen Phallus. Amatistas Finger berühren die zarte Haut des steifen, erigierten Penis. Sanft öffnet und schließt sich ihre Hand um den Phallus. Pierre legt seine Hand über die Amatistas, und beider Hände gleiten auf und ab, auf und ab, sie schieben die Haut nach oben und nach unten. Pierres Hand fordert von Amatistas Hand immer schnellere, kräftigere Bewegungen, bis Amatista unter ihren Fingern die warme Samenflüssigkeit hervorquellen fühlt.

Es ist zwar noch nicht neunzehn Uhr, aber ich glaube, wir können dennoch ins Schlafzimmer hinaufgehen und uns auf den Koitus vorbereiten, Doktor.«

»Mit tausend Freuden, Señora.«

»Diesmal entkleiden Sie mich und folgen dabei Schritt für Schritt meinen Anweisungen.«

»Ich bin entzückt, Señora.«

»So, da wären wir. Sie entkleiden sich erst, wenn ich nackt bin und im Bett liege.«

»Ja, Señora.«

»Beginnen Sie bitte mit der weißen Bluse aus grobem Linnen.«

»Señora, darf ich einmal selbst die Initiative ergreifen?«

»Aber natürlich. Was würden Sie denn gerne tun?«

»Ich würde gerne eine Hand in Ihren Ausschnitt stekken und eine Ihrer Brüste umfangen, und dann würde ich gerne Hand und Arm unter ihren weiten Rock schieben und einmal kurz Ihre Rose drücken. Das kann ich nicht mehr tun, wenn Sie nackt sind. Mir fällt wieder ein, wie ich damals einem jungen Mädchen unter der Bluse herumfingerte, auf einer dunklen Straße...«

»Tun Sie, was Ihr Herz begehrt, bevor Sie mich ausziehen, während Sie mich ausziehen und nachdem Sie mich ausgezogen haben. Erzählen Sie mir von damals.«

»Ich war achtzehn Jahre alt... Es klingt zwar unwahrscheinlich, aber ich hatte noch nicht viel Erfahrung und das Mädchen noch weniger als ich. Wir umarmten und küßten uns auf dunklen Straßen... Eines Tages schob ich, ohne Vorankündigung, zum ersten Mal die Hand in den Ausschnitt ihrer Bluse. Sie wich ein wenig zurück, und ich hatte Angst, daß sie wegrennen würde, aber sie war nur zurückgewichen, damit ich bequemer an ihren Ausschnitt herankam... oh, Señora...«

»Ja, Doktor?«

»Ich habe eine gewaltige Erektion, Señora, ich wußte nicht, daß mich die Erinnerung so erregt...«

»Das muß an dem starken Duft des Geißblattes liegen, der durch das Fenster hereinströmt. Kommen Sie, Doktor, wir legen uns hin, angekleidet, und Sie erzählen weiter, dabei dürfen Sie mich anfassen, wo Sie wollen.«

»Ja, Señora. Ich nahm ihre Brust in meine Hand. Ich wollte sie nur pressen, kneten, aber plötzlich fühlte ich, wie die zarten Finger von...«

»Wie hieß sie?«

»Angela. Sie hieß Angela. Ich spürte, daß die zarten Finger Angelas meine Finger führten und sie lehren wollten, wie man eine Brustwarze liebkost.«

»Sie machen es sehr gut, Doktor. Vergessen Sie nicht, auch zart zu kneifen. Bei allem, was die Behandlung der Brüste angeht, ist ›sanft‹ das Schlüsselwort. Denken Sie immer an die Wörter ›Berührung‹, ›leichte Berührung‹, ›leicht berühren‹, ›sanft pressen‹, ›sanft kneten‹.«

»Ich werde Ihnen die Bluse und das Mieder ausziehen, Señora.«

»Ja, Doktor. Ich bin mir nicht ganz sicher, ob das von Ihnen benutzte Wort ›corpiño‹, für das Mieder, zum universellen Spanisch gehört.«

»Ich fürchte, nein, Señora. Ich habe für das gleiche Wäschestück auch die Bezeichnung ›sostén‹ gelesen, ich weiß nicht, ob in Spanien oder Lateinamerika. Wo war es noch? Auf jeden Fall möchte ich Sie bitten, sich hinzusetzen, damit ich Ihnen die Bluse ausziehen kann und desgleichen das Wäschestück mit den beiden Schalen, die Ihre appetitlichen Brüste bergen.«

»Da Sie gerade das Wort ›appetitlich‹ erwähnen, fällt mir ein, daß ich dem heutigen Wortschatz noch die beiden Wörter ›lecken‹ und ›saugen‹ hinzufügen muß (Sie wissen ja, das Letztere ist mit Vorsicht zu genießen, denn es ist recht deftig) und daß die sanfte Berührung der Zähne in Verbindung mit dem Spiel von Lippen und Zunge sowohl für den, der gibt, als auch für den, der nimmt, ganz köstlich ist.«

»Ja, Señora. Jetzt habe ich Ihnen die Bluse ausgezogen und werde den Verschluß des Wäschestücks öffnen, das Ihre Brüste birgt. Ich möchte Sie gerne anschauen, so, wenn Ihre Brüste noch vom erschlafften Stoff des Mieders oder Büstenhalters bedeckt sind. Meine Finger unter den erschlafften Stoff schieben und beide Brustwarzen gleichzeitig liebkosen. Ich möchte gerne mein erigiertes Glied in Ihre enge Höhlung schieben, Señora.«

»Ich weiß, Doktor, aber warten Sie noch. Was geschah damals, nachdem Sie Angela die Hand in den Ausschnitt geschoben hatten?«

»Bei den folgenden Spaziergängen wurden wir jedesmal intimer. Während einer dieser Umarmungen auf einer einsamen, dunklen Straße schob ich, nachdem ich nun schon gekonnt mit Angelas Brüsten umgehen konnte, meinen einen Schenkel ein wenig zwischen ihre Beine. Sie reagierte sofort, indem sie praktisch auf meinen

Schenkel aufstieg. Während wir uns unaufhörlich küßten und ich ihr weiter die Brüste liebkoste, schoben wir gemeinsam ihren weiten Rock hoch, damit ihre Rose, und sei es auch nur durch den trennenden Stoff meiner Hose und ihres Schlüpfers, meinem Schenkel näher käme.«

»Ja, Doktor. Ich muß Sie jetzt unterbrechen, um Ihnen eine Frage rein technischer Art zu stellen.«

»Ja, Señora.«

»Haben Sie sich wieder beruhigt?«

»Ja, Señora. Die Erektion ist unverändert, aber ich kann mich nun gelassener diesen zärtlichen Erinnerungen hingeben, während ich Ihnen das Wäschestück ganz ausziehe, das Ihre Brüste birgt, und ihnen einige Augenblicke der Bewunderung schenke.«

»Mit meinen Brüsten waren noch niemals Lorbeeren zu ernten. Sie passen in die Höhlung Ihrer Hand.«

»Das ist ja das Entzückende, Señora. Könnten Sie mich wohl masturbieren, während ich Ihre Brüste liebkose?«

»Selbstverständlich, Doktor. Es freut mich, daß Sie darum bitten. Ich glaube, ich muß jetzt meine Hand in Ihre Hose schieben.«

»Ich bitte sehr darum, Señora.«

»War es da, was Angela machte, als sie ihn zum ersten Mal in die Hand nahm?«

»Oh ja, Señora. Zuerst streichelte sie mich schüchtern mit der Handfläche. Dann betastete sie auch mein Schamhaar und meine Hoden.«

»Sanft?«

»So sanft, wie man es sich nur vorstellen kann, Señora.«

»Ihre Hand strich über die seidige Haut des Phallus hinauf und hinab, spürte das Kitzeln der Schamhaare und erfühlte die heimliche Rundung der Hoden?«

»Ja, Señora. Ich mußte selbst ihre Hand mit meiner Hand um den Phallus schließen und dann mit den Auf- und Abbewegungen beginnen.«

»Gut, aber wir waren bei dem Augenblick, als Angela auf ihren Schenkel aufsteigt, Doktor.«

»Aufsteigt und losreitet, Señora. Sie preßt sich an meinen Schenkel, reibt sich, ihre Beine umklammern mein Bein mit aller Kraft, ich spüre, wie ihre Rose sich an meinen Schenkel drängt... und plötzlich entspannt sie sich und stöhnt... Ich halte sie umschlungen, und sie birgt ihr Gesicht an meiner Brust, um ihr Stöhnen zu ersticken... Denken Sie daran, wir waren in einer dunklen Straße...«

»Ich denke daran.«

»Ich möchte mich ausziehen, Señora.«

»Erinnern Sie sich an die Spielregeln?«

»Gewiß. Sie sehen sehr hübsch aus, in Ihrem weiten Rock und nackt vom Gürtel aufwärts.«

»Danke, Doktor. Finden Sie den Verschluß?«

»Ja, hier ist er. Jetzt der Reißverschluß... Bezaubernd, Ihr Schlüpfer, Señora. Sah Amatistas Wäsche auch so aus?«

»So ist es, Doktor. Es ist ein Revival-Stück, aber dem Stoff des Originals ist man immerhin treu geblieben, echter Atlas aus weißer Seide, valenzianische Stickerei...«

»Und er verhüllt alles, Señora, vom Gürtel bis zu den Weichen. Nicht einmal das Schamhaar wird an den Rändern der... Löcher? sichtbar, durch die die Beine schlüpfen. Ich habe auch, wie Sie, Señora, Schwierigkeiten, dieses Wäschestück zu beschreiben.«

»Habe ich Schwierigkeiten gehabt?«

»Wenn Sie sie noch nicht gehabt haben, werden Sie sie mit Sicherheit bekommen, Señora. Merken Sie sich meine Worte. Erlauben Sie mir, Sie zu umarmen, Señora, während ich Ihnen den Schlüpfer ausziehe. Mit einem Arm ziehe ich Sie an mich, die andere Hand kümmert sich um Ihren Schlüpfer. Bevor ich ihn ausziehe, würde ich gerne meine Hand hineinschieben und Ihre Hinterbacken kneten.«

»Sie können beide Hände dazu benutzen, Doktor, ohne die Umarmung zu lösen.«

»Señora, ich erinnere mich noch, daß Angela zierlich war, wie Sie, und ich hob sie beinah in die Luft, wenn ich ihre Hinterbacken umfaßte und ihr Becken an mein Bekken preßte.«

»Venushügel gegen erigierten Penis, Doktor?«

»Venushügel gegen erigierten Penis, Señora. So, Señora.«

»Ausgezeichnet.«

»Also, Señora, ich umarme Sie jetzt mit dem linken Arm und ziehe Ihnen auf der rechten Seite den Schlüpfer ein wenig herunter, dann wechsele ich den Arm und benutze die rechte Hand, um den Schlüpfer auf der linken Seite hinunterzuziehen.«

»Ich spüre Ihr erigiertes Glied, es drängt sich aus Ihrer Hose, Doktor, und ist jetzt ganz nah an meiner Rose...«

»An Ihrer noch geschlossenen Rose, Señora... Ich arbeite mit beiden Händen weiter, damit Ihnen der Schlüpfer bis zur Hälfte der Oberschenkel hinunterrutscht, ich umarme Sie, damit mein erigierter Penis und Ihre geschlossene Rose eine erste Berührung haben, unter der kitzelnden Beteiligung des dichten, gelockten Schamhaares. Jetzt löse ich die Umarmung und bücke mich, damit ich Ihnen den Schlüpfer bis zu den Füßen hinabziehen kann, meine Lippen machen eine hastige Reise über Ihren Bauch, Ihren Unterleib mit dem seidigen Dickicht, über Weichen und Schenkel... Schon liegt der Schlüpfer auf dem Boden. Ich bitte Sie, Señora, erst mit dem rechten, dann mit dem linken Fuß einen Schritt voran zu machen, damit ich Sie auf meine Arme nehmen und zum Bett tragen kann... Ich werde Ihnen auch die Sandalen ausziehen, Señora. Wollen Sie jetzt bitte Ihren Finger auf die halboffene Rose legen, Señora, jetzt, da Sie nackt sind und auf dem Bett liegen, so wie Sie es wünschten?«

»Ja, Doktor, ich werde masturbieren und dabei zusehen, wie Sie sich ausziehen und die Pracht Ihres erigierten Penis enthüllen.«

»Das Ende dieses schönen Tages auf der Insel ist nahe, Doktor.«

»Der Koitus war phantastisch, Señora.«

»So ist es, Doktor. Sie übertreffen sich von Koitus zu Koitus.«

»Zu einem gewissen Zeitpunkt glaubte ich, ich könne den Penis nicht noch einmal herausziehen, aber dann konnte ich doch.«

»Und da schauten Sie zum Fenster hinaus, nicht wahr?«

»Ja, Señora. Da sah ich, daß es draußen schon finstere Nacht war.«

»So ist es, Doktor. Wir müssen uns zum Aufbruch bereit machen. Das alte Taxi-Boot wartet schon am Kai.«

Quellenverzeichnis

MERCEDES ABAD, *Schaschlik-Spieß* aus *Leichte sittliche Verfehlungen*. Frankfurt 1991, 79–94. Übers. Willi Zurbrüggen. Mit freundlicher Genehmigung des Eichborn Verlags, Frankfurt am Main.

EMMANUELLE ARSAN, *Die Pyramide* (Auszug) aus *Vanna*. Reinbek 1980, 80–92. Übers. Jürgen Abel. Mit freundlicher Genehmigung des Rowohlt Verlags, Reinbek.

MAUREEN BRADY, *Unter die Haut* aus *Venusmonde*. München 1990, 56–69. Übers. Susanne Dickerhof-Kranz. Hrsg. Irene Zahava. Deutsche Rechte beim Wilhelm Heyne Verlag, München.

COLETTE, *Minnie* (Auszug) aus *Geträumte Sünden*. Wien 1981, 115–152. Übers. von Hans B. Wagenseil. Mit freundlicher Genehmigung des Paul Zsolnay Verlags, Wien.

CAROL CONN, *Der dreißigste Geburtstag* aus *Lonni Barbach, ... und mein Verlangen ist grenzenlos*. Bern und München 1985, 193–202. Übers. Eva Gregor und Anneliese Tornow. Mit freundlicher Genehmigung des Scherz Verlags Bern und München.

JENNY DISKI, *Der Charmeur* aus *Küsse und Schläge*. Stuttgart 1986, 15–32. Übers. Bettina Runge. Mit freundlicher Genehmigung des Klett-Cotta Verlags, Stuttgart.

MARGARET ERHART, *Blizzard* aus *Freier Fall*. München 1992, 46–54. Übers. Susanne Dickerhof-Kranz. Deutsche Rechte beim Wilhelm Heyne Verlag, München.

ALMUDENA GRANDES, *Der Transvestit* aus *Lulu*. Hamburg 1990, 95–113. Übers. Christiane Rasche. Mit freundlicher Genehmigung des Verlags am Galgenberg, Hamburg.

SUSANNA KUBELKA, *Das Naturtalent* aus *Ophelia lernt schwimmen*. Bern und München 1987, Kap. 13 und 14. Mit freundlicher Genehmigung des Scherz Verlags Bern und München.

JOY LAUREY, *Blaßrosa Blüten* aus *Joy und Joan*. Reinbek 1983, 58–69. Übers. Sara Pitti. Copyright © der deutschen Übersetzung Rowohlt Verlag, Reinbek. Mit freundlicher Genehmigung der Edition Robert Laffont, Paris.

ANAÏS NIN, *Der Baske und Bijou* aus *Das Delta der Venus*. Bern und München 1989, 198–248. Übers. Eva Bornemann. Mit freundlicher Genehmigung des Scherz Verlags Bern und München.

DIANA RAZNOVICH, *Der Venusgarten* aus *Der Freund meines Sohnes*. Frankfurt am Main 1992, 103–122. Übers. Sonja Kübler. Mit freundlicher Genehmigung des Eichborn Verlags, Frankfurt.

KARIN RICK, *Der Freund* aus *Sex, Sehnsucht & Sirenen*. Tübingen 1991, 22–30. Mit freundlicher Genehmigung des Konkursbuchverlags Claudia Gehrke, Tübingen.

ALICIA STEIMBERG, *Der Ausflug** aus *Amatista*. Frankfurt am Main 1992, 79–99. Übers. Veronika Schmidt. Mit freundlicher Genehmigung des Eichborn Verlags, Frankfurt.

CATHERINE TEXIER, *New Yorker Szene* aus *Manhattan Fever*. München 1990, 13–20. Übers. Gesine Strempel. Mit freundlicher Genehmigung des List Verlags, München.

ANNE-MARIE VILLEFRANCHE, *Christophe fährt in den Süden* aus *Folies d'Amour*. Reinbek 1985, 116–156. Übers. Irmela Rosenzweig. Mit freundlicher Genehmigung des Rowohlt Verlags, Reinbek.